ガリツィアの森

ガリツィアの森

――ロシア・東欧比較文化論集

伊東一郎

水声社

目次

ゴーゴリとウクライナ

スラヴ世界の中のロシア文学

ロシアの中の日本・日本の中のロシア

ロシアの中のドイツ

歴史の重層・多言語のトポス

英米文学とロシア

文学と音楽

音・声・文化

ゴーゴリとウクライナ

第一章　ゴーゴリとウクライナ・フォークロア

ゴーゴリがその初期作品――『ディカーニカ近郊夜話』及び『ミールゴロド』――の素材をウクライナ・フォークロアに求めたことは、よく知られているが、この事実が彼の創作の全体との関連においてどのような意義を持つものであるかという点に関しては、本質的には現在まで殆ど論じられていないと言ってよい。筆者の最終的な目的は、この問題の解明にあるが、本稿ではまずその前提として、ウクライナ・フォークロアへのゴーゴリの関心を具体的に跡づけることに課題を限定し、ゴーゴリの創作におけるウクライナ・フォークロアの意義については稿を改めて論じることとする。

一

ゴーゴリとウクライナ・フォークロアとの関係を検討する為には、まずウクライナ文化の歴史的理解が前提となるが、本稿ではまず、主に言語、フォークロア、文学を中心としてウクライナ文化史をゴーゴリの同時代にいたるまで概観しておくことにする。

まず〈ウクライナ〉という名称について述べておこう。帝政時代においては、現在のウクライナに対して〈小ロシア〉という名称が使われていた。これは十三世紀末から中世ギリシア語で用いられていた名称の借用である。この言語では、当時のモスクワ公国を〈大ロシア〉と呼んでいた為に、それとの区別の為にこの名称を用いたのである。これに対して〈ウクライナ〉とは元来モスクワ公国の南西の〈辺境〉を意味する言葉で、十二世紀末から年代記においてキエフ・ウクライナ、プスコーフ・ウクライナなどの名称にみられるように各地に用いられていたが、後にガリツィア地方（＝西ウクライナ）を除いた小ロシアをさすようになった。現在一般的に用いられている〈ウクライナ〉の名称が、ガリツィア地方をも含めたそれ以前の〈小ロシア〉に対して正式に採用されるのは革命後のことである。[1]

さてウクライナの歴史的起源は、九世紀に形成されたキエフ・ルーシに遡ることができる。この国家において用いられていた中世ロシア語は、ウクライナ語、ベラルーシ語、ロシア語の共通の祖先であり、従って最古のロシア文学――たとえば『イーゴリ軍記』――は、同時に言語的にも地理的にも最古のウクライナ文学とみなすことができる。このキエフ・ルーシは一二四〇年のモンゴル＝タタール侵入によって最終的に崩壊するが、既に十二世紀に中世ロシアの文化的中心は、キエフから西南ロシアと北部ロシアに移っていた。これがウクライナとロシアの分離の起源である。ウクライナは、ガリーチ・ヴォルィニ公国を中心として一時政治的独立を維持していたが、一三二一年にその大部分がリトアニアの支配下に入る。その公用語は、教会スラヴ語と中世ベラルーシ語の混交した形態をとっていたが、この時代のウクライナで書かれた私的な文書は、既にウクライナ語に固有の言語学的特徴を示している。さてリトアニアとポーランドは、共同してドイツ騎士団に対抗する必要から、次第に接近策をとりはじめていたが、リヴォニア戦争（一五五八－八三）を直接の契機としたルブリンの合同（一五六九）で両者の連合が実現する。この結果殆ど全ウクライナがポーランドの支配下に入ることになり、ウクライナは一七七二年の第一次ポーランド分割に至るまで言語、文学の双方においてこの国の強い影響下に入るのである。この時代に、言語においては特にその語彙においてポーランド語からの多くの借用が行われ、文学においてはポーランド文学及びそれを通して紹介されたローマ・カトリック文化が大きな影響を与えた。この時代のウクライナ文学において特筆すべき作家には、十六世紀末から十七世紀にかけて論争文学[2]に注目すべき作品を残したI・ヴィシェンスキーがいる。また世俗文学において注目されるジャンルとして、十七世紀頃から登場した『インテルリューディア』または『インテルメーディア』と呼ばれる喜劇がある。これは主に神学校などで演じられていた宗教劇（＝学校劇）の幕間に上演されたもので、教会スラヴ語で書かれた宗教劇と異なり、当時の口語で書かれていた。この為にこのジャンルはフォークロア的素材と深く結びついていたのである。

この時代におけるポーランドのウクライナ農民に対する圧迫は、多くの農民の集団的逃亡をもたらし、ドニエプル下流のザポロージェを中心に自衛組織が形成されるようになった。当時ロシア人によって、ドン、ヤイク（現ウラル）、テレク等の河川の流域に形成されたコサック組織に対して、彼らはザポロージェ・コサックと呼ばれた。コシンスキーの乱（一五九一–九三）、ナリヴァーイコの乱（一五九四–九六）等のウクライナ独立運動の中核となったのは彼らであった。

十七世紀に入るとポーランドに対するボフダン・フメリニツキーの反乱（一六四八–五四）の結果、ペレヤスラフにおいて、ウクライナとロシアとの併合が決定された（一六五四）。この時以来コサックとウクライナの士族たちは旧来の自治権と特権を認められてモスクワのツァーリの主権のもとに立つことになったのである。この後一七〇八年にヘトマンのマゼッパがウクライナのロシアからの独立をめざしてスウェーデンと結び、ロシアに叛旗を翻すまでの時代が、いわばウクライナの黄金時代であって、この時代の記憶は十八世紀末から十九世紀にかけてのウクライナ文学に多くの文学的素材を与えたのであった。

この時代のウクライナの文化的中心となったのは、大主教モギラによって一六三二年にキエフに設立され、一七〇一年にアカデミーとなったモギラ・コレギウムである。この学校にはウクライナ人の外に、多くのロシア人、ベラルーシ人、ポーランド人が学んでいた（シメオン・ポロツキーもここで学んでいる）。この時代のウクライナ語は、既にロシア語とは、はっきりと異なる形態をとっていたが、以上のような文化的状況から、その文学語には、ベラルーシ語、ポーランド語、教会スラヴ語の各要素が混交する結果となった。十八世紀に入るとウクライナ文学は、ポーランドを通じて受け入れた西欧のバロック的伝統の影響のもとにウクライナ・バロックの時代をむかえる。この時期の主な詩人・作家としては、詩のD・トゥプターロ、G・スコヴォロダー、I・ヴェリチコフスキー、短篇小説のI・ガリャトフスキー、説教のL・バラノーヴィチ、K・スタヴロヴェツキー、学校劇のT・プロコポーヴィチ、M・ドヴガレフスキー、Yu・コニスキー等があげられよう。

この時代に前述のインテルメーディアは最盛期をむかえ、しばしば学校劇とは独立して上演されるようになった。インテルメーディアには、ウクライナ人の外にしばしばロシア人やベラルーシ人、ポーランド人などが登場するが、注目すべきことはこれらの登場人物のせりふが、それぞれ自国語で書かれていることである。つまり登場人物の使用する言語は登場人物の指標として、その性格づけの為に機能していたのであるが、これらのインテルメーディアの作者の多くが前述のモギラ・コレギウムの学生であったことを考えると、このような演劇における多言語使用は、当時のウクライナにおける多言語的生活の反映であったことが理解されるだろう。

これらのインテルメーディアを普及したのは、主に各地を遍歴していた下級僧侶たちであったと考えられている。彼らはインテルメーディアの大衆化によって、このジャンルをウクライナ・フォークロア――特に、ウクライナの民衆人形劇であるヴェルテプ――に近づけたのであった。

ヴェルテプの起源は、I・フランコーによれば、十七世紀後半に遡ることができるという。この劇は、上下二層に仕切られた木製の箱、または二階建の家の模型の中で演じられるもので、劇の全体はキリストの生誕を描いた宗教的部分と、民衆の陽気な馬鹿騒ぎを描いた世俗的部分の二部から構成されていた。ジャンルの高低に応じて、前者は二層に仕切られた舞台の上の部分で、後者は下の部分で演じられた。前者は学校劇の一ジャンルである生誕劇に近いもので、せりふは当時の文語で書かれていた。後者は人形によって演じられるインテルメーディアともいうべきもので、いつも主役を演じるザポロージェ・コサック――この形象はドゥーマ（第二節で詳述）に登場するコサックのそれに近い――の外に、老人、老婆、ロシア人の兵士、ポーランド人、僧侶、ジプシー、悪魔などが登場し、歌と踊りが重要な役割を果たした。せりふにはインテルメーディアと同様、登場人物が実際に日常使用しているそれぞれの言語が用いられた（詳しくは、［Марковський 1929］を参照。また以上学校劇、インテルメーディア、ヴェルテプ等の演劇史における位置づけに関しては、［Данилов 1948: 50-60］を参照）。

さて前述のように、マゼッパが一七〇八年にロシアに叛旗を翻してから、ウクライナの自治権は次第に失われ、一七二二年にヘトマンの選挙制も皇帝による任命制となり、一七六四年にはヘトマン制度そのものが廃止され、一七八三年には農奴制が適用された。こうしてウクライナはロシアの行政県に改組されるに至ったのである。政治的独立の喪失と平行してウクライナ語もロシア語の方言とみなされるようになり、公用語としてはロシア語が用いられるようになった。しかし主に上述のインテルメーディアの伝統の中にウクライナ語による創作の伝統は生き続けていたのであり、十七世紀後半から十八世紀にかけて、I・コトリャレフスキー（一七六九－一八三八）によってウクライナ語によるウクライナの国民文学が創始されることになる。彼はウェルギリウスの『アエネーイス』の翻案である『エネイーダ』（一七九八）、戯曲『ナタルカ・ポルタウカ』（一八一九）、『魔法使いの兵士』（一八一九）などの作品によって、近代ウクライナ語の確立に大きな役割を果たしたのである。

コトリャレフスキー以後のウクライナ文学の系譜において重要な作家には、『旦那と犬』（一八一八）に代表される多くの寓話詩を書いたP・フラーク＝アルテモフスキー（一七九〇－一八六五）、喜劇と散文に注目すべき作品を残したG・クヴィトカ＝オスノヴィヤネンコ（一七七八－一八四三）、ウクライナ語とロシア語の双方で作品を書いたE・グレビョンカ（ウクライナ語読みではフレビンカ）（一八一二－四八）などがいる。喜劇作家であったゴーゴリの父ワシーリ・ホーホリ（一七七七－一八二五）は、文学史的にはコトリャレフスキーとクヴィトカ＝オスノヴィヤネンコの間に位置づけられる。ゴーゴリの登場した時代が、このようなウクライナ国民文学の成立した時期であったことには注意すべきであろう（以上第一節は、言語史においては［De Bray 1951: 69-73］、文学史においては［История... 1954］［Охрименко 1970］、全般的には［История... 1956］に多くを負っている）。

二

後述するようにゴーゴリは、この時期に成立したウクライナの国民文学の伝統にその父を媒介として深く結びついていたのであるが、彼が一八三〇年代にウクライナ・フォークロアに取材した作品によって文壇に登場したという事実は、直接的にはこの時期にロシアのロマン主義文学がウクライナをエキゾチックな憧憬の対象として注目していたことにその原因がある。ロシアにおいてこのようなエキゾチックなウクライナへの関心を準備したのは、十八世紀後半から始まったウクライナへの旅行記や民俗記述、フォークロア等の出版であった。前者において最初のものは、おそらく一七八七年に出版されたワシーリイ・ズーエフの『ヘルソンへの旅行記』［Зуев 1787］である。十九世紀に入ると『シャーリコフ公爵の小ロシアへの旅行』［Шаликов 1803-1804］、A・リョーフシンの『小ロシアからの書簡』［Левшин 1816］等があらわれる。シャーリコフ及びリョーフシンに代表される十九世紀初頭のウクライナ旅行記において特徴的なことは、ウクライナをいわばスラヴにおけるアルカディアとして理想化して描いていることで、これらの旅行記がロマン主義文学の想像力を刺激したであろうことは想像に難くない。次に民俗記述及びフォークロアの分野においては、G・カリノフスキーが一七七七年にウクライナの結婚儀礼の記述を出版したもの［Калиновский 1777］が最初とされ、Ya・マルコーヴィチの『小ロシア覚え書き』［Маркович 1798］がそれに続く。一方同時代に出版されたロシア民謡集の中に、ロシア民謡の外に若干のウクライナ民謡を収録しているものが少なくなかったことは注意しておくべきであろう（たとえば［Новиков 1780-1781］［Львов-Прач 1790］など）。十八世紀末から十九世紀初頭にかけては、前述のコトリャレフスキーがその作品の中に多くのウクライナ・フォークロアを引用し、文学におけるウクライナ・フォークロリズムの道を開いた。一八一八年にはA・パヴロフスキーが最初のウクライナ語文法である『小ロシア語方言文法』［Павловский 1818］を出版するが、本書には例文として多くの諺が引用されている。一八一九年には、ツェールテレフによる最初のウクライナ民謡集である『小ロシア古謡集の試み』［Цертелев 1819］が出版される。本書は特にウクライナの民族叙事詩ドゥーマの最初の出版として注目すべきものである。ドゥーマは十六世紀にウクライナに伝えられたセルビアの民族叙事詩にその起源を持つとも考えられており、内容的には歴史的テーマと社会的・世俗的テーマの二つに大別される。前者のテーマの中心はフメリニツキー以後のウクライナの黄金時代——いわゆるヘトマン時代——におけるコサックの英雄的な功業であり、ロマン主義時代において、ウクライナ・フォークロアの中でも特にこのような英雄的過去と結びついた叙事詩に関心が集中したのは当然の結果とも言えよう。

一八二七年には、マルコーヴィチに多くを負っているI・クルジンスキーの『小ロシアの村』［Кулжинский 1827］が出版される。この年にはまた、同時代に最も大きな影響を与えた民謡集である、M・マクシモーヴィチの『小ロシア民謡集』［Максимович 1827］が出版される。ゴーゴリやプーシキンとも親交のあった彼は、十九世紀前半において最も精力的な民謡収集家であった。彼はこの後さらに二つの民謡集——『ウクライナ民謡集』［Максимович 1834］及び『ウクライナ民謡集成』［Максимович 1849］——を出版している。

マクシモーヴィチの収集は、さらに多くのウクライナ民謡集の出現を促した。P・ルカシェーヴィチの『小ロシアと赤ロシアのドゥーマと歌謡』［Лукашевич 1836］や[3]、ガリツィア地方の民謡を多数収録したM・シャシケーヴィチ、I・ヴァギレーヴィチ、Ya・ゴロヴァツキーによる『ドニエステルのルサルカ』［Шашкевич, Вагилевич, Головацкий 1837］等がそれである。このようなウクライナ民謡の収集熱は、ついに偽作の民謡が含まれた民謡集の出現を生むに至った。I・スレズネフスキーの編集した『ザポロージェの往時』［Срезневский 1833-1838］の場合がそうである（以上ウクライナ民俗学史に関しては、［Пыпин 1891］［Азадовский 1958: 255-293］を参照のこと。個々の民謡収集家については、［Кирдан 1974］をも参照）。

さてこのように十九世紀前半に高まったウクライナ・フォークロアへの関心は、上述のとおりウクライナの黄金時代であるヘトマン時代の記憶と結びついていたが、このようなウクライナの過去へのロマン主義的な関心は、やはり十八世紀後半から始まったウクライナ史の出版によっても準備されたものであった。V・ルバーンの『小ロシア小年代記』〔Рубан 1777〕が、この分野における最初の出版であり、A・リーゲリマン、O・シャフォンスキー、V・ポレーティカ、V・ロミコフスキー等の歴史家の著作がこれに続く。ゴーゴリの同時代に出版されたウクライナ史で重要なものは、匿名でおそらく一八一〇年代に書かれ、一八二〇年代から三〇年代にかけて原稿のコピーが広く読まれた『ロシア人または小ロシアの歴史』〔История... 1846〕と、それに多くを負っているバンティシ＝カメンスキーの『小ロシア史』〔Бантыш-Каменский 1822〕である。ルイレーエフの『ナリヴァーイコ』は前者に、プーシキンの『ポルタワ』は後者に資料を求めたものであった。四〇年代に入ると、ウクライナ・フォークロアに取材したバラード集『ウクライナの旋律』〔Маркевич 1831〕の著者で、詩人・作曲家でもあるN・マルケヴィチ（指揮者・作曲家のイーゴリ・マルケヴィチ〔一九一二－一九八三〕の高祖父にあたる）の『小ロシア史』〔Маркевич 1842-1843〕が出版されている。

　さてこのような各分野におけるウクライナへの関心は、N・ポレヴォイの創刊した『モスクワ電信《テレグラーフ》』（一八二五－三四）や『ヨーロッパ通報《ヴェースニク》』（一八〇二－三〇）をはじめとするロシアのジャーナリズムが示したウクライナへの関心[4]とも相即しているが、ハリコフで出版された二つの雑誌――『ウクライナ通報《ヴェースニク》』（一八一六－一九）及び『ウクライナ雑誌《ジュルナール》』（一八二四－二五）――は特に注目に値する。これらの雑誌はいずれも多くのウクライナ史及び民俗学の資料を掲載し、ウクライナ国民文学の紹介に努めていた[5]。同時代におけるこのようなウクライナへの一般的関心は、当然のことながら、文学におけるウクライナ・フォークロアへの指向を促した。この結果当時の文壇においてはウクライナに文学的素材を求めることが一つの流行となるに至ったのである。

　ロシア文学において、ウクライナを扱った作品を最初に書いたのは、一般的にI・ナレージヌィ（一七八〇－一八二五）であるとされている。彼はゴーゴリと同じくポルタワ県ミールゴロド郡に生まれた作家で、作品としてはルサージュの翻案というべき『ロシアのジル・ブラース』（一八一三）が有名であるが、ウクライナの神学校生活を描いた『神学生』（一八二四）は、ゴーゴリの『ヴィイ』への影響が、『二人のイワン、または訴訟熱』（一八二五）は、やはりゴーゴリの『イワン・イワノーヴィチとイワン・ニキーフォロヴィチが喧嘩した話』への影響が指摘されている。ウクライナを扱ったナレージヌィの作品には、この外に『ザポロージェの人』(一八二四)、未刊の『ガルクーシャ』がある。彼は文学史的には古典主義の作家に属するが、多くの研究家がゴーゴリへの影響を強調している［Бахтин 1975a: 487］［Кадлубовский 1911: 8-9］［Перец 1902: 8］。

ロマン主義時代におけるゴーゴリの直接の先行者は、O・ソーモフであった。彼はやはりウクライナ出身のロシア語作家で、『ハイダマク』(一八二七)、『ルサルカ』(一八二九)、『財宝物語』(一八二九)、『キエフの魔女たち』(一八三三)などのウクライナ・フォークロアに取材した一連の作品を発表している。ゴーゴリは、おそらく直接彼の創作に刺激されてウクライナをテーマとした作品の執筆を思い立った。

ところでこの時代にウクライナのテーマに取材した作品を書いたのは、もちろんウクライナ出身の作家だけではなかった。ロシア文学がウクライナ・フォークロアに示した関心は、デリヴィクをはじめとするロマン主義詩人たちが好んでウクライナ民謡をロシア語に翻訳したという事実にも明瞭にあらわれているが、ウクライナに取材したこの時代のロシア人作家の作品で重要なものは、ルイレーエフの『ヴォイナロフスキー』(一八二四)とプーシキンの『ポルタワ』(一八二八)である。これらはいずれも、西欧ロマン主義においても当時流行のテーマであったいわゆるマゼッパ伝説(西欧及びスラヴ・ロマン主義におけるマゼッパ伝説については、［Babinski 1974］を参照)を素材とした作品であるが、プーシキンはこの作品の執筆の為に前述のマクシモーヴィチの『小ロシア民謡集』及びバンティシ＝カメンスキーの『小ロシア史』に資料を求めている。彼は自らウクライナ史を書く計画さえ立てていた(［Оксман 1952］を参照)。またルイレーエフは、この作品の外にコサックの英雄ナリヴァーイコを扱った叙事詩『ナリヴァーイコ』(一八二四–二五)の断片を残しているし、自分の書いた政治的テーマによるバラードを、ウクライナ・フォークロアにならって『ドゥーマ』と名付けていた。

ゴーゴリの同時代のロシアがウクライナに寄せていた関心の情況は、概ね以上のようなものであるが(以上ゴーゴリの同時代におけるロシアとウクライナの関係については、［Мирошник 1959］［Luckyj 1971］を参照のこと)、ここで付け加えておけば同じような情況はポーランドにも見られた。長期にわたったポーランドのウクライナ支配は、ウクライナに対する関心においてロシアの場合とよく似た情況をもたらしたのである。この時代のポーランドにとって、ウクライナのイメージは、ロシアの場合と同様ロマンチックな自国の辺境のそれであった。ウクライナに素材を求めたこの時期のポーランド文学には、スウォヴァツキの『マゼッパ』（一八三九）があるが、特に重要なのは、A・マルチェフスキ、V・ザレスキ、S・ゴシチンスキ等のいわゆる〈ウクライナ派〉詩人たちである。彼らは好んでウクライナのテーマをとりあげた（いわゆるポーランドの〈ウクライナ派〉詩人たちについては、［Kridl 1956: 236-240］［Історія... 1967: 369-375］を参照のこと）。ポーランドの詩人の中にはT・パドゥラ（一八〇一－七一）のように、ウクライナ語で創作した詩人さえ現れている（ウクライナ語で詩作したポーランド詩人に関しては、［Українською... 1971］を参照。またポーランド・ロマン主義とウクライナの関係については、［Вервес 1973］を参照）。このような現象は、ポーランドでもロシアと同様ウクライナ・フォークロアへの関心の深まりと並行してあらわれたものであった。ウクライナ・フォークロア研究の分野で最初に注目すべきポーランドの学者は、Z・ドウェンガ＝ホダコフスキ（一七八四－一八二五）である。彼がツェールテレフの民謡集の刊行以前に他のスラヴ民謡と共に収集していた多くのウクライナ民謡は、原稿の形で広く知られていた（ドウェンガ＝ホダコフスキについては、［Пыпин 1891: 38-87］［Азадовский 1958: 281-285］［Дей 1975: 23-39］を参照）。さてポーランドのウクライナ・フォークロアへの関心は、第一次ポーランド分割（一七七二）までポーランドが領有していたガリツィア地方のそれに集中していたが、その具体的なあらわれとしてまずあげられるのは、一八二三年に『ルヴフの巡礼』に発表されたD・ズブリツキのガリツィア地方のウクライナ民謡に関する論文であろう。これは一八二七年に露訳が『ヨーロッパ通報』に発表され、ウクライナのインテリゲンチャに大きな影響を与えたと言われている。一八三〇年代に入ると民謡集の出版が始まりW・ザレスキの『ガリツィア人のポーランド及びロシア歌謡集』［Zaleski 1833］、Zh・パウリの『ガリツィアにおけるロシア人の歌謡』［Pauli 1839-1849］などが現れている（ポーランドにおけるウクライナ・フォークロア研究に関しては、［Пыпин 1891］［Krzyżanowski 1965］を参照）。

さてポーランド及びロシアにおけるこのようなウクライナ・フォークロアへの関心は、さらに当時スラヴ圏に共通して見られたスラヴ主義的民族意識とも相即していることは言うまでもない。カラジッチによるセルビア民謡の、コラールらによるスロヴァキア民謡の出版が行われたのも、この二〇年代から三〇年代にかけての時期であった。セルビア民謡に取材したメリメ『グズラ』（一八二七）には、この時代の西欧がスラヴ・フォークロアに示した関心があらわれている（本書第四～五章参照）。また、カラジッチ及びメリメに関しては、［栗原成郎　一九七二］を参照）。またウクライナに対する西欧のロマン主義的関心は前述のマゼッパ伝説に集中し、バイロンの『マゼッパ』（一八一九）、ユゴーの『マゼッパ』（一八二九）等の作品を生みだした。ゴーゴリの同時代がウクライナに向けていたロマン主義的な関心の情況は、概ね以上のようなものであった。

三

ゴーゴリは一八〇九年四月一日にポルタワ県ミールゴロド郡のソローチンツィに生まれた。ゴーゴリの家系は、現在に至るまで明らかにされていないが、前述の『ロシア人または小ロシアの歴史』その他のウクライナ史には、十七世紀後半に活躍したコサックの大佐オスタップ・ゴーゴリの名が見え、ゴーゴリは彼を自分の先祖であると信じていたという。この事実と、彼が後に見せる歴史歌謡とウクライナ史への関心とは無関係ではあるまい。

さて彼は幼年時代を父の領地であるワシリエフカで過ごしたが、彼のフォークロアへの関心は、既にこの頃から芽生えていたと考えるべきであろう。彼の叔母エカテリーナは多くのウクライナ民謡を知っていたし、彼はこの土地のフォークロアに生きた口承の形式で触れることができたはずだからである。またゴーゴリ家と親戚関係にあり、親交のあった文学愛好家Ｄ・トロシチンスキーは、ウクライナ・フォークロアにも関心を寄せていた。前述のツェールテレフの『小ロシア古謡集の試み』及びマルコーヴィチの『小ロシア覚え書き』が共にトロシチンスキーに献呈されていることは注目される。

一八二一年に彼はネージンのギムナジウムに入学するが、彼の教師の中には一八二七年に『小ロシアの村』を出版したI・クルジンスキーがいた。彼のこの著作はウクライナの農村の民俗を牧歌的に理想化して描いたもので、民俗記述というよりはむしろ文学作品に近いものである。ゴーゴリはある手紙の中でこの書物を嘲笑しているが（一八二七年三月一九日付のヴィソツキーあての手紙［Гоголь 1937-1952. T. 10: 88］）、彼がこの著作の記述に関心を持ったことは、後述する彼の『よろずなんでも帳』にこの書物からの抜粋があることで裏付けられる。

さて当時コトリャレフスキーによって創始されたばかりのウクライナ国民文学は、その素材をしばしばフォークロアに求めていたのであるが、ゴーゴリの父ワシーリ・ホーホリもその例外ではなかった。ワシーリ・ホーホリの創作において最も重要なジャンルは喜劇であったが、このジャンルに前述のインテルメーディア及びヴェルテプの伝統は、最も強く生き続けていたのである。一八二二年から二五年にかけてワシーリ・ホーホリは二つの喜劇――『抜け作、または兵士に裏をかかれた女の悪知恵』及び『犬羊《いぬひつじ》』――をトロシチンスキーの劇場の為に書いている。前者にはコトリャレフスキーの『魔法使いの兵士』の影響が指摘されているが［Охрименко 1924: 11］、V・ギッピウスはこの類似が、さらにフォークロア的伝統という共通の源泉によっても説明されうるものであることを指摘している［Гиппиус 1924: 12］。またギッピウスによれば後者に登場する主人公の形象も、民話やヴェルテプに登場する鈍物のそれに一致するといわれる［Гиппиус 1924: 11］。これらのうち、実際に作品が残されているのは前者のみであるが、この作品のせりふでは、登場人物によってウクライナ語、ロシア語、教会スラヴ語を交えたロシア語――例えば補祭のせりふ――などが使い分けられており、言語的な取扱いにおいてもこの作品がインテルメーディアの伝統をひいていることがわかる。(6) ワシーリ・ホーホリのこれらの作品は、ギムナジウム在学中にゴーゴリが示した演劇への関心とフォークロアへの関心とを同時に動機づけるものであったといえよう。

ネージンの時代のゴーゴリは、また実際に多くの農民と交際を結び、彼らの婚礼や祭日にはいつも姿を見せていたといわれる［Пашков 1880］。

このような彼のフォークロアへの関心が具体的な形を取るのは、一八二六年から三二年にかけて作られた『よろずなんでも帳、または座右百科』と称する雑記帳においてである。(7)

ここに収録されたウクライナ・フォークロア関係の記載は、主に一八二九年以降のものであるが、一部はネージン時代に遡ることができるとされている。

さて一八二八年にギムナジウムを卒業しペテルブルグに上京したゴーゴリは、不成功に終った『ガンツ・キュヘリガルテン』の出版の後、ウクライナ・フォークロアに取材した作品の執筆を思いたつ。当時のペテルブルグの文壇においてウクライナ・フォークロアは、ナレージヌィ、ルイレーエフ、プーシキン、ソーモフの作品が示すように、流行の素材だったからである。ところが散文作品の素材となるような民俗学的資料は、この頃までにはマルコーヴィチの『小ロシア覚え書き』とクルジンスキーの『小ロシアの村』しかなかった。フォークロアに関しても、民謡の分野ではツェールテレフとマクシモーヴィチの民謡集が既に出版されていたが、まとまったウクライナの民話集はこの頃まだ存在していなかったのである（ウクライナ民話集の出版は、ポーランドにおいては一八三〇年代の後半から、ロシアではさらにおくれ、一八六〇年代からである）[8]。この為ゴーゴリは、母への手紙の中で必要な民俗学的資料を送ってくれるよう何度も頼んでいる。一八二九年四月三十日付の手紙から引用してみよう。

　さて私の汚れなき守護天使である最も尊敬するお母さん、今度は私の方からお願いしたいことがあるのです。あなたは、繊細で鋭い観察力をお持ちであり、我々小ロシア人の風俗習慣をたくさん知っておられます。ですからそれらを手紙で私にお伝えいただくことをお断りにはなるまいと思います。それは私にとって是非とも必要なものなのです。次の手紙で、村の寺男の服装のすべてを上衣から長靴の先にいたるまで、最も年経た、最も古風な、最も変化をこうむっていない小ロシア人が呼んでいる名称と共に書き送ってくださるようお待ちしています。同様に私たちの百姓娘たちが着ている服の名称も、リボンに至るまでお知らせください。現在の主婦や百姓の服についてもお願いします。

　二番目には、ヘトマン時代以前に着られていた服装の正確でたしかな名称を。〔中略〕

　さらに結婚式の詳細な記述を細大もらさずお願いします。〔中略〕それからコリャートカやイワン・クパーラヤルサルカについても、少し書いてください。もしその外にもなにか精霊や家霊がありましたら、それについてもっと詳しく、名称や振舞いと共に書いてください。民間には、多くの迷信や恐ろしい物語、伝説や色々なアネクドートその他が行われているのですから。これらのすべてが私には非常に興味あるものになるのです。

[Гоголь 1937-1952. Т. 10: 140-141]

母マリヤがこのような彼の依頼に応じて資料の提供を行っていたことは、彼が一八二九年七月二十四日付の母への手紙で、彼女の資料提供に対して謝辞を述べていることや[Гоголь 1937-1952. Т. 10: 150]、『よろずなんでも帳』に、母から得た資料の記載があることでも知られる。ゴーゴリのこのような資料提供の依頼は、母親だけでなく叔母や姉にも及んでいた。このようにして得られた資料は、彼のこの手帳に記載され、直接的には『ディカーニカ近郊夜話』の執筆の為に用いられたのである。

ここでゴーゴリの『よろずなんでも帳』の中に見られるウクライナの言語、フォークロア、民俗、文学に関する記載について概観しておこう。項目としては次のようなものを見いだすことができる。一『小ロシア語辞典』(三八六のウクライナ語の語彙とそのロシア語訳)、二『栄えある復活祭の日にザポロージェの人々によって朗読された詩《ヴィールシャ》』、三『資料《ドクメント》』(一七一一年と一七二〇年の二つのコサック生活のエピソード)、四『エピグラフ』(コトリャレフスキーの『エネイーダ』からの二二箇所の抜粋)、五『小ロシア人の遊戯と娯楽』、六『洗礼に際して与えられる名前』(二二のウクライナ人の名前とそのロシア語形)、七(一七のウクライナの)『謎々』、八『小ロシアの食事と食物』、九『小ロシアの伝説、風俗、儀礼』、一〇『小ロシア人の風俗』、一一『小ロシア人の着物』、一二(合計一四〇の)『小ロシアの諺、格言、慣用句』、一三『小ロシア人の婚礼について』。

次にこれら記載の出典について述べておこう。まず一の『小ロシア語辞典』の作成は、おそらくネージン時代から着手されたもので、ゴーゴリの父によって始められたが未完に終った同様の辞典作成の仕事をひきついだものと推測されている[Назаревский 1936: I, 326-327]。これらの語彙の基礎となったのは、マクシモーヴィチの『小ロシア民謡集』、コトリャレフスキーの『エネイーダ』、ツェールテレフの『小ロシア古謡集の試み』等に付せられていたグロッサリー、パヴロフスキーの『小ロシア方言文法』などである。二、三はおそらく原稿から直接写された。五はゴーゴリ自身の見聞と母からの手紙（一八二九年五月二十二日付のゴーゴリの手紙に対する返事と思われる）[9]、及びマクシモーヴィチの民謡集からの抜粋から構成されている。六はパヴロフスキーの『小ロシア方言文法』から抜粋された。一〇はクルジンスキーの『小ロシアの村』から写されたもので、一一はゴーゴリの母とS・ヤノフスキーの手紙によっている。一二は大部分ゴーゴリ自身の収集によるが、一部パヴロフスキーの文法書からもとられている。一三は（おそらく一八三〇年）五月四日付のゴーゴリの母の手紙からの抜粋である[10]。

さて直接創作と結びついていたこれらの資料の収集とは別に、彼はウクライナ民謡に単なる創作の素材以上の価値を認め、同じ頃熱心な収集活動を始めていた。ソーモフは一八三一年に書かれたマクシモーヴィチあての手紙の中で、その頃ゴーゴリの手元には既に民謡を初めとする多くのウクライナ・フォークロアのコレクションがあったことを伝えている［Сомов 1908: 266］。またP・クリシは、そのゴーゴリの伝記の中で、一八三〇年代前半のゴーゴリの活動の中心となっていたのはウクライナ民謡の収集であったとしている［Кулиш 1856: 158］。

ゴーゴリは一八三二年の夏に故郷に旅行するが、このとき多くの民謡を収集し、ウクライナ民謡への関心をさらに深める。一八三三年には自分のコレクションの整理と拡充にとりかかった。この際に彼はマクシモーヴィチの例にならって、自分自身の収集したテクストや彼の依頼で収集されたテクストの外に、その頃までに出版されていた民謡集を利用する。彼が利用したと思われる資料は次のとおりである。マクシモーヴィチの『小ロシア民謡集』（一八二七）及び『ウクライナ民謡集』（一八三四）、P・ルカシェーヴィチの『小ロシアと赤ロシアのドゥーマと歌謡』（一八三六）、W・ザレスキの『ガリツィア人のポーランド及びロシア歌謡集』（一八三三）、I・スレズネフスキーの『ザポロージェの往時』（一八三三－八〇）。この外にゴーゴリはマクシモーヴィチを通じてZ・ドウェンガ＝ホダコフスキの収集した多くのウクライナ民謡の未刊のテクストを利用している。

これらの民謡集の編者のうちでゴーゴリと当時最も親交のあった民謡収集家はマクシモーヴィチであった。ゴーゴリの民謡収集は上述のように彼の民謡集に多くを負っていたが、ゴーゴリは一八三三年には逆に自分のコレクションから約一五〇の民謡のテクストを彼に提供している。(11) 一八三四年に出版されたマクシモーヴィチの『ウクライナ民謡集』にゴーゴリの資料を利用したという記載があるのは［Максимович 1834: Ч. 1. III］、この資料のことと思われるが、マクシモーヴィチは、具体的にどの民謡がゴーゴリの提供した資料によるものかは明らかにしていない。また一八三四年三月十二日付のマクシモーヴィチあての手紙で彼は協同してウクライナ民謡集を出版しようという提案をしている［Гоголь 1937-1952. Т. 10: 302］。もちろんこの計画は実現しなかった（ゴーゴリとマクシモーヴィチの関係については［Кирдан 1974: 60-62］を参照）。

ゴーゴリと交際のあったもう一人の民謡収集家は、言語学者としても有名なI・スレズネフスキーである。一八三四年の初めにゴーゴリはいくつかの新聞や雑誌に『小ロシア・コサックの歴史について』という広告を出し、民謡等のウクライナ史に関する資料の提供を呼び求めた。スレズネフスキーはこの広告を読み、同じ年の二月にゴーゴリに手紙を書く。この手紙で彼は自分の資料をゴーゴリに提供する用意のあることを述べ、一八三三年から発行を始めた『ザポロージェの往時』の出版意図について説明している。この著作は、一八三三年から三八年にかけて、一部、二部がそれぞれ三分冊ずつ発行された。ウクライナの史謡を中心としたザポロージェ・コサックの歴史に関する資料を内容とするこの書物は、ウクライナ民俗学史において一定の評価を受けているが、この中にはいくつかの偽作の民謡が含まれており、その中にはゴーゴリによって自分の収集に加えられたものがある（ゴーゴリとスレズネフスキーの関係については、［Кирдан 1974: 93-94, 126］を参照）。

次にゴーゴリが自分の収集の為にドウェンガ＝ホダコフスキの手書きの民謡集を利用するに至った経路について簡単に述べておこう。ホダコフスキは一八二五年に死亡したが、彼の残した原稿の大部分は、遺言に従ってモスクワ滞在中に親しかったN・ポレヴォイに譲り渡された。この原稿とは異なる民謡のテクストをマクシモーヴィチは、ホダコフスキの未亡人から買いとったといわれ、自分の『ウクライナ民謡集』に利用している。ゴーゴリは、このマクシモーヴィチの所蔵していたホダコフスキの手書きの民謡集を利用したのである。(12)

さてゴーゴリが他の民謡集から再録した民謡の出典は、ほぼ以上のようなものであるが、こうして収集された民謡の一部分は、前述のマクシモーヴィチの例のように他の収集家の民謡集の中に発表されている。まずゴーゴリは一八三〇年代前半にフォークロア研究家ベロゼルスキーにいくつかの民謡のテクストを提供しているが、後にこのテクストはA・メトリンスキーの手に渡り、彼により『南ロシア民謡集』［Метлинский 1854］の中で発表された。メトリンスキーがゴーゴリの提供によるものとしているのは七つの叙情歌である。次にベッソーノフの『カレーキ・ペレホージェ（巡礼）』［Бессонов 1861-1864］の第四文冊には、ゴーゴリが幼年時代に愛唱していたという五つの民謡が、彼自身が記憶によって書きとどめたもの、という注釈付きで発表されている。ベッソーノフは個人的にはゴーゴリと接触はなかったと言われ、このテクストがベッソーノフの手に渡った経路は、明らかではない。

さてゴーゴリの収集した民謡がまとまって出版されるのは、二十世紀に入ってからである。一九〇八年にゲオルギエフスキーは、ゴーゴリの原稿の中からロシア民謡を記録した一冊のノートとウクライナ民謡を記録した二冊のノートを発見し、公刊した［Георгиевский 1908］。これらのノートには総計一一二篇のロシア民謡と五七二篇のウクライナ民謡、及び一六のウクライナの謎々が収録されている。またM・スペランスキーはP・キレエフスキーの原稿の中から四六のウクライナ民謡を記録した三つの小さなノートを発見し、一九一二年に公刊している［Сперанский 1912］。キレエフスキーは当初自分のロシア民謡集にウクライナ及びベラルーシ民謡をも収録する計画を持っていて、ゴーゴリはこの計画に大きな興味を示したといわれる。キレエフスキーは一八四八年に出版したロシア民謡集の中で、ゴーゴリが彼に提供したという「ロシア各地で収集した民謡のノート」について言及しているが［Киреевский 1848: V］、これがスペランスキーが公刊したものと同じものであるかどうかは明らかではない（キレエフスキーとゴーゴリとの関係については、［Соймонов 1971: 192-202］を参照）。さらに最近になって画家A・イワーノフの文書の中から五三のウクライナの史謡及びドゥーマを記録したノートが発見され、一九六八年に『文学遺産』第七十九巻（『作家によって収集された民謡』）［Литературное… 1968］の中で発表された。歴史的テーマを扱った民謡のみが収録されているこのノートは、特に『タラス・ブーリバ』の創作との関係で注目されている。(13)

さてゴーゴリの収集した民謡で現在までに公表されているものは以上でほぼすべてであり、その数は総計七五〇篇を越える。このようなゴーゴリのウクライナ民謡の収集の動機及びそれを支えている民謡観は、一八三三年に書かれた論文『小ロシア民謡について』に最も明瞭にあらわれている。この論文は最初マクシモーヴィチの二番目の民謡集『ウクライナ民謡集』の書評として構想されたものであるが、後に独立した論文の形式をとるに至った。この論文にあらわれたゴーゴリの民謡観は、同時代のウクライナ民俗学者に共通してみられたもので、それによれば民謡はすぐれた文学であると同時に年代記等よりもはるかにすぐれた最良の歴史的資料であるとされる。このようなロマン主義的な歴史観とフォークロア観の結合は、前述のようにウクライナがヘトマン時代という黄金時代を過去に持ち、その時代の記憶を反映したドゥーマ及び史謡というフォークロアを持っていたという特殊な事情によってさらに強められていたのである。このようなフォークロア観は、『ディカーニカ近郊夜話』にみられるカーニバル的なフォークロリズムとは異質なものであって、この両者の矛盾はおそらく『タラス・ブーリバ』に最も明瞭にあらわれている。即ちフォークロアがそれを支えている具体的な共同性によって自らはらむ本質的な同時代性は、叙事詩的な過去への志向とは相反するものであって、この矛盾は文学ジャンルの領域ではおそらくバフチンが〈叙事詩〉と〈長篇小説〉という対立概念によって表現したものに相当する［Бахтин 1975c］［バフチン 二〇〇一］。意識的にはロマン主義的な視点からフォークロアを捉えようとしたゴーゴリは、本質的にはフォークロアそのものがはらむカーニバル的な世界感覚に逆に深く規定されていたと言うべきであり、それは彼の初期作品の綿密な検討によって明らかになるものと思われるが(14)、この問題については、初めに述べたように稿を改めることにしたい。

［註］

（1） 以上語源に関しては、Фасмер М. *Этимологический словарь русского языка.* Москва, 1964-1973 の «Малороссия» 及び «Украина»

の項を参照。

（2） Полемическая литература —— 直接的には、政治的な理由から一五九六年にブレストにおいて実現された正教とカトリックの合同を契機としてポーランドとベラルーシ、ウクライナに起こった、宗教・思想的論争を内容とする文学。形式的には、書簡、論文など様々なジャンルが用いられた。

（3） 赤ロシアとは、現在のカルパチア・ウクライナを指す。

（4）『モスクワ電信』に掲載されたウクライナ・フォークロアに関する記事については、［Азадовский 1958: 235-236］を参照。

（5）『ウクライナ雑誌』に掲載されたウクライナ・フォークロア関係の記事としてアザドフスキーは、Кулжинский И. Некоторые замечания касательно истории характера малороссийской поэзии (1825. Ч. 5. № 11); Склабовский А. Троицын день, или Русальная неделя (1824. № 11); Склабовский А. Иван-Купало (1824. № 12) などをあげている［Азадовский 1958］。

（6） ゴーゴリの初期作品におけるウクライニズムの起源を、この作品にもうかがえる当時のウクライナ文学そのものの多言語的性格にみることは、不当ではないと思われる。さらに言うならば、ペテルブルグ物以後のゴーゴリ作品にみられる『自然派』的な言語の取扱いも同じ根から出ていると考えられる。ウクライナの特殊な歴史的条件は、第一節で触れたような多言語的現実を生みだし、さらにバフチンが小説の基本的特質の一つとしてあげている多言語性を、フォークロア及び文学のなかに形成したのである（小説における多言語性については［Бахтин 1975b］［バフチン　一九九六］を参照のこと）。

（7） このノート«Книга всякой всячины или подручная энциклопедия»は、［Гоголь 1937-1952. Т. 9: 495-538］に収録されている。

（8） ポーランドにおける最初のウクライナ民話の出版は、Wójcicki K. *Klechdy: Starożytne podania i powieści ludu polskiego i Rusi.* Warszawa, 1837 であり、ロシアにおける最初の出版は、Рудченко И. (изд.) *Народные южно-русские сказки.* Вып. 1. Киев, 1869 であるとされる。

（9） この手紙でゴーゴリが説明を求めた事項に関する記述がみられる［Гоголь 1937-1952. Т. 10: 144］。

（10） 以上記載の出典に関しては、『よろずなんでも帳』への註釈［Гоголь 1937-1952. Т. 10: 655-656］及び［Luckyj 1971: 103］によった。

（11） 一八三四年三月六日付のスレズネフスキーあての手紙［Гоголь 1937-1952. Т. 10: 300］を参照。

（12） 詳しくは、［Красильников 1936: 377-406］を参照。なおホダコフスキの収集したウクライナ民謡は、一九七四年に初めてキエフで出版された（[Українські... 1974]）。ゴーゴリの収集との関係については、同書、三五－三六頁を参照。

（13） 以上ゴーゴリの民謡収集については以下の論文を参照［Красильников 1936］［Ухов 1959］［Айзеншток 1968］。

（14） ゴーゴリの創作におけるウクライナ・フォークロアの意義については、バフチンの「ラブレーとゴーゴリ」が最も本質的な問題を提出している（本書第二章参照）［Бахтин 1975a］［バフチン　一九八二］。

［参考文献］

Айзеншток И.　1968　Вступительная статья к публикации украинских народных песен, собранных Н. В. Гоголем. In *Литературное наследство*. Т. 79. Москва

Азадовский М.　1958　*История русской фольклористики*. Москва

Babinski H.　1974　*The Mazeppa Legend in European Romanticism*. New York; London

Бахтин М.　1975a　Рабле и Гоголь. In М. Бахтин. *Вопросы литературы и эстетики*. Москва

——　1975b　Из предыстории романного слова. In М. Бахтин. *Вопросы литературы и эстетики*. Москва

——　1975c　Эпос и роман. In М. Бахтин. *Вопросы литературы и эстетики*. Москва

バフチン、M　一九八二　「ラブレーとゴーゴリ」（佐々木寛訳）『ミハイル・バフチン著作集第七巻　叙事詩と小説』新時代社

——　一九九六　「小説の言葉の前史より」（伊東一郎訳）『小説の言葉』平凡社（平凡社ライブラリー）

——　二〇〇一　「叙事詩と小説」（杉里直人訳）『ミハイル・バフチン全著作　第五巻（一九三〇年代の小説ジャンル論）』水声社

Бантыш-Каменский Д.　1822　*История Малой России*. Москва

Бессонов П.　1861-1864　*Калеки перехожие*. Москва

Данилов С.　1948　*Очерки по истории русского драматического театра*. Москва; Ленинград

De Bray R.　1951　*Guide to the Slavonic Languages*. London; New York

Дей О.　1975　*Сторінки з історії української фольклористики*. Київ

Георгиевский Г.　1908　*Песни, собранные Н. В. Гоголем*. Санкт-Петербург

Гиппиус В.　1924　*Гоголь*. Ленинград

Гоголь Н.　1937-1952　*Полное собрание сочинений: В 14 т*. Москва

История...　1954　*История украинской литературы*. Т. 1. Киев

——　1956　*История Украинской ССР: В 5 т*. Т. 1. Киев

——　1846　*История Русов или Малой России*. Санкт-Петербург

Історія...　1967　*Історія української літератури: У 8 т*. Т. 2. Київ

Кадлубовский А.　1911　*Гоголь в его отношениях к старинной малорусской литературе*. Нежин

Калиновский Г.　1777　*Описание свадебных украинских простонародных обрядов в Малой России и слободской украинской губернии*. Санкт-Петербург

Кирдан Б.　1974　*Собиратели народной поэзии.* Москва
Киреевский П.　1848　*Русские народные песни, собранные Петром Киреевским.* Ч. 1. Москва
Красильников С.　1936　Истории собрания украинских песен Н. В. Гоголя. In *Н. В. Гоголь: Материалы и исследования.* Под ред. В. Гиппиуса. Москва; Ленинград
Kridl M.　1956　*A Survey of Polish Literature and Culture.* The Hague
Krzyżanowski J. (red.)　1965　*Słownik folkloru polskiego.* Warszawa
Кулжинский И.　1827　*Малороссийская деревня.* Москва
Кулиш П.　1856　*Записки о жизни Гоголя.* Т. 2. Санкт-Петербург
栗原成郎　一九七二「セルビア民謡『ハサン・アカの妻の哀歌』について」『比較文学研究』第二二号
Левшин А.　1816　*Письма из Малороссии.* Харьков
Литературное...　1968　*Литературное наследство.* Т. 79: Песни, собранные писателями. Новые материалы из архива П. В. Киреевского. Москва
Лукашевич П.　1836　*Малороссийские и червонорусские народные думы и песни.* Санкт-Петербург
Luckyj G.　1971　*Between Gogol' and Ševčenko.* München
Львов-Прач　1790　*Собрание народных русских песен с их головами.* Санкт-Петербург
Максимович М.　1827　*Малороссийские песни.* Москва
——　1834　*Украинские народные песни.* Москва
——　1849　*Сборник народных украинских песен.* Киев
Маркевич Н.　1831　*Украинские мелодии.* Москва
——　1842-1843　*История Малороссии.* Москва
Markevitch I.　1980　*Être et avoir été : Mémoire.* Paris
Маркович Я.　1798　*Записки о Малороссии, ее жителях и произведениях.* Санкт-Петербург
Марковський Є.　1929　*Український вертеп.* Вып. 1. Київ
Метлинский А.　1854　*Народные южнорусские песни.* Киев
Мирошник Д.　1959　*Н. В. Гоголь: Его роль в укреплении русско-украинских языковых связей.* Харьков
Назаревский А.　1936　Из архива Головни. In *Н. В. Гоголь: Материалы и исследования.* Под ред. В. Гиппиуса. Москва; Ленинград
Новиков Н.　1780-1781　*Новое и полное собрание российских песен.* Москва

Охрименко П., Пильгук И., Шлапак Д.　1970　*История украинской литературы.* Москва
Оксман Ю.　1952　Из разысканий о Пушкине: Неосуществленный замысел истории Украины. In *Литературное наследство.* Т. 58. Москва
Pauli Ż.　1839-1849　*Pieśni ludu ruskiego w Galicji.* Lwów
Павловский А.　1818　*Грамматика малороссийского наречия.* Санкт-Петербург
Пашков В.　1880　Черты из жизни Гоголя. *Берег.* 1880. № 268 (18 декабря)
Перец В.　1902　*Гоголь и малорусская литературная традиция.* Санкт-Петербург
Пыпин А.　1891　*История русской этнографии.* Т. 3. Санкт-Петербург
Рубан В.　1777　*Краткая летопись Малой России.* Москва
佐々木寛　一九八四「ナレージヌィの小説『ロシアのジル・ブラース』について」『ヨーロッパ文学研究』第三一号
Шаликов П.　1803-1804　*Путешествие кн. Шаликова в Малороссии.* Ч. 1-2. Харьков
Шашкевич М., Вагилевич И., Головацкий Я.　1837　*Русалка Днестровая.* Budapest
Сомов О.　1908　Письма О. М. Сомова к М. А. Максимову (Сообщены В. Даниловым). *Русский архив.* 1908. № 10
ソーモフ、О　二〇一一『ソモフの妖怪物語』（田辺佐保子訳）群像社（「クパーロの夜」、「ルサールカ」、「キエフの魔女たち」、「鬼火」などの「ウクライナ物」の訳を含む）
Соймонов А.　1971　*П. В. Киреевский и его собрание народных песен.* Ленинград
Сперанский М.　1912　*К истории собрания песен Н. В. Гоголя.* Нежин
Срезневский И.　1833-1838　*Запорожская старина.* Харьков
Цертелев Н.　1819　*Опыт собрания старинных малороссийских песней.* Санкт-Петербург
Ухов П.　1959　Н. В. Гоголь — собиратель дум и украинских исторических песен. *Известия АН СССР. Серия литературы и языка.* 1959. Т. XVIII. Вып. 1. 27-39
Українські...　1974　*Українські народні пісні в записах Зоріана Доленги-Ходаковського.* Київ
Українською...　1971　*Українською музою натхненні (Польські поети, які писали українською мовою).* Київ
Вервес Г.　1973　Отзвуки польского романтизма на Украине в первой половине XIX века. In *Польский романтизм и восточнославянские литературы.* Москва
Zaleski W.　1833　*Pieśni polskie i ruskie ludu Galicyjskiego.* Lwów
Зуев В.　1787　*Путешественные записки Василия Зуева от С.-Петербурга до Херсона в 1781 и 1782 году.* Санкт-Петербург

第二章　ゴーゴリ―ウクライナ・バロック―民衆文化
――バフチン「ラブレーとゴーゴリ」に寄せて

一　はじめに

バフチンの著作を概観して強く印象に残るのは、その一貫した方法論的志向である。そしてその反面、その世界文学全般にわたる博識にもかかわらず、その中に比較文学的なテーマに捧げられたものがほとんどないこともまた特徴的である。この意味でもその論文「ラブレーとゴーゴリ（言葉の芸術と民衆の笑いの文化）」は数少ないバフチンの比較文学的性格の論文として注目されるのだが、しかし直接の文学的影響関係のないこの二人の比較はいささか唐突で、我々をとまどわせるものがある。しかしバフチンのこの比較は、この二人の作家の背後にあった文化的伝統の機能的共通性を念頭に置いた類型論的なものであることをまず理解する必要がある。本稿はゴーゴリの文学のカーニバル性の背後に存在するウクライナ・バロックの文化的伝統と、その民衆文化との関わりを明らかにすることによって、バフチンのこの論文をいわばバフチンの意図に沿って敷衍しようとするものである。まず彼の所論を見てみることにしよう。

『ミールゴロド』と『タラス・ブーリバ』にはグロテスク・リアリズムの諸特徴が現われている。ウクライナ

> におけるグロテスク・リアリズムの伝統は（ベラルーシにおけると同様に）非常に強力で根強いものであった。その温床となっていたのは主に宗教学校、神学校やアカデミーであった（キエフには独特の《聖ジュヌヴィエーヴの丘》が類似の慣習と共に存在した）。遍歴修行の生徒（神学校生徒《ブルサーク》）や身分の低い詠唱僧《クリーリク》、《旅歩きの下僧》が滑稽小説・小咄・もじり言葉・パロディー的文典等々の口承の娯楽文学をウクライナ全土に広め歩いた。学校の休暇期間は、それに固有の習俗と無作法の特権によって、ウクライナにおいて文化の発展に重要な役割を演じた。グロテスク・リアリズムの伝統はウクライナの学校（宗教学校のみでなく）において、ゴーゴリの時代やそれ以後でさえもまだ生き続けていた。それはウクライナの雑階級インテリゲンチャ（主に僧侶階級の出身である）の食卓での雑談の中に生き続けていた。ゴーゴリはこの伝統を、直に生きた口頭の形式で知らずには置かなかった。のみならず、書物を源泉として彼はそれを非常によく知っていた。最後に、グロテスク・リアリズムの重要な諸要素を彼はナレージヌィからわが物としたのであるが、その作品は深くグロテスク・リアリズムの諸要素に貫かれたものであった。神学校生徒の遠慮のない休暇期間の笑いは、『近郷夜話』に響いている民衆的・祝祭的な笑いと起源を一にするものであったが、それと同時にこのウクライナの神学校生徒の笑いは、西欧の risus paschalis（復活祭《パスハ》の笑い）の遠いキエフにおけるこだまでもあった。このゆえに、民衆的・祝祭的なウクライナのフォークロアの諸要素と神学校のグロテスク・リアリズムの諸要素とが、『ヴィイ』と『タラス・ブーリバ』では非常に有機的に調和して結合されているのであり、これはそれより三世紀前にラブレーの小説において類似の要素が有機的に統合されたのと同じことである。ラテン語の教養に民衆的な笑い、豪傑的な力、並外れた食欲と渇欲を合せ持つ、民衆的《デモクラチック》な寄る辺ない神学校生徒ホマー・ブルート何某の姿は、その西欧の朋輩たち、パニュルジュや、とりわけ修道士ジャンにきわめて近い。
>
> （佐々木寛訳）［Бахтин 1975: 486-487］［バフチン　一九八二：一一〇—一一一］

ここでバフチンはゴーゴリの背後にあるグロテスク・リアリズムの伝統を、ウクライナの神学校、アカデミヤの文化的伝統と結びつけている。しかしウクライナにおいて神学校、アカデミヤ等の学校制度が確立するのは十六世紀以降のバロック時代であり、ルネッサンスというラブレーの文学史的位置とはずれることになる。しかしバフチンの所論は、ゴーゴリに対するウクライナ・バロック期の文化が、ラブレーに対するルネッサンス期の文化と同様の機能を果たしたという事実を指摘しているのであり、あくまでも類型論的比較として理解する必要がある。それではウクライナの神学校やアカデミヤは何故グロテスク・リアリズムの温床となり、その文化的伝統は何故ルネッサンス的意義をになうことになったのであろうか。

二　キエフのモギラ・アカデミー

元来東スラヴには遅くまで体系的な教育制度を持った教育機関は存在しなかったが、その先鞭を付けたのはロシアではなく、ウクライナであった。具体的にはそれはキエフのモギラ・アカデミーである。これは当時ポーランド領であったキエフにおいて、後のキエフ府主教ピョートル・モギラ（ペトロ・モヒラ）〔在位一六三二－四七〕によって開かれた。モギラはモルドヴァ大公の子であり、母はウクライナ貴族の出であった。モルドヴァの伝統的宗教はウクライナと同様東方正教であり、十七世紀にはモルドヴァとウクライナは文化的に密接な関係にあった。しかしモルドヴァの言語がルーマニア語と実質的に同じロマンス語であることを考えると（モルドヴァ語の表記がペレストロイカ期にキリル文字からルーマニア語と同様にラテン文字に改められたことは記憶に新しい）、この出自はモギラの後のラテン文化志向を暗示するものといえよう。事実彼はパリのソルボンヌで教育を受けるのである。

さてモギラは、一五八九年に創立されたキエフ・ペチェルスキー修道院神学校を改組して一六三一年にモギラ・コレギウムを開く。これが一七〇一年に神学を新しくカリキュラムに取り入れてアカデミーに改組されるのである。ちなみに一六八二年にモスクワに設立されたスラヴ＝ギリシア＝ラテン・アカデミーはこのキエフのコレギウムをモデルに作られたものである。この時代のバルカン半島の正教圏はオスマン・トルコの支配下にあったため、このアカデミヤは東方正教圏において事実上最初の教育機関となり、その地理的条件もあいまって、たちまちきわめて強い影響力を持つ高等教育の国際的中心となった。このアカデミーで学んだ学生は社会階層においても、民族的にもきわめて多様であった。そこには僧侶だけでなく、貴族、富裕コサック、職人、農民などが学んでいたし、またウクライナ人のほかにロシア人が、バルカン半島からはルーマニア人、ブルガリア人、セルビア人が、さらにはアラビア人までが学んでいた。このアカデミーはポーランド・カトリックのジェスイット派の布教に対抗するために作られたものだが、モギラはそのためにわざわざポーランドのジェスイット学校をアカデミヤのモデルとした。これは東方正教の理論武装のためにはラテン的教養が不可欠と彼が考えたためである。教育科目は十二世紀以降西欧の神学校で一般的に教えられていたもの、即ち文法、哲学、修辞学、数学、天文学、幾何、音楽などであった。重要なことは教育に用いられた言葉が教会スラヴ語などの語学や教理問答（カテキズム）以外はすべてラテン語であったことである。ここにバフチンが「ラテン語の教養に民衆的な笑い、豪傑的な力、並外れた食欲と渇欲を合せ持つ、民衆的な寄る辺ない神学校生徒ホマー・ブルート何某の姿は、その西欧の朋輩たち、パニュルジュや、とりわけ修道士ジャンにきわめて近い」と記すための客観的な条件があったのである。

このような教育制度がウクライナにもたらしたのは、まずポーランド・バロック文化の流入であった。ロシア文学史におけるバロックの概念については、まだ様々な問題が残されているが、ウクライナにおいては文化の全領域において、ほぼポーランド・バロックと並行的にウクライナ・バロックの概念を立てることができる。

さてこのように十六－十七世紀のバロック期にウクライナに初めて登場した教育機関の文化史的意義はきわめて大きかった。というのもこれらの神学校、アカデミーはラテン文化による教育によって、ルネッサンス以降の西欧文化を東スラヴの知識人に遅ればせながら初めてもたらしたからである。十七－十八世紀のキエフの著作者たちは、マキャヴェリ、ニコラウス・クザーヌス、ジョルダーノ・ブルーノ、エラスムスなどのルネッサンスの著作家、またベーコン、ケプラー、デカルト、ロック、グロチウス、コメニウス、コペルニクスなどの同時代の西欧の著作家を知っていた。この時代のウクライナの知識人の多くは、教会スラヴ語だけでなくラテン語でも著作を残している。

例えば一七〇四年にキエフ・アカデミーの教授となっているプロコポーヴィチは、『詩学講義』De arte poetica libri tres をラテン語で書いているが、これはウクライナ・バロックの著作家にとって例外的なことではなかった。

またこのアカデミーの哲学の教科書にはアリストテレス、プラトン、エレア派のゼノン、プトレマイオスなどの古典古代の著作家の著作が用いられていたが、モンゴルの侵入によってルネッサンスを経験することなく西欧文化と切り離されたウクライナは、ラテン的な教養とともにギリシア・ローマの古典文化に実質的に初めて触れることになったのである。

このように見てくるならば、ウクライナ・バロックの文化が東スラヴ文化の全体に対してルネッサンス的意義を持ったこと、バフチンのラブレーとゴーゴリの比較がここから理解されねばならないことが改めて確認されるであろう。

三　ウクライナ・バロックと民衆文化

ウクライナ・バロックは十七世紀から十八世紀にかけてポーランド・バロックの強い影響下に成立したもので、その最も見やすい現われは建築様式である。また絵画の領域にもバロック様式はかなり明瞭に見てとれる。しかしロシアと同様ルネッサンスを経験しなかったウクライナの文学史においてバロック概念をどの程度認めるかについては意見が分かれるところである。チジェフスキーなどはスラヴ比較文学史家の立場からウクライナ・バロックの概念を積極的にうちだしているが、ソヴィエト時代のウクライナ文学史はむしろ伝統的なロシア文学史の構成と並行的に見ようとする傾向が強く、そこではバロックの概念は積極的に提示されていない。しかし私見ではむしろロシア文学史とウクライナ文学史の歩みのずれこそが重要な意味を持つのであって、ウクライナでは様式としてのバロックが文化史的にルネッサンス的役割を果たした、という状況を忘れてはならない。

さてウクライナ・バロックはいくつかの注目すべき特徴を持っているが、その中で最も重要なのは、主に宮廷文学として発達したロシア・バロックとは異なり、宮廷を持たなかったウクライナのバロックが民衆文化ときわめて密接に結びついていたことである。即ちウクライナにはロシア・バロックには見られなかった「低位のバロック」あるいは「民衆的バロック」が現われるのであるが、これはウクライナ文化の全体が中央ロシアからは辺境の文化であったことと、ウクライナ・バロックをになった知識人が、公式文化と民衆文化とを媒介する立場にあったことが大きな原因となっている。そしてバフチンのいわゆるグロテスク・リアリズムと結びつくのが、この「民衆的バロック」であることは言うまでもない。バフチンが「ラブレーとゴーゴリ」で「バロック」という様式史的概念を用いていないのは、「高位のバロック」がむしろ彼のいわゆる「モノローグ的小説」の系譜につながるからであろう（『小説の言葉』第五章における「バロック小説」についての議論を参照のこと）。

ところでバフチンは、ゴーゴリはウクライナにおけるグロテスク・リアリズムの伝統を口頭の形式で、また書物によってよく知っていた、と指摘しているが、それは具体的にはウクライナ・バロックのどのようなジャンルにあらわれていたのであろうか。おそらくそれは一方では多様なパロディ文学であり、他方ではフォークロアと結びついた喜劇であった。

まずパロディだが、十七世紀以降のウクライナ・バロック文学には様々な種類のパロディが現われる。特に宗教的テーマのパロディは、この時代もっぱらウクライナに現われるものであって、ロトマンとウスペンスキーは、リハチョフ・パンチェンコの『中世ロシアの笑い』の書評において、この時代のモスクワ・ロシアとウクライナでは、宗教的パロディと笑いに対する態度に大きな違いがあった、と指摘している。即ちモスクワ・ロシアでは宗教的パロディは冒瀆とみなされていたのに対して、間接的に西欧のカーニバル文化の影響下にあったウクライナでは、それは何ら冒瀆とみなされなかった、という。実際このタイプのパロディはしばしば非ロシア的なものとみなされ、その写本には「ポーランドの書物より」という注記が少なからず見出される、とのことである。バフチンが「ウクライナの神学校生徒の笑いは、西欧の『復活祭《パスハ》の笑い』の遠いキエフにおけるこだまでもあった」と書いた時、彼は西欧→ポーランド→ウクライナへと伝えられたカーニバル的笑いの系譜を思い描いていたに違いない。

次にウクライナ・バロック期の演劇文化において注目しなければならないのは、十七世紀以降に勃興するインテルメーディアと呼ばれる喜劇である。これは西欧では元来十五世紀頃に神秘劇の幕間劇としてあらわれたもので、ウクライナにはやはりポーランドを通じて伝えられた。ウクライナではこれは、主に神学校などで演じられていた宗教劇（学校劇）の幕間に上演されたものだったが、教会スラヴ語で上演された宗教劇とは異なり、当時の口語、即ちウクライナ語で書かれていた（ただしウクライナ語はロシア革命までは小ロシア方言と呼ばれ、独立した言語ではなくロシア語の方言とみなされてきた）。典型的な「低位のバロック」のジャンルであったこれらの喜劇が、しばしば民間のアネクドートなどのフォークロアを素材として用いていたことは特徴的である。例えば一六一九年にカメネツで上演されたインテルメーディアは、洗礼者ヨハネについてのポーランド語の宗教劇に挿入されたものだったが、「最上の夢」という民間のアネクドートを素材にしている。[1] このように民間のフォークロアを素材として用いることによって、インテルメーディアは、生きた口語によるウクライナの国民文学の出現を準備したのである。

ところでこのインテルメーディアが注目されるのは、その多言語的な性格である。つまりこの喜劇にはキエフ神学校の多言語的生活を反映して、ウクライナ人のほかにリトアニア人、ベラルーシ人、ポーランド人、ユダヤ人、トルコ人、ギリシア人、ジプシーなどが登場するが、ウクライナ人、ポーランド人、ベラルーシ人はそれぞれ自国語のせりふを喋り、それ以外の民族の登場人物もそれぞれの特徴のあるなまりでせりふを喋ることになっていた。即ちこのジャンルにおいてはそれまでのウクライナ文語を支配していた単言語性《モノロギズム》は追放され、バフチンが小説言語の特性としてしばしば強調している多言語性が創作原理となっているのである。言語そのものの描写、言語的特徴による登場人物の性格づけ、というゴーゴリに特徴的な方法はウクライナ文学においてはこのインテルメーディアにおいて初めてあらわれるものであった。インテルメーディアにおける登場人物とその性格はほとんど固定的なもので、愚鈍な農夫、彼らをたぶらかすロシア人の兵士、あるいはピカロ的性格を持った神学校生、無分別で高慢なポーランドの士族、狡猾なユダヤ人の居酒屋の主人、民謡を歌うザポロージェ・コサック、ジプシー（ロマ）、悪魔などが主要なものであった。これらの登場人物はドヴガレフスキー、コニスキー、ネクラシェヴィチらのインテルメーディアに繰返し見出される。ゴーゴリとの関連で興味深いのは、ゴーゴリの曾祖父と考えられているタンスキーが十六世紀に活躍した著名なインテルメーディア作家だったことである。そしてウクライナにおいてこのインテルメーディアの伝統がゴーゴリの同時代、即ち十九世紀まで存続していたことは重要である。例えば喜劇作者として知られていたゴーゴリの父ワシーリヤコトリャレフスキーの戯曲にはインテルメーディアを思わせるロシア人の兵士のイメージを繰返し見出すことができるのである。

ところでこのような笑いの文学をウクライナの全土に普及したのは、バフチンも指摘するように各地を遍歴していた下級僧侶や休暇中の神学生たちであった。再びバフチンの言葉を借りるなら「学校の休暇期間は、それに固有の習俗と無作法の特権によって、ウクライナにおいて文化の発展に重要な役割を演じた」のである。彼らは農家を訪れては宗教歌やカントなどの世俗的な合唱音楽、文学を謡い聞かせ、糊口をしのぎながら各地を遍歴する門づけの生活を送ったのだが、その活動によってウクライナ・バロックの「笑いの文化」をフォークロア化し、また自らの作品にフォークロアを積極的に取り入れていった。そしておそらくこの過程で生まれたのが、インテルメーディアの人形劇化ともいうべきフォークロアのジャンル、ヴェルテプである。

ヴェルテプの起源は、十七世紀前半に遡ることができるが、特にそれが広範な普及をみたのは十八世紀であった。この劇の作者でありまた演者であったのは、寄宿学校生や神学生たちであって、彼らは主にクリスマス休暇に村々を、上下二層に仕切られた木製の箱を舞台として持ち歩いて上演した。劇の全体はキリストの生誕を描いた宗教的部分と、民衆の陽気な馬鹿騒ぎを描いた世俗的な部分の二部から構成されていた。ジャンルの高低に応じて、前者は二層に分かれた舞台の上の部分で、後者は下の部分で演じられた。第一部は学校劇の一ジャンルである降誕劇に近いもので、羊飼いによる幼子イエスへの礼拝、ヘロデによる幼児虐殺、死神によるヘロデの斬首、死体の悪魔への引渡しなどの場面からなり、せりふは当時の文語で書かれていた。また演者の歌うコリャートカ（クリスマス・キャロル）やカント（三声で歌われる世俗的な聖歌）が実質的に劇音楽となっていた。また踊りの場面などではしばしば民族音楽が用いられた。例えば羊飼いが民族楽器の伴奏でウクライナの民族舞踊カザチョークを踊る場面はヴェルテプにつきものであった。

第二部は人形によって演じられるインテルメーディアというべきもので、いつも主役を演じるザポロージェ・コサックの外に老人、老婆、ロシア人の兵士、ポーランド人、僧侶、ユダヤ人、ハンガリー人、ジプシー、悪魔、居酒屋のおかみなどが登場し、歌と民族楽器の演奏、踊りが大きな役割を果たした。主役の勇敢なザポロージェ・コサックはいつも勇ましい民謡と共に登場し、ポーランド人の地主たちや僧侶たちを嘲笑する。この無敵の主人公はいつも最後に勝利を収め、悪魔さえも打ち負かしてしまう。このヴェルテプのせりふにはインテルメーディアと同様、登場人物が実際に日常使用していたそれぞれの言語が用いられた。またこのヴェルテプは後には実際に人間によっても演じられるようになった。

ヴェルテプは十九世紀以降まで広く普及していた民衆劇で、ゴーゴリはおそらくそれをよく知っていた。『ヴィイ』には神学校生が夏期休暇にヴェルテプを見せて歩きに旅に出るさまが描かれており、『イワンとイワンが喧嘩した話』では風に翻る洗濯物がヴェルテプになぞらえられている。

ヴェルテプはこのようにウクライナ・バロックの伝統と民衆的な笑いの文化をその中に統合したジャンルということができるが、ゴーゴリの『ディカーニカ近郷夜話』は基本的にこのヴェルテプの世界を散文の世界に移し変えたもの、ということができる。即ちここに収められた短篇の登場人物の多くは（その命名も含めて）ヴェルテプによって類型化されたものがほとんどである。例えば意地悪な継母と愚鈍な父、最後に勝利を収めるコサックの若者、ひとくせあるユダヤ人の居酒屋の主人、狡猾なジプシーなどがそれである。本質的にこのゴーゴリの初期作品において、語り手は人形のあやつり師であり、作者はこの作品でウクライナの農村をリアルに描き出しているのでは全くない。食事や衣装などの物質文化に関するゴーゴリの詳細な記述はそれ自体としては正確なものであるが、しかしそれも作品の虚構性に与えられた外被にすぎないのである。ゴーゴリの登場人物たちはこの意味で多言語的に造型されてはいてもポリフォニックな関係を結ばない。

ゴーゴリの散文のこのような出発は、その後のゴーゴリの創作をおそらく規定した。一言で言うならばゴーゴリの登場人物は本質的に、いわば作者によって賦活される物質的な記号なのである（『ディフェンス』で登場人物をチェスの駒に重ね合わせたナボコフが想起されよう）。ゴーゴリの登場人物の造型が多くの場合内的動機づけを欠き、言語的、肉体的に即ち外的、物質的にのみ性格づけられるのもおそらくこのためで、ゴーゴリの作品においてしばしば人間あるいは動物と物質・自然の境界が曖昧になるのもこのことと関連している。

この点でメイエルホリドによる『検察官』の人形劇的演出は、はからずもゴーゴリのこのようなグロテスクの特質を露呈させている点で興味ふかい。メイエルホリドのこの演出はゴーゴリのネオ・バロック的な特質に反応したものともいえるが、そもそもゴーゴリの出発点を考えるなら、そこに「世界＝劇場」というきわめてバロック的な理念を見出さないわけにはいかないであろう。ゴーゴリはここでも再びウクライナ・バロックと出会うのである。

一般的にゴーゴリの作品の演劇性は、既に指摘されていることであるが、『ディカーニカ近郷夜話』が、ヴェルテプを下敷きとしながら、小説というジャンルにおいて書かれたことは重要である。バフチンによれば小説というジャンルにおいてのみ、「言葉は言葉によって描写され」、そこで「二つの言葉が対話的に出会う」からである。ウクライナ語や教会スラヴ語をまじえたこの作品の多言語的な世界において、ゴーゴリは登場人物のせりふに様々なパロディ的響きを与えているが、そのなかで作者はおそらく「言葉による言葉の描写」の方法を学んでいった。

ところで単一言語的な「生真面目」な叙事詩のジャンルと、多言語的な「笑いの文化」に結びつく小説ジャンルを対置するバフチンの概念に従うなら、ヴェルテプ的な民衆的祝祭の世界を素材として多言語的な小説世界を構築したゴーゴリの資質は疑いもなく「小説的」なものであった。処女作である牧歌詩『ガンツ・キュヘリガルテン』、そして叙事詩『死せる魂』第二部の失敗はこの意味で象徴的である。バフチンは『叙事詩と小説』においていみじくもゴーゴリの悲劇はジャンルの悲劇である、とし、ダンテの『神曲』を念頭に置いて『死せる魂』を書いたゴーゴリが、結局はこの「親密な接触の圏域から抜け出すことも、一定の距離を置いた肯定的人物をこの圏域の中に送りこむこともできなかった」と指摘している。この「ジャンルの悲劇」は、ウクライナ・バロックの伝統から出たゴーゴリが十九世紀ロシア文学の流れの中で、自分の本質にみあうジャンルを見出すことができず自らの本質に反した高位の叙事詩的ジャンルをめざしたことからおきたものと考えられよう。

四　ウクライナ・バロックとゴーゴリの先行者たち

ゴーゴリの初期作品が明らかにウクライナ・バロックの影響を受けていることは既に見てきた通りだが、このような現象は決してゴーゴリにのみ孤立して見られるものではない。この意味でのゴーゴリの直接の先行者をロシア文学史に探るとすれば、それはV・ナレージヌィ（一七八〇－一八二五）である。その作品としてはルサージュの翻案というべき『ロシアのジル・ブラース』（一八一四）が有名だが、初期ゴーゴリとの関連では、ウクライナの神学校生活を描いた『神学生』（一八二四）の『ヴィイ』への、また『二人のイワン、あるいは訴訟熱』（一八二五）の『イワンとイワンの喧嘩した話』への影響は既に指摘されているところである。しかしこの両者の関係は単なる影響関係ではない。バフチンは既に見たように、ナレージヌィをロシア文学史上のグロテスク・リアリズムの系譜の中で捉え、この意味でゴーゴリの先行者と呼んでいるのである。

ナレージヌィはゴーゴリと同じくポルタワ県ミールゴロド郡の生まれで、最初故郷の神学校に学んだ。この経験は後の彼の創作の素材となっただけでなく、「グロテスク・リアリズムの温床」たるウクライナの神学校で受けた彼の教育は、ナレージヌィの創作にウクライナ・バロック文化の刻印を押さずにはおかなかったのである。それは彼の作品『神学生』がまさにこのウクライナの神学生という両義的な知識人の類型を主人公として導入したことによって具体化した。この人物類型は既に述べたようにインテルメーディアのジャンルで形成されたものであり、ゴーゴリの『ヴィイ』のホマーのイメージに受け継がれる。このピカロ的神学生の導入は、ナレージヌィのこの作品に、バロック期に特徴的なピカレスク・ロマンの性格を与えることになった。そもそもバフチンが「ホマー・ブルートの姿はパニュルジュやジャンのそれにきわめて近い」と指摘する時、彼はこれらの人物に共通するピカロ的性格を念頭に置いていたはずである。そしてこのウクライナ・バロック**演劇**の伝統において育まれた知識人の類型が、ナレージヌィ、ゴーゴリらのロシア語作家の**散文**において新しい生命を獲得したことはやはり重要である。これには本来のウクライナ語が十九世紀初頭には、文語として完全には成熟しておらず、従ってウクライナ語による芸術的散文のジャンルもまた未成立であった、という事情が影響を与えている。

ナレージヌィの作品のなかでは『神学生』ばかりでなく『ロシアのジル・ブラース』においてもウクライナ・バロックの影響が指摘されている。例えばミヘドはこの作品の中にヴェルテプを思わせるシーン、定期市や婚礼などの祝祭の時空間、インテルメーディアを思わせる登場人物、バロック時代に開花した様々なパロディ文学の存在と、その結果としての作品の多文体的性格を指摘しているが、ここにはバフチンが、ゴーゴリがナレージヌィから学んだとするグロテスク・リアリズムにつながる多くの要素を見出すことができる(2)。

次に本来のウクライナ語によるウクライナ文学の系譜にゴーゴリの先行者を探るとすれば、それは疑いもなくウクライナ国民文学の父といわれるI・コトリャレフスキー(一七六九－一八三八)であろう。彼は生地ポルタワのセミナリウムで学んだ作家で、インテルメーディア的な民衆喜劇『ナタルカ・ポルタウカ』、『魔法使いの兵士』(いずれも一八一九年初演)の作者として知られるが、特にウェルギリウスの叙事詩『アエネーイス』の翻案である『エネイーダ』は重要である。主人公エネイを陽気なザポロージェ・コサックに設定することによって主人公の人格の抽象的高潔さをパロディの対象としたこの作品は、ウクライナの同時代の民衆生活を素材とした一種のカーニバル文学である。それはウクライナ・バロックのパロディ文学の伝統に明らかに結びついているが、その物質的下層への志向、祝宴のイメージ、神学校の知的伝統をひいた言語遊戯の頻出などにおいて、ウクライナ・バロックとゴーゴリを結びつける環というべき作品である。ゴーゴリがこの作品に親しんでいたことは、『ソローチンツィの市』のエピグラフにしばしば『エネイーダ』からの引用があらわれることからも推測されるが、この作品がジャンル的にとりわけ大きな関連を持つのは『死せる魂』であろう。ゴーゴリがダンテの『神曲』を念頭に置いて書いたといわれるこの作品は、しかし本質的にはウクライナのグロテスク・リアリズムの体現者であるパロディ叙事詩『エネイーダ』により近いものとなった（バフチンは『叙事詩と小説』において「結果として生まれたのは『メニッポスの風刺』であった」と表現している）。『死せる魂』の基礎にカーニバル的な陽気な地獄巡りの形式があることをバフチンは指摘しているが、ザポロージェ・コサックたる主人公エネイの遍歴を基本的プロットとしている『エネイーダ』においては、実際に陽気な地獄巡りが大きな部分を占めている。いずれにしてもこの作品は、バフチンがその類縁性を指摘するラブレーの第四の書、即ち『パンタグリュエルの旅』やケヴェードの『幻影』などよりもおそらく直接的な影響を『死せる魂』に与えた先行作品と言えよう。しばしば指摘される『死せる魂』におけるホメーロス的比喩のパロディ的な利用やほとんど無意味な自己目的化された列挙の手法も、『エネイーダ』では頻出する手法である。しかしこの作品においてカーニバル的な笑いの要素がしばしばパセティックな要素と対比的に結びつけられて、即ちバロック的に表現されていること、そして同じ創作原理が『死せる魂』ばかりでなく、『ヴィイ』や『タラス・ブーリバ』にも見出されることは注目される(3)。

さて以上挙げた二人の作家は、ソヴィエト時代の文学史では普通古典主義の作家とみなされている。そして従来のソヴィエト時代のロシア文学史では普通、古典主義は十八世紀の第二・四半世紀に、ピョートルの改革を受け継ぐ啓蒙主義的イデオロギーの表現として現われた、とされ、カンテミールの風刺詩、スマローコフの古典的、国民史的題材による悲劇などがその代表としてあげられている。しかしロシア古典主義が宮廷文化と密接に結びついて展開したのに対して、宮廷を持たなかったウクライナではこのような意味での古典主義は成立しなかったと考えるべきであろう。そしてさらに注目すべきは、十七世紀に由来するバロックの伝統が、ウクライナにおいてはほとんど十九世紀まで支配的であった、という事実である。即ちウクライナ・バロックの温床となったウクライナの神学校は、基本的にバロック時代の教材を、十九世紀さらには二十世紀初頭まで使い続けていたのである（その影響は初期のトゥイチナーにさえ及んでいる）。バフチンが「グロテスク・リアリズムの伝統はウクライナの学校において、ゴーゴリの時代やそれ以後でさえもまだ生き続けていた」と指摘するとき、彼が念頭に置いていたのはおそらくこのようなウクライナ・バロックの文化史的特殊性である。

このように見てくると、ナレージヌィとコトリャレフスキーが実質的にウクライナ・バロックと結びついたグロテスク・リアリズムの体現者であることは、ロシア文学史とウクライナ文学史の流れのずれによって説明しうるのであって、必ずしもこの両者を古典主義作家として限定する必要性ない、といえよう。彼らの作品に溢れるカーニバル的世界感覚は、「節度」、「厳密な構成」、「文体の明解」などの古典主義の概念とは明らかに異質のものである。同じことはゴーゴリをロマン主義と規定する際にも言えることであろう。つまりナレージヌィとゴーゴリをウクライナ文学史とロシア文学史との相関の中で見るならば、これらの作家の特質は、ウクライナ文学史において十九世紀まで残存した「低位」の民衆的バロックがロシア文学史に突出したものと考えることができよう。それぞれ同時代の古典主義、あるいはロマン主義のジャンルにおいて自己を表現しなければならなかったこの両者は、結果としてウクライナ・バロックと古典主義の、あるいはロマン主義との奇妙な混合体として現象することになったのである。

五　ゴーゴリとバロック

こうしてコトリャレフスキー、ナレージヌィの系譜の上にゴーゴリを考える時、ゴーゴリのバロック的特質はおのずと浮かび上ってくるが、既に述べた特質以外にゴーゴリのいくつかのバロック的要素を指摘しておこう。

まずしばしば指摘されてきたゴーゴリの装飾的な文体は、ウクライナ・バロックの韻文文学に特徴的な高度の技巧的な言語遊戯とおそらく無関係ではない。この時期のウクライナではアルファベットを順に語頭あるいは詩行の冒頭に読みこんだアルファベット詩、詩行の冒頭の文字のみを続けて読めば作者か献呈者の名があらわれるアクロスティフ、詩行の左右いずれからも読める回文詩《ラーキ》などの複雑な技法が展開されていたのである。

ゴーゴリの散文における豊富な音韻反復は既に指摘されているところだが、シンタックスのデフォルメ、合成形容詞の多用、同語反復、特徴的な比喩表現、多様なパラレリズムなどの文体論的諸手法は、ゴーゴリの散文をバロックの詩的言語に近づけている。

ゴーゴリの文体のこのような特質は、既に指摘したゴーゴリの登場人物の人形的性格、その物質的記号性とおそらく無縁ではない。ゴーゴリの言語は、音韻的レヴェルから登場人物のイメージに至るまでその物質性によって特徴づけられる。それは、一方では、作品の中に真に生きた登場人物を創造することができず、またついに作品の中で真の恋愛を描けなかったゴーゴリの小説の限界をさし示す。バフチンは、ゴーゴリの登場人物は「性格」ではあっても、「人格」ではない、と指摘しているが、この物質的作品世界の外部にとどまり、作中人物たちとポリフォニックな関係を結べなかったゴーゴリは、基本的に作中人物を「演じた」のであって、ここにゴーゴリ特有の「世界＝劇場」という感覚、現実を仮象のものとしか知覚できないバロック的なメランコリーの一因があろう。

しかし他方ではゴーゴリは、その同じ特質によってほとんど未来派の先駆者とも言うべき言語実験を実現したのである。ゴーゴリのバロック的特質を考えるにあたって興味深いのは、二十世紀初頭のロシア文化におけるゴーゴリの受容である。それは図らずもゴーゴリのバロック的特質を間接的に明らかにする結果になっている。

つまりここで注目したいのは二十世紀初頭のロシア・アヴァンギャルドあるいはその理論的対自化というべきロシア・フォルマリズムが十九世紀ロシア文学の中でほとんどただ一人ゴーゴリにのみ注目した、という事実である。これはアヴァンギャルドにおけるネオ・バロック的なものがゴーゴリのバロック的特質に反応したもの、と解釈できよう。そもそも所記よりも能記に、表現内容よりも表現そのものに重点の置かれたバロックの様式は、リアリズムの反動として登場したロシア・アヴァンギャルドの創作原理と記号論的な共通性を持つが、この意味でエイヘンバウムの「ゴーゴリの『外套』はいかに作られたか」、メイエルホリドによる『検察官』のヴェルテプを思わせる人形劇的な演出、ショスタコーヴィチによる『鼻』のオペラ化は、それぞれゴーゴリの言語の肉体性あるいは物質性に注目することによって、ゴーゴリの文学のカーニバル性とバロック的特質を図らずも無意識のうちに明らかにしているといえよう。

六 「陽気な死」とウクライナ民衆文化

さて前章にいたるまで、主にウクライナ・バロックの笑いの文化とゴーゴリのかかわりについて見てきたが、ここでウクライナ本来の民衆文化の世界観とゴーゴリのかかわりについて見ておきたい。特に問題にしたいのは彼の生死観である。つまりバフチンは、「民衆文化においてのみゴーゴリにおける陽気な滅亡、陽気な死を理解することができる」として、タラス・ブーリバの死、アカーキイ・アカーキエヴィチの死、『死せる魂』におけるソバケーヴィチの「生きてる奴はもうけにならぬ」という論議、コローボチカの死んだ農奴への恐怖などをあげているが、ここでバフチンの言う「民衆文化」とは具体的に何をさしているのだろうか。それはおそらく生と死の対立を無効にするようなカーニバル的な農耕民的世界観である。

ロシアにおけるカーニバル的な農耕文化においては、プロップが「フォークロアにおける儀礼的笑い」や『ロシアの祭り』で明らかにしているように、死に対する儀礼的笑いが顕著に認められるが、これはウクライナにおいても同様である。そしてウクライナの民衆文化においては、死＝収穫というきわめて農耕民的な比喩が色濃くあらわれていることが注目される。例えば古く『イーゴリ軍記』（一一八五年頃）には既に、血まみれの戦闘＝収穫という比喩が見出されるが、これは十六世紀以降に現われるウクライナの英雄叙事詩ドゥーマにもしばしば用いられている。そしてこのような比喩は、ロシアのフォークロアにはほとんど見出されないものなのである。

同様のアレゴリカルな表現はウクライナ・バロック期のイコンのモチーフにあらわれている。具体的にはそれはキリストの十字架像を葡萄の収穫のモチーフと組合せたものである。このモチーフにはいくつかのヴァリエーションがあるが、磔になったキリストが自ら自分の血＝葡萄酒で杯を満たしている構図（**別図1**）、キリストが葡萄の木そのものに磔にされている構図（**別図2**）、十字架を背負ったキリストが収穫された葡萄を自らの足で踏み、葡萄酒を造っている構図（いわゆる「神秘の葡萄絞り器」、**別図3**）などが代表的なものである。これらの構図は、モルドヴァからルーマニアにかけての民衆的イコンにも見出され、特に最後の構図は中世ヨーロッパの民衆画に共通のものだが［蔵持　一九八八］、ロシアのイコンには知られていない。ここにはおそらく宗教的モチーフをこのように民衆的想像力で解釈し直すことを冒瀆とみなしたロシアと、西欧と同様にそれを冒瀆とみなさなかったバロック期のウクライナの文化的違いが現われているが、しかしおそらくそれだけではない。新約聖書における葡萄酒＝血という比喩が民衆の想像力の中でこのように物質的に具体化するためには、農耕民が葡萄の栽培と葡萄酒の醸造とを日常的経験として持っている必要がある。しかし東スラヴ圏においてこの条件を満たすのは最も南に位置するウクライナのみである。この意味で、このタイプのイコンのモチーフが東スラヴではウクライナにのみ浸透した背景には、ロシアとウクライナとの地理的な条件の違い、それによってもたらされた物質文化としての農耕文化の性格の違いがあると思われるのである。

ここでバフチンの所論との関連で想起されるのはラブレーの『ガルガンチュア物語』に描かれたピクロコル戦争である。この戦争は葡萄の収穫時に展開されるだけでなく、葡萄の収穫＝血まみれの戦闘という比喩の具体化である。そこで流される血は即ち葡萄酒というわけである。これはウクライナのドゥーマにおける「収穫＝血まみれの戦闘」という比喩の対応物であるが、このような共通の民衆的世界観を前提にバフチンによるラブレーとゴーゴリの比較も理解しなければならない。つまりウクライナにおいては、このような生と死を相対化するような民衆的世界観が、ロシアよりも強烈な農耕民的実感によって増幅されていた、と考えてよいだろう。

しかし最後にここで問題にしたいのは、このようなウクライナのカーニバル的笑いがゴーゴリの作品において必ずしも全面的に作品を支配していない、という事実である。バフチンは「ゴーゴリにあっては笑いは全てに打ち勝つ」としているが、ウクライナとロシアの二つの文化的伝統の狭間に位置し、さらに作家として特異な資質を持つゴーゴリの笑いは、複雑な構造を持っているように思われる。ロトマンとウスペンスキーは、前掲の書評において「西欧のカーニバルでは、「おかしいものは恐くない」が、ロシアの笑いは、クリスマスや謝肉祭の儀礼からゴーゴリの『ディカーニカ近郷夜話』に至るまで、「おかしくかつ恐ろしい」のだ」と指摘している。ゴーゴリの作品に笑いと恐怖という二つの要素が共存していることは明白だが、それが「ロシア的笑い」の性格に由来するものかどうかは検討を要しよう。私見によれば『ディカーニカ近郷夜話』の笑いは、ロシア的なものというよりは、ウクライナ的なものであるが、ゴーゴリの作品における笑いと恐怖の共存あるいは交代という手法は、ゴーゴリの個人的資質とバロック的な詩学の双方に由来するもの、と考えられる。これはバロック的素材によった『ヴィイ』における、昼間のカーニバル的笑いと夜の死の恐怖の対置、という叙述に典型的に伺えるものである。

いずれにしてもバフチンが「ラブレーとゴーゴリ」によって提起した問題に実り豊かな解答を与えるためには、ゴーゴリの笑いの本質をウクライナとロシアの文化的伝統、そしてゴーゴリ自身の個人的資質の三者の相関によって明らかにしていくことが不可欠な作業であると思われるのである。本稿はそのためのささやかな問題提起にすぎない。

[註]

(1) 「最上の夢」の内容は、三人の旅人が道端でピローグをみつけ、一番いい夢を見たものがそれを食べることに決めるが、二人が寝ている間に三人目の男がそれを食べてしまう、というもの。

(2) ナレージヌィとウクライナ・バロックとの関係については、[Михед 1979] を参照のこと。

(3) コトリャレフスキーとウクライナ民衆文化との関係については [Яценко 1977] を、コトリャレフスキーとゴーゴリとの関係については、[Радецька 1959] を参照のこと。

[参考文献]

バフチン、M　一九八二　「ラブレーとゴーゴリ」（佐々木寛訳）『ミハイル・バフチン著作集　第七巻　叙事詩と小説』新時代社
Бахтин M.　1975　Рабле и Гоголь In *Вопросы литературы и эстетики*. Москва
伊東一郎　一九八二　「死神と鎌」『続・民族学の旅』（梅棹忠夫編）講談社

—— 一九八九 「パヴロ・トゥイチナの栄光と悲惨」『詩と思想』一九八九年九月号

Яценко М. 1977 *На рубежі літературних епох*. Київ

Кадлубовский А. 1911 *Гоголь в отношениях к старинной малорусской литературе*. Нежин

Хижняк З. 1988 *Киево-Могилянская академия*. Київ

蔵持不三也 一九八八 『ワインの民族誌』筑摩書房（ちくまライブラリー 一七）

Лотман Ю., Успенский Б. 1977 Новые аспекты изучения культуры Древней Руси. *Вопросы литературы*. 1977. № 3

Макаров А. 1994 *Світло українського бароко*. Київ

Маховець Л. 1964 *Сатира і гумор української прози XVI—XVIII ст.* Київ

Марковський Є. 1929 *Український вертеп*. Київ

Михед П. 1979 В. Т. Наріжний і бароко. *Радянське літературознавство*, 1979. № 11

Радецька М. 1959 Котляревський і Гоголь. *Радянське літературознавство*. 1959. № 2

Shapiro G. 1993 *Nikolai Gogol and the Baroque Cultural Heritage*. Philadelphia

Возняк М. 1920 *Початки української комедії*. Львів

Жолтовський Д. 1983 *Художнє життя на Україні в XVI—VIVIII ст.* Київ

第三章　ウクライナ文学史におけるゴーゴリ

――『ソローチンツィの定期市』のエピグラフを手掛かりに

一　問題の設定

ゴーゴリの作品の中で『ソローチンツィの定期市』ほどゴーゴリとウクライナ文学との関係を物語っている作品は少ない。それは彼の作品の中で唯一この短編のみがその各章にウクライナ・フォークロアとゴーゴリ以前のウクライナ語文学からの抜粋をエピグラフとして用いていることからも窺える(1)。本稿はこの作品にエピグラフとして用いられた作品を検討することによってこのゴーゴリの作品をウクライナ文学史のコンテクストの中に定位しようとする試みである。

ゴーゴリとウクライナ文学というテーマは現在まで研究されてこなかったわけではない。しかしその殆どは「ウクライナ文学」をロシア文学とは独立した国民文学として捉え、それとゴーゴリとの関連を論じる、というアプローチによっている。しかし後に見るように「ウクライナ文学」という概念はウクライナ語が独立した言語と認められる一九二〇年代以降に事後的に成立したものであり、ゴーゴリの同時代にはウクライナ文学はロシア文学の中の小ロシア語方言文学としてロシア文学のジャンル概念の中に位置づけられていた。従ってこの時代のウクライナ文学を代表する作家・詩人たちも、実際はウクライナ語のみを用いて書いていたわけではなく、ウクライナ語とロシア語の二言語で作家活動を行っていた。このことを踏まえた上でゴーゴリとウクライナ文学の関連を検討した研究は実は殆どないのである。

ゴーゴリはウクライナ出身のロシア語作家である。彼は一八〇九年にポルタワ県ミールゴロド郡に小地主の息子として生まれ、ネージンのギムナジウムを卒業、十九歳の時にペテルブルグに出てきたのであった。母語としてどの程度ウクライナ語に習熟していたかは別として、彼が近い過去のウクライナ文学の流れについて熟知していたことは間違いない。それは本稿で検討する『ソローチンツィの定期市』のエピグラフからも充分伺えるのである。

二　ウクライナ文学とは何か

ロシア革命以降の内外の「ウクライナ文学史」をひもとくと、あたかも十九世紀から「ウクライナ文学」が存在していたかのごとく記述がなされている。しかしそれは前述のようにウクライナ語が独立した言語として承認された一九二〇年代以降に、十九世紀のウクライナ文学を近代ウクライナ語の正書法によって書き直した結果、事後的に生まれた概念であることに注意する必要がある。しかもこの「ウクライナ文学」の歴史もソ連時代においては伝統的なロシア文学史の視点からロシア文学の傍流のような位置づけで構築されていた。しかし十九世紀ロマン主義の時代には（ポーランド語正書法による）ウクライナ語で詩作した「ウクライナ派」と呼ばれる一群のポーランド詩人が出現したし［Кирчів 1971］、バロック時代にはラテン語で著作を行うウクライナ人作家も登場している。比較文学史的にきわめて興味深いこれらの現象もソ連時代には殆ど無視されてきたのである。このようなウクライナ文学史の特殊性はチジェフスキーの名著『ウクライナ文学史』をひもといてもわかる。

彼はスラヴ比較文学史の視野から、ウクライナ文学の歴史を一章「モニュメンタルなスタイルの時代（キエフ・ルーシ）」、二章「装飾的スタイルの時代」、三章「十四世紀－十五世紀の文学」、四章「ルネッサンスと宗教改革」、五章「バロック」、六章「古典主義」、七章「ロマン主義」という章立てで捉える。このうち一、二章は同時に中世ロシア文学の流れである。実際に彼の中世ロシア文学史の前半はそのような構成をとっている［Čyževśkyj 1975］［Čiževskij 1962］。

ウクライナとロシアの分裂はロシアの中心がキエフからモスクワに移ってからの十四－十五世紀以降のことで、四、五章でのウクライナ文学は全面的なポーランドの影響下において、六、七章は同時にポーランドとロシアの影響下において展望されている。これをソ連時代の教科書として出版された『ウクライナ文学史』［Охрименко, Пильгук, Шлапак 1970］と比較すると興味深い。ここではルネッサンスやバロックという西欧に共通の文学史的概念はない。公式的なロシア文学史に準じて十七世紀までは「中世ウクライナ文学」として一括されるに過ぎない(2)。

ところでゴーゴリとの関連で問題になってくるのは、バロック時代以降のウクライナ文学である。バロック時代までウクライナ語的な特徴の強い教会スラヴ語を文語として用いていたウクライナ文学は、古典主義時代以降、近代ウクライナ語、即ち当時のウクライナの口語を文語として用いるようになる。それは後述するように十八世紀末のことだった。

しかしウクライナ古典主義のロシア古典主義との大きな違いは、バロックとの密接な結びつきにある。十七世紀半ばにウクライナがポーランドの支配を脱してロシアに併合される前から、キエフでは東スラヴ唯一の高等教育機関としてペトロ・モギラ・アカデミーがバロック文化の中心として活動していた。十八世紀から十九世紀に至るまで、このアカデミーをモデルとした教育機関がウクライナ各地で教育をにない、古典主義時代の作家たちもこのような教育機関でバロックの洗礼を受けることになるのである。こうしてウクライナ文学が十八世紀以降再びロシア文学の枠の中で展開されてゆくようになった後もウクライナ文学にはバロックの強い影響が遅くまで残存することになるのである。特に十七世紀のバロック時代に、ウクライナではポーランド文化の強い影響下にインテルメーディアと呼ばれる教会劇の幕間劇が盛んになる。これは一種の民衆喜劇で、登場人物はウクライナ民衆の用いていた口語で台詞を喋った。ウクライナ文学に初めて口語が導入されるのはこのジャンルだが、そもそも宮廷文学として演劇ジャンルをウクライナから輸入した同時代のロシアにおいては、このような「低位」の演劇ジャンルは発達しなかった。注目されるのはこのインテルメーディアにおいてはウクライナ語のみならず、ロシア語、ポーランド語、ベラルーシ語などの多言語が話されていたことであり、バフチンが小説言語の特徴としてあげる多言語性［バフチン　一九九六］がこのジャンルの特徴であったことである。ちなみにゴーゴリがギムナジウム時代を過ごしたネージンそのものが当時ウクライナ人以外にロシア人、ギリシア人、アルメニア人、イタリア人、ブルガリア人、セルビア人、ラトヴィア人、トルコ人キリスト教徒、ペルシャ人、ドイツ人などが住む多民族的・多言語的な都市であった［Пляшко 1985: 19-22］。

『ソローチンツィの定期市』には十八世紀末から十九世紀初頭にかけてのまさに近代ウクライナ文学の草創期の作品からそのエピグラフがとられている。それらを検討することは、ウクライナ出身のゴーゴリとウクライナ文学との関連についての一つの見通しを与え、同時に彼がなぜその文学をウクライナ語で書かなかったか、という問いに対する一つの解答を与えてくれよう。

三　『ソローチンツィの定期市』のエピグラフ

『ソローチンツィの定期市』はゴーゴリの全作品の中で唯一ウクライナ語によるウクライナ文学を各章のエピグラフに用いている作品である。そして執筆年代からは『ディカーニカ近郷夜話』第一部の中でもっとも遅く書かれたにもかかわらず、この作品をゴーゴリがこの作品集の冒頭に収録したのは、ゴーゴリがこの作品集全体をウクライナ文学との関連において強く意識していたことのあらわれ、と考えられる。ただしすでに述べたように、ゴーゴリのこの作品の執筆当時、「ウクライナ文学」という概念はなかった。またウクライナ語という概念もなかった。ソヴィエト時代以降のゴーゴリの著作の出版において、ここで問題にするエピグラフは現代ウクライナ語の正書法によって表記されているが、そもそもこの作品の出版時にはウクライナ語の正書法は存在せず、これらのエピグラフはロシア語の正書法によってロシア語の小ロシア語方言として綴られていたのである。

さて『ソローチンツィの定期市』に用いられたエピグラフを概観すると、そこに一定のジャンル的選択があることがわかる。つまりそれらはいずれも韻文あるいは演劇のジャンルに属するもので、散文のジャンルに属するものは一つもないのである。それは一八三一年の時点でウクライナ語がまだ散文の文語としては成立していなかったことを示している。ゴーゴリはウクライナのテーマを扱いながら、それを表現すべきウクライナ語散文のモデルを過去に見出すことができなかったのである。それはやはりウクライナをテーマとして取り上げたウクライナ出身のロシア語作家であるオレスト・ソーモフ（『ハイダマーク』一八二七、『ルサルカ』一八二九、『財宝物語』一八二九、『キエフの魔女たち』一八三三）やナレージヌィ（『神学生』一八二四、『ザポロージェ・コサック』一八二四）にとっても同じことだった。『ソローチンツィの定期市』について言えば、ゴーゴリはこれらの先行者とは異なる戦略によって新しい散文を作り上げた。彼は単にウクライナのテーマを取り上げただけではなく、ウクライナ民衆喜劇をロシア語の散文に移し変えるというジャンル的転換によって、この作品の言語を作り上げたのである。

『ソローチンツィの定期市』は十三章から成り、そのそれぞれに次のような注釈つきでエピグラフが付せられている。

第一章　小ロシアの伝説より
第二章　小ロシアの喜劇より
第三章　コトリャレフスキー『エネイーダ』
第四章　コトリャレフスキー『エネイーダ』
第五章　小ロシアの歌
第六章　小ロシアの喜劇より
第七章　小ロシアの喜劇より
第八章　コトリャレフスキー『エネイーダ』

第九章　民話より
第十章　小ロシアの喜劇より
第十一章　諺
第十二章　フラーク＝アルテモフスキー『旦那と犬』
第十三章　婚礼歌

これらのエピグラフに用いられたウクライナ文学ではフォークロアからのものが五つ、その他は十八世紀末からゴーゴリの同時代にかけて書かれた近代ウクライナ文学である。その数から言って最も多いフォークロアがこの『ソローチンツィの定期市』のみならず、『ディカーニカ近郷夜話』全体の源泉であることは明らかであり、「ゴーゴリとウクライナ・フォークロア」という重要なテーマがここから生起するが、このテーマについては本書第一章で既に述べたので、ここではウクライナ・フォークロアの最初の出版が、一八一九年のツェールテレフの『小ロシア古謡集の試み』であったことを指摘するにとどめよう。ゴーゴリの同時代にウクライナ・フォークロアは十分にアクチュアルなウクライナ文学だったのである。次にこれらのエピグラフに用いられた作品とその作者をその作品の執筆年代順に見ていくことにする。

四　『エネイーダ』とコトリャレフスキー

『ソローチンツィの定期市』のエピグラフにその『エネイーダ』が引用されているイワン・コトリャレフスキーIван Котляревський（一七六九－一八三八）は近代ウクライナ文学の創始者とみなされている。彼は一七九六年にポルタワの小官吏の家に生まれ、一七八〇年から一七八九年までポルタワのセミナリウムで学んだ。このセミナリウムはキエフのアカデミーをモデルにバロック時代からのカリキュラムの伝統が生き続けていた教育機関で、古典主義の枠内で創作活動を行ったコトリャレフスキーの創作にバロック的要素が顕著に見出されるのはこのことと無関係ではない。そして若きゴーゴリが学んだネージンのギムナジウムも同様の教育機関だった。ここで彼はロシア文学のほかラテン語、フランス語、ドイツ語などを学んだ。セミナリウム時代にコトリャレフスキーはウクライナ語とウクライナの民衆文化に強い関心を持ち、これは『エネイーダ』に結実することになる。

彼は地元の地主の家で家庭教師として働いた後、一七九六年から一八〇八年まで軍役に就き、露土戦争に参加する。退官後はペテルブルグに官職を得ようとするが果たせず、一八一〇年にポルタワに戻った。

さてコトリャレフスキーの代表作『エネイーダ』Енеїда は『ソローチンツィの定期市』のエピグラフに三回用いられていて、これは父親ワシーリ・ホーホリの「小ロシアの喜劇」からの四回についで多い。この作品は近代ウクライナ文学最初の作品とみなされている作品である。ただしそのように語られるのは既に述べたように現在のウクライナ語とウクライナ文学の視点からであり、コトリャレフスキーの同時代にはそもそも「ウクライナ語」と「ウクライナ文学」の概念がなかった。ウクライナ語はロシア語の方言たる小ロシア方言（малороссийское наречие）に過ぎなかったし、従ってウクライナ文学は小ロシア方言で書かれたロシア文学に過ぎなかったのである（パヴロフスキーによる「小ロシア語文法」そのものの最初の出版が『エネイーダ』よりも遅い一八一八年のことである）。この作品の出版当時の表題は次のようにロシア語で表記されていた。従ってこの作品の文学史的意味も同時代のロシア文学の流れの中で見なければならないのである。

『エネイーダ』は一七九四年に書き始められ、すぐに写本で広く知られるようになる。一七九八年に最初の三部がペテルブルグで出版され、一八〇九年に第四部を増補したものが出版される。ただしこの最初の出版は作者の知らないうちにマクシム・パプラとO・カメネツキーによってなされたもので、その表題もロシア語で Енеида, на малороссийский язык перелицованная И. Котляревским と表記されていた。一八〇八年の第二版も同じ二人によって出版されたが同じ表題を持っており、コトリャレフスキー自身による出版は第四部を加えた一八〇九年の版であった。この際も表題はロシア語で Виргилиева Энеида, на малороссийский язык переложенная И. Котляревским, вновь и исправленная и дополненная противу прежних изданий と書かれていた。いずれの版もペテルブルグで出版され、ウクライナ語固有の語彙をロシア語で説明したロシア語―ウクライナ語辞典が添付されていた。これはこの作品がウクライナ近代文学最初の作品でありながら、あくまでもロシア人読者を想定して書かれたものであったことを示している。

この作品の内容はローマの詩人ウェルギリウスの叙事詩『アエネーイス』(紀元前一九頃)のパロディ的翻案である。この作品のパロディ的翻案は古くはスカロンの『仮装ウェルギリウス』Le Virgile travesti(一六四八)をはじめ、古典主義時代に広く行われた。ロシアではオーストリアのブルマウアー Blumauer の翻案をモデルにしたニコライ・オシポフ Н. Осипов(一七五一―一七九九)の『エネイーダ』Виргилиева Энеида, вывороченная наизнанку(一七九一―一七九六)がコトリャレフスキーの『エネイーダ』の直前に書かれている。その完結編はコトリャレフスキーの『エネイーダ』の第一部の出版後コテリニツキーによって書かれ、一八〇〇年から一八〇一年にかけて出版された(そのテクストは[Томашевский 1933]所収)。この作品はコトリャレフスキーの『エネイーダ』の直接のモデルとなったが、作品の評価はオシポフのものよりもコトリャレフスキーのものがはるかに高い(プーシキンの『ルスランとリュドミーラ』はその発表当時、ドミートリエフによってこのオシポフの『エネイーダ』の二番煎じと批判されている[Лотман 1995: 707])。

コトリャレフスキーの『エネイーダ』は原作を完全に換骨奪胎しウクライナ化したもので、いわばウクライナ民衆の生活と習俗の百科事典ともなっている。例えばブルマウアーにおいてコーヒー・ハウスだった場面はウォッカをあおる酒場の場面になっているのである。

『エネイーダ』は形式的には古典主義時代のロシアの叙事詩に伝統的な四脚のヤンブによって書かれている。元来ポーランドから移植した音節詩法を十七世紀までのバロック時代のウクライナ文学は用いていたのだが、それをさらに移植した十八世紀初頭のロシアではトレジャコフスキーによって作詩法は音節力点詩法に移行した。ロシアに併合されて以降のウクライナにこの音節力点詩法は逆輸入され、近代ウクライナ文学の父とも言われるコトリャレフスキーはこの詩法をウクライナで最初に用いた詩人の一人であった［Sidorenko 1961: 42-43］。ゴーゴリがこの作品を愛読していたことは一八二六年から一八三二年にかけて作られた彼の『よろずなんでも帳』に「エピグラフ」というタイトルでこの作品からの二十二カ所もの抜書きがあることからもわかる。その一つは聖ヨハネ祭即ちイワン・クパーラ前夜についての習俗を描いた部分であり、ゴーゴリがそれを『ディカーニカ近郷夜話』に収められる「ウクライナもの」の処女作である『イワン・クパーラの前夜』に利用していることが伺える。

この作品では主人公エネイはザポロージェ・コサックの若者に設定され、主人公の人格の抽象的高潔さがパロディの対象となっている。エネイは世界を放浪し、地獄を巡る。その物質的下層への志向、祝宴のイメージ、神学校の知的伝統をひいた言語遊戯の頻出などにおいて、ウクライナ・バロックとゴーゴリを結びつける環というべき作品であり、一種のカーニバル文学と言うことができよう。一例を挙げれば、『ディカーニカ近郷夜話』第一部の序文にはウクライナ語の名詞にラテン語風の語尾 -us をつけて喋るラテン語かぶれの神学校生のエピソードが盛り込まれているが、これはウクライナの神学校でよく知られていた言語遊戯で『エネイーダ』には頻出する手法であった。バフチンはこの箇所をラブレーと直接比較しているが、ここではむしろコトリャレフスキーの『エネイーダ』の影響を指摘するべきであろう。ラブレーとの直接的な類似はむしろコトリャレフスキーに著しいのであって、これはまた独立した研究テーマとなるべきものである［Зілинський 1969］。

さてここで近代ウクライナ語による最初の作品がパロディ叙事詩というジャンルであったことは重要である。同時代にロモノーソフによって定式化された古典主義のジャンルの分類と定義では、教会スラヴ語などの文語で書かれねばならなかった悲劇や歴史叙事詩などの高位のジャンルとは異なり、このジャンルの作品は口語や方言で書いてもよいことになっていたからである。ここにコトリャレフスキーがウクライナ語すなわち当時の小ロシア方言をロシア文学の規範の中で用いることができた理由がある。しかし宮廷文学として展開したロシア古典主義におけるパロディ叙事詩とは異なり、ウクライナのパロディ叙事詩は民衆のフォークロアと密接に結びついたウクライナ・

バロック時代のパロディ文学の伝統の延長上にもあったのである。

さらに小説家ゴーゴリにとって重要なことは、パロディ叙事詩とはバフチンの言うように、叙事詩のジャンルに分類することはできない、ということで、それはむしろ叙事詩のイメージだということである。バフチンは「スカロンの『仮装ウェルギリウス』についても同じことが言える」とし、このようなパロディが「他者の直線的な言葉を描写するための最も古く、また最も広汎に普及した形式」のひとつであり、生真面目な詩的言語を解体し、相対化する機能を持っていることを指摘している［バフチン　一九九六：三二五－三二六］。バフチンによれば歴史的にはこのようなジャンルが小説を言語的に準備したのだが、この指摘は詩的言語を志向しながら、散文に移行した初期ゴーゴリにとって重要な意義を持っている。

ところで『エネイーダ』がジャンル的に大きな関連を持つゴーゴリの作品は『死せる魂』であろう。「叙事詩」Поэмаというジャンル規定を自らにしながら『死せる魂』は『エネイーダ』における「陽気な地獄めぐり」と密接に結びついており、反叙事詩的なカーニバル文学だからである。バフチンは『叙事詩と小説』の中で次のように述べている。

> ゴーゴリの『死せる魂』に触れておこう。ゴーゴリはみずからの叙事詩の形式として『神曲』を想定し、この形式のなかにおのが労作の偉大さがあると思っていたが、実際にできていったのはメニッポス風風刺だった。〔中略〕ゴーゴリの悲劇はある程度はジャンルの悲劇であった。
>
> ［Бахтин 1975: 470］［バフチン　二〇〇一：五〇四－五〇五］

『神曲』がウェルギリウスの『アエネーイス』を意識した叙事文学であったことは、『神曲』において作者ダンテの先導者としてほかならぬウェルギリウスが登場することからもわかるが、ゴーゴリが無意識にウェルギリウスに関わったのは叙事詩『神曲』によってではなくパロディ叙事詩『エネイーダ』によってだったのである。

さてまず第三章のエピグラフに用いられた『エネイーダ』のテクストは次の通りである。

Чи бачиш, він який парнище?
На світі трохи єсть таких.
Сивуху так, мов брагу, хлище!

おいどんな若者か見たか？
ちょっとそんじょそこらにはおるまいて
ウォッカをビールみたいにあおっちまうんだ

ここはシチリアに漂着したエネイの一行が、父アンキーセスの追善供養のあと拳闘試合を催すことになる場面（原作の第五巻）で、天上からそれをのぞく酔っ払ったヴァッカスがウェヌスに自分の応援する闘士エンテルルスを自慢して語る言葉。神々の高尚な言葉の農民の言語への格下げである。第二部第三十四連から取られている。ちなみに拳闘はローマのみならずザポロージェ・コサックの伝統的スポーツであり、『タラス・ブーリバ』の冒頭部分でタラスの息子オスタップが神学校から戻ってきた際に、タラスとオスタップが拳闘をする場面に描かれている。これをバフチンは「農神祭」の「ユートピア的殴打」であり、カーニバル・タイプの要素の一つである、としているが［バフチン　一九八二a：一一一］、実際にはこの場面の源泉は明らかに『エネイーダ』である。ちなみにここで言及されている「若者」はこの章の本文に登場する「若者」、即ち主人公チェレヴィークの娘パラーシャの恋人を含意している。

第四章のエピグラフは次の通り。

Хоть чоловікам не онеє,
Та коли жінці, бачиш, теє,
Так треба угодити...

たとえ男が気にいらずとも
もしもほら女が望むなら
機嫌を取らにゃあならないぞ

ここは民話の魔女バーバ・ヤガー（原作のシビュラが民話の登場人物に格下げされている）と共に地獄に降りたエネイがそこで苦しむ女たちの姿を見てもらす言葉。第三部八四連から取られており、原作の第六巻にあたる。ここでは恐妻家チェレヴィークの後妻ヒーヴリャに対する態度に重ねあわされている。

第八章のエピグラフは次の通り。

...Піджав хвіст мов, собака,
Мов Каїн, затрусивсь увесь;
Із носа потекла табака.

……尻尾を犬のように巻いて

カインのように全身ががたがた震え
鼻からはかぎタバコがこぼれ落ちた

ここでは『エネイーダ』の第一部五十連が引用されている。省略された主語はエネイであり、ゼウスの不興を恐れるエネイを描いている。本文で悪魔の恐怖に慄くチェレヴィークを暗示している。

さて『エネイーダ』に次いでコトリャレフスキーの作品で有名なのは二つの民衆喜劇である。その一つは「小ロシアのオペラ」と題された『ナタルカ・ポルタウカ』であり、登場人物がウクライナ民謡を歌いながら演じる音楽劇である。またもう一つは、ウクライナの風刺的民衆喜劇に特徴的なロシア人兵士というキャラクターを用いた『魔法使いの兵士』である。前者は一八三八年にハリコフで、後者は一八四一年に出版された。しかし実際にはこれらの戯曲は、彼がポルタワに戻った後彼が支配人をしていた当地の劇場のために書いたもので、一八一七年頃には既に上演され、手稿の形で広く知られるようになっていた。前者の戯曲は近代ウクライナ音楽の父と言われるミコラ・ルィセンコによって一八八九年にオペラに作曲されている。後者の戯曲は、後に見るようにゴーゴリが『ソローチンツィの定期市』のエピグラフに用いている彼の父ワシーリ・ホーホリの喜劇『抜け作』に対する影響が指摘されている。ゴーゴリが『エネイーダ』のみならずこれらの戯曲をも知っていたことは充分ありうる。

ウクライナ農民が主人公となるこれらの喜劇では、当然登場人物はウクライナ語を話すことになるが、このことも形式的には古典主義喜劇には許されていた。ただし『魔法使いの兵士』においては主人公のロシア人兵士はロシア語を話すことになっていて、事実上この戯曲はロシア語とウクライナ語のバイリンガルな喜劇となっていた。このような多言語性は既に述べたように十七世紀のインテルメーディアの特徴であり、その系譜は後に検討するワシーリ・ホーホリ、クヴィトカ＝オスノヴィヤネンコへと受け継がれてゆく。

五　『旦那と犬』とフラーク＝アルテモフスキー

コトリャレフスキーに次いでウクライナ古典主義を代表する作家として登場するのは、ペトロ・フラーク＝アルテモフスキー Петро Гулак-Артемовський（一七九〇－一八六五）である。彼はキエフ地方の司祭の家に生まれ、キエフの神学アカデミーで学んだ後ハリコフ大学に入学、一八二五年以来そこで教授を勤め、一八四一年には学長となった。彼のウクライナ語の作品で最も有名なものは寓話詩である。寓話詩はパロディ叙事詩と同様に古典主義に特徴的なジャンルだった。彼は全部で七篇の寓話詩を書いたが（その中には『ソローピイとヒーヴリャ』という『ソローチンツィの定期市』の登場人物と同名の主人公が出てくるものがある）、その際ポーランドの古典主義作家イグナツィ・クラシツキ Ignacy Krasicki（一七三五－一八〇一）の書いた寓話詩をモデルに、ウクライナ・フォークロアの語法と言語によってこれをウクライナ化したのである。『ソローチンツィの定期市』の第十二章のエピグラフに用いられた『旦那と犬』Пан та собака（一八一八）はその中でも最も知られたもので、クラシツキの同名の作品 Pan i pies の訳である。クラシツキの原作は一七七九年に書かれているが、原詩は警句的な四行詩である。

Pies szczekał na złodzieja, całą noc się trudził;
Obili go nazajutrz, że Pana obudził.
Spał smacznie drugiej nocy, złodzieja nie czekał,
Ten dom okradł; psa obili za to, że nie szczekał.

［Krasicki 1986: 48］

犬が泥棒に吠えたてた。犬は一晩中吠え続けた。
翌朝犬は旦那を起こした、というので殴られた。

次の夜犬はぐっすり眠り、泥棒を待ち受けなかった。
その家に泥棒が入り、犬は吠えなかったので殴られた。

フラーク＝アルテモフスキーは登場人物のせりふを直接話法で具体的に描き出し、これを一八三行にまで膨らませた。エピグラフに用いられたのはその七二－七六行である。

«Чим, люди добрі, так оце я провинився?...
За що глузуєте? — сказав наш неборак. —
За що знущаєтесь ви надо мною так?
За що, за що?» — сказав, та й попустив патьоки,
Патьоки гірких сліз, узявшися за боки.

[Гулак-Артемовський 1927: 108]

「旦那方、一体なんでおいらが悪いんで？
どうしてそんなにおいらをいじめるんで？
――われらが哀れな犬は言った――
どうしてそんなにおいらを笑いものにするんで？
何故、何故？」そういうと脇腹をつかむと苦い涙をさめざめと流した。

クラシツキの原作で一晩中吠えられて眠れなかったと旦那にぶたれ、次の日ぐっすり眠って吠えなかったために泥棒に入られ、また殴られた犬はフラーク＝アルテモフスキーのこの作品ではリャプコという名を与えられ、この独白を行う。不条理な迫害に対するプロテストとして語られているが、ここでは一緒に縛り上げられ散々な目にあった主人公チェレヴィークのイメージが重ねあわされている。このリャプコの独白が、『外套』の主人公アカーキイ・アカーキエヴィチが文書課でからかわれた際にきまって発する「私にかまわないでください。なんだってあなたがたは私を侮辱するんですか」という言葉を思わせるものがあることは恐らく偶然ではない。

フラーク＝アルテモフスキーは寓話詩の他にもホラチウスのオードをパロディ的にウクライナ語訳したり、ゲーテのバラード『漁師』やミツキェヴィチのバラード『トヴァルドフスカ夫人』のウクライナ語訳を試みたりした。これらのバラードは初期ウクライナ・ロマン主義の作品ともみなしうるものである。

六　ワシーリ・ホーホリと喜劇『抜け作』

『エネイーダ』と共に『ソローチンツィの定期市』の各章のエピグラフとしてその作品が最も多く取られているのが「小ロシアの喜劇」と題されている作品である。これはエピグラフには作者名は書かれていないが、ゴーゴリの父ワシーリ・ホーホリ **Василь Гоголь**（ホーホリ＝ヤノフスキー **Гоголь-Яновський** とも、一七七七－一八二五）の作品である。彼はポルタワ地方ミールゴロド近郊の連隊の書記の家に生まれた。彼はコトリャレフスキーと同じくポルタワのセミナリウムで学んだ。彼はウクライナ語による喜劇の作家で、喜劇役者でもあった。彼は一八一二年から一八二五年にかけてキビンツィ村にあったドミトロ・トロシチンスキーの劇場の支配人をしており、知られる限りウクライナ語による二つの戯曲をこの劇場のために残している。そのひとつは『抜け作、または兵士に裏をかかれた女の悪知恵』**Простак, или хитрость женщины, перехитренная солдатом** と題された作品で、もう一つは『犬羊』**Собака-вівця** である。上演されたのは一八二二年から二五年にかけてで、ゴーゴリがその上演を見ている可能性は高いが、作品そのものが書かれたのはおそらくもっと以前であろう。前者のテクストは雑誌『オスノーヴァ』の一八六二年第二号にP・クリシによって掲載された。ソ連時代には *Українська драматургія першої половини XIX століття.* **Київ.** 1956 にそのテクストが収録されている。後者のテクストは残されていない。ゴーゴリはペテルブルグでこの父の喜劇を上演しようという希望を持っていたと言われる。ワシーリ・ホーホリはまたロシア語とウクライナ語の両言語で詩作も行っていた。

『ソローチンツィの定期市』にエピグラフとして用いられたのはすべて前者の『抜け作』だが、この作品には前述のコトリャレフスキーの喜劇『魔法使いの兵士』の影響が指摘されている。『ソローチンツィの定期市』では二、六、七、十章に前者の作品からエピグラフが取られている。この作品の特徴は、ウクライナ語、ロシア語、教会スラヴ語などが入り乱れる多言語性にあり、『ソローチンツィの定期市』にもその影響は明らかである。ゴーゴリはこの短編のプロットもこの父の戯曲から借りており、マンによれば登場人物の台詞にもこの戯曲からの借用がある［マン　一九九二：三六七］。恐らくここでの定期市の描写もやはりソローチンツィのものであろう。第二章のエピグラフには次の引用が用いられている。

Що, Боже ти мій, господи! чого нема на тій ярмарці! Колеса, скло, дьоготь, тютюн, ремінь, цибуля, крамарі всякі... так, що хоч би в кишені було рублів із тридцять, то й тоді б не закупив усієї ярмарки.

いやはやこれは！　いったい定期市にないものがあるだろうか？　車輪にガラス器、輪に塗るタールに煙草、革に葱、ありとあらゆる商人たち……もしもポケットに三〇ルーブリあったとしても、定期市を丸ごと買い占めることはできまいよ。

第六章のエピグラフは同じ作品から取られている。

От біда, Роман іде, от тепер як раз насадить мені бебехів, та й вам, пане Хомо, не без лиха буде.

あら大変、ロマンが来るわ、あの人はすぐにも私を散々ぶつでしょう。そしたらあなたもホマーさん、大変なことになるわ。

ここで言及されるロマンは『ソローチンツィの定期市』の主人公チェレヴィークのプロトタイプとなっており、この章と同じような主人公の妻と僧侶の逢引の場面から取られている。

第七章のエピグラフは次のとおり。

Та тут чудасія, мосьпане!
さてそこで摩訶不思議な出来事なのです、貴方！

第十章のエピグラフは次のとおり。

Цур тобі, пек тобі, сатанинське навожденіе!
消えよ、離れよ、悪魔の誘惑よ！

これらのエピグラフは、いずれも仕組まれた怪談に慄く主人公を描写した部分であり、本文の展開と照応している。『ソローチンツィの定期市』がこの父ワシーリの喜劇の散文化、という性格を持っていることが伺える。

七　『ソローチンツィの定期市』以降のウクライナ文学

こうして『ソローチンツィの定期市』のエピグラフに用いられたウクライナ文学には次の共通の特徴が見出されることがわかる。まずフォークロアを除くそれらの文学は形式的にはいずれも古典主義のジャンルに属するものであること。さらにロシア古典主義のジャンル体系においてはそれらはいずれも低位のジャンル――パロディ叙事詩、寓話詩、喜劇――に属するものであることである。これらのジャンルにはいずれも方言の使用が認められたために、ウクライナの作家はこれらの作品をウクライナ語、当時の小ロシア方言で書くことができたのである。最初の近代ウクライナ文学のジャンルがこれら「低位」のジャンルに集中したのは偶然ではない。十九世紀初頭のベラルーシにおいてコトリャレフスキーの『エネイーダ』を追うように作者不明の『アエネーイス』のパロディがベラルーシ語（当時の「白ロシア方言」）で書かれ（Энаіда навыварат）、近代ベラルーシ文学の嚆矢となるのも同じ理由からである。

次にこれらのエピグラフはゴーゴリの同時代にウクライナ語はまだ芸術的散文のための文語としては成立していなかったということをも示している。実際にウクライナ語による芸術的散文の創始者となったのはクヴィトカ＝オスノヴィヤネンコであり、それはゴーゴリの『ソローチンツィの定期市』執筆の三年後の一八三四年に書かれた短編集『小ロシア物語』によってであった。ロシア語作家として出発した彼は、明らかにコトリャレフスキーとワシーリ・ホーホリの喜劇と起源的な関連を示しているウクライナ語の喜劇を数篇書いた後、ウクライナ語散文の創作に移るのである。フレビンカは一八四一年にクヴィトカ＝オスノヴィヤネンコ、コトリャレフスキー、シェフチェンコらのウクライナ語による文学作品を集めた文集『燕』を出版するが、それに対するベリンスキーの批評は否定的なものであった。彼は次のような問いを発する。

この世に小ロシア語というものが存在するのだろうか？　それともそれは地方の方言なのか？　この問題に答えるとそこから第二の問いが生まれる。小ロシア文学は存在しうるか？　そして小ロシア出身の文学者は小ロシア語で書くべきなのだろうか？　最初の問いには肯定も否定もできる。小ロシア語は実際小ロシアが独立していた時存在していたし、今もこの栄光の時代を歌った民謡の記念碑の中に生きている。しかしそのことは小ロシア人が文学を持っていることを意味しない。民衆詩はまだ文学ではない。［Белинский 1954: 176-179］

ベリンスキーがシェフチェンコのウクライナ語の作品を否定的に評価したことはよく知られているが［Swoboda 1980］、それと対照的にウクライナ出身でありながらロシア語で書いたゴーゴリを彼は高く評価するのである。

近代ウクライナ文学を代表する詩人タラス・シェフチェンコは一八四〇年にウクライナ語の処女詩集『コブザーリ』を出版する。その詩的言語は明らかに民謡に基づいたもので、古典主義の枠組みの中から生まれたコトリャレフスキーやフラーク＝アルテモフスキーらの韻文作品とは質を異にしていた。シェフチェンコはロマン主義に属する作家だが、既にウクライナ語散文の試みがされていたにも拘らず、彼も散文はすべてロシア語で書いていたのである。一八四〇年代まで「真面目なジャンル」におけるウクライナ語散文の可否については作家・批評家双方の側から流動的な態度が取られていたと言えよう。

八　結論

ロシアの首都ペテルブルグでロマン主義の作家として出発したゴーゴリは、戦略としてペテルブルグの読者に古典主義ウクライナ文学の系譜上に自らの作品を提示して見せた。しかしそれは同時代のロシア文学の視野を想定したエキゾチックなウクライナ文学のイメージだったのである。自作の『エネイーダ』にウクライナ語彙集を添えたコトリャレフスキーと同じように、『ソローチンツィの定期市』にゴーゴリはロシア人読者のためにウクライナ語彙集を添えた。共にロシア人読者を想定したそのスタンスにはウクライナ文学『エネイーダ』とロシア文学『ソローチンツィの定期市』の間に我々が現在考えるほどの相違はなかった。

散文の文語としてロシア語を選んだゴーゴリはロシア文学の作家として歩むことになったが、ウクライナ古典主義との関連はそれを媒介として無意識にであれゴーゴリをウクライナ・バロックの伝統と密接に結びつけることになった［伊東　一九九四］（本書第二章）。古典主義の枠内で詩的言語を相対化しうる低位のジャンルとして登場したウクライナ近代文学をゴーゴリがはっきりと意識していることは、本稿で検討した『ソローチンツィの定期市』のエピグラフからも明らかである。『ソローチンツィの定期市』について言えば、ゴーゴリはバロック時代のインテルメーディアの伝統を継承した民衆喜劇を散文にジャンル転換してみせた（ゴーゴリのせりふをほとんどそのまま用いたムソルグスキーの同名の喜歌劇が成功したのはこの作品の本質的な演劇性を暗示している）のである。そのことが父ワシーリの喜劇からのエピグラフには暗示されている。ゴーゴリが『ソローチンツィの定期市』を執筆した一八三一年という年はプーシキンが『ベールキン物語』を執筆する年である。ロシア文学においては詩から散文にジャンルの転換が進行する時期だったが、ウクライナ文学においてそのプロセスはクヴィトカ＝オスノヴィヤネンコの例のように、喜劇から散文への転換というロシア文学とは異なる独特の形を取った。それは形式的には古典主義の枠内で行われた転換ではあったが、実際にはバロックの継承であった。しかも低位のジャンルにおいてウクライナ語（小ロシア語方言）を用いたその作品は、現象的には一般庶民の言語をリアルに描き出す、という特徴において、リアリズムに接近することになった。その書き出しにおいてロマン主義的な詩的散文の形式を踏襲しながら、実際にはウクライナ民衆喜劇のロシア語散文への転換、という戦略で作品を構成した『ソローチンツィの定期市』は、その意味でウクライナ文学史のロシア文学史への突出現象とみなすことができるが、「自然派」としてのゴーゴリの後の展開は、既にこのようなウクライナ文学史との相関の中で規定されていた、といえよう。フラーク＝アルテモフスキーの『旦那と犬』からのエピグラフは『外套』などに特徴的ないわばパセティックなセンチメンタリズムを予告しているし、コトリャレフスキーの『エネイーダ』は、その言語の遊戯性と多様性においてゴーゴリの創作技法および文体論的特徴全般と関係している。

バフチンの提起するゴーゴリとラブレーの類縁性はウクライナ・バロックの伝統を媒介として、ロシア文学史とウクライナ文学史の相関という視点からコトリャレフスキーを介して考えねばならないのだが、バフチンはその作業をこの視点からは全く行っていない。最近公刊されたバフチンの『ラブレーとゴーゴリ』執筆のためのノート［Бахтин 1996］は、彼がウクライナ文学史の知識を全面的に一九三九年版の『文学百科』所収のベレツキーによる「ウクライナ文学」の項目［Белецкий 1939］の記述に負っている事を明らかにしている。本稿はバフチンに欠落しているロシア・ウクライナ比較文学史の視点から初期ゴーゴリを捉え直すための覚書でもある。

［註］

（1）　『ソローチンツィの定期市』以外の『ディカーニカ近郷夜話』所収の短編では『五月の夜』の冒頭に作者不詳のウクライナ語テクストがエピグラフに用いられているのみである。ただし『ソローチンツィの定期市』『五月の夜』『降誕祭の前夜』『恐ろしい復讐』の本文にはウクライナ民謡がウクライナ語で引用されている。

（2）　チジェフスキーの『ウクライナ文学史』に対する批判を通したウクライナ文学史の方法論的検討はグラボヴィチによって行われている。

［参考文献］

Бахтин М.　1975　*Вопросы литературы и эстетики*. Москва

——　1996　*Собрание сочинений*. Т. 5. Москва

バフチン、М　一九八二「ラブレーとゴーゴリ」（佐々木寛訳）『ミハイル・バフチン著作集　第七巻　叙事詩と小説』新時代社

——　一九九六「小説の言葉の前史より」ミハイル・バフチン『小説の言葉』（伊東一郎訳）平凡社（平凡社ライブラリー）

——　二〇〇一「叙事詩と小説」（杉里直人訳）『ミハイル・バフチン全著作　第五巻（一九三〇年代以降の小説ジャンル論）』水声社

Белецкий А.　1939　Украинская литература. In *Литературная энциклопедия*. Т. XI. Москва

Белинский В.　1954　*Полное собрание сочинений.* Т. 5. Москва

Чижевський Д.　1994　*Історія української літератури. Тернопіль*

Čiževskij D.　1962　*History of Russian Literature. From the Eleventh Century to the End of the Baroque.* Hague

——　1971　*Comparative History of Slavic Literatures.* Nashville

Čyževśkyj D.　1975　*A History of Ukrainian Literature.* Littleton (Colo.)

Gabrowicz G.　1981　*Toward a History of Ukrainian Literature.* Cambridge (Mass.)

Гоголь В.　1962　Простак, или хитрость женщины, перехитренная солдатом. *Основа.* 1962. № 2

Гудзий Н.　1989　«Энеида» И. П. Котляревского и русская травестированная поэма XVIII в. In Н. Гудзий. *Литература Киевской Руси и украинско-русское литературное единение XVII—XVIII веков.* Киев

Гулак-Артемовський П.　1927　*Твори.* Харків

伊東一郎　一九七六　「ゴーゴリとウクライナ・フォークロア」『ヨーロッパ文学研究』第二四号（本書第一章）

——　一九八四　「《ヴィイ》——イメージと名称の起源」『ヨーロッパ文学研究』第三二号

——　一九九一－一九九二　「ソローチンツィの定期市」『NHKラジオロシア語講座　応用編』一九九一年十月号－一九九二年三月号

——　一九九四　「ゴーゴリ——ウクライナ・バロック——民衆文化（M・バフチン『ラブレーとゴーゴリ』によせて）」『早稲田大学大学院文学研究科紀要　文学・芸術学編』第三九輯（本書第二章）

Кадлубовский А.　1911　*Гоголь в его отношениях к старинной малорусской литературе.* Нежин

Квітка-Основ'яненко Гр.　1978　*Твори в двох томах.* Київ

Кирчів, Р. (ред.)　1971　*Українською музою натхненні. (Польські поети, які писали українською мовою).* Київ

Котляревський І.　1969　*Повне зібрання творів.* Київ

Котляревский И.　1969　*Сочинения.* Ленинград

Krasicki I.　1986　*Bajki. Przypowieści. Satyry.* Rzeszów

クラシツキ、I　二〇〇〇　「「寓話集」より」（沼野充義訳）　小原雅俊編『文学の贈物　東中欧文学アンソロジー』未知谷

Kridl M.　1967　*A Survey of Polish Literature and Culture.* The Hague; Paris

Лотман Ю.　1995　*Пушкин.* Санкт-Петербург

Luckyj G.　1971　*Between Gogol' and Ševčenko.* München

Манн Ю.　1978　*Поэтика Гоголя.* Москва

マン、Yu　一九九二　『ファンタジーの方法　ゴーゴリのポエチカ』（秦野一宏訳）群像社

Miłosz Cz.　1969　*The History of Polish Literature*. New York

Мишанич О.　1980　*Українська література другої половини XVIII ст. і усна народна творчість*. Київ

Охрименко П., Пильгук И., Шлапак Д.　1970　*История украинской литературы*. Москва

Перетц В.　1902　*Гоголь и малорусская литературная традиция*. Санкт-Петербург

Пляшко Л.　1985　*Город, писатель, время: Нежинский период жизни Н. В. Гоголя*. Киев

Радецька М.　1959　Котляревський і Гоголь. *Радянське літературознавство*. 1959. № 2

Sidorenko H.　1961　*Zarys wersyfikacji ukraińskiej*. Wrocław; Warszawa; Kraków

Swoboda V.　1980　Shevchenko and Belinsky. In *Shevchenko and the Critics*. Edited by G. Luckyj. Toronto

Томашевский Б. (ред.)　1933　*Ирои-комическая поэма*. Ленинград

塚崎今日子　一九九六　「オレスト・ソーモフとその作品『ルサールカ――小ロシアの伝説』」『日本プーシキン学会会報』第二五号

ウェルギリウス　一九七六　『アエネーイス　上・下』（泉井久之助訳）岩波書店（岩波文庫）

Зілинський О.　1969　Радість світлого розуму: Про Івана Котляревського. *Дукля*. 6

Житецький П.　1987　«Енеїда» Котляревського у зв'язку з оглядом української літератури XVIII ст. In *Вибрані праці. Філологія*. Київ

スラヴ世界の中のロシア文学

第四章　偽作の翻訳から創作へ

――プーシキンの『西スラヴ人の歌』とメリメの『グズラ』

一　初めに

プーシキンの十六の詩篇からなる連作詩『西スラヴ人の歌』Песни западных славян（一八三三－三五）はプーシキンがセルビア・フォークロアに取材した特異な作品群である。しかしこの作品はわが国の研究者の関心をこれまで引いてきたとは言いがたい。戦前には「ウルダラーク」「鶯」「鬼」「兄いもと」「ヤヌィシ王子」「馬」の訳があるが（[プーシキン　一九二六][プーシキン　一九三七]）、戦後のプーシキンの翻訳の視野からは外れてきた。たとえば河出書房新社版の邦訳『プーシキン全集』（全六巻　一九七二－七四）の当該巻にはこの連作詩からは一篇も翻訳が掲載されていないし、その後刊行された『プーシキン詩集　本邦初訳』（草鹿外吉他訳、青磁社、一九九〇）にも訳がない。筆者の知る限り、第十篇「夜鶯」に稲田定雄氏の訳があるのと、第十五篇「ヤヌィシ王子」について栗原成郎氏の論考「ルサルカの周辺」[栗原　一九八七]に要約があるのみである。また第十一篇「黒ゲオルギイの歌」については、『カラマーゾフの兄弟』との関連で江川卓が触れているが[江川　一九九一]、それぞれ断片的な訳と紹介にとどまっている。日本プーシキン学会の会報『日本プーシキン学会会報』（一九八八－一九九八）にもこの作品を扱った論考はなく、さらに佐藤繁好氏の編による綿密な『日本のプーシキン書誌（翻訳・紹介・研究文献目録）』（一九九九）にもプーシキンのこの作品全体の日本人による邦語の研究はない。セルビア・フォークロアの専門家でもあるスラヴィスト栗原成郎氏によるロシア語の論及［Курихара 1986］があるのみである。

というのもこの連作詩は基本的にプロスペール・メリメ（一八〇三－一八七〇）のフランス語の作品集『グズラ、あるいはダルマチア、ボスニア、クロアチア、ヘルツェゴヴィナにて採集されたイリリア叙情詩選』La Guzla, ou Choix de Poésies Illyriques recueillies dans la Dalmatie, la Bosnie, la Croate et l'Herzégovine. Strasbourg, 1827 からの翻訳十一篇とヴーク・カラジッチの『セルビア民謡集』Српски народне песме（初版一八二四）に収められたセルビア語テクストからの翻訳二篇、さらにプーシキン自身の創作詩三篇によって構成されているからであり、そのため全体としてはプーシキンのオリジナリティの低い、つまりプーシキン研究の対象としては価値が低い作品とみなされたためであろう。しかしこの作品は十六篇の詩の全体に、テーマのみならず民謡風の文体と韻律論的に共通の独特の形式を一貫させることで、プーシキン自身の構成になるロシア語の連作詩としての統一性を持っており、この点からもプーシキンのロシア語作品として独自の価値を持っている、ということができる。

プーシキンによる『西スラヴ人の歌』の創作はいくつかの問題を提起する。それはメリメの『グズラ』とプーシキンの『西スラヴ人の歌』との比較文学的な関係の問題[1]、カラジッチの民謡集のセルビア語テクストからの翻訳の問題[2]、プーシキン自身の創作の典拠の問題、連作詩全体を統一する詩篇全体に特有の独特な韻律の問題の四つに分けられるだろう。本稿はこのうち第一の問題、すなわちプーシキンの『西スラヴ人の歌』とメリメの『グズラ』との比較文学的な関係を考察するもので、まずそのための前提として基本的な問題を整理することが目的である。本稿ではメリメの個々の作品と対応するプーシキンの翻訳とを網羅的に比較対照することはしない。ただ「ヴェネチアのモルラック人」を例として取上げ、メリメの原文とプーシキンの翻訳、さらに同じテクストのミツキェヴィチによる訳を比較対照し、そのことによってプーシキンがフォークロアの文学化に際してとった態度の独自性を明らかにする。

二　メリメの『グズラ』執筆の経緯とプーシキン

既に述べたように『西スラヴ人の歌』の中心をなすのはメリメの『グズラ』（一八二七）からの翻訳である。十八世紀末よりナポレオンによるスロヴェニア、ダルマチアなどの領有などを通じて、フランス領のバルカン西部がイリリア諸州として再編されると、フランスのエキゾチックな辺境としての南スラヴに対する関心が高まった。同時代のロシア文学に対してやはり十八世紀末以来ロシアの辺境に組み入れられたカフカースやクリミアが果たした役割を、フランス文学に対してはバルカン西部がはたしたのである。メリメ以前に既にシャルル・ノディエは南スラヴ・フォークロアのモチーフを用いた幻想小説『ジャン・スボガル』（一八一八）や『スマーラ』（一八二一）を書いていた。特に『スマーラ』に併録された「ベイ・スパラティン」、「ほたる」などはその題材、散文詩的形式からいって『グズラ』の諸篇の原型ともいうべきものである。ノディエは一八一二年から翌年にかけてスロヴェニアの首都リュブリャナ（当時のライバッハ）の帝室図書館で司書をしていたのである。一方カラジッチのセルビア民謡集は既にゲーテを通じて広く西欧に知られており、メリメは後にフランスに帰化するドイツ人G・B・デッピングのセルビア民謡研究によってセルビア民謡に関心を持った。既にロシア語を学び、スラヴ語にある程度の知識を持っていたメリメはこの風潮に乗り、南スラヴ民謡の仏訳を詐称する作品を創作しようと考えたらしい。

そもそも『グズラ』La Guzla という題名そのものがセルビア叙事詩の吟唱に使われる弓奏楽器グスレ gusle を意味しながら［伊東　一九九五］、実は自分の文壇へのデビュー作である前作『クララ・ガズルの劇』Théâtre de Clara Gazul（一八二五）に作者として登場させた架空のスペイン女優の名 Gazul のアナグラムに他ならない（ちなみに guzla という語形はメリメの創作ではなく、メリメの参照したフォルティスの記述（後述）に由来する）。このようなメリメの悪戯を種村季弘は「文学的変装術」と呼んでいる。この悪戯を見破り『グズラ』の表題を前作のアナグラムと読み解いたのはゲーテのみであった。

ゲーテは一八二八年の『芸術と古代』六巻二号に掲載された評論「民族詩芸術」において前年にヨーロッパで続々と出版されたセルビア、リトアニア、近代ギリシアなどヨーロッパ辺境の民族の翻訳民謡集あるいは文学史について取上げ、その中でメリメの『グズラ』についても触れている。

私たちは『グズラ』という言葉の中に『ガズル』という名前が隠されているのに気づき、しばらく前にわたしたちをいとも愛嬌たっぷりにからかったあの覆面の、スペインの女優なるジプシー女のことを思い出した。〔中略〕メリメ氏こそは『クララ・ガズルの演劇』の著者その人である、と公言し、且つは、もしも氏がおいやでなければ、このような黒塗りの子供たちによってさらに私たちを楽しませてくれることを切望したとしても、氏は私たちを悪くとりはしないと思う。　[Goethe: 145]

ところでメリメが民謡集形式で『グズラ』を執筆することにしたきっかけのひとつに、十九世紀初頭にワルター・スコットの蒐集したスコットランドの民衆バラードなどがフランス語の散文訳で一八二五年に出版されたことがあげられる（*Ballades, légendes et chants populaires de l'Angleterre et de l'Ecosse par sir Walter Scott, Thomas Moore, Campbell, etc.* Traduits par A. Loève-Veimars. Paris, 1825）。またメリメは自ら友人のジャン・ジャック・アンペール（一八〇〇－六四）とマクファーソンの偽作『オシアンの歌』の仏訳を行っている。

バルカン民謡について言えば、二冊の（いずれも散文の）仏訳ギリシア民謡集が『グズラ』以前に出版されていた（N. Lemercier. *Chants populaires des montagnards et des matelots grecs* ; Claude Fauriel. *Les chants populaires de la Grèce moderne.* T. 1-2. Paris, 1824-1825）。メリメはフォリエルと個人的に親交があった。サント・ブーヴの『同時代人の肖像』によれば、フォリエルはメリメに自分の仏訳ギリシア民謡集に倣ってスペインのロマンスを仏訳することを勧めたという。同じサント・ブーヴの証言によれば、後にフォリエルは『グズラ』を自分の仏訳ギリシア民謡集のパロディとみなして憤慨していたという。

一八二七年に『グズラ』が匿名で初版された際の序文は次のように、自分は現クロアチアのアドリア海沿岸都市スプリットのモルラック人（セルビア人）を母に持つイタリア人で、これらの作品群はヒアシント・マグラノヴィッチという吟遊詩人（この人名はセルビア語に実在しない）が語り歌った真正のセルビア＝クロアチア民謡を自分が翻訳したものである、としている。

いま諸君がその翻訳を読まれようとしておられるこれらの詩篇を編むのにわたしが没頭していたときは、このような未開民族の作った技巧のない詩になんらかの興味を感じ得るフランス人は、〔当時わたしはフランス人だったので〕まあ自分一人だけだろうと思っていた。だからそれらを刊行しようなどという考えは、まったくなかったのである。

その後、日ごとにひろがってゆく外国の文芸作品に対する趣味、とくにその形式そのものによって、従来わたしたちが称賛するのに慣れてきた傑作とはちがってきている作品に対する趣味に注目したわたしは、自分の集めたイリリア〔ここでは事実上「セルビア」と同義〕の小唄集《シャンソン》のことを考えた。わたしはそのあるものを、友人たちのために翻訳した。そしてわたしがこれらの蒐集した中からあえて選択し、それを一般公衆の判断に委ねようとするのは、彼らの意見によってそうしたのである。

おそらくわたしは、だれにもまして、この翻訳をするのに適した状況にあったのである。ごく若いときに、わたしはイリリアの各州に住んでいた。母はスパラトロ〔現ダルマチアのスプリット〕のモルラック人〔アドリア海沿岸地域に移住した山岳セルビア人、第五節を参照〕で、わたしは数年間、イタリア語よりもむしろイリリア語〔ここではセルビア語のこと〕のほうをずっと多く話した。もちろんわたしは旅行が大好きだったので、たいして用事のなかったときには、自分が住んでいる国をよく知るために時を費やしていたのだった。だからトリエステからラグーザ〔現ドゥブローヴニク〕に至るまで、わたしが訪ねなかった村や山や小谷は、まったくなかった。ボスニアやヘルツェゴヴィナでもかなり長い旅行をやったが、それらの地方でもイリリア語はまったく純粋なままで保存されており、わたしは古代詩のたいへん美しいいくつかの断片をその地で見出した。

さてこの翻訳をするにあたって、わたしがフランス語を選んだことについて語らねばなるまい。わたしはイタリア人なのである。ところが祖国にいたとき身に降りかかったある事件のために、その後ずっとわたしはフランスに住んでいたし、しばらくの間はこの国の公民であった。友だちはみんなフランス人だし、わたしはフランスを自分の祖国のように考えるようになってしまったのである。わたしはなにも外国人のくせに、滑稽にもいっぱしの文学者らしく名文をもって仏文を書こうなどという気持はない。しかしわたしはこの国に長期滞在しここで教育を受けたのだから、かなり楽に書けると思ったたし、ことに翻訳には正確さが重大な要素だと思うので、なおさらそういう気になった。

長いあいだ〔十八世紀末からナポレオンの〕フランスの統治下にあったイリリアの諸州はかなりフランスでは知られているので、その地理や政治やその他についてこの詩集の序文で述べる必要はないと思う。

わたしはただのスラヴの吟遊詩人、よく人の言うグズラの流しについて数語述べるに止めよう。

彼らは大部分が貧しい老人たちで、よくぼろ着を身にまとっては、グズラ〔正確にはグスレ gusle〕という馬の毛でできた一本の絃しかないギターのようなものを抱えて、町や村を小叙事詩を歌いながら流してゆくのである。あまり働くことが好きではない閑人やモルラック人たちが彼らを取りまく。ロマンスを歌い終わると辻芸人は、聴衆からの喜捨を期待している。ときには抜けめなく策をめぐらして、もっとも興が乗ったところで話を中断し、聴衆の施しを求める。ときにはよく、これなら大団円まで語ってもいいという金額をきめてかかるときもある。

これらの連中だけが物語詩を歌うとはかぎらず、ほとんどすべてのモルラック人は老いも若きも、これに熱をあげている。なかには、これはごく限られているが、しばしば自ら詩作して、即興的にそれを演ずる者もいる（次の「ヒアシント・マグラノヴィッチについて」を参照）[3]。

三　プーシキン『西スラヴ人の歌』執筆の経緯

さてこのような序文と共に一八二七年に匿名で出版されたメリメの『グズラ』はすぐにロシアに知られることになった［Фомичев 1983］。一八二八年の『祖国の子』第五号に早くも好意的な書評が載り、プーシキンはおそらく同年初めにはメリメと親交のあった友人ソボレフスキーを通じて『グズラ』を知った。同年出版の同第十四号にその中からの三篇（「ペルシチの炎」「モンテネグロ人」「エクスプロムプト」）が翻訳掲載され、そのうち二篇は後にプーシキンも翻訳することになる。しかし同年中には『グズラ』は偽作であるという噂が広まり、それに関する記事が『モスクワ電信』第十三号、『テレスコープ』第十二号に掲載された。初版の『グズラ』に冠せられたこのよく仕組まれた序文に最初プーシキンも騙されたらしい。ソボレフスキーの証言によると、一八三三年に彼がパリから帰るまで、プーシキンは『グズラ』が真正のセルビア・フォークロアの翻訳であることを疑わなかったらしい。

プーシキンは帰国後のソボレフスキーにこの作品集に収められた「翻訳」がどのような典拠に基づいてなされたか、メリメに聞いてくれるように執筆の経緯を問い合わせてもらっている。この問い合わせに対してソボレフスキーがメリメから受け取った返事をプーシキンは、『西スラヴ人の歌』十六篇全篇が一八三五年刊の『詩集』Стихотворения 第四部に初めて発表された際に、その序文の中に掲載している。

まずプーシキンは序文において、『グズラ』初版の序文を要約した上で、『グズラ』の出版者がメリメであることを明らかにしている。

これらの歌の大部分はパリで一八二七年末にパリで出版された『グズラ、あるいはダルマチア、ボスニア、クロアチア、ヘルツェゴヴィナで集めたイリリア語の詞華集』という表題の本から採られたものである。〔中略〕

その匿名の出版者は機知に富む異色の作家、『クララ・ガズルの戯曲』、『シャルル九世治世年代記』、『二重の過ち』その他の、現在のフランス文学が根深い哀れむべき衰退にある中できわめてすぐれた作品の作者メリメにほかならなかった。繊細で明敏な批評家、スラヴ文学の通である詩人のミツキェヴィチはこれらの歌が本物であることを疑わなかったし、どこかのドイツの学者はこれらの歌について浩瀚な学位論文をものした。

続いてプーシキンは、これらの「民謡」の典拠についてソボレフスキーを通じてメリメ自身に問い合わせたことを明らかにする（この際のソボレフスキーからメリメへの問合せの手紙は残されていない）。

私は奇妙なこれらの歌がどのような典拠に基づいて作り出されたものか是非とも知りたかった。メリメと親しい友人のS・A・ソボレフスキーは私の頼みを聞いてくれ、メリメにこの経緯を問い合わせてくれた。そして彼は一八三五年初頭に次のような返書を受け取った。

プーシキンは続いて同じ序文の中でソボレフスキー宛のメリメの返書（一八三五年一月十二日付け）を仏語原文で抜粋引用している。それは次のようなものである。

ソボレフスキー殿、私は『グズラ』には七人しか読者はつかないと思っておりました。その中にあなたと私と校正者を含めてですが。この七人にさらに二人が加わって総計九人になり、「その祖国では誰も予言者ではない」という諺を確証することになったのを知り、私は大いに満足です。あなたの質問に率直にお答えします。『グズラ』を私は二つの動機によって書きました。第一に私は「地方色」というものを笑いのめしたかったのです。この「地方色」に私たちは一八二七年の夏に夢中になったのですが。第二の動機を説明するために次のような話をご披露しましょう。その一八二七年の私と私の友人の一人はイタリア旅行を企てたのです。私たちは地図の上に鉛筆で私たちの旅行の行程を書き込みました。こうして私たちはヴェネチアに到着しました。もちろん地図上の話ですが。そこで出会ったイギリス人とドイツ人たちに私たちはうんざりしたので、私はトリエステに、それからラグーザ〔現ダルマチアのドゥブローヴニク〕に向かうことを提案しました。この提案は受け入れられたのですが、私たちは素寒貧だったので、このラブレーのいうところの「比類のない悲しみ」のせいで私たちは道中半ばで立ち往生してしまいました。そこで私は最初に我々の旅行記を書き、出版社に売り込み、できた金を私たちの誤りが沢山あったかどうか確かめるのに使ったらどうか、と提案しました。私は民謡収集とその翻訳を引き受けました。友人は信じられないようでしたが、私は翌日早速この私の旅仲間に五つ六つの翻訳を渡しました。秋を私は村で過ごしました。私たちは朝食をお昼にとりましたが、私は十時に起床しました。一、二本の葉巻をくゆらせると、御婦人方が客間を来訪するまでの閑を持て余し、私はバラードを書きました。それらが一冊の本となり、それを私は全く秘密裡に二、三人の名前をかたって出版しました。かくも称揚された「地方色」の私の種本となったものを挙げておけば、まず一人のバニャ・ルカ〔ボスニア・ヘルツェゴヴィナ北部の都市。一五八六－一六三八年にボスニアの首都だった〕のフランス領事の小冊子〔おそらく A. Chaumette-Desfossés. *Voyage en Bosnie dans les années 1807 et 1808*. 1812. 再版は一八二二年〕があります。その表題は忘れてしまいましたが、どんな本だったか思い浮かべていただくのは難しいことではありません。その著者はボスニア人たちが本物の豚野郎どもであることを一生懸命証明しようとして、かなり説得的な理由をいくつも挙げています。彼は自分の知識をひけらかすためにところどころでイリリアの言葉を用いていました（実際のところおそらく彼の知識は私以上のものではなかったのですが）。私は一生懸命それらの言葉を集め注釈の中に引用しました。それから私は〔仏訳の〕フォルティス〔Fortis, 1741-1803〕の『ダルマチア紀行』[4]〔*Viaggio in Dalmazia*. Venezia, 1774. 仏訳は *Voyage en Dalmatie*. Traduit de l'italien. Berne. 1788〕の中の『モルラック人の習俗について』[5]の章を読みました。そこに私は本物のイリリア語のアッサン＝アガの妻の哀歌のテクストと翻訳を見つけました。だがその歌は韻文訳されておりました。私は逐語訳を作るのにかなり苦労しましたが、そのために原文に繰り返し出てくる単語をフォルティスの翻訳と付き合わせなければなりませんでした。若干大変な思いをしましたが私は逐語訳を作り上げましたが、幾つかの箇所がまだ難解なところがありました。私はロシア語を知っている一人の友人に頼んで、イタリア語訛りでこの原文を私が読むのを聞いてもらいました。そうしたら彼はほとんど完全にそのテクストがわかったのです。だが最も素晴らしいことはフォルティスとアッサン＝アガのバラードを発掘し、フォルティス師の詩的翻訳からさらに翻訳し、その散文訳においてさらにテクストを詩的なものにしてしまったノディエ〔一八二一年刊の《Smarra》にノディエはこのバラードの仏訳を収めた〕が四つ辻ごとに私が彼を盗んだ、と叫びたてたことでした。そのイリリア語のテクストの最初の行は次のようなものです――《Scto se bieli u gorje zelenoi》。フォルティスの訳は《Che mai biancheggia nel verde Bosco》「緑の森に白く見えるのは」です。ノディエはBoscoを「緑広がる平原」と訳しましたが、これは誤訳でした。というのも私が聞いた説明ではgorjeとは「山」を意味するからです。これでお話はすべて終わりです。どうかプーシキンさんに謝っておいてください。私はプーシキンさんがひっかかったことを誇りにも思う反面恥ずかしい気持ちでもいます……

〔Пушкин 1949: 181-185〕（ロシア語訳より伊東訳）

このソボレフスキーへの返事をプーシキンが『西スラヴ人の歌』の序文の中で公けにした五年後、一八四〇年に書かれた『グズラ』再版の「はしがき」は一八二七年の初版の序文が虚構の創作であったことを自ら公けに暴露して次のように語っている――

一八二七年ごろには、おかげさまでわたしはロマン派だった。わたしたちは古典派の連中に、こう言ったものだ。「きみたちのギリシア人は、ギリシア人ではまったくなく、きみたちのローマ人も、ほんとうのローマ人じゃないね。諸君は、きみたちの作るものに地方色というものを与えることを知らないんだ。地方色がなくてはどうにもならんね」わたしたちの言う地方色なるものは、十七世紀の人びとの言う風俗と同じものだ。だがわたしたちは自分たちの言葉にたいへん得意になっていて、言葉ばかりでなく、物そのものも独創した気でいた。詩についてはわたしたちは、外国の詩と古代の詩しか賛美しなかった。スコットランド辺境の物語詩《バラード》か、ル・シッドの恋歌などは、いつもその地方色ゆえに、たぐい稀なる傑作のように思われたものだ。

わたしはこうした地方色が今なお存在しているところへ行って、この目で確かめて見たくてならなかった。なぜならこうした地方色は、どこにでもあるとは限らないからだ。だが残念なことに！ 旅行するために必要なもの、お金がわたしにはなかったのだ。しかし旅行の計画を立てるだけなら費用は少しもいらないので、わたしは友人たちと大いに旅行の計画を立てることにした。

わたしたちが行きたいと思ったのは、そこらの旅行者がよく行く国ぐにではなかった。ジャン・ジャック・アンペールとぼくとはイギリス人たちが好んでとる行程は避けたいものだと思っていた。だからフィレンツェ、ローマ、ナポリは駆け足で飛ばして、ヴェネチアで舟に乗りトリエステに向かい、そこからアドリア海をゆっくりと進んで、ラグーザまで行くことにした。これは金銭問題さえなかったら、たいへん独創的で美しく、斬新な計画だった！……この問題を解決するために考えていると、旅行するまえに旅行記をまず書いて、それを高く売り、その金で自分たちの述べた計画が間違っていたかどうかを確かめてみようという考えが浮かんだ。この考えは目新しいものだったが、不幸にしてわたしたちはその考えを放棄した。しばらくのあいだこの計画を楽しんでいるうちにアンペールは、ヨーロッパのあらゆる言葉を知っているくせに、どうしてなのか知らないが、まるで何も知らないこのわたしにイリリアの独特の詩を集めることを委ねたのだった。わたしはその準備のためにフォルティス師の『ダルマチア紀行』と、思うにだれか外務省の一課長が編纂したらしいたいへん立派な古代イリリア地方の統計とを読んだ。わたしは五、六カ月でスラヴ語を学び、二週間ほどしてここにしるす小叙事詩を書いた。

それらはストラスブールで、著者の肖像と注を付せられ、秘密裡に印刷された。わたしの秘密はよく守られ、大成功だった。

これらが十二部足らずしか売れなかったことは事実である。だからこうした秘密のための費用を工面してくれた貧乏な出版社のことを考えると、今でも胸が張り裂ける思いがする。だが、たとえフランス人がわたしのものを読まなかったとしても、外国人とその道の権威とはわたしの真価をよく認めてくれた。『グズラ』を出版してから二カ月して、スラヴ詩華集の著者バウリング〔スラヴ民謡などの翻訳で知られたイギリスの詩人・翻訳家。John Bowring, 1729-1832〕氏が、わたしのみごとに訳出した特異な詩句について問い合わせの手紙をくれた。

ついでドイツのどこかの議員で博士であるゲルハルト氏〔ドイツのアマチュア民俗学者、スラヴ民謡など諸国民謡の収集と翻訳に従事した〕が、詩に訳された『グズラ』が載っている独訳のスラヴ詩集〔Wilhelm Gerhardt (-1858). *Wila, Serbische Volkslieder und Heldenmärchen.* Leipzig, 1828〕第二巻の大冊を送ってきた。その序文によると、詩に訳することは容易であったそうで、なんでも彼はわたしの散文中にイリリアの詩の韻律を発見したからだとのことである。周知のとおりドイツ人はいろいろと物事を発見するが、ゲルハルト氏は第三巻を作るからなお物語詩があったら送るようにと言ってきた。

この返事そのものもソボレフスキーへの返事と同様文学的虚構であることをプーシキン自身もおそらく見抜いていた。プーシキンはおそらく、メリメの虚構の仏語訳セルビア＝クロアチア民謡よりも、よりセルビア＝クロアチア民謡の翻訳に相応しいロシア語詩篇を創作しようとしたのである。それはプーシキンにはメリメよりも自分のほうがセルビア民謡の内容だけでなく、文体と韻律についてよりよく知っているという自負がおそらくあったからで、実際に『西スラヴ人の歌』のためにプーシキンはカラジッチのセルビア民謡集から二篇のセルビア民謡を直接訳出している。（本書第五章参照）

注目されるのはプーシキンはこのセルビア＝クロアチア民謡風の連作詩に相応しいロシア語の文体と韻律を創出しようとしたことである。メリメの『グズラ』からの翻訳、真正のセルビア民謡からの翻訳、プーシキン自身の創作、という起源の異なる三種類のテクストにプーシキンは共通の形式を与えて全体の統一を図ったのであった。

ここで一つの問いが立てられる。プーシキンはメリメに騙されたのか、という問いである。プーシキンがメリメの作品を偽作と知った後もその作品に対する評価が変わらなかったことを以上の序文は示しているが、それはこの贋作の背後にメリメの周到な南スラヴ研究が存在していることをプーシキンが感じており、そのことが逆に自分によるメリメの翻訳はメリメの偽作よりさらにセルビア・フォークロア「らしい」ものとなりうる、という対抗心と自負にプーシキンを導いたことを示唆する。

プーシキンが南スラヴ・フォークロアに向けた関心は、メリメの同時代のフランス・ロマン主義がそうだったように、プーシキンの同時代のロマン主義が異国のフォークロアにエキゾチックな関心を持っていたことと当然関係する。ゴーゴリがロシアにとってのロマンチックなスラヴの辺境たるウクライナを舞台に『ディカーニカ近郷夜話』を書いたように、プーシキンも異郷の同胞である南スラヴ人のフォークロアに自然な関心を抱いたのであった。

そのきっかけとしてはこの作品の執筆の十年ほど前のいわゆる「南方時代」の最後、キシニョフ滞在時に、そこに亡命していたセルビア人たちから直にフォークロアを聞く機会があったこと、南方からペテルブルグに帰還後カラジッチのセルビア民謡集や歴史資料を直接目にする機会があったことなどがあげられる。

ちなみに現代のスラヴ文献学では「西スラヴ人」という術語は、ポーランド語、チェコ語、スロヴァキア語などの西スラヴ諸語を母語とする民族をさすが、プーシキンはメリメの作品集を基にこれらの詩篇を書いたわけだから、その意味では『南スラヴ人の歌』とすべきものである。(6) あるいはプーシキンは、「東スラヴ人」の対語たる「西スラヴ人」という術語を用いることによって、同じ正教徒のスラヴ人である同胞セルビア人への共感を表現したのかもしれない。

民族叙事詩が称揚された十八世紀末から十九世紀のロマン主義の時代に、『オシアンの歌』、『イーゴリ軍記』のような叙事詩が発見・発掘されてきたことに加えて、プーシキンの同時代には、カラジッチの『セルビア民謡集』の出版がゲーテなどの賛辞を得て注目され、スラヴ叙事詩見直しの機運が高まっていた。プーシキンがこのような作品に手を染めた動機の一端はそこにもあると考えられる。プーシキンは一八二八年頃から一八三四年にかけて上述のメリメの『グズラ』の翻訳を手がけていたが、草稿が殆ど残っておらず、『西スラヴ人の歌』の創作年代は今に至るまで論争をよんでいる［Фомичев 1983］。

四　『西スラヴ人の歌』の構成

『西スラヴ人の歌』は十六の詩篇から構成されている。その内容は次の通りである。タイトルの後の符号はM. がメリメからの翻訳、K. がカラジッチの民謡集からの翻訳、P. がプーシキンの創作であることを示す。翻訳の場合には記号の後に原詩の表題を挙げてある。また四脚ホレイで書かれている7、9、10、16以外の詩篇は、独特の叙事詩韻律（後述）で書かれている。

1　「王の幻視」Видение короля [M. La Vision de Thomas II, roi de Bosnie]
2　「ヤンコ・マルナヴィッチ」Янко Марнавич [M. La Flamme de Perrussich]
3　「大ゼニツァの戦い」Битва у Зеницы-Великой [M. Le Combat de Zenitza-Velika]
4　「フェオードルとエレーナ」Феодор и Елена [M. La Belle Hélène]
5　「ヴェネチアのヴラフ人」Влах в Венеции [M. La Morlaque à Venise]
6　「義賊フリズニチ」Гайдук Хризнич [M. Les Braves Heiduques]
7　「イアキンフ・マグラノヴィッチの葬送歌」Похоронная песня Иакинфа Маглановича [M. Chant de mort]（四脚ホレイ）
8　「マルコ・ヤクボヴィッチ」Марко Якубович [M. Constantin Yacoubovich]
9　「ボナパルトとモンテネグロ人たち」Бонапарт и черногорцы [M. Les Monténégrins]（四脚ホレイ）

10「夜鶯」Соловей [K. Три највеће туге]（四脚ホレイ）
11「黒ゲオルギイの歌」Песня о Георгии Черном [P.]
12「司令官ミロシュ」Воевода Милош [P.]
13「吸血鬼」Вурдалак [M. Jeannot]
14「妹と兄弟」Сестра и братья [K. Бог ником дужан не остаје]
15「ヤヌィシ王子」Яньш Королевич [P.]
16「馬」Конь [M. Le Cheval de Thomas II]（四脚ホレイ）

これらの作品のうち最初の十五篇は一八三五年刊の『読書文庫』Библиотека для чтения 第十五号に掲載された。最後の第十六篇のみは同じ雑誌の第十四号に掲載された。全十六篇が初めて序文と共に発表されたのは一八三五年刊の『詩集』Стихотворения 第四部である。

このような構成を持つ『西スラヴ人の歌』のうちのM. で示した十一篇（1、2、3、4、5、6、7、8、9、13、16）はメリメのフランス語作品集『グズラ』からの翻訳であり、K. で示した二篇（10、14）はヴーク・カラジッチの編集したセルビア語の『セルビア民謡集』からの翻訳であり、P. で示した三篇（11、12、15）が恐らくプーシキン自身の作と考えられている。この三篇のうち第十一篇の「黒ゲオルギイの歌」には典拠となる書物が見出されていないが、プーシキンがキシニョフで聞いた口頭の物語に基づいている、と推定されている。「司令官ミロシュ」はペテルブルグで一八二五年に出版されたカラジッチの『ミロシュ・オブレノヴィッチ公の生涯と勲功』とキシニョフで聞いた口頭の物語に基づいている。第十五篇の「ヤヌィシ王子」の主人公は他の二篇と異なり歴史上の実在した人物ではなく、その舞台もバルカンではなくチェコと思われる。その物語の出典は不明であるが、プロットは後に書かれた劇詩『ルサルカ』に酷似している（[栗原　一九八七]参照）。十六篇の内メリメに由来するものの配置は必ずしも『グズラ』に準じてはいない。しかし第一篇の「王の幻視」と最後の第十六篇「馬」がいずれもボスニア最後の皇帝トマ二世を主人公とするものとなっていることは、プーシキンが『西スラヴ人の歌』を『グズラ』のような虚構の「民謡集」としてではなく、全体的統一を持った自らのオリジナルな連作詩として構想していたことを示している。

五 「ヴェネチアのモルラック人」のプーシキンとミツキェヴィチによる翻訳

プーシキンの『西スラヴ人の歌』は、この『グズラ』に収められた作品から選ばれた十一篇のフランス語テクストのロシア語訳を核として構成されているが、その中のひとつ「ヴェネチアのモルラック人」は、さらにプーシキンの同時代のポーランド詩人ミツキェヴィチもポーランド語訳を試みている点で注目される。ここでは『グズラ』の中のこの一篇を例として取り上げ、メリメの原文をプーシキンとミツキェヴィチによるロシア語訳およびポーランド語訳と比較検討することによって、この三者の言語と文体、詩形式に対する考えの違いを明らかにする。

一 メリメの「ヴェネチアのモルラック人」

この作品は『グズラ』に四番目に収められているものである。最初にメリメの原文を対訳で示し、その特徴を明らかにする。

LE MORLAQUE A VENISE	ヴェネチアのモルラック人
	I
Quand Prascovie m'eut abandonné, quand j'étais	プラスコヴィヤから見捨てられ、私が懐中が乏しくて心淋

しかった時、一人の悪賢いダルマチア人が私の山へやってきて、言った。「水の都へやって来ないか。あそこにはセカン金貨が、お国の石ころよりも多く転がってるよ。

triste et sans argent, un rusé Dalmate vint dans ma montagne et me dit: « Viens à cette grande ville des eaux, les sequins y sont plus communs que les pierres dans ton pays.

II

兵隊たちは金貨と絹をしこたま持ってあらゆる快楽にその日を送る。おまえはヴェネチアで金を儲けたなら、金モールの上着に銀鎖で短剣を吊るして、おまえの国に帰れるだろう。

Les soldats sont couverts d'or et de soie, et ils passent leur temps dans toute sorte de plaisirs. Quand tu auras gagné de l'argent à Venise, tu reviendras dans ton pays avec une veste galonnée d'or et des chaînes d'argent à ton hanzar.

III

そうなれば、ああ、ドミートリイよ！　どの娘が急いで窓辺からおまえの名を呼び、おまえがグズラを奏でるとき、彼女の花束をおまえに投げるだろうか？　海に漕ぎ出して、いいかい、大都会においで、きっとおまえはその地で金持ちになるだろうよ」

Et alors, ô Dmitri! Quelle jeune fille ne s'empressera de t'appeler de sa fenêtre et de te jeter son bouquet quand tu auras accordé ta guzla? Monte sur mer, crois-moi, et viens à la grande ville, tu y deviendras riche assurément. »

IV

無分別にも私はそれを信じて、この大きな石の船にやって

Je l'ai cru, insensé que j'étais, et je suis venu dans

きた。だが空気は息苦しく、彼らのパンはわたしには毒なのだ。私は自分の望むところに行けないし、したいと思うことができない。私はつながれた犬みたいなものだ。

ce grand navire de pierres; mais l'air m'étouffe, et leur pain est un poison pour moi. Je ne puis aller où je veux, je ne puis faire ce que je veux; je suis comme un chien à l'attache.

V

女たちは私が国の言葉で話すと、私を嘲笑する。ここでは同郷の山男たちはその言葉を忘れ、またわれらの古い風習をも忘れた。私は夏に移し植えられた一本の樹であって、枯れ果て、やがて死ぬだろう。

Les femmes se rient de moi quand je parle la langue de mon pays, et ici les gens de nos montagnes ont oublié la leur, aussi bien que nos vieilles coutumes: je suis un arbre transplanté en été, je sèche, je meurs.

VI

山の中で誰かに会えばその人は微笑して私に挨拶し、そして言う「アレクシスの子よ、神の御恵みがおまえの上に！」だがここでは親しくしてくれる人には誰ひとり会わない。私は大きな池のただ中に、微風に吹かれて捨てられた一匹の蟻のようなものだ。

Dans ma montagne, lorsque je rencontrais un homme, il me saluait en souriant, et me disait: « Dieu soit avec toi, fils d'Alexis! » Mais ici je ne rencontre pas une figure amie, je suis comme une fourmi jetée par la brise au milieu d'un vaste étang.

まず形式面について考察する。この作品の形式的特徴は、『グズラ』全篇がそうであるが、南スラヴ民謡の訳と称しながら、散文形式で書かれていることである。つまりこの作品は元来韻文で歌われたセルビア歌謡を直訳の散文で再現したもの、として提示されている。この形式の「訳」が怪しまれなかったのは、当時のフランスにおいて多くの外国の口承詩が散文訳で出版されていた、という事情がある。

事実、この「ヴェネチアのモルラック人」は、フォリエルによる仏語散文訳の近代ギリシア民謡集（Cl. Fauriel. *Les chants populaires de la Grèce modern.* Paris, 1824-25）に収められた「異国のギリシア人」Le Grec dans la terre étrangère を模倣したものと考えられている。

次に標題にあるモルラック人について解説しておく。少なくとも既存の邦訳にはこの民族名について何らの説明もないからである。メリメがモルラック人の情報を得たのは彼自身が明らかにしているように主としてフォルティスの『ダルマチア紀行』である。morlaque は、イタリア語の morlacchi の音訳であるが、これは morovlacchi の縮約形で「黒いヴラフ」を意味する。ヴラフとは元来ロマンス化したバルカン半島の原住民で山岳地域で移動牧畜に従事するようになった者たちをいうが、モルラック人の名で呼ばれたのは、十五世紀半ばにトルコの圧迫を逃れて、ボスニアなどの山間部からアドリア海沿岸、ダルマチアのザダール、スプリット地方に移住してきたセルビア人であった。十九世紀にはその人口は十五万から二十万人であり、その三分の一はカトリック教徒、三分の一はセルビア正教徒であった。フォルティスによれば彼らは自らを単に vlah と呼ぶという。

ダルマチアは一四二〇年から一七九七年までヴェネチア領となり、その後一時的なナポレオンの支配時代を経て、二十世紀初頭までオーストリア領であった。モルラック人は十五世紀以降このヴェネチアのダルマチア支配時代にスラヴ人の傭兵として重要な役割を果たした。メリメは原注でそのことに触れている[7]。

ちなみにモルラック人を文学で取上げたのはメリメが最初ではなく、オルシーニ＝ローゼンベルグ伯爵夫人（ユスティーニアナ・ヴィンネ）はフォルティスの記述をもとにフランス語の小説『モルラック人』を一七八八年に出版し［J. Winne, comtesse des Ursins et Rosenberg. *Les Morlaques*］、ロシアのエカテリーナ二世に献呈した。この小説でモルラック人の国は理想的なアルカディアとして描かれている（［Кравцов 1985: 27］［Јачов: 122-124］参照）。

このメリメの作品は、既に紹介した『グズラ』の序文でも明らかなように、フランスのロマン主義で流行の「地方色」を、モルラック人、グズラ等々の主人公と小道具で描き出そうとしたものである。メリメはそれをパロディ的に描出している。
さらにここには訳出しなかったが、メリメはなくもがなの詳細な注釈をもっともらしく訳に付しており、この訳と訳注という形式自体が当時のフランス語散文訳外国民謡集のパロディとみなしうるものである。

二　プーシキンの「ヴェネチアのヴラフ人」

このメリメからの翻訳はプーシキンの『西スラヴ人の歌』の五番目に収められている。

ヴェネチアのヴラフ人

俺をパラスコーヴィヤが捨て
俺が哀しみに金を使い果たしたとき
一人の狡猾なダルマチア人が俺のところにきた
「行くがいい、ドミートリイ、海辺の町へ
そこには俺たちの山の石のように金貨がざくざくだ

そこでは兵隊は絹の外套を着て
飲んだり騒いだりしてる
そこへ行けばおまえはすぐに金持ちになり
縫い取りのある短上衣《ドロマン》を着て
銀鎖で短剣を吊るして国に帰るだろう

ВЛАХ В ВЕНЕЦИИ

Как покинула меня Парасковья,
И как я с печали промотался,
Вот далмат пришел ко мне лукавый;
«Ступай, Дмитрий, в морской ты город,
Там цехины, что у нас каменья.

Там солдаты в шелковых кафтанах,
И только что пьют да гуляют:
Скоро там ты разбогатеешь
И воротишься в шитом доломане
С кинжалом на серебряной цепочке.

そうしたら気ままにグスレを弾き鳴らすがいい
別嬪どもが窓辺に駆け寄るだろう
そしておまえに贈り物の山だ
さあよく聞け！　海を行け
金持ちになって帰ってくるがいい」

俺は狡猾なダルマチア人の言うことを聞いた
それで俺はこの大理石の小舟に住んでいる
だが俺は退屈だ、奴らのパンは俺には石も同然
俺は繋がれた犬のように不自由な身

俺が国の訛りで喋れば
俺を女たちはあざ笑う
俺たちの仲間はここでは自分の言葉を忘れてしまった
故郷の慣わしさえも忘れ果てた
俺は植え替えられた藪のように萎れてしまった

故郷では昔は誰かに出会えば「御機嫌よう、
アレクセイの子ドミートリイ！」という声を聞いた
ここでは親しい挨拶を聞くことはない
優しい言葉をかけてもらうこともついにない

И тогда-то играй себе на гуслях;
Красавицы побегут к окошкам
И подарками тебя закидывают.
Эй, послушайся! отправляйся морем;
Воротись, когда разбогатеешь».

Я послушался лукавого далмата.
Вот живу в этой мраморной лодке,
Но мне скучно, хлеб их мне, как камень,
Я неволен, как на привязи собака.

Надо мною женщины смеются,
Когда слово я по-нашему молвлю;
Наши здесь язык свой позабыли.
Позабыли и наш родной обычай.
Я завял, как пересаженный кустик.

Как у нас, бывало, кого встречу,
Слышу: «Здравствуй, Дмитрий Алексеич!»
Здесь не слышу доброго привета
Не дождуся ласкового слова;

ここでは俺は嵐で湖に運ばれた
哀れな一匹の蟻んこ同然だ

Здесь я точно бедная мурашка,
Занесенная в озеро бурей.

このロシア語訳をメリメの原文と比較してすぐにわかるのは、メリメにおける散文をプーシキンは韻文訳していることである。プーシキンはもともと韻文作品の散文訳を批判していた。ミルトンの『失楽園』の仏訳についての彼の評論「ミルトンとシャトーブリアン訳『失楽園』について」（一八三六）はそれをよく示している。プーシキンはありうべきセルビア＝クロアチア民謡を「仏訳」からより「オリジナル」に近い韻文に重訳する、という構えを見せているのである。プーシキンにとって形式と内容は不可分のものであったからである。

このためにメリメのテクストの背後に存在しているはずのセルビア＝クロアチア語の韻文テクストの形式を伝えるために、プーシキンは『西スラヴ人の歌』の大部分に独特の韻律を用いたのであった。

この詩にも用いられているが、ここに見られるようにそれはホレイにもヤンブにも属さない独特の叙事詩的韻律である。行末での脚韻は特に踏んでいない。一行は十音節前後（九音節から十一音節の間）からなり、その中に三つの強勢音節を持つが、強勢間のインターヴァルに置かれる弱音節の数は可動的である。行末は強弱という女性終止をとる。第一連でそれを図示すれば**図1**のようになる。

この韻律はロシア詩においては従来セルビア叙事詩をロシア語に翻訳するために用いられてきたものであった。これを最初に用いたのはスラヴ言語学者ヴォストーコフ（一七八一－一八六四）と言われている。

元来セルビア叙事詩はふつう deseterac デセテラッと呼ばれる十音節詩行からなる詩型を持つ。この詩行の十音節はさらに四＋六の二つの半詩行に分けられ、この二つの半詩行に単語がまたがってはならない。

しかしプーシキンが『西スラヴ人の歌』の叙事詩篇で用いた韻律は上述のように、このセルビア叙事詩の十音節詩行を単純にあてはめたものではない。そもそもセルビア語のアクセントはロシア語のそれとは異なり、母音の長短、抑揚の上昇・下降の区別によって四種類あり、ロシア詩法のようにアクセントの規則的な交代という単純な方法では詩行が構成されていない。

　オリジナルはフランス語テクストであるにも関わらず、プーシキンはこのフランス語テクストの背後にこのようなセルビア叙事詩の韻律を想定し、このロシア語訳をありうべきセルビア語歌謡のロシア語訳をイメージして作ったのであった。このため『西スラヴ人の歌』においてはメリメの翻訳にも、カラジッチの民謡集からの「本物の」十音節詩型によるセルビア民謡の翻訳にも、自作のオリジナルの作品にもプーシキンはこの韻律を用いたのであった［伊東　二〇〇九、二〇一〇］（本書第五章）。韻脚の反復によらないこの独特の韻律の本質は古くからロシア韻律学のトピックとなってきた（［Томашевский 1929］［Трубецкой 1987］［Jakobson 1953］などを参照）。

　次に連の構造について言えば、一連の行数も四行から六行の間を揺れ動き、意識的に定型詩の枠を外している。これは連に分けられない叙事詩的詩行をイメージしていると思われる。

　このように民衆叙事詩的形式の復元を目指したプーシキンのこの訳詩は、それに相応しく会話体の口語と俗語を意識的に多用した文体で書かれている。これはニュートラルな文語で書かれているメリメの原文とは、大きな違いである。エトキンドはこの違いを具体的な例によって詳細に検証している［Эткинд 1999: 501-502］。

　内容に移る。まずプーシキンの訳の標題に用いられたmorlaqueの訳語であるвлахについて。スラヴ語のヴラフは多義的な言葉で、既に述べたように元来はロマンス化されたカルパチアの牧羊民を意味した（ワラキアWalachiaと同語源である）。従ってプーシキンがここで用いたvlahという訳語は、morlaqueと語源は同じでも意味は異なる。しかし山岳の牧羊民の意味を持つvlahはメリメのmorlaqueよりも内容に相応しい。

　原詩にメリメが付した注についていえば、プーシキンはそれをすべて省いている。プーシキンはメリメの言う「地方色」にはほとんど関心がなかった。プーシキンが関心を持ったのは、民族がその歴史的現実をどのように感受してフォークロアに表現したのか、ということであった。

∪∪—∪∪∪—∪∪—∪
∪∪—∪—∪∪∪—∪
∪∪—∪—∪∪∪—∪
∪∪—∪∪—∪—∪
∪∪—∪∪∪—∪—∪

図1

三　ミツキェヴィチの「ヴェネチアのモルラック人」

ヴェネチアのモルラック人
セルビア語より

俺が最後のセカン金貨を使い果たし
狡猾な花嫁に裏切られ、
とぼとぼ歩いていた時イタリア人が俺に言った
「ディミートリイ！　海の都に行こうじゃないか
別嬪たちが城壁の中に見つかるぞ
小銭も山の小石よりもざくざくだ

兵隊は金と絹の服で行き交い
よく飲みよく遊ぶ
おまえを飲み食いさせ、褒美をくれるだろう
お前は金持ちになって家に帰れるだろう
その時お前の上着は銀の刺繍に輝き
お前の短剣は銀鎖に吊るされてるだろう

おまえが村に帰れば

MORLACH W WENECJI
Z serbskiego

Gdym ostatniego cekina postradał
I gdy mię chytra zdradziła niewiasta,
Chodziłem smutny, a Włoch mi powiadał:
„Dymitry! pójdźmy do morskiego miasta,
Piękne dziewczęta znajdziem w jego murach
I grosza więcej niż kamieni w górach.

Żołnierze w złocie i w jedwabiu chodzą
I dobrze piją, i dobrze się bawią;
Nakarmią ciebie, napoją, nagrodzą
I bogatego do domu wyprawią.
Wtenczas twa kurtka srebrnym haftem błyśnie,
Na srebrnym sznurku twój kindżał zawiśnie.

Gdy wnidziesz do wsi, kędy się obrócisz,

窓辺に女たちがひしめくだろう
おまえが窓辺に立って歌えば
帽子に花束が降り注がれる
行こう、ドミートリイ、船に乗ろう
町に行って金持ちになろう」

馬鹿な俺はそれを信じ、故郷を捨て
山男の俺はこの石船に乗り込んだのだ
ここでは普通のパンにも毒の味がする
息をつくこともできぬ空気だ
自由に考えることも動くこともできぬ
番犬のように道でくたばるのだ

娘たちに愚痴をこぼせば
娘たちは俺の国の訛りを嘲笑う
ここでは俺の同郷の山男たちさえ
新しい言葉と慣わしを受けいれてしまった
俺は夏に植え替えられた木のように
陽に焼かれ、嵐にたわめられる

山で知り合いに会うのは嬉しいもの

Do okien będą cisnąć się kobiety,
A gdy przed oknem staniesz i zanucisz,
Będą ci sypać do czapki bukiety.
Pójdźmy, Dymitry, do okrętu wsiędziem,
Pojedziem w miasto i bogaci będziem”.

Wierzyłem głupi, rzuciłem ojczyznę
I, góral, wszedłem w ten okręt z kamienia.
Tu czuję w chlebie powszednim truciznę
W powietrzu darmo szukam odetchnienia;
Ni wolnej myśli, ni wolnego ruchu,
Przykuty zdycham jak pies na łańcuchu.

Kiedy dziewczętom rozwodzę swe żale,
Dziewczęta szydzą z mojej obcej mowy;
Tu nawet moi rodacy górale
Przyjęli język i obyczaj nowy.
Jestem jak drzewo przesadzone w lecie,
Słońce je spali, a wicher rozmiecie.

Miło na górach spotkać znajomego,

皆が古くからの友人で
「アレクセイの子よ、御機嫌よう」と声をかけたもの
ここでは馴染みの顔に会うこともついぞない！
俺は森に育った蟻が
池の真中に風で運ばれたようなもの！

Wszystko to byli przyjaciele starzy;
«Witaj — wołali — synu Aleksego!»
Tu nie spotykam żadnej znanej twarzy!
Jestem jak mrówka wychowana w lesie,
Gdy ją na środek stawu wiatr zaniesie!

［1827/28］

「セルビア語より」という頭注からもわかるように、ミツキェヴィチはこの詩をメリメがセルビア民謡から翻訳した真正のセルビア民謡と思い込んでいた。

また見て分るようにミツキェヴィチはプーシキンと同様メリメの散文を韻文訳している。ミツキェヴィチも明らかに「詩」の訳はやはり韻文であらねばならぬ、と考えていた。プーシキンはこのミツキェヴィチのポーランド語訳を知っていて、上記のロシア語訳の注に、「ミツキェヴィチはこの詩を翻訳し、美しく飾り立てた」、と記している。事実ミツキェヴィチが翻訳に用いた詩型はプーシキンのものとは異なり、その詩行は正確に十一音節からなり、規則的な女性韻の脚韻（ABABCC）を踏んでいる。同数の音節からなる詩行の六行詩というこの詩形は、ロマン主義的バラードのそれであり、エトキンドによればシラーやビュルガーのバラードに同じ形式のバラードがあるが、ありうべき「セルビア・フォークロア」からの翻訳に相応しい形式とは言えない[8]。「美しく飾り立てた」というプーシキンの評言はありうべき「オリジナル」から逸脱しているという一種の批判であろう。エトキンドはミツキェヴィチのモルラック人はロマン主義的バラードの主人公に相応しくプーシキンのヴラフ人より情緒的であり、悲しみと抗議のトーンはメリメの原文よりより強い、としている［Эткинд 1999: 500］。

ミツキェヴィチはフランス亡命後に行ったコレージュ・ド・フランスでのスラヴ文学講義の中で各スラヴ語を性格づけて次のように述べている。

ロシア語は法と支配の言語であり、ポーランド語は文学と会話の言語であり、チェコ語は科学の言語である。最後にイリリア人、ツルナゴーラ人、ボスニア人の諸方言は原初的な詩と音楽の言語である。

［Мицкевич 1954: 129］

ミツキェヴィチはこの「原初的な詩と音楽の言語」であるセルビア語から「文学の言語」であるポーランド語への翻訳を試みた、ということになる。このことが彼の翻訳の文体をも規定したということができよう。

六　結論

メリメの原文とそのプーシキンとミツキェヴィチによる翻訳には、南スラヴ・フォークロアの「翻訳」をどう実現するかという課題に対する異なる解答が見られる。メリメの『グズラ』は「詩」poésie という語を標題に用いているが、プーシキンの『西スラヴ人の歌』は「歌」песня という語を用いている。メリメは題材と固有名詞によるエキゾチシズムを志向したが、架空のスラヴ民謡の「散文訳」を装ったその文体はニュートラルな文語によるものであった。プーシキンはありうべきオリジナルの南スラヴ・フォークロアの「歌謡」の詩形式を翻訳の中に「復元」することと、民謡的な文体を意識的に創出することにより、メリメを超えようとした。ロシア・フォークロアを素材にプーシキンは既に一九二六年作の「ステンカ・ラージンの歌」でこれを試みていた。これに対してミツキェヴィチは民謡ではなくロマン主義的なバラードとしてこの詩を再構成したのである。

この例からも分るように、プーシキンは単にメリメからの翻訳をもとに二番煎じの連作詩を作ろうとしたのではない。自作においてメリメよりもセルビア・フォークロアに近づくことを目指し、起源の異なるテクスト群の全体を自らの文体で統一し、全体の構成と配置も考え抜いたものだった。この連作詩の中に真正のセルビア民謡の訳と、セルビア民謡風のメリメの作品の訳と、セルビア民謡風の自作とを敢えて混ぜて構成したことには、連作詩の全体の中でこれらの三種類のテクストが見分けられないほどの統一が成されている、という作者の自負があったからであろう。

最後に偽作とか贋作という術語で語られる文学現象そのものについて触れないわけにいかない。文学が虚構であるということは自明のことだが、架空の出版者と語り手を登場させて作品を構成することは、プーシキンの『ベールキン物語』やゴーゴリの『ディカーニカ近郷夜話』を挙げるまでもなく、文学の虚構性を二重化するためによく用いられる小説的手法である。架空の出版者と吟遊詩人を捏造して『グズラ』という作品を出版したメリメにも同時代のロマン主義に対する批評的意識があった。プーシキン自身も小悲劇のひとつ『吝嗇な騎士』をシェンストンからの翻訳と称して発表したが、実際はプーシキン自身の作とみなされているし、民謡収集家キレエフスキーに自分の蒐集した民謡の中に自作の「偽民謡」を混ぜて渡し、「どれが民衆の歌った歌でどれが僕自身が作ったものか当ててご覧」と謎をかけたのは有名な話である。

プーシキンは『イーゴリ軍記』とその偽作説を知っていたが、その偽作の可能性に文学的観点から関心を持っていた。[9] チェコでは実際に一八一七－一八年にヴァーツラフ・ハンカによって中世チェコ文学の断片と称した写本が捏造され（Dvůr Králové 写本および Zelená hora 写本）、十九世紀を通じてポテブニャーをはじめとする言語学者さえ真作と思い込んでいた（ドヴォジャークはこの捏造写本をもとに歌曲集を書いているのである[10]）。

このような状況の中、プーシキンは捏造された南スラヴ民謡をもとにしながら、自らの『西スラヴ人の歌』を自分のオリジナルな作品として公表することに躊躇しなかった。そこには文学はリアルな「虚構」であるとする彼の芸術観を見ることができるのである。

【註】

(1) メリメの『グズラ』とプーシキンの『西スラヴ人の歌』の比較検討、さらにはメリメとプーシキンの比較文学的検討のためには［Mérimée / Пушкин 1987］が便利である。本書には『グズラ』と『西スラヴ人の歌』の原文および注釈、メリメのプーシキン論、メリメによるプーシキンの作品の翻訳、メリメのロシア人知人への書簡が収められている。なおメリメの『グズラ』に用いられたセルビア・フォークロアおよびセルビア史に関する情報の出典についてのセルビア側からの研究にはヴォイスラフ・ヨヴァノヴィッチ、ヨヴァン・スケルリッチ、トマ・マティチらの二十世紀初頭の研究がある［Ајдачић 2004: 204］。

(2) この問題については［伊東　二〇〇九、二〇一一］（本書第五章）を参照。

(3) 以下『グズラ』の邦訳は杉捷夫訳［メリメ　一九七七］を用いる。ただし若干の訂正を加えたところがある。

(4) 本書は一七七八年ロンドン刊の英訳で読める（［Fortis 1971］）。

(5) プーシキンもこの民謡を部分訳している。この民謡については［栗原　一九七二］参照。

(6) ロシアの現代女流作家リュドミラ・ペトルシェフスカヤの七篇の連作短篇『東スラヴ人の歌』Песни восточных славян（一九九〇）の表題は、明らかにプーシキンの『西スラヴ人の歌』のパロディである。この作品は現代の都市伝説風の怪異な内容と文体においてフォークロアの語り、ロシアの口承文芸学の用語を用いればブィリチカを「装って」いて、その意味でプーシキンよりも、むしろ南スラヴ民謡を「装った」メリメの『グズラ』を反復するものになっている。なおこの作品には部分的に邦訳がある（［ペトルシェフスカヤ　一九九五］）。

(7) ヴェネチア共和国とダルマチア、そこに移住したセルビア人の関係については［Јачов 1984］参照のこと。

(8) このミツキェヴィチのポーランド語訳はさらにジヴォヴァによって同詩型（一行十一音節、一連六行）のアムフィブラーヒイ（弱強弱格）のリズムでロシア語に訳し返されている［Мицкевич 1948: 162-163］。このロシア語訳とプーシキンの訳とを比較すると興味深い。またこのプーシキンの「ヴェネチアのヴラフ人」はミロラド・パヴィッチによってセルビア語訳されているが（A. C. Пушкин. *Изабрана дела*. Београд. 1975）、そこで用いられた韻律はセルビア民衆詩特有の十音節詩型（デセテラツ）であった。メリメの作品の背後にありうべきセルビア民謡がそこで回復されたことになる。

(9) ナボコフの『青白い炎』の中には『イーゴリ軍記』偽作説を暗示する箇所があり、彼は実際に『イーゴリ軍記』を偽作とみなしていた。この点で物語詩とそれに対する注釈という形式をとる『青白い炎』は、『イーゴリ軍記』の仏訳とそれに対する膨大な注からなるヤコブソンの『イーゴリ軍記』研究に対するパロディともとることができる。それはまた同じ様に詩と注釈の形式をとるメリメの『グズラ』の構成を反復するものである。［伊東　一九九九］（本書第十六章）参照。

(10) ［種村　一九九二］参照。同様の写本の贋作は近年にも現れている。九世紀のノヴゴロドでキリル文字以前のスラヴ固有の文字によりスラヴ神話を記述したもの、と称する『ヴェーレスの書』がそれである。［黒田　一九九八：一七四―一七九］参照。

［参考文献］

Ајдачић Д.　2004　О неким мистификацијама народних песама балканских Словена у 19 веку. In *Прилози проучавању фолклора балканских Словена.* Београд

Беркопец О.　1937　Пушкинские переводы сербско-хорватских песен. *Slavia.* XIV. 3

Бобров С.　1964　К вопросу о подлинном стихотворном размере пушкинских «Песен западных славян» *Русская литература.* 1963. № 3

江川卓　一九九一　『なぞ解き『カラマーゾフの兄弟』』新潮社（新潮選書）

Эткинд Е.　1999　«Песни западных славян» (Пушкин — переводчик Мериме). In *Божественный глагол: Пушкин, прочитанный в России и во Франции.* Москва

Фомичев С.　1983　«Песни западных славян» Пушкина (История создания, проблематика и композиция цикла). In *Духовная культура славянских народов: Литература. Фольклор. История: Сборник статей к IX Международному съезду славистов.* Ленинград

——　1987　Комментарии к «Песням западных славян». In Pr. Mérimée, А. С. Пушкин. *Мериме—Пушкин: Сборник.* Москва

Fortis Al.　1971(1778)　*Travels into Dalmatia.* Translated from the Italian under the author's inspection. New York; London

Гаспаров М.　1975　Русский народный стих в литературных имитациях. *International Journal of Slavic Linguistics and Poetics.* 19

——　1983　*История русского стиха.* Москва

Goethe J.　1904(1828)　National Dichtkunst. In *Sämtliche Werke.* Bd. 38. Stuttgart; Berlin

Иванов Вяч.　1967　Заметки по индоевропейской поэтике In *To Honor Roman Jakobson.* II. The Hague; Paris

伊東一郎　一九九五　「『原初年代記の民俗語彙』（二）——グースリ」『なろうど』第三〇号

——　一九九九　「ナボコフ『青白い炎』と『イーゴリ軍記』」『むうざ』第一八号（本書第十六章）

——　二〇〇九・二〇一一　「プーシキン『西スラヴ人の歌』におけるセルビア民謡の翻訳二篇について（一）（二）」『早稲田大学大学院文学研究科紀要』第五四輯・第五六輯（二〇〇八年度・二〇一〇年度）（本書第五章）

Јачов М.　1984　*Венеција и Срби у Далмација у XVIII веку.* Београд.

Jakobson R.　1953　The Kernel of Comparative Slavic Literature. *Harvard Slavic Studies.* 1

——　1966　Zur vergleichende Forschung über der slavischen Zehnsilber In *Selected Writings*. IV. The Hague; Paris

Караџић В.　1976　*Српске народне пјесме.* I-IV. Београд

Кирнозе З.　1987　«Друг другу чужды по судьбе, Они родня по вдохновенью...» (О том, что сближало П. Мериме и А. С. Пушкина) In Pr. Mérimée, А. С. Пушкин. *Мериме—Пушкин: Сборник.* Москва

Колмогоров А.　1966　О метре пушкинских «Песен западных славян». *Русская литература.* 1966. № 1
Кравцов Н.　1985　*Сербскохорватский эпос.* Москва
Курихара С.　1986　К проблематике «Песен западных славян» А. С. Пушкина. In *IV Советско-японский симпозиум по литературоведению.* Москва
栗原成郎　一九七二「セルビア民謡『ハサン・アガの妻の哀歌』について」『比較文学研究』第二二号
――　一九八七「ルサルカの周辺」『プーシキン再読』（法橋和彦編）創元社
――　一九九五『吸血鬼伝説』河出書房新社（河出文庫）
黒田龍之介　一九九八『羊皮紙に眠る文字たち　スラヴ言語文化入門』現代書館
メリメ、P　一九七七「グズラ」（杉捷夫訳）『メリメ全集』第一巻　河出書房新社
Mérimée Pr. / Пушкин А.　1987　*Мериме—Пушкин: Сборник (На французском и русском языках).* Составитель Зоя И. Кирнозе. Москва
Mickiewicz A.　1955　*Dzieła.* W 16 т. T. I: Wiersze. Warszawa
Мицкевич А.　1948　*Собрание сочинений: В 5 т.* Т. 1. Москва
――　1954　*Собрание сочинений: В 5 т.* Т. 4. Москва
Миклошич Ф.　1895　Изобразительные средства славянского эпоса. In *Труды Славянской комиссии Московского археологического общества.* I
Михайлов А., Смолицкая О.　1987　Комментарии к «La Guzla». In Pr. Mérimée, А. С. Пушкин. *Мериме—Пушкин: Сборник.* Москва
Муравьев О.　1983　Над наблюдением «Песен западных славян». In *Пушкин: Исследования и материалы.* Т. XI. Ленинград
――　1987　«Гюзла» и «Песни западных славян». In Pr. Mérimée, А. С. Пушкин. *Мериме—Пушкин: Сборник.* Москва
Петрушевская Л.　2007　Песни восточных славян. In Л. Петрушевская. *Два царства: Рассказы. Сказки.* Санкт-Петербург
ペトルシェフスカヤ、L　一九九五「東スラヴ人の歌」（沼野恭子訳）『東欧怪談集』（沼野充義編）河出書房（河出文庫）
Пушкин А.　1949　«Песни западных славян». In *Полное собрание сочинений: В 6 т.* Т. 2. Москва
――　1950　О Мильтоне и Шатобриановом переводе «Потерянного рая». In *Полное собрание сочинений: В 6 т.* Т. 5. Москва
プーシキン、A　一九二六「ウルダラーク」（米川正夫訳「露西亜童謡集」）『世界童話大系　一八』世界童話大系刊行会
――　一九三七「西部スラヴの歌　抄」（外村史郎訳「鶯」「鬼」「兄いもと」「ヤヌィシ王子」「馬」）『プウシキン全集　五』改造社
――　一九九〇『プーシキン詩集　本邦初訳』（草鹿外吉他訳）青磁社
――　一九六八『プーシキン　抒情詩』（稲田定雄訳）平凡社（世界名詩集　二三）
――　一九七二－一九七四『プーシキン全集』（全六巻）河出書房新社

―― 一九七三「プーシキン「ミルトンとシャトーブリアン訳『失楽園』について」」（川端香男里訳）『プーシキン全集　第五巻』
河出書房新社
佐藤繁好（編）　一九九九『日本のプーシキン書誌（翻訳・紹介・研究目録）』自費出版
Šrepel M.　1899　Puškin i hrvatska književnost. In *Ljetopis Jugoslavenske Akademije znanosti i umjetnosti*, za godinu 1898. Zagreb
種村季弘　一九八五「文学的変装術」『アナクロニズム』河出書房新社（河出文庫）
――　一九九二「ボヘミアの薔薇　ケーニギンホーフ手稿」『ハレスはまた来る――偽書作家列伝』青土社
Томашевский Б.　1929a　О стихе «Песен западных славян». In Б. Томашевский. *О стихе*. Ленинград
――　1929b　Генезис «Песен западных славян». In Б. Томашевский. *О стихе*. Ленинград
Трубецкой Н.　1987(1937)　К вопросу о стихе «Песен западных славян» Пушкина. In *Избранные труды по филологии*. Москва
浦野進　二〇一二『メリメとロシア作家たち――ロシアへの思い』水声社
矢野常有　一九七一「メリメの Guzla その成立と一篇（訳）」『独仏文学』第五号
Yovanovitch V.　1911　*«La Guzla» de Prosper Mérimée : Etude d'histoire romantique*. Paris

第五章　プーシキン『西スラヴ人の歌』におけるセルビア民謡の翻訳二篇について

一　プーシキンとカラジッチ

前章で示したように連作詩『西スラヴ人の歌』に含まれたセルビア民謡の翻訳は二篇である。ひとつは第十篇「夜鶯」、もうひとつは第十四篇「妹と兄弟」である。この二篇はいずれもヴーク・カラジッチの編による『セルビア民謡集』に含まれている。ではプーシキンはどのようにしてこの民謡集を知り、プーシキンとカラジッチはその時代にあってどのような関係にあったのか。

カラジッチの略歴をそのロシア訪問を中心に略述する。ヴーク・ステファノヴィッチ・カラジッチは西セルビア、ローズニッツァ近郊の小村トゥルシッチに一七八七年十月二十六日に生まれた。プーシキン（一七九九－一八三六）の十二歳年上ということになり、ジュコフスキー（一七八三－一八五二）の世代の文化人ということになる。近くのトロノシャ修道院で読み書きを学び、遍歴の吟遊詩人グスラールの英雄叙事詩に深く影響を受けた。

一八〇四年にセルビアの対トルコ蜂起が起き、翌一八〇五年にカラジッチは当時ハンガリー領だったスレムスキ・カルロフツィへ逃れ、以来転変流浪の人生を送ることとなる。一八一三年にトルコ軍によってセルビアが再び占領されると、カラジッチはドナウ河を渡ってオーストリア領に逃れ、ウィーンに出た。そこでスロヴェニアの学者イェルネイ・コピタル Jernej Kopitar（一七八〇－一八四四）と会い、セルビア民謡の採録をするようすすめられ、一八一四年に『セルビア民謡集』第一巻を、一八一五年に第二巻を、一八二三年にはライプツィヒで第三巻を出版する。一八三三年には再びウィーンで第四巻を出版した。このセルビア民謡集はロマン主義全盛のヨーロッパに歓迎され、ヤコブ・グリムはこの民謡集から多くの翻訳を手がけている。

カラジッチは一八一七年にウィーンでオーストリア女性アンナ・クラウスと結婚し、財政的窮乏を打開する目的で一八一八年出版の『セルビア語辞典』三十部を手に同年十二月にペテルブルグに向かった。コピタルがアレンジしたペテルブルグへの招待を受けてペテルブルグのロシア聖書協会から新約聖書の現代セルビア語訳の契約を結ぶことと、ロシア政府から年金をもらうことが目的であった。一八一八年の十二月初めにカラジッチは出発し、クラクフ、ワルシャワを経由してペテルブルグに向かった。ワルシャワではペテルブルグへ入る許可を待ちながらロシア語を勉強し、カラムジンの『ロシア帝国史』を読んだ。一八一九年二月末にカラジッチはペテルブルグに到着した。

ペテルブルグでは至るところでカラジッチは歓待されたが、「一文無しだったために危うく飢え死にするところだった」とコピタルへの手紙に書いている。しかし持参した自分の『セルビア語辞典』三十部はまもなく売り切れた。「三百部持ってくればよかった」とコピタルへの手紙にカラジッチは書いている。そしてロシアではそれに対する四つの書評が現われた。この際カラジッチはカラムジン、ジュコフスキー、シシコフ、ルミャンツェフらに会っている。しかしカラジッチはシシコフから期待した財政的援助の約束を取り付けることはできず、プーシキンとも会わなかった。この頃プーシキンは自作の詩「村」が皇帝の怒りをかい、翌一九二〇年から二四年まで南ロシア、カフカース、クリミア、モルドヴァをめぐる南方への追放時代を迎えるのである。プーシキンは一九二四年にセルビア蜂起の後亡命して来たセルビア人とキシニョフで知り合い、セルビア・フォークロアへの関心をこの頃から持つに至る。カラジッチの『セルビア民謡集』は彼の訪露の前に既に最初の二巻が出版され、ドイツ・オーストリアで既によく知られていた［Смирнов 1987: 12-13］。プーシキンの蔵書の中にはカラジッチの『セルビア民謡集』（第二版、一八二四）と『セルビア語辞典』があったことが知られているが、彼が前者を入手するのはいわゆる南方旅行からの帰郷後のことと考えられるのである。こうしてロシアにおけるカラジッチとプーシキンの出会いは残念ながら実現しなかった。

二　『西スラヴ人の歌』第十篇「夜鶯」とセルビア民謡の原詩

a　カラジッチの民謡集におけるセルビア語テクスト

プーシキンがこの翻訳に用いたカラジッチの民謡集のセルビア語テクストは次の通りである。

三つの大きな悲しみ

小さな鳥の夜鶯は誰にも憩いを与えた
だが若者の私には三つの悲しみを与えたのだ――
私の心にかかる私の最初の悲しみは
母が若い私を結婚させてくれなかったこと
私の心にかかる二つ目の悲しみは
私の黒馬がはしゃがないこと
ああ！　私の心にかかる三番目の悲しみは
私の恋人が私に腹を立てたこと
広い野原に私のために穴を掘ってくれ、
二槍の巾、四槍の長さの穴を

Три највеће туге

Славуј птица мала сваком покој дала,
А мени јунаку три туге задала:
Прва ми је туга на срдашцу моме,
Што ме није мајка оженила млада;
Друга ми је туга на срдашцу моме,
Што мој вранац коњиц пода мном не игра;
Трећа ми је туга, ах! на срцу моме,
Што се моја драга на ме расрдила. —
Копајте ми раку у пољу широку,
Два копља широку, четири дугачку;

私の頭の上には薔薇を植えてくれ
私の足下には水をひいてくれ
若者が通る時には薔薇を飾らせ
老人が通る時には渇きを癒さそう

Више моје главе ружу усадите,
Сниже моји ногу воду изведите:
Које младо прође, нек се ружом кити,
Које л' старо прође, нека жеђу гаси.

［Караџић 1976: I № 542］

［訳註］（数字は行数）

1　славуј――「夜鶯」。ロシア語の соловей の対応形。ドイツ語 Nachtigall、英語 nightingale。一般にノゴマ属（Luscinia）の小鳥の総称。セルビア語の славуј はふつう Luscinia megarhynchos（サヨナキドリ）をさす（［藤巻　二〇〇八：九二―九三］）。

3　срдашце = срце「心」。

10　この墓穴の寸法についての記述をプーシキンは省略している。

この民謡は『セルビア民謡集』第一巻に収められており（第五四二番）、原題はここに示したように「三つの大きな悲しみ」Три највеће туге である。プーシキンの蔵書の中にあったカラジッチの『セルビア民謡集』は既に述べたように一八二四年出版の第二版だったが、この民謡については初版は第二版と表記が異なる。初版ではこの民謡の冒頭は六音節ごとに改行されて次のように表記されている。

Славуј птица мала
Сваком покој дала,

本稿に収録したカラジッチの民謡集からのテクストは一八二四年出版の第二版を基にしているが、プーシキンの原稿の中にこのカラジッチの民謡集からの原詩の冒頭四行を書き写したものがあり、それは第二版の表記と同じく一行十二音節の形式を取っている。
ところでカラジッチの原注によれば別の歌い手は最初の二行を次のように歌った――

闇が地上に舞い降りすべてに憩いを与えた
だが若者の私には三つの悲しみを与えたのだ

Мрак на земљу паде, сваком покој даде,
А мени јунаку три туге зададе.

このヴァリアントから判断すると、「夜鶯」は必ずしもこの歌の必須のモチーフではないらしい。しかしプーシキンがこの歌を翻訳の対象に選んだ一因は、この歌がまさにロシアの соловей に対応する славуј で始まることにあったのだろう。
シレペルによれば、このセルビア民謡は古くから多くのヴァリアントによって知られており、クハチはダルマチア地方でこの民謡のヴァリアントの歌詞で歌われていた五つの民謡の旋律を採録している［Šrepel 1899: 125］［Kuhač 1878: 41-45］。

b 『西スラヴ人の歌』第十篇「夜鶯」のテクスト

このセルビア民謡をプーシキンは『西スラヴ人の歌』第十篇「夜鶯」Соловей で次のように訳した。

夜鶯

私の夜鶯よ、夜鶯よ
小さな森の鳥よ！

Соловей

Соловей мой, соловейко,
Птица малая лесная!

小さな鳥のお前には
変わらぬ三つの歌がある
若者のこの私には
三つの大きな気がかりがある
最初の気がかりは
早く若者のこの私が結婚させられたこと
二番目の気がかりは
私の黒馬が疲れ果ててしまったこと
三番目の気がかりはといえば——
美しい娘と私が
悪人どもに引き裂かれたこと
みなさん私に墓穴を掘って下さい
野原に、広い野原に
頭のところには植えてください
赤い小さな花々を
足下には引いてください
泉のきれいな水を
そばを美しい娘らが通れば
それで自分の花輪を編むでしょう
老人らがやってくれば
その水を汲んで飲むでしょう

У тебя ль у малой птицы,
Незаменные три песни,
У меня ли, у молодца,
Три великие заботы!
Как уж первая забота —
Рано молодца женили;
А вторая-то забота —
Ворон конь мой притомился;
Как уж третья-то забота —
Красну-девицу со мною
Разлучили злые люди.
Вы копайте мне могилу
Во поле, поле широком,
В головах мне посадите
Алы цветики-цветочки,
А в ногах мне проведите
Чисту воду ключевую.
Пройдут мимо красны девки,
Так сплетут себе веночки.
Пойдут мимо стары люди,
Так воды себе зачерпнут.

［訳註］（数字は行数）

1　соловейко——соловей の愛称形で男性名詞。ロシア民謡によく歌われる。соловей はセルビア語の славуј の対応形だが、ロシア語ではふつう соловей обыкновенный（Luscinia luscinia）をさす。和名ヨナキツグミ。

4　незаменные = неизменные.

5　молодца——民謡で молодец の力点は必ず第一音節にある。

10　ворон = вороной「黒毛の」。短語尾を定語として用いるのは民謡的語法。

12　красну-девицу——民謡では形容詞 красный は恒常的に девица の枕詞として用いられる。красну は短語尾単数女性対格形。ворон と同様短語尾を定語として用いたもの。ちなみに молодец と同様民謡では девица の力点は必ず第一音節にある。

15　Вó поле = в поле. 韻律の要求で前置詞上に力点が移った。参照——民謡「白樺は野に立てり」の冒頭 — «Вó поле берёза стояла»。

16　в головах——「頭のところに、枕元に」。

17　цветики-цветочки——цветок から異なる接尾辞によって派生した指小名詞を結合したもの。民謡によく見られる音韻反復の手段。スラヴ・フォークロアにおける詩的手法としての語根反復については［伊東　一九八一］を参照のこと。カラジッチの原文では ружа（「薔薇」）。

18　В ногах——「足下に」。

この「夜鶯」は『西スラヴ人の歌』に第十篇として収められている。プーシキンの初出は『読書文庫』一八三五年二月号。外村史郎、金子幸彦、伊東一郎の訳がある［プーシキン　一九三七、一九六八］［伊東　一九八三］。題名の「夜鶯」«Соловей» は原詩にはない。ロシア民衆叙情歌に頻出するこの鳥が登場するセルビア民謡をプーシキンが翻訳の対象に選んだのは偶然ではないだろう。プーシキンはカラジッチの原詩を一八二四年にライプツィヒで出版された第二版の民謡集から取っている。

この詩は四脚のホレイ（強弱格）で書かれているが、これは『西スラヴ人の歌』の中では叙情的な短い詩行で書かれた詩に用いられている。ちなみにロシア民謡の韻律は圧倒的にホレイが多い。『西スラヴ人の歌』の中で同じ韻律で作られているものには、メリメからの翻訳の三篇がある（第七篇「イアキンフ・マグラノヴィッチの葬送歌」、第九篇「ボナパルトとモンテネグロ人たち」、第十六篇「馬」）。

ロシア民謡風の枕詞、語根反復を駆使したこの詩は翻訳というよりロシア民謡風の創作詩であり、それに惹かれたのかこの詩にはチャイコフスキーが作曲している（作品六〇の四、一八八六年）［伊東 一九八三：一〇四－一〇七］。

プーシキンの翻訳は訳註に示したようにロシア民謡風のかなり自由な訳だが、大きな違いが一つある。それはカラジッチの原詩第三－四行とプーシキンの訳詞七－八行との間に見られる。

Прва ми је туга на срдашцу моме,	Как уж первая забота —
Што ме ни је мајка оженила млада;	Рано молодца женили;
私の心にかかる最初の悲しみは	最初の気がかりは――
若い私を母が結婚させてくれなかったこと	時早く若者の私が結婚させられたこと

このように原文では否定文が、プーシキンの訳には否定詞がなく文意が逆になっている。この齟齬については最初プーシキンの誤訳とみなされていたが、その後プーシキンがカラジッチの民謡集からのセルビア語テクストを書き写した草稿が発見され、そこには写し間違いがないことが明らかになった。現在ではここはプーシキンが自身の晩年の個人的情況を表現したもの、と考えられている［Курихара 1986］。

三　『西スラヴ人の歌』第十四篇「妹と兄弟」とそのセルビア語原詩

a　カラジッチの民謡集におけるセルビア語テクスト

この詩のもとになったセルビア語テクストは以下の通りで、『セルビア民謡集』第二巻の第五番の民謡である。この民謡は一八一八年出版の初版には見出されず、第二版以降にしか収録されていない。カラジッチが南西セルビアの出身であるミロシュ・オブレノヴィッチ公の兄弟の従者から聞き取ったものである。「神は誰の不正も見逃さない」という原題を持つ。形式的にはユナチケ・ペスメと呼ばれるセルビア叙事詩特有の韻律構造を持つ。これは四＋六の音節構造を持つ十音節詩で、前句と後句の間に句またがりがあってはならない［Jakobson 1966］。しかし内容的には民話的プロットを持つバラードというべきである。

同型のプロットは「手無し娘」Косорука の題で知られる東スラヴ民話の前半部分に見出され、アファナーシエフの民話集には四篇のヴァリアントが収められているが［Афанасьев 1985: 289-296］、その中では二八〇番のヴァリアントのプロットが兄の妹を嫉妬した兄の妻が「馬を逃がす→鷹を逃がす→息子を殺す」という最も顕著な似寄りを示している（二七九番の訳は［アファナーシエフ　一九七七：一五五－一六四］「手なしんぼ」にあり）。スミルノフはプーシキンが東スラヴのこのタイプの民話をよく知っていたために同じモチーフを含むこのセルビア民謡を訳したのだろう、としている［Смирнов 1987: 457］。

神は誰の不正も見逃さない　　Бог ником дужан не остаје.

二本の松が並んで生えていた　　Два су бора напоредо расла,
その間に細い梢のエゾマツが生えていた　　Међу њима танковрха јела;

それは二本の緑の松ではなかった
その間に生えていたのは細い梢のエゾマツではなかった
それは二人の実の兄弟
一人はパヴレ、もう一人はラドゥレ
二人の間には妹のイェリツァ
兄弟は妹をいたく愛していた
何かと贈り物をしていた
最後に短刀をあげた
銀と金を張った短刀を
若いパヴレの妻はそれを見て
自分の義理の姉を羨み
そしてラドゥレの妻を呼び出した
「義理の私のお姉さん
何か仲を裂くような薬草を知らないか
兄と妹を仲違いさせるような草を」
だがラドゥレの妻は言った
「おお何てこと、兄さんのお嫁さん！
私は仲を裂くような草は知りません
もし知っていてもあなたには言わないでしょう
私を兄さんたちはとても愛してくれて
何かと贈り物をしてくれました」

То не била два бора зелена,
Ни међ' њима танковрха јела,
Већ то била два брата рођена:
Једно Павле, а друго Радуле,
Међу њима сестрица Јелица.
Браћа сеју врло миловала,
Сваку су јој милост доносила,
Најпослије ноже оковане,
Оковане сребром, позлаћене.
Кад то вид'ла млада Павловица,
Завидила својој заовици,
Па дозива љубу Радулову:
«Јетрвице, по Богу сестрице!
Не знаш кака биља од омразе?
Да омразим брата и сестрицу.»
Ал' говори љуба Радулова:
«Ој Бога ми, моја јетрвице!
Ја не знадем биља од омразе,
А и да знам, не бих ти казала:
И мене су браћа миловала,
И милост ми сваку доносила.»

それを聞くと若いパヴレの妻は
牧場の馬たちのところに出かけ
そして黒馬を牧場で突き殺した
そして自分の主人に言った
「パヴレ、あなたは妹を愛して不幸を招いた
彼女に贈り物をして災いを招いた
彼女は牧場であなたの黒馬を突き殺した」
パヴレは妹のイェリツァを問い質した
「妹よ、何故こんなことを？　神をも恐れぬのか！」
妹は兄に誓った
「兄さん私ではありません、私の命にかけて！
私とあなたの命にかけて！」
兄は妹のその言葉を信じた
それを見て若いパヴレの妻は
夜中に庭へと出かけた
そして灰色の鷹を切り殺した
そして自分の主人に言った
「あなたは妹を愛して不幸を招いた
妹に贈り物をして災いを招いた
彼女はあなたの灰色の鷹を切り殺した」
パヴレは妹のイェリツァを問い質した

Кад то зачу млада Павловица,
Она оде коњма на ливаду,
Те убоде вранца на ливади,
Па говори своме господару:
«На зло, Павле, сеју миловао,
На горе јој милост доносио!
Убола ти вранца на ливади.»
Павле пита сестрицу Јелицу:
«Зашто, сејо? Да од Бога нађеш!»
Сестрица се брату кунијаше:
«Нисам, брате, живота ми мога!
Живота ми и мога и твога!»
То је братац сеји вјеровао.
Кад то виђе млада Павловица,
Она оде ноћу у градину,
Те заклала сивога сокола,
Па говори своме господару:
«На зло, Павле, сеју миловао,
На горе јој милост доносио!
Заклала ти сивога сокола.»
Павле пита сестрицу Јелицу:

「妹よ、何故こんなことを？　神をも恐れぬのか！」
妹は兄に誓った
「兄さん私ではありません、私の命にかけて！
私とあなたの命にかけて！」
兄は妹のその言葉も信じた
それを見て若いパヴレの妻は
夕食の後の晩に出かけ
夫の妹の短刀を盗んだ
その短刀で揺り籠の子供を切り殺した
朝が明け染める頃
パヴレの妻は自分の主人のところに駆けつけた
嘆きながら顔を泣きはらして
「あなたは妹を愛して不幸を招いた
妹に贈り物をして災いを招いた！
彼女はあなたの子を揺り籠で殺した
もしも私の言葉が信じられないのなら
彼女の短刀を帯から引き抜いて見なさい」
パヴレは狂ったように飛び起き
そして上の屋根裏部屋へと駆けて行った
だがまだ妹は布団の中で寝ていた
その枕元には金を張った短刀があった

«Зашто, сејо? Да од Бога нађеш!»
Сестрица се брату кунијаше:
«Нисам, брате, живота ми мога!
Живота ми и мога и твога!»
И то братац сеји вјеровао.
Кад то виђе млада Павловица,
Она оде вече по вечери,
Те украде ноже заовине,
Њима закла чедо у колевци.
Кад у јутру јутро освануло,
Она трчи своме господару
Кукајући и лице грдећи:
«На зло, Павле, сеју миловао,
На горе јој милост доносио!
Заклала ти чедо у колевци;
Ако ли се мене не вјерујеш,
Извади јој ноже од појаса.»
Скочи Павле, кан' да се помами,
Па он трчи на горње чардаке,
Ал' још сестра у душечку спава,
Под главом јој злаћени ножеви;

パヴレは金を張った短刀を掴んだ
そしてそれを鞘から抜いた
だが短刀は血に汚れていた
それを見て主人のパヴレは
妹の白い手をぐいと引くと言った
「我が妹よ、神の手で死ぬがいい
牧場でおまえは私の馬を殺し
緑の庭で鷹を殺したとしても
一体何故私の子を揺り籠で殺したのか？」
妹は兄に誓った
「兄さん私の命にかけて私ではありません！
私とあなたの命にかけて！
もしも私の誓いが信じられぬなら
私を広い野原に連れ出し
私を馬の尾に繋ぎ
私の体を四方に引き裂かせなさい」
だがこの妹の言葉を兄は信じなかった
すぐに兄は妹の白い手を取り
広い野原に彼女を連れ出し
彼女を馬の尻尾に結わえ付け
馬たちを広い野原に放った

Павле узе злаћене ножеве,
Па их вади из сребрних кора,
Али ножи у крви огрезли;
Кад то виђе Павле господару,
Трже сестру за бијелу руку:
«Сејо моја, да те Бог убије!
Буд ми закла коња на ливади
И сокола у зеленој башчи,
Зашт' ми закла чедо у колевци?»
Сестрица се брату кунијаше:
«Нисам, брате, живота ми мога!
Живота ми и мога и твога!
Ако ли ми не вјерујеш клетви,
Изведи ме у поље широко,
Па ме свежи коњма за репове,
Растргни ме на четири стране.»
Ал' то братац сеји не вјерова,
Већ је узе за бијелу руку,
Изведе је у поље широко,
Привеза је коњма за репове,
Па их одби низ поље широко.

彼女の血が滴ったところには
萎れぬ花とめぼうきが生え
彼女の体が散った場所には
教会が建てられた
それからしばらくたって
若いパヴレの妻は病みついた
九年間も病に倒れた
彼女の骨の間から草が伸びて来た
その草むらに獰猛な蛇たちが住みついた
瞳をむさぼり草の中に姿を隠すのだった
若きパヴレの妻はひどく苦しんだ
そして自分の主人に言った
「ねえ主人のパヴレ！
私を義理の妹の教会に連れて行って下さい
教会が私を許してくれるかもしれません」
それを主人のパヴレは聞いて
彼女を妹の教会に連れて行った
二人が白い教会の近くに来たとき
しかし教会の中から何か言う言葉があった
「ここに来てはならぬ、若いパヴレの妻よ
教会はお前を許しはしない」

Ђе је од ње капља крви пала,
Онђе расте смиље и босиље;
Ђе је она сама собом пала,
Онђе се је црква саградила.
Мало време за тим постајало,
Разболе се млада Павловица,
Боловала девет годин' дана,
Кроз кости јој трава проницала,
У трави се љуте змије легу,
Очи пију, у траву се крију.
Љуто тужи млада Павловица,
Па говори своме господару:
«Ој чуеш ли, Павле господару!
Води мене заовиној цркви,
Не би ли ме црква опростила.»
Кад то чуо Павле господару,
Поведе је заовиној цркви;
Кад су били близу б'јеле цркве,
Ал' из цркве нешто проговара:
«Не ид' амо, млада Павловице:
Црква тебе опростити не ће.»

これを聞くと若きパヴレの妻は
自分の主人に懇願した
「おお、お願いだからご主人のパヴレ！
私を白い館へ連れて行かず
私を馬の尾に結わえて
そして私を広い野原に放して
私を生きながら馬に引き裂かせて下さい」
その妻の言葉をパヴレは聞いた
彼女を馬の尾に結わえつけ
そして広い野原を駆けさせた
彼女の血が落ちたところに
茨とイラクサが生えた
彼女の体が散ったところには
湖ができた
その湖を黒馬が泳ぎ
その後に金の揺り籠が浮かび
その揺り籠には灰色の鷹がとまり
揺り籠の中には男の子が
その喉元にはその母親の手がのび
だがその手にはその子の叔母の短刀があった

Кад то зачу млада Павловица,
Она моли свога господара:
«Ој Бога ти, Павле господару!
Не води ме двору бијеломе,
Већ ме свежи коњма за репове,
Па ме одби низ поље широко,
Нек ме живу коњи растргају.»
То је Павле љубу послушао:
Привеза је коњма за репове,
Па је одби низ поље широко.
Ђе је од ње капља крви пала,
Онђе расте трње и коприве;
Ђе је она сама собом пала,
Језеро се онђе провалило,
По језеру вранац коњиц плива,
А за њиме злаћена колевка,
На колевци соко тица сива,
У колевци оно мушко чедо,
Под грлом му рука материна,
А у руци теткини ножеви.

［訳註］（数字は行数）

2　бор「松」と јела「エゾマツ」はそれぞれ男性名詞と女性名詞で、男性と女性の象徴。јела は妹の名 Јелица を音韻的に動機付けている。ちなみにロシア語の同語形 бор は後述するように、「松林」あるいは「針葉樹林一般」の意味である。

13　заовица < заова――「夫の姉妹」。

15　јетрвица < јетрва――「夫の兄弟の妻」。

39　сивога сокола――「灰色の鷹」。形容詞「灰色の」は「鷹」にかかるスラヴ・フォークロア共通の枕詞で、ロシア・フォークロアとも共通の語法である。

61　извади јој ноже од појаса――セルビアでは女性は短刀を腰に差す。プーシキンはこの表現をロシア語訳では省略している。

b　『西スラヴ人の歌』第十四篇「妹と兄弟」のテクスト

以上のカラジッチの民謡集から取られたセルビア語テクストを訳したのがプーシキンの『西スラヴ人の歌』第十四篇「妹と兄弟」である。その自注には「この素晴らしい物語詩は私がヴーク・ステファノヴィッチ〔・カラジッチ〕の『セルビア民謡集』からとったものである」とある。邦訳は「兄いもと」の題で外村史郎によるものが戦前にあるのみである［「プーシキン　一九三七」］。

この翻訳にプーシキンが用いた韻律は独特のもので、セルビア叙事詩の十音節詩行を機械的に踏襲したものではない。音節数も原詩の十音節を厳密に守ってはいず、一詩行の音節数は九から十一の間を動いている。行末は必ず強弱という女性終止をとるが、その韻律は二拍子のホレイ、ヤンブ、三拍子のアナーペスト、アムフィブラーヒイ、ダークティリのいずれの枠にも収まらず、一行に三つある強音節間の弱音節の数も一定しない。この韻律をプーシキンは、最初『西スラヴ人の歌』に含めるつもりでいた民話詩「金の魚と猟師の話」にも用いている。この韻律は元来セルビア叙事詩をロシア語訳するための形式としてスラヴ学者ヴォストーコフが用いたものであるが、この韻律の韻律論的解釈、ヴォストーコフがこの韻律を採用した意図についてはまだ解決をみていない（この問題については稿を改める予定でいる）。

そもそもセルビア語のアクセントはロシア語のそれとは異なり、母音の長短、抑揚の上昇・下降の区別によって四種類あり、ロシア詩法のように強弱アクセントの規則的交代という単純な方法では詩行が構成されていない。このことに関連してヤコブソンはプーシキンの以下の訳詞の三四－三七行とセルビア民謡の三六－四〇行を対比し次のように述べている〔Jakobson 1953: 34〕。

セルビア民謡の詩行においては力点間の音節数がより自由に変化する、という事実がロシアの聞き手にとっては、詩行を同一音節数で一貫させるという原則そのものの否定として再解釈され、〔第四音節と第五音節の間の〕強制的な休止も省かれてしまった。まさにセルビア叙事詩の四＋六という詩行をプーシキンはそのように訳した――

プーシキン

34 В ту пору бра́т сестре́ пове́рил.〔九音節〕
Во́т Павли́ха пошла́ в са́д зелё́ный,〔十音節〕
Си́вого со́кола та́м заколо́ла〔十一音節〕
И сказа́ла своему́ господи́ну:〔十一音節〕

カラジッチ〔すべて四＋六音節〕

36 То̂ је бра̏тац се́јн вје̏ровало,
Кад то̂ ви̏ ђе мла́да Па̂вловица,
О̀на о̀де но ћу у гра̀дину
Те за́клала си̂вōга со̏кола,
Па го̀ворӣ сво̂ме господа́ру:

さて『西スラヴ人の歌』第十四篇のプーシキンのテクストは次の通りである。

妹と兄弟

二本の樫の木が並んで伸びていた
その間に梢の細いエゾマツの木が伸びていた
それは二本の樫の木が並んで伸びていたのではない
一緒に二人の血を分けた兄弟が暮らしていたのだ――
一人はパーヴェル、もう一人はラドゥーラ、
その間に妹のエリーツァがいた
妹を兄弟は心から愛していた
何くれとなく優しく目をかけた
あまつさえ彼女に小刀を贈った、
銀の象嵌のある金メッキの小刀を
パーヴェルの若い妻は悲しんだ、
小姑が妬ましくなった
パーヴェルの妻はラドゥーラの愛する妻に言った
「お嫁さん、神様のご縁でのお姉さん！
あなたは薬草を知らないか
妹をその兄弟が嫌いになるような？」
ラドゥーラの愛する妻が答えて言った
「神のご縁での姉さん、お嫁さん
私はそんな薬草は知りません

Сестра и братья

Два дубочка вырастали рядом,
Между ими тонковерхая ёлка.
Не два дуба рядом вырастали,
Жили вместе два братца родные:
Один Павел, а другой Радула,
А меж ими сестра Елица.
Сестру братья любили всем сердцем,
Всякую ей оказывал милость;
Напоследок ей нож подарили
Золоченый в серебряной оправе.
Огорчилась молодая Павлиха
На золовку, стало ей завидно;
Говорит она Радуловой любе:
«Невестушка, по богу сестрица!
Не знаешь ли ты зелия такого,
Чтоб сестра омерзела братьям?»
Отвечает Радулова люба:
«По богу сестра моя, невестка,
Я не знаю зелия; такого

知っていたとしても貴方には教えないでしょう
私を兄さんたちは愛してくれて
私に何くれと優しくしてくれました」
そこでパーヴェルの妻は水飼い場に出かけた
そして黒馬を切り殺した
そして自分の夫に言った——
「あなたは妹を可愛がったが裏切られた
彼女に贈り物をして災いを招いた
彼女は〔贈られた小刀で〕黒馬を切り殺したのですから」
そこでパーヴェルはエリーツァに問い質した
「何故こんなことを、お願いだから言ってくれ」
妹は兄に泣きながら答える——
「兄さん私ではありません、あなたに命にかけて誓います
あなたと私の命にかけて誓います！」
その時兄は妹を信じたのだった
そこでパーヴェルの妻は緑の庭に出かけた
灰青色の鷹をそこで切り殺した
そして自分の夫に言った——
「あなたは愛した妹に裏切られた
あなたは妹に贈り物を与えて不幸を招いた
だって彼女は鷹を切り殺したんですもの」

Хоть бы знала, тебе б не сказала;
И меня братья мои любили,
И мне всякую оказывали милость».
Вот пошла Павлиха к водопою
Да зарезала коня вороного
И сказала своему господину:
«Сам себе на зло сестру ты любишь,
На беду даришь ей подарки:
Извела она коня вороного».
Стал Елицу допытывать Павел:
«За что это, скажи, бога ради».
Сестра брату с плачем отвечает:
«Не я, братец, клянусь тебе жизнью,
Клянусь жизнью твоей и моею!»
В ту пору брат сестре поверил.
Вот Павлиха пошла в сад зелёный,
Сивого сокола там заколола
И сказала своему господину:
«Сам себе на зло сестру ты любишь,
На беду даришь ты ей подарки:
Ведь она сокола заколола».

パーヴェルはエリーツァを問い質した
「何故こんなことを、お願いだから言ってくれ」
妹は兄に泣きながら答えた——
「兄さん命かけてあなたに誓います、私じゃありません
あなたと私の命にかけて誓います」
その時も兄は妹を信じた
そこでパーヴェルの妻は晩方おそく
小姑のところから小刀を奪った
そしてその金の揺り籠の中で
自分の赤子を切り殺した
朝早く彼女は夫のもとに駆けつけた
大声で叫び顔をかきむしりながら
「あなたは愛した妹に裏切られた
彼女に贈り物を贈ったのは災いだった
彼女は私たちの子供を切り殺したんですから
まだ私が信じられないというのなら
彼女の金の小刀を見て御覧なさい」
これを聞くとパーヴェルは飛び起き
エリーツァの寝室に向かった
羽ぶとんにエリーツァは寝ていた
枕元には金の小刀が下がっていた

Стал Елицу допытывать Павел:
«За что это? Скажи, бога ради».
Сестра брату с плачем отвечает:
«Не я, братец, клянусь тебе жизнью,
Клянусь жизнью твоей и моею!»
И в ту пору брат сестре поверил.
Вот Павлиха по вечеру поздно
Нож украла у своей золовки
И ребенка своего заколола
В колыбельке его золоченой.
Рано утром к мужу прибежала,
Громко воя и лицо терзая.
«Сам себе на зло сестру ты любишь,
На беду даришь ты ей подарки:
Заколола у нас она ребенка.
А когда еще ты мне не веришь,
Осмотри ты нож ее злаченый».
Вскочил Павел, как услышал это,
Побежал к Елице во светлицу:
На перине Елица почивала,
В головах нож висел злаченый.

鞘からパーヴェルが小刀を抜いてみると――
金の小刀はすっかり血まみれだった
パーヴェルは妹の白い手をつかんだ
「おお妹よ、天罰で命を落とすがいい
おまえは黒馬を殺し
庭で鷹を切り殺した
だが何故赤子を切り殺した？」
妹は涙ながらに答えた
「兄さんあなたに命かけて誓います、私じゃありません
あなたと私の命にかけて誓います！
もし私の誓いが信じられないならば
私を開けた野原に引き出して
足速い馬たちの尾にしばりつけ
私の白い体を
四つに引き裂かせなさい」
こんどは兄は妹を信じなかった
兄は妹を開けた野原に連れ出し
脚速い馬たちの尾に結びつけ
馬たちを開けた野原に放った
彼女の血が滴り落ちた場所に
赤い小さな花が咲いた

Из ножен вынул его Павел, —
Нож злаченый весь был окровавлен.
Дернул он сестру за белу руку:
«Ой, сестра, убей тебя боже!
Извела ты коня вороного
И в саду сокола заколола,
Да за что ты зарезала ребенка?»
Сестра брату с плачем отвечает:
«Не я, братец, клянусь тебе жизнью,
Клянусь жизнью твоей и моею!
Коли ж ты не веришь моей клятве,
Выведи меня в чистое поле,
Привяжи к хвостам коней борзых,
Пусть он мое белое тело
Разорвут на четыре части».
В ту пору брат сестре не поверил;
Вывел он ее в чистое поле,
Привязал ко хвостам коней борзых
И погнал их по чистому полю.
Где попала капля ее крови,
Выросли там алые цветочки;

彼女の白い体が残された場所には
彼女を弔って教会が建てられた
しばらく時が経った
若いパーヴェルの妻は病みついた
—九年もの間病み続けた
その骨の間に草が生えた
その草の中に獰猛な蛇が巣を作った
蛇は彼女の瞳を貪り夜になると去って行く
若いパーヴェルの妻はひどく苦しむのだった
彼女は自分の主人に言った
「ねえ私のご主人様、パーヴェル
私を義理の妹の教会に連れて行って下さい
その教会で私は癒されるかもしれません」
彼は彼女を妹の教会へと連れて行った
二人が教会のすぐ近くまで来た時
二人は突然教会の中から声を聞いた
「若きパーヴェルの妻よ、入ってはならぬ
ここではおまえが癒されることはない」
これを聞くと若きパーヴェルの妻は
自分の主人に言った
「わがご主人！　あなたに神かけての御願いです

Где осталось ее белое тело,
Церковь там над ней соорудилась.
Прошло малое время,
Захворала молодая Павлиха.
Девять лет Павлиха все хворает,
Выросла трава сквозь ее кости,
В той траве лютый змей гнездится,
Пьет ей очи, сам уходит к ночи.
Люто страждет молода Павлиха;
Говорит она своему господину:
«Слышишь ли, господин ты мой, Павел,
Сведи меня к золовкиной церкви,
У той церкви авось исцелюся».
Он повел ее к сестриной церкви,
И как были они уже близко,
Вдруг из церкви услышали голос:
«Не входи, молодая Павлиха,
Здесь не будет тебе исцеленья».
Как услышала то молодая Павлиха,
Она молвила своему господину:
«Господин ты мой! Прошу тебя богом,

私を白い家には連れて行かず
私をあなたの馬たちの尾に縛り付けて下さい
そして馬たちを開けた野原に放して下さい」
自分の妻の頼みをパーヴェルは聞いた
彼女を自分の馬たちの尾に縛りつけ
馬たちを開けた野原に追い立てた
彼女の血の滴が落ちたところに
いばらとイラクサが生え
彼女の白い体が残された場所には
地が陥没し湖ができた
その湖には黒馬が
馬の後から金の揺り籠が浮かび出て
その揺り籠には鷹がとまっていた
揺り籠には小さな男の子が横たわり
その喉もとにはその母親の手がかけられ
その手には叔母の金の小刀があった

Не веди меня к белому дому,
А вяжи меня к хвостам твоих ко́ней
И пусти их по чистому полю».
Своей любы послушался Павел.
Привязал ее к хвостам своих ко́ней
И погнал их по чистому полю.
Где попала капля ее крови,
Выросло там тернье да крапива;
Где осталось ее белое тело,
На том месте озеро провалило.
Ворон конь по озеру выплывает,
За конем золоченая люлька,
На той люльке сидит сокол-птица,
Лежит в люльке маленький мальчик;
Рука матери у него под горлом,
В той руке теткин нож золоченый.

［訳註］（数字は行数）

2　スラヴ・フォークロアにおいては植物を人間の比喩として用いることが多い。その場合植物の総称の文法的性別が喩えられる人間の性別に一致させられるのが普通である。ここでは男性名詞の樫 дуб が男性に、女性名詞エゾマツ ель が女性に喩えられている。セルビア語原文ではロシア語の дуб に対応するのは бор「松」だが、ロシア語の同語形 бор は「針葉樹林」をさし、単独の「松」を意味する単語は女性名詞 сосна である。このためセルビア語の бор を сосна で訳すと、この兄と妹のシンボリズムが成立しないので、プーシキンは男性を象徴する木としてロシア民謡にしばしば登場する дуб を訳語に用いたと思われる。［伊東　二〇〇二］参照。

3　スラヴ・フォークロアの修辞法に特徴的な「否定比喩」。「〜が〜なのではなく、〜が〜なのだ」という表現をとる。

9　милость はセルビア語の милост を同語形で訳したもの。しかしロシア語の милость は「同情、慈悲」の意味だが、このセルビア語 милост は「贈り物」の意味である。

11　Павлиха < Павел. 接尾辞 -иха は男性名詞から女性名詞を派生し、意味は「女性の〜、〜の妻」を表す。ここでは「パーヴェルの妻」の意味。

12　золовка——ロシア語の姻族名称。「夫の姉妹」を意味する。「義理の姉妹」。

14　невестушка——невеста の愛称形。

23　Вот пошла Павлиха к водопою「パーヴェルの妻は水飼い場にでかけた」——セルビア語原文第二五行の Она оде коњма на ливаду「彼女は牧場の馬たちのところにでかけた」に対応する。トルベツコイはプーシキンがセルビア語の単語 ливада「牧場」の意味を知らず、音韻的に近く「馬に水をやる場所」として意味的にも辻褄の合う водопой「水飼い場」で訳したのだろう、としている［Трубецкой 1987: 369］。

36　Сивого сокола там заколола——セルビア語原文第三九行 Те заклала сивога сокола のほぼ直訳。形容詞 сивый はロシアとセルビア・フォークロアに共通の「鷹」сокол の枕詞。

57　Осмотри нож ее злаченый「彼女の金の短刀を見て御覧なさい」——対応するセルビア語原文は第六一行 Извади јој ноже од појаса「彼女の腰から短刀を引き抜いてごらんなさい」。プーシキンはセルビア女性独特の腰に短刀を差す、という習慣の描写を故意に省いたと思われる。

64　белу руку = белую руку「白い手」。形容詞「白い」はロシア・フォークロアでは「手」の枕詞。

73　чистое поле——「開けた野原」。чистое はロシア・フォークロアで поле の枕詞。「広く開けた」の意味で「清らかな」の意味ではない。セルビア語原文では широко поле。

75　белое тело——「白い体」。形容詞「白い」は同様にロシア・フォークロアでは「体」の枕詞。

89　змей——「蛇」。セルビア語原文では複数形 змије。

90　Пьет ей очи, сам уходит к ночи——ここに対応するセルビア語原詩第九六行は半詩行で脚韻を踏むいわゆるレオン韻を用いており（Очи пију, у траву се крију）、プーシキンもこれを再現している。プーシキンが八九行で複数形の「蛇」を単数に変えたのはこのためだったと考えられる。

116　сокол-птица——「鳥の鷹」。種名と属名を合成語的に並列するのはロシア・フォークロアの文体論的特徴。類義語反復の一つの様式と考えられる［伊東　一九七七］。

119　теткин——тетка の物主形容詞。

以上の翻訳においてはセルビア語原文において頻出する頭韻の手法の多くが、プーシキンのどちらかといえば直訳的な翻訳においてそのまま保たれていることをトルベツコイは指摘し、次のような例を抜き出している［Трубецкой 1987: 366］。（数字は行数）

	プーシキン		カラジッチ
9	**Н**апоследок ей **н**ож подарили	10	**Н**ајпослије **н**оже оковане
12	На золовку, стало ей завидно	13	**З**авидила својој заовици
81	Где попала **к**апля ее **к**рови	87	Ђе је од ње **к**апља **к**рви пала
107	Своей любы **п**ослушался **П**авел	115	То је **П**авле љубу **п**ослушао:

四　結論

これら二篇のセルビア民謡の翻訳はプーシキンがセルビア民謡を形式と内容の双方でロシア民謡の様式に移そうとした試みを示している。文体的にはセルビア民謡独特の語法をロシア民謡独特の語法に移しつつ、部分的にはセルビア民謡の語法を直訳的に残している。このためにプーシキンはスラヴ民謡詩共通の語法［Миклошич 1895］を用いてある意味で汎スラヴ的な文体を創出している。形式的には「妹と兄弟」において、いわゆるセルビア叙事詩の十音節詩型デセテラッ deseterac を独特の韻律で翻訳し、他の『西スラヴ人の歌』の叙事的詩篇にもそれを採用することで、連作詩全体の韻律上の統一を取っている。このプーシキンによるセルビア民謡の翻訳はスラヴ・フォークロア間の相互の認識の在りかたを内容と形式の双方で示す興味深い事例を提供していると言えよう。

【参考文献】

Афанасьев А.　1985　*Народные русские сказки*. II. Москва

Ајдачић Д.　2004　О неким мистификацијама народних песама балканских Словена у 19 веку. In *Прилози проучавању фолклора балканских Словена*. Београд

Беркопец О.　1937　Пушкинские переводы сербско-хорватских песен. *Slavia*. XIV. № 3

Бобров С.　1964　К вопросу о подлинном стихотворном размере пушкинских «Песен западных славян». *Русская литература*. 1963. № 3

江川卓　一九九一　『なぞ解き『カラマーゾフの兄弟』』新潮社（新潮選書）

Гаспаров М.　1975　Русский народный стих в литературных имитациях. *International Journal of Slavic Linguistics and Poetics*. 19

――　1984　*История русского стиха*. Москва

Фомичев С.　1983　«Песни западных славян» Пушкина (История создания, проблематика и композиция цикла). In *Духовная культура славянских народов: Литература. Фольклор. История: Сборник статей к IX Международному съезду славистов*. Ленинград

Иванов Вяч.　1967　Заметки по индоевропейской поэтике. In *To Honor Roman Jakobson*. II. The Hague; Paris

伊東一郎　一九七七　「ロシア・フォークロアにおける類義語反復について」『ロシア語ロシア文学研究』第九号

――　一九八三　『チャイコーフスキイ歌曲歌詞対訳全集　第二巻』新期社

――　一九九五　「『原初年代記の民俗語彙』（二）――グースリ」『なろうど』第三〇号

――　二〇〇一　「小さいぐみの木」『マーシャは川を渡れない』東洋書店

Jakobson R.　1953　The Kernel of Comparative Slavic Literature. *Harvard Slavic Studies*. 1

――　1966　Zur vergleichende Forschung über der slavischen Zehnsilber. In *Selected Writings*. IV. The Hague; Paris

Караџић В.　1976　*Српске народне пјесме*. I-IV. Београд

Колмогоров А.　1966　О метре пушкинских «Песен западных славян». *Русская литература.* 1966. № 1

Kuhać A.　1878　*Južno-slovenske narodne popievke*. Zagreb

Курихара　1986　К проблематике «Песен западных славян» А. С. Пушкина. In *IV Советско-японский симпозиум по литературоведению*. Москва

栗原成郎　一九八七　「ルサルカの周辺」『プーシキン再読』（法橋和彦編）創元社

——　一九八八　「ヴーク・カラジッチ――人と業績――生誕二百年を覚えて」『窓』第六五号

——　一九九五　『吸血鬼伝説』河出書房新社（河出文庫）

メリメ、P　一九七七　「グズラ」（杉捷夫訳）『メリメ全集　一』河出書房新社

Mérimée Pr. / Пушкин А.　1987　*Мериме—Пушкин: Сборник (На французском и русском языках).* Составитель Зоя И. Кирнозе. Москва

Миклошич Ф.　1895　Изобразительные средства славянского эпоса. In *Древности — Труды Славянской комиссии Императорского Московского археологического общества.* Т. I. Москва

プーシキン、A　一九二六　「ウルダラーク」（米川正夫訳「露西亜童謡集」）『世界童話大系　一八』世界童話大系刊行会

——　一九三七　「西部スラヴの歌　抄」（外村史郎訳「鶯」「鬼」「兄いもと」「ヤヌィシ王子」「馬」）『プウシキン全集　五』改造社

——　一九九〇　『プーシキン詩集　本邦初訳』（草鹿外吉他訳）青磁社

——　一九六八　『プーシキン　抒情詩』（金子幸彦訳）平凡社（世界名詩集　一三）

——　一九七二－一九七四　『プーシキン全集』（全六巻）河出書房新社

佐藤繁好（編）　一九九九　『日本のプーシキン書誌（翻訳・紹介・研究目録）』自費出版

Смирнов Ю. (сост.)　1987　*Сербские народные песни и сказки из собрания Вука Стефановича Караджича*. Москва

Šrepel M.　1899　Puškin i hrvatska književnost. In *Ljetopis Jugoslavenske Akademije znanosti i umjetnosti*, za godinu 1898. Zagreb

種村季弘　一九八五　「文学的変装術」『アナクロニズム』河出書房新社（河出文庫）

Томашевский Б.　1929a　О стихе «Песен западных славян». In Б. Томашевский. *О стихе.* Ленинград

——　1929b　Генезис «Песен западных славян». In Б. Томашевский. *О стихе.* Ленинград

Трубецкой Н.　1987(1937)　К вопросу о стихе «Песен западных славян» Пушкина. In *Избранные труды по филологии.* Москва

浦野進　二〇一二『メリメとロシア作家たち――ロシアへの思い』水声社

第六章　スロヴァキアのプーシキン博物館を訪ねて

一九八六年の八月末に、私は偶然にスロヴァキアのプーシキン博物館を訪問することができた。この博物館はできてからまだ日も浅く、あるいは日本人として私が最初の訪問者であったのではないかとも思われるので、ここに一筆報告させて頂く次第である。

そもそもこのプーシキン博物館訪問のきっかけとなったのはスロヴァキアのロシア文学者・スラヴ民族学者ヤーン・コモロフスキー氏との出会いであった。彼と知りあったのは、一九八七年、モスクワで開かれた「『イーゴリ軍記』八百年記念国際シンポジウム」においてであり、ここで私たちはお互いに『イーゴリ軍記』だけでなく、スラヴ比較民族学にも関心を持つ同学の士であることを知ったのである。[1] 私は様々な動機があって、翌一九八六年にブラチスラヴァで開かれたスロヴァキア語・スロヴァキア文化セミナーに参加し、この時にコモロフスキー氏に再会することができた。[2] セミナーが八月末に終わると私はトレンチーンの町に住むコモロフスキー氏を訪ね、三日ばかり図々しくも氏の自宅に逗留したのであるが、そこで計らずも彼との話題にのぼったのがこのプーシキン博物館であった。このトレンチーンからそれほど遠くない小村ブロヅァヌィ Brodzany にプーシキン博物館がある、というのである。話を聞いてみると、そこにはオーストリアの外交官グスタフ・フォン・フリーゼンホフが一八四〇年代に買った城があるという（当時のスロヴァキアは言うまでもなくオーストリア＝ハンガリー領であった）。そしてプーシキンの妻ナターリヤ・ゴンチャローワ（一八一二－一八六三）の姉アレクサンドラ（一八一一－一八九一）がこのフリーゼンホフの二番目の妻となり、それ以来この城で終生暮した、というのである。プーシキン自身はもちろんこの地を訪ねることはできなかったが、ナターリヤはプーシキンの四人の子供、即ちマリヤ（長女）、アレクサンドル（長男）、グリゴーリイ（次男）、ナターリヤ（次女）とともにこのブロヴァヌィの城を訪れている。そしてこのような経緯から、この城ではプーシキンとその同時代の詩人にまつわる貴重な資料が発見されているのである。

アレクサンドラは同時代人の回想によれば、ナターリヤよりは容姿は劣るものの、文学的教養は遥かにあり、詩人としてのプーシキンに心酔していたという。一八三四年以来ナターリヤと共にプーシキンの家で暮していた彼女はプーシキンとその家族に親しく接していた。社交界に出入りしていたナターリヤとは対照的に家庭的な女性であったアレクサンドラはナターリヤに代ってその子供たちの面倒を見ていたという。ダンテスと結婚した姉エカテリーナ、ランスコイと再婚した妹ナターリヤと異なり、プーシキンの死後彼女は長い間独身を守っていた。プーシキンの死に際してナターリヤよりも激しく嘆き悲しんでいたのはアレクサンドラだった、というプーシキンの父の証言もあるくらいで、あるいは彼女はプーシキンへの思慕をその死後まで心に秘めていたのかもしれない。一方彼女の未来の夫フリーゼンホフが外交官としてロシアを訪れるのはプーシキンの死後の一八三九年のことで、彼はその後一八四四年までロシアに滞在し、この時にナターリヤやアレクサンドラと親しく接している。特に一八四一年にはプーシキンゆかりの地であるミハイロフスコエを自分の妻と息子、ナターリヤ・アレクサンドラ姉妹、そしてプーシキンの遺児たちと訪れており、この時採集した植物の押し花がこのブロヴァヌィで発見されている。フリーゼンホフは一八五〇年に再びロシアを訪れ、そこで最初の妻ナターリヤ・イワーノヴナを失うことになる。そして彼は一八五二年にその年四十一歳のアレクサンドラと再婚するのである。ペテルブルグで結婚式を挙げた彼女は、彼

ブロヅァヌィ村の全景。

アレクサンドラ・N・フリーゼンホフ。1880 年代末の写真。プーシキン博物館蔵。

女の愛読書、楽譜、アルバムなどを携えてブロヴァヌィに赴き、一八九一年にそこで没するまでこの城で後半生を過ごす。スロヴァキアの彼女とロシアのナターリヤとの間に交された書簡は晩年のプーシキンとナターリヤについての貴重な資料となっており、ブロヴァヌィで発見された書簡も少なくないのである。

E・パノヴォヴァーの『一九一八年までのスロヴァキア詩におけるプーシキン』（一九六六）によるとスロヴァキア文学へのプーシキンの影響はかなり早い時月に始まっており、一八三八年に出版されたカロル・クズマーヌイの小説『ラディスラフ』には既にプーシキンの『賢なるオレーグの歌』のモチーフが見出せるというが、当のスロヴァキアにこのようにプーシキンにゆかりの女性が十九世紀半ば以来住みついていたことはほとんど知られていなかったようで、プーシキンを翻訳した同時代の詩人たちもこの城を訪れた形跡はないという。戦前の一九三七年には、ここでプーシキン没後百年祭が挙行されたとはいえ、第二次大戦以後は荒れ放題になっていたこの城を修復し博物館にしよう、という計画はやっと一九六〇年以降に具体化の兆しを見せ、案内書によれば開館は一九八一年のことである。世に知られていないのも無理はない、という訳である。

コモロフスキー氏と私が博物館を訪れたのは、日曜日であり、バスでトレンチーンの南東にあるパルチザンスケーという町まで行き、そこからまた乗り換えてブロヴァヌィに三時間ほどで着く。ここにナターリヤの姉が四十年も暮したとは思えない小さな田舎町である（二〇一六年の人口は八〇〇人）。「本当は休館日なので最悪の場合は中に入れないかもしれない」と彼は心配していたが、宿直の研究員の方の好意で、展示を見ることができた。展示は主にこの城で発見されたプーシキンの遺児を中心としたプーシキンゆかりの人々の写真・肖像画などが多く、ジュコフスキーの『蝶と花』の自筆草稿は目を引いたものの一つである。一八九一年まで生きたアレクサンドラには晩年の写真が残っており、ナターリヤと比べるとかなり不美人であった、という同時代の批評はいささか厳しすぎるようである。面白いものではこの城を訪れたナターリヤが子供たちと共に自分の背丈を示すために付けた壁の傷で、これによってナターリヤの身長が百七十三センチであることが確認されたという。プーシキンの身長は百六十六センチだったという証言があるので、ナターリヤはプーシキンよりも七センチも高かったわけである。またスロヴァキアにおけるロシア文学の受容、ロシアにおけるスロヴァキア文学の受容などについての展示もあり、ロシア＝スロヴァキアの文学的交流についての博物館を兼ねていた。

　案内された城の裏山には彼女が祈りを捧げたという礼拝堂があったが、残念ながら荒れ果てていた。修復が待たれるところである。

　というわけでプーシキン研究家の方がスロヴァキアを訪れる機会があったら、この小さな、しかし美しい村の博物館を是非訪れていただきたいのである。

［註］

（1）　このシンポジウムについては『窓』第五八号（一九八六）所収の拙稿「『イーゴリ軍記』八百年記念国際会議に参加して」を参照のこと。

（2）　私がプーシキン博物館を訪れる機会を持った一九八六年の東欧旅行については、『なろうど』第一四号・第一五号所収の拙稿「東欧民俗学の旅」（上・下）を参照のこと。またコモロフスキー氏については、拙稿「ヤーン・コモロフスキー氏の思い出」『なろうど』第七八号（二〇一九）を参照。

［参考文献］

Panovová E.　1966　*Puškin v slovenskej poézii do roku 1918*. Bratislava
Kiškin L.　1981　*Brodzianske kulturne pamiatky*. Bratislava

第七章　ブルガリアのパステルナーク

一

一九八二年の夏から秋にかけての三カ月半、私はブルガリア南部・ロドピ地方のノヴァコヴォという小さな村に滞在していた。村はプロヴディフから南に四十キロ、バスで一時間ほどのところにあり、トラキア平野が終りロドピ山系がはじまるあたりに位置している。私の滞在の目的は、ブルガリアの伝統的な民間儀礼についてのデータとフォークロアの収集にあった。私のノヴァコヴォでの三カ月半は、村のインフォーマントを訪ね歩いて情報を集めるという毎日に明け暮れた。この私の仕事のための情報センターとなったのは、この村の図書館の司書ガンカ・ニコロワ女史である。この図書館は村の中心の小さな広場に面した二階建ての小さな建物の一階にあって（二階は村役場になっていた）、主に学校の生徒たちが顔をだし、本を借りていた。ガンカ女史は、私の必要とするインフォーマントに関する情報のほとんどすべてを提供してくれた。どこの誰は歌が上手で、どこの誰は民話をよく知っている、あるいはバグ・パイプを吹けるのは誰で、村で一番の年寄りはどこに住んでいる、等々。

ところで私はそのうちに、自らこの図書館を利用するようになっていった。それはそれほど量はないが、ブルガリア・フォークロアや民俗学に関する文献がこの図書館にあることを知ったからである。それと同時に直接私の仕事とは関係ない本も、自分の楽しみのためにちょくちょく借りるようになった。なにしろ教育施設は幼稚園と小学校だけ、病院もなければ警察もないという村に劇場や映画館があるはずもなく、村人はラジオとテレビを別にすれば、一緒にラキヤを飲みかわしながら話に花を咲かせるのが唯一の楽しみ、という日常である。そんなところに三カ月半もいてよく退屈しなかったね、とソフィアではよく言われたものだが、この図書館で書架を物色することは次第に私の楽しみのひとつとなっていった。六千冊ほどのこの図書館の蔵書はもちろんすべてブルガリア語の本だったが、その中にはかなり多くのロシア・ソヴィエト文学のブルガリア語訳が入っていた。その中にはソフィアの図書館にはありえないソルジェニーツィンの『イワン・デニーソヴィチの一日』のブルガリア語訳が回収もされず、しかし誰にも読まれず眠っていた。ある日私はガンカ女史から情報を仕入れるために図書館に立ち寄り、そのついでにいつものように書架をながめていた。と、トルストイやショーロホフなどのブルガリア語訳の間に少々意外な背文字が目に入った――「パステルナーク」。ひきだしてみるとそれは一九七五年に出版されたイワン・ミルチェフによるブルガリア語訳のパステルナーク詩集だった。本をとって開いてみると、本の貸出し票にまだ誰の名前も記入されていないのに気づいた。つまりわがノヴァコヴォ村では七年のあいだこの本はまだ誰にも読まれたことがないのだ。こうして私はノヴァコヴォ村最初のパステルナーク詩集の読者としてこの詩集を借り出す栄誉にめぐまれたのだった。

私はこの村では、アヴラーム・ミハイロフという機械工の家に住み込んで調査を続けていた。息子が二年の兵役中でその部屋があいていたのである。ロドピの夏は酷暑である。私は午後の一番暑い時間はよく部屋でこの詩集をながめながら休息をとっていたが、このブルガリア語訳選詩集に収められた『わが妹人生』の訳はいきなり私を考えこませた。というのもこの詩集の表題は、この訳詩集では「人生――わが兄弟」Животът — брат мой となっていたからである。ブルガリア語では、「生」は живот という男性名詞であり、「妹」にはなりようがないのだった。私はヤコブソンが同じような情況について語っていたのを思い出した――『わが妹人生』というボリス・パステルナークの詩集の題は、「生」が女性名詞 жизнь であるロシア語ではごく自然であるが、この詩集を翻訳しようと試みたチェコの詩人ヨゼフ・ホラをまったく絶望させてしまった。同じ意味のチェコ語の名詞 život はチェコ語では男性であるからである」(「翻訳の言語学的側面について」)。

ともあれこうしてブルガリアで再会したパステルナークを私は調査の間も持ち歩くようになった。ベルリンのツヴェターエワが『わが妹人生』を手離せなくなったように、私もこのブルガリア語訳詩集をかばんに入れて村を歩きまわった。しかしパステルナークとの再会が同じ夏だったからだろうか、私をあらためてその輝かしい力でうちのめしたのは、「一九一七年夏」という副題のある『わが妹人生』であった。南ロシアの夏のまぶしい自然から生まれたこの詩集を、南ブルガリアのやはり光あふれる夏の自然の中で再読することができたのは私にとって思いがけないしあわせだった。

このブルガリア語訳詩集には、これも少々意外なことに、「小説の内容とは無関係な独立した詩篇である」という注釈つきではあったが、禁書のはずの『ドクトル・ジヴァゴ』の一章をなす「ユーリイ・ジヴァゴ詩集」からの作品も収められていた。それを読みながら私がふと思いおこしたのは、ユーリイという名がゲオルギオスのロシア語形であるということである。つまり竜退治の伝説で有名な聖ゲオルギオスがユーリイの守護聖人であり(ジヴァゴ詩篇の中の「おとぎ話」は直接この伝説をモチーフとしている)、春のユーリイの日である四月二十三日と秋のユーリイの日である十一月二十六日が彼ユーリイ・ジヴァゴの名の日にあたる、ということである。私がこのことを思いだしたのは春のユーリイの日、すなわち聖ゲオルギオス祭が、私の調査地であるブルガリアを含めたバルカン地方およびカルパチアにおいてきわめて重要な祝祭であることを知っていたからであった(ちなみに秋に聖ゲオルギオス祭を祝うのは東方教会ではロシアだけで、この祭日はヤロスラフ賢公が導入したものである)。

聖ゲオルギオスは東西両教会に共通の聖人で、中部から東部のヨーロッパでは、その日は春の農耕と牧畜の開始日にあたる。ロシアではこの日に耕作を開始し、地方によってはこの日に春まき小麦の種をまく。またこの日に初めて家畜を柳の枝でおいながら放牧地に出す。すなわち一般的に農耕と牧畜とがセットになったこの地域の生業にとって、聖ゲオルギオス祭は一年の始まりとも言うべき意義を持つのである。そしてとりわけバルカンからカルパチアにかけての山岳地域では、この日は新年にも比すべき盛大な祭りとして祝われる。というのも大規模な羊の移牧がさかんなこの地域では、この日は単に家畜を放牧地に連れだす日ではなく、羊群が冬営地から夏営地へ移動を開始する起点の日となっているからである。このノヴァコヴォでも裏山の中腹にある小さな聖ゲオルギオス教会でこの日には多くの羊がほふられ、前日にしぼった羊の乳やチーズが聖別される。

東部から中部ヨーロッパにかけての聖ゲオルギオス祭の習俗を比較してゆくと、この聖者がきわめて多様なメトニミーの網によって、様々な自然力や諸観念に結びついていることがわかる。まず実質的な春の初めとしての聖ゲオルギオス祭は必然的に自然の復活のイメージに結びつくが、これは復活祭との時間的な近接性によっても支えられている。復活祭の時期に東スラヴで歌われていた儀礼歌であるヴォロチェーブナヤ・ピェスニャでは復活祭と聖ゲオルギオス祭は普通最も大きな春の祭りとしてその名が並列的にあげられているし、むしろ聖ゲオルギオス祭が復活祭より大きな意味を持っているブルガリアの儀礼歌では、「復活祭はすてきだけれど聖ゲオルギオス祭のほうがもっとすばらしい」と歌われている。こうして事実としての自然の復活は、復活祭とのメトニミックな連想に助けられ、聖ゲオルギオス祭を「復活」の象徴系に結びつける。

聖ゲオルギオスはまた春の「光」のイメージとも結びつく。この点で注目されるのは、ゲオルギオスのロシア語形 Jurij が、ロシア語の jarkij「明るい」、jaryj「白熱する」、中世ロシア語 jar「春」などとの音韻論的連想を持っていた、ということである。同語根 jar- を含む東スラヴの春の豊穣神ヤリーロは太陽神的性格をも持っており、その祭日はユーリイの日の直後の四月二十七日であった。

次に聖ゲオルギオス祭は「水」のイメージと結びつく。セルビアではこの日に川で水浴をする風習があり、ブルガリアやロシアではこの日の朝露は不妊をはじめ万病を直す、と信じられた。ルーマニアのトランシルヴァニアではこの日に雨乞いの儀礼が行われる。ちなみに聖ゲオルギオス祭の「水」あるいは「露」は上述のように「治癒」の観念と結びつくが、聖ゲオルギオス祭の教会スラヴ語のトロパリオンには、「病める者の治癒者よ」という聖ゲオルギオスへの呼びかけがあり、聖ゲオルギオスそのものが治癒神的性格を持っていたことが推測される。そしてここで想起されるのは、ドクトル・ジヴァゴがほかならぬ医師であること、水あるいは雨と治癒のイメージがパステルナークの作品においてきわめて重要な意味を持っていることである。たとえば――

雨

〔中略〕
真昼の真夜中、ふりしきる雨は――彼女の櫛！
〔中略〕

〔中略〕
と突然千の病院から
退院が匂った。

ところでこのような水の治癒力に対する農耕民的信仰が、原始キリスト教の洗礼式の基層に既にあったこと、元来イエスがまさに「水による癒し」の体現者としてとらえられていたことは研究者によって既に指摘されている。しかし聖ゲオルギオスにおける「水」と「癒し」の観念はイエスの表象に由来するものではもちろんない。というのはイエスの表象は聖ゲオルギオスのように、特定の季節や時間に結びついているわけではないからである。つまりイエスが時空間を超越した「水による癒し」のメタフォアであるならば、聖ゲオルギオスは、四月二十三日――春の開始――水――治癒と復活といったメトニミックな関係によって、同じイメージにたどりつくのである。そこにあるのはむしろ前キリスト教的な時間＝世界感覚というべきものであろう。

聖ゲオルギオスはさらに復活した春の植物界のイメージと結びつく。クロアチアとスロヴェニアに知られる儀礼

「緑のゲオルギオス」では、聖ゲオルギオスになぞらえた一人の若者をシラカバの枝と葉で飾り、この若者を先頭にしたグループが家々を門付けしてまわるが、この場合の聖ゲオルギオスはまさに春の植物の生命力の象徴である。

聖ゲオルギオスはまた春の鳥の訪れを象徴する。ロシアではこの日から夜鶯がさえずりはじめ、この日につばめが飛んでくるとされる。「鳥たちのさえずる時ではないのか」とパステルナークが問いかける季節がはじまるのである。

こうして見てくると、『わが妹人生』の中にみいだされるパステルナーク的な自然力のほとんどすべてが春の聖ゲオルギオスの表象と結びついていることに気がつく。しかも民衆的想像力の中で聖ゲオルギオスが獲得している多様なイメージがもっぱら換喩によってもたらされていることは、パステルナークが換喩の詩人であるというヤコブソンの指摘を思いおこすと興味深いものがある。それはおそらく民衆的想像力においてもパステルナークの詩学においても、その根源に観念ではなく、身体に支えられた「見ること」の具体性があるからであろう。「パステルナークは詩において見る」とツヴェターエワは指摘している。視覚は「見る者」と「見られる者」とを「身体」という場において相互可換的なものにし、それによって「私」と世界との時空間的な共在＝隣接を具体化しているのである。メルロ＝ポンティが『眼と精神』のなかに引いている画家アンドレ・マルシャンの「森のなかで、私は幾度も私が森を見ているのではないと感じた。樹が私を見つめ、私に語りかけているように感じた」という言葉は、自然と詩人の相互浸透を語るシニャフスキーのパステルナーク論を思わせるし「画家はその身体を世界に貸すことによって、世界を絵に変える」というメルロ＝ポンティの定義はパステルナークの初期叙情詩にそのままあてはまるように思われる。いずれにしろそこにあるのは自我でも観念でもなく、具体的なまなざしによって世界へと広がってゆく精神であり、そこに展開されるのは身体と世界の時空間的な共存・接触によってもたらされる換喩的親和力である。この原理がおそらく聖ゲオルギオスの多様なイメージとパステルナークの詩学を同時に規定するものなのであろう。

ところでここでまた想起されるのは、既にツヴェターエワが指摘していることだが、パステルナークの詩にあらわれる自然がもっぱら植物界に限定されている、という事実である。私は今まで意識的に農耕民的な聖ゲオルギオスの表象のみをとりあげてきたが、バルカン地方における聖ゲオルギオスのイメージはむしろ牧畜と深くかかわっている。というのも既に述べたように、この地域では聖ゲオルギオス祭に羊群の夏営地への移動が開始されるからで、羊飼いにとって聖ゲオルギオスは羊の保護者であり、また同時に、羊を襲う狼たちの群れをもコントロールする「狼の牧者」でもあった。いずれにしろパステルナークの「自然」というものが、聖ゲオルギオスのこの側面とはほとんどかかわりを持っていないことは興味深い。それはパステルナークに特徴的な換喩的な親和力というものが動物界を対象としにくい性格のものだからではないだろうか。

ただ『ドクトル・ジヴァゴ』について言うならば、主人公ユーリイ・ジヴァゴの放浪のモチーフは牧畜民的な聖ゲオルギオス像と関係があるかもしれない。というのも、既に述べたようにバルカン地方からカルパチアにかけての地域ではこの日に羊群の夏営地への移動が開始され、モスクワ公国時代のロシアでは秋のユーリイの日の前後にのみ農奴の移動が認められていたからである。

二

ノヴァコヴォ村でのまぶしい一夏が終り、私は九月のはじめにヴィザの延長のためにソフィアにもどった。延長許可がでるまで私は科学アカデミーの民族学研究所で文献調査をすすめていたが、そのうちに私はコーカサス、特にグルジアにおいて聖ゲオルギオス崇拝が極めて盛んであることを知った。また、グルジア本国以外で用いられているロシア語のグルジア Gruzija、英語のジョージア Georgia といった系統の国名は、チュルク語あるいはペルシャ語に由来するもので、その呼称そのものが一説によれば十字軍の遠征の際に彼らの前にあらわれたという聖ゲオルギオスの故事にちなんで名づけられたものという。これは後世の民間語源説である可能性が強いがいずれにしろグルジアでの聖ゲオルギオス崇拝の根強さを物語るものであろう。

『異教グルジアの宗教体系』（一九六六）の中で著者シャラシッゼは、グルジアでは聖ゲオルギオスは、山の放牧地、狼、蜜蜂、水、野生植物などのイメージと結びつき、遍歴する異邦人として表象されると指摘している。パステルナークはあるいはこのようなグルジアの聖ゲオルギオスの多様なイメージを知っていたかも知れない、と私は思った。というのもパステルナークが既に『わが妹人生』においてレールモントフを媒介としてグルジアにかかわり、後にこの国を「第二の故郷」とさえ呼ぶようになったことを思い出していたからである。一九五三年十月二十九日付けのニーナ・タビッゼへの手紙の中でパステルナークは、ジヴァゴ詩篇の中の聖ゲオルギオス伝説を扱った作品「おとぎ話」に触れて「こんなゲオルギイをグルジアに送るなんて！　それこそ恥知らずというもんです！」と書いているが、ここには聖ゲオルギオス信仰とグルジアとの文化的関連が語られている可能性がある。

三

ヴィザの延長許可がでて、私は再びノヴァコヴォに戻り十月の末まで滞在した。秋も深まってきた頃には、私はこのブルガリア語訳パステルナーク詩集の「ジヴァゴ詩篇」に繰り返し目を通すようになっていたが、そんな私があらためて深い印象を受けたのは、その冒頭の「ハムレット」である。ここには『わが妹人生』にあふれていた生の歓喜は既になく、ジヴァゴの運命にハムレットとイエス・キリストのイメージが重ねあわされる。ここで私が思いおこしたのは、自然の諸力の象徴としての聖ゲオルギオスではなく、受難者としての聖ゲオルギオスである。私がこのノヴァコヴォ村で採集した聖ゲオルギオス祭のホロの歌では、聖ゲオルギオスは羊の群れを導く羊飼いとしてあらわれ、一頭の羊に「明日は私の婚礼の日、そのために私はおまえをほふろう」と呼びかける。ここで聖ゲオルギオス祭が、この聖人の殉教の日であること、婚礼＝死という逆説的な象徴がスラヴ・フォークロアに広く用いられている詩的手法であることを考えると、この歌の「ほふられる羊」とは聖ゲオルギオス自身にほかならないことが明らかになる。このような聖ゲオルギオス像は、「ほふられる小羊」としての牧畜民的なイエス像を想起させる。ここで『ドクトル・ジヴァゴ』の主人公がユーリイ＝ゲオルギオスという名を与えられていることに一つの符合を見出さないわけにはいかなかったのである。

秋が過ぎ冬が訪れようとする十月の末に、私は借りていたパステルナーク詩集を図書館にかえし、三カ月半滞在したノヴァコヴァを後にした。ソフィアの古本屋で私はあのミルチェフ訳のブルガリア語訳パステルナーク詩集を捜したが見つけることはできなかった。

今ふりかえってみると、ノヴァコヴァでの私のあのパステルナーク体験は、いわば聖ゲオルギオスの彼方にパステルナークのまなざしを追認することにほかならなかったようである。そして今『ドクトル・ジヴァゴ』という表題とユーリイ・ジヴァゴという主人公の名をふりかえってみると、その名と二重写しになってあの聖ゲオルギオスの姿が再びうかびあがってくる。イヴィンスカヤによれば、パステルナークは、街で偶然「ジヴァゴ」という工場主のサインの入った鉄板にでくわして、それを主人公の名にしたという。ジヴァゴという姓は、普通形容詞 живой「生きている」の教会スラヴ語単数生格形 живаго に由来すると考えられているが、このタイプの苗字は語源となる形容詞における力点の位置に関わらず常に語尾から二番目の音節に力点を持つことから、単に人を示す口語的な接尾辞 -aga に由来する可能性も否定できない。事実このタイプの語尾を持つ姓は貴族にはみられないという。このように両義的なニュアンスを持つジヴァゴという姓は、パステルナークにとっては一方では無名の主人公の姓として選択するにふさわしいものであったと同時に、他方では「生ける者の」という意味を暗示する機能を持つものであったろう。

そしてパステルナークが彼の創作の総決算ともいうべきこの作品の主人公を「医師」に設定し、「ユーリイ」という名をその姓に冠したこと、そのことによってその無名の主人公が「生ける者の治癒者・聖ゲオルギオス」の名に重ねあわされたことは、私にとってあまりにも象徴的であった。その命名にパステルナークの詩学と世界観そのものを私が読みとるのは、私が春の聖ゲオルギオスの輝かしいイメージをノヴァコヴァで実感したからだけであろうか。

［参考文献］

Аверинцев С.　1980　Георгий Победоносец. In *Мифы народов Мира.* Т. 1. Москва

Benet S.　1951　*Song, dance and customs of peasant Poland.* New York

Bodin P.　1976　*Nine Poems from Doctor Živago.* Stockholm

Charachidzé G.　1968　*Le système religieux de la Géorgie païenne.* Paris

Даль В.　1862　*Пословицы русского народа.* Москва

Иванов В., Топоров В.　1974　*Исследования в области славянских древностей.* Москва

ヤコブソン、R　一九七三「翻訳の言語学的側面について」（長嶋善郎訳）『一般言語学』（川本茂雄監修）　みすず書房

伊東一郎　一九九四ａ「スラヴ民衆文化における聖ゲオルギウス――イコン・儀礼・フォークロア――」（聖心女子大学キリスト教研究所編）『東欧ロシア――文明の回廊』春秋社

――　一九九四ｂ「ノヴァコヴォの夏（1）」『なろうど』第二八号

――　二〇〇七―二〇〇八「グルジア民衆文化における聖ゲオルギオス」（上・下）『なろうど』第五五、五六号

Колева Т.　1981　*Гергьовден у южните славяни.* София

Loorits O.　1955　*Der heilige Georg in der russischen Volksüberlieferung Estlands.* Berlin

Максимов В.　1903　*Нечистая, неведомая и крестная сила.* Санкт-Петербург

Шаповалова Г.　1974　Егорьевский цикл весенних календарных обрядов у славянских народов и связанный с ним фольклор. In *Фольклор и этнография: Обряды и обрядовый фольклор*. Ленинград

シニャフスキー、A　一九七〇「パステルナークの詩」（青山太郎訳）『シニャフスキー　エッセイ集』（内村剛介・青山太郎訳）勁草書房

Српски…　1970　*Српски митолошки речник.* Београд

Megas G.　1958　*Greek Calendar Customs.* Athens

Unbegaun B.　1972　*Russian Surnames.* London

Веселовский А.　1880　Разыскания в области русских духовных стихов. 2. Св. Георгий в легенде, песне и обряде. *Сборник Отделения русского языка и словесности Императорской Академии Наук.* Т. 21. № 2

【二〇一九年追記】

筆者はここで紹介しているノヴァコヴォ村調査から三十四年後の二〇一六年にこの村を再訪した（別図4）。その報告は拙稿「スラヴ民俗学紀行報告」『なろうど』第七三号（二〇一六）でしている。

第八章　『テクストの構造と文化の記号学』を読む

標題のとおり文学作品の構造分析と、文学を含む文化総体の記号学的研究という二つのテーマにささげられた本論文集（*Structure of Texts and Semiotics of Culture.* Edited by Jan Van der Eng, Mojmír Grygar. The Hague; Paris, 1973）は、一九七三年にワルシャワで開催された第七回国際スラヴィスト会議に際して出版されたもので、当時のソ連、チェコスロヴァキア、ポーランド、オランダのスラヴ学者達の諸論文によって編まれている。本書に収録された諸論文はいずれも力作だが、そのなかでも最も注目に値するのは、本書の冒頭に収められた「文化の記号論的研究のためのテーゼ」であろう。このテーゼは五人のソヴィエト構造主義者たち（V・イワーノフ、V・トポロフ、Yu・ロトマン、A・ピャチゴルスキー、B・ウスペンスキー）の共同執筆によるもので、「文化の記号学」という概念のもとに、言語学、文学研究、美術研究、神話学、民俗学、思想史等の異なる学問的諸領域を一つの全体的なパースペクティヴのもとに位置づけようとする壮大かつ野心的な試みである。この「文化の記号学」という概念はこのおよそ十年間にわたるソヴィエト構造主義の発展のなかで形成されたものであって、その歴史的なコンテクストの中で理解される必要がある。従ってまずソヴィエト構造主義と「文化の記号学」の概念とのむすびつきを歴史的にあとづけてみることにしよう。

ソヴィエトにおける構造主義的文学研究は、一般には一九六二年にモスクワで出版された『構造類型学的研究』及び『記号体系の構造的研究に関するシンポジウム』に始まるとされている。ここに収録された諸論文は、現在に至るまでソヴィエト構造主義の理論的根拠の一つとなっているサイバネティックス理論を、文学研究に応用しようとする試みによって特徴づけられる。このような傾向は、この理論の五〇年代末期における導入によって準備されたものであったが[1]、この段階ではソヴィエト構造主義の関心はテクストの構造分析の枠内にとどまっていたといえよう。六四年にはロトマンの『構造主義詩学講義』が『記号体系論集』の第一集としてタルトゥーで出版され、以後モスクワとタルトゥーの構造主義者たちの緊密な接触が始まる。ロトマンのこの著書においては、既に文学を一つの記号体系として芸術総体との相関においてとらえようとする志向がみられるが、そこから歩を進めて文化総体を記号学的研究の対象としてとらえようとする姿勢は、まだ認められない。ソヴィエト構造主義において「文化」という概念が大きな意味をもちはじめるのは、スラヴ神話の意味論的構造分析が一定の成果をあげ、なんらかの意味論的メッセージとしてあらわれる文化の諸現象が文学作品と類比的に「テクスト」という概念でとらえられるようになってからであろう。アファナーシエフやポテブニャーによって開拓されたロシアにおけるスラヴ比較神話学は、ソヴィエト時代に入ってからはほとんど見るべき成果をあげていなかったが、デュメジルの印欧比較神話学やレヴィ＝ストロースの神話の構造分析の影響のもとに、スラヴ神話を対象とした構造分析が試みられるようになった。一九六五年に出版されたイワーノフとトポロフの共著『スラヴ言語モデル化記号体系』はその最初の成果であるといえよう。著者はともに印欧比較言語学を専門とする言語学者で、既に六〇年前後からスラヴ神話に関する論文を発表しはじめている。この著書において試みられているのは、共通スラヴ語時代のスラヴ神話の再建とその体系において示差的な機能をはたしている意味論的カテゴリーの抽出である。このカテゴリーは、レヴィ＝ストロースの構造分析にみられるように、「生—死」「右—左」「男—女」といった二項対立の形式で示されるが、著者はヤコブソンが音韻論で示したように、世界中の神話体系において検証してもこれらの弁別的特徴は比較的少数のものに帰着するという見通しにたっているようである。このようにして抽出された意味論的カテゴリーの体系は、同時に構造的に記述されたスラヴ語の意味論的体系ともみなされるであろうし、スラヴ人がそれによって世界を認識していた認識論的体系、即ちスラヴ文化総体の構造をもあらわすであろう。イワーノフ及びトポロフの神話論は、このようにして必然的に自然言語の体系に支えられた文化の問題を提起することになるのである。

本書に収められたイワーノフの論文「テクストにおける『見えるもの』と『見えないもの』のカテゴリー――再び東スラヴ・フォークロアにおけるゴーゴリの『ヴィイ』との相似点について」は、イワーノフ・トポロフのこのスラヴ神話再建に関する一連の研究に連なるもので、まぶたが地面までとどくほど長くのびているというゴーゴリの同名の作品にあらわれる妖怪ヴィイのイメージをとりあげ、ロシア及びベラルーシ民話に、このイメージに共通する「持ち上げられるまぶた」のモチーフがみられることを指摘した後、このモチーフから「見えること―見えないこと」という神話一般において示差的な機能を果たしている意味論的二項対立の図式を抽出して、このカテゴリーの存在をスラヴだけでなく世界の神話一般において具体的に例証している。特にイワーノフは、プロップ及びポテブニャーによって主張されたバーバ・ヤガーの盲目性と死の観念との結びつきに注目し、この「見えること―見えないこと」という二項対立が、「生―死」という二項対立とも関係していることを示している。このようにしてイワーノフの抽出したカテゴリーは、大きな比較神話学的なパースペクティヴの中でスラヴ神話の意味論的体系を構成する弁別的特徴の一つとして位置づけられているのである。

さてソヴィエト構造主義が「文化の記号学」という概念をうちだすに至った背景として、M・バフチンの一連の著作を忘れるわけにはいかない。初期フォルマリズムが形態論的分析への志向によって特徴付けられるとすれば、ソヴィエトの構造主義文学研究は形態論的分析を前提とした意味論的分析によって特徴づけられよう。それは具体的には文学の内的構造に対して文学が意味論的に機能する場を、即ち文学と文学外の諸系列が機能的に相関する場を分析の対象として措定するものといえるが、このような相関の全体が文化、社会の総体を意味することはいうまでもあるまい。このような視点はすでにYu・トゥイニャーノフとR・ヤコブソンの「文学および言語研究の諸問題」（一九二八）にみることができるが、バフチンもV・ヴォローシノフ名で出版された『マルクス主義と言語哲学』（一九二九）で言語を含む文化的諸現象の意味論的機能をその社会的機能との相関において論じたのであった。また彼はこの著書で、引用、話法、対話などの具体的な言語活動の諸相を考察しているが、これらの考察によって提起された問題は現代の記号学の主要な概念を先取りしたものであった。さらにバフチンは『ドストエフスキーの創作の諸問題』（一九二九）や『フランソワ・ラブレーの作品と中世・ルネッサンスの民衆文化』（一九六五）で、文学とフォークロアとの階層的関係を、文化一般のコンテクストの中で構造的にとらえようとする姿勢を示したのである。本書に収められたトポロフの論文「神話学的思考のアルカイックな図式との関係におけるドストエフスキーの小説の構造について（『罪と罰』）」は、バフチンのドストエフスキー論をこの側面から継承したもので、彼のいわゆる「ペテルブルグ・テクスト」の一つとして『罪と罰』をとりあげ、その構造を語彙論のレヴェルにあらわれている神話学的な特徴によって論じている。

さて諸分野におけるこのような成果を背景として、『記号体系論集　三』（一九六七）にロトマンは「文化の類型学の問題について」を発表するが、これがソヴィエト構造主義において「文化」という概念が研究対象として意識的にとりあげられた最初ではなかろうか。翌六八年から六九年にかけてはイワーノフ、トポロフ、ウスペンスキーの共同編集による『ケート論集』が出版される。これは一九六二年に行われたシベリアの少数民族ケートの総合的文化調査の結果をまとめたもので、言語学論集（一九六八）・神話学・民族学論集（一九六九）の二冊から構成されている。この論集は一民族の文化を、言語、神話、民俗といった諸領域の有機的な統一体として記述している点で、「文化の記号学」の一つの個別的な具体化ともみなされうるものである。

さて一九七〇年にはロトマンの『芸術テクストの構造』が出版され、テクストの一般的な概念規定が行われた。同じ年に出版されたウスペンスキーの『構成の詩学』では、特に視点の問題を中心に文学及び美術における芸術テクストの構造が分析されている。またこの年にロトマンの『文化の類型学論集』がタルトゥーで出版され、文化の問題がソヴィエト構造主義の中心的な課題として意識されだすのである。翌七一年にはP・ボガトゥィリョーフの『民族芸術理論の諸問題』が出版される。本書で一九三〇–四〇年代にチェコ構造主義グループの一員として活躍した著者の主な業績が初めてロシア語に翻訳され、ソヴィエトに紹介された。本書に収められた民衆劇・民族衣装・儀礼等の記号学的研究は、「文化の記号学」の概念に直接むすびつくものといえよう。

さて以上「文化の記号学」の概念とソヴィエト構造主義との歴史的関係について簡単にふれてみた。「文化の記号論的研究に関するテーゼ」は、以上紹介したソヴィエト構造主義研究の諸成果の総括ともいうべきものであって、具体的にはそのそれぞれの研究について考察しなければならない性質のものだが、それらを貫き、テーゼの骨格となっている基本的な発想を概観してみることにしよう。まず本テーゼを最初に特徴づけるものは「テクスト」の概念の文化現象全体への拡張であろう(テーゼ三・一・〇、以下三・一・〇のように略記)。概観したように文学作品の構造分析から出発したソヴィエト構造主義者たちは、次第に美術や神話などの他の記号体系の意味論的分析に向かうが、その際にそのそれぞれの記号体系の構成するメッセージは、主にロトマンによる「テクスト」の概念によって統一的にとらえられ、さらに階層的構造をなして有機的に相関する諸テクストの全体として「文化」も一つのテクストとみなされるに至った。従ってこの視点からはテクストの構造分析と文化の記号学という本書の二つのテーマは相互補完的に関係するものであることが理解されよう。このような「体系の体系」の概念は、文学論のレヴェルにおいて既にトゥイニャーノフによって提起されたものであったが、本テーゼでは自然言語によらないテクストをも含む諸記号体系の体系として(一・〇・〇)、より広いパースペクティヴのもとに具体的に展開されているのである。ただし本テーゼの基本的発想は、文学作品、その中でも主にロトマンによって推し進められてきた詩の構造分析によって得られた諸概念の一般化によるところが大きい。元来詩的言語は異なる文化間において最も翻訳の困難なものであり、従ってある文化の性格をその本質において規定するものといえるが、ロトマンにおける詩論から文化論への移行はこの意味から理解されねばならないだろう。

さて本テーゼにおけるこのような、テクストとしての文化の理解は、階層構造的なテクスト理解を伴っている（一・〇・〇）。文学作品のテクストが音韻論のレヴェルから意味論のそれに至る階層的な構造を持つように、文化も個々のテクストを最小単位として種々の単位を構成しヒエラルキーをなすであろう。たとえばプーシキンの『ベールキン物語』は一つのテクストであると同時に、五つのテクストの集合体であり、「一八三〇年代のロシア短編小説」という文化のテクストの一部でもある（三・〇・〇）。このような階層構造の中でのシステムとしての自然言語と文化の言語は、やはり階層をなして相関し、たとえばブロークの言語はシンボリズムの言語として、詩的言語として、文学言語として、さらに自然言語として、それが文化の階層的構造の中で果たす機能によって多義的に位置づけられるであろう。このような視点から本テーゼでは、例えば口語と文語の関係も自然言語と文化の言語の関係として考察されている（六・一・一）。

さてソヴィエトの構造主義者たちによるテクストの構造分析には、特にその意味論及び語用論《プラグマティクス》のレヴェルにおいて情報理論の影響が強いが、本書に収められたYu・レーヴィンの「コミュニケーションの視点から見た叙情詩」は、叙情詩を人称の面からタイポロジー的にとらえようとするものである。著者はテクストにあらわれる人称を、テクストそのものが仮構するコミュニケーションの場と実際にテクストが伝達される場との相関において分類し、さらに作品において支配的な人称を抽出することによってロシア叙情詩をいくつかのタイプに分類している。

ところで同様の視点は、創造され受容される一つのテクストとしての文化全体にも適用できるであろう。本テーゼでは文化の伝達のメカニズムも、基本的には情報伝達のそれとしてとらえられている（三・二・二）。

さて以上のようなテクストの概念の文化全体への拡張が、テクストとメタ・テクストの区別をも伴ってなされている点に注目すべきであろう（一・一・〇）。自然言語が自分自身を記述の対象とするメタ言語的機能をもつことはよく知られているが、これを芸術テクストのレヴェルで考えるならば、創作と批評という二つの領域は（常に相互可換的なものであるが）テクストとメタ・テクストの関係としてとらえられるであろう。これは当然テクストとしての文化全体にもいえることであって、文化は常に記述される存在（テクスト）であると同時に自己自身を記述する存在（メタ・テクスト）でもある。これは言いかえればサルトルのいわゆる即自＝対自という意識の二元性が、文化という構造体にもあらわれることを意味しよう。そしてこの視点からテーゼは、文学批評や思想史、さらには歴史記述や文化人類学的な異文化の記述など一般的に文化体系に属する諸事象の記述というものが、研究者の属する文化と記述の対象となる文化との相関において、即ち文化による文化の認識として考察されなければならないことを示唆するのであるが、これは自らの視点を無条件に絶対化していた近代批評の態度、さらにはそのような批評のあり方を規定していた近代的な認識論的態度を暗に批判しているものと考えてよいだろう。

さてこのような視点からは、「文化」そのものの概念規定も、当然文化による文化の認識として、即ち文化の自己意識としてとらえられるであろう。テーゼによれば「文化」とは常に「非文化」の概念との対立によって規定される概念である（一・一・〇）。たとえばキリスト教文化にとっての「文化」とは、「非文化」としての異教文化との対立において規定される概念であったろう（一・二・二参照）。この対立は同一文明内の矛盾としても、ある文明の他の文明との相関における自己意識としてもあらわれるもので、例えば近代ヨーロッパ文明の他の文明への態度も基本的は「文化」対「非文化」の関係であったといえるであろう（一・三・二）。この視点から本テーゼでは、「ロシアとヨーロッパ」というロシア史思想史の歴史的主題も、同じ二項対立の図式に即してとらえかえされている（一・三・〇）。また本テーゼによれば、このような「文化―非文化」という対立・矛盾は、通時的な文化の発展をも規定するものとされている（一・三・一）。ただしこのような対立は、常にある文化が自己との相関において規定するものであり、対立する両者とは異なる文化に属する研究者が、この対立そのものを対象として観察する場合には相対化される。たとえば前述の「キリスト教文化―異教文化」の対立も、現代文明に属する我々の視点からは異なる二つの文化としてあらわれるだろう（一・一・〇）。

同様の現象は個別的な芸術のジャンルにおいても見ることができる。たとえば「文学」というジャンルの概念規定も相対的なものであって、常に「非文学」の概念を措定することによってなされるものである。このために「純」文学と「大衆」文学という区別が生じたりするのであるが、このような区別が常に前者の側から、「非文学」

としての後者の切り捨てという形で行われることに注意すべきである。そしてこのような「文学―非文学」という対立は「文化―非文化」の対立と同様に、文学全体の通時的発展の要因としてとらえられよう。ところで純文学と大衆文学という相対的に対立する二つのジャンルは、テクストが創作者と受容者、即ちメッセージの送り手と受け手のどちらに定位されるかという指標によって分類されうるのであるが（三・二・二参照）、この視点から前衛文学やフォークロアをも視野に入れた文学全体の階層的構造を措定できるであろう。ところがこの階層構造の中で文学史の記述の対象となってきたのは専らそのドミナントとしての「純」文学だけであって、他の「非文学」は無視されてきたのが現状であった。このような反省から文学諸ジャンルの階層的構造の全体を「文化の記号学」の概念によって統一的に記述しようという提言が本書に収められたS・ジュウキェフスキの「民衆文学の諸問題」であるが、著書はその具体例をバフチンのラブレー論に見ている。

さて概観したようにソヴィエト構造主義において「文化」という記述単位は、主に共時態にかかわる概念として、文化を構成する諸ジャンルを統一的な視野のもとに位置づける為にうちだされたものであったが、トゥイニャーノフ・ヤコブソンのテーゼにおいては、言語及び文学における「体系」の概念は共時態に限定されるものではなく、共時的な体系も常にその通時的発展を決定するような矛盾をその諸階層間にはらむものとしてとらえられていた。さらに共時態と同様に通時態、即ち歴史そのものも体系としてとらえられ、文学史もまた「体系の体系」として構想されるに至ったのであるが、この視点を拡大すれば、世界史もまたこのような「文化」という体系の体系として記述されうるであろう。このようにして本テーゼは記号学的な歴史記述への展望をひらくのであるが、ここで示唆された史観がダニレフスキーに始まり、シュペングラー及びトインビーに至る比較文明論的史観の新しいとらえかえしであることに注意すべきであろう。

ところでこのような歴史記述における「文化」という単位が、近代ヨーロッパとの関係において自己を意識せざるをえなかったロシアにおいて最初に発想されたということは、歴史的な必然でもあった。即ち近代においてヨーロッパは孤立した絶対者として自己を意識しており、従ってヨーロッパ文化による他の文化の認識とは、テーゼに示されるような異なる文化の構造的な相関としてではなく、無条件に絶対化された「文化」による「非文化」の認識として実現されていたのであるが、ダニレフスキーの史観はこのような認識に対するアンチ・テーゼとしてとらえることができよう。ところでヨーロッパ文明のこのような認識態度は、実はヨーロッパ近代の人間観、認識論的原理そのものに根拠を持つものであった。従ってヨーロッパの構造主義というものが元来この近代的な認識論的原理の自己否定としてあらわれたものであったことを考えれば、本テーゼとダニレフスキーの史観は、その発想において、レヴェルの異なるしかし同じ動機に貫かれていると言えよう。実は本テーゼそのものが「スラヴ・テクストに即して」という副題によって示されるように、スラヴ文明圏のアイデンティティを科学的に検証する為の方法論としても提起されているのであるが（二・一・〇）、これは当然にも潜在的にヨーロッパ文明圏というものの存在を前提としているであろう。このようにして本テーゼも、新しい視野のもとに「ロシアとヨーロッパ」というロシア思想史の歴史的主題に逢着するのである。

ところでこの両者を貫く共通の動機、即ち近代ヨーロッパの認識論的原理への批判は、歴史的な必然性によって形成されたものであった。その経緯を簡単に述べれば次のとおりである。

近代において人間は、いわゆる普遍的理性に保証された自由で独立した主体として自己を意識していた。そのような自己意識のあり方は人間に限らず、芸術のジャンルや文化そのもののそれをも規定していたのであるが、このような人間観は、原子論的な世界観と、特権的な認識主体が対象を客体物として認識するという「主観―客観」の図式の固定化を生みだしたのである。後者は批評においては「文学―非文学」「文化―非文化」というような上述の二項対立の絶対化を生み、創作においてはその描写の原理を規定した。即ち小説におけるバフチンのいわゆるモノローグ的原理、絵画における線遠近法などの手法は、このような近代の認識論的原理にその根拠を持っていたのである。そしてその場合文学や美術における意味作用は、現実と芸術作品との自然主義的な関係を保証するものとして機能していた。しかし近代的な人間観の崩壊と共に、近代的な認識論的構図、及びそれに規定された芸術における描写の原理と言語観は変質せざるをえなくなったのである。特にシンボリズム以降の詩と絵画においては、このような現実との自然主義的な関係の否定がそれぞれのジャンルに自律的な記号体系として自己を意識させる結果を生み、その結果この二つのジャンルは異なる素材による異なる記号表現として相互に影響を与えはじめたのである。従ってシンボリズムのあとをうけて登場したロシア未来派やチェコのポエチズムが、いずれも詩と絵画という二つのジャンルを統合する運動としてあらわれたのは理由のないことではない。本書に収められたM・グルィガルの論文「キュービズムとロシア及びチェコのアヴァンギャルド詩」は、この問題を扱ったものである。

さて近代的な認識論原理の変質に拍車をかけたのは、現代科学の諸成果であった。たとえばゲシュタルト心理学は知覚そのものが構造的に現象することを、またアインシュタインの相対性理論やハイゼンベルクの不確定性原理は観測や認識という行為そのものが認識主観と対象との相関関係として構造的にしか記述できないことを示し、原子論的に孤立した二項の関係によって示される近代的な「主観―客観」の図式はもはや維持され難くなったのである。同時に相対性理論は時間と空間とが相互可換的な物質の存在形式であることを主張し、ニュートン的な絶対時間および空間の概念を崩壊させたのであるが、この二つのカテゴリーは共に認識に直接かかわるものである為に、時間・空間論は現代においては文化を構成する諸領域に共通の問題となるに至った。本書に収められたイワーノフの論文「二十世紀の芸術と文化における時間のカテゴリー」は、このような視点から二十世紀の文化一般における時間の問題を総括的に扱ったものである。

さて現代諸科学によって提起された認識という行為そのもののこのような構造的記述は、必然的に近代の無条件に絶対化された認識主体の否定につながるであろう。フランス構造主義のいわゆる反コギト主義もこのようなコンテクストから理解されねばならない。近代の原子論的に独立した「人格」という概念は、このようにして必然的に、他者との相関においてしか存在しえない「構造」としての人間理解へと転換していったのである。しかしそれはフランス構造主義について一般的にいわれるように、人間を「構造」の概念のうちに客体化するものというよりは、主体と主体との関係そのものを構造的にとらえる視点としてとらえるべきであろう。バフチンがモノローグに対置するポリフォニーの概念、一般的には近代的な「主観―客観」関係に照応する「我―それ」関係に対してブーバーによって提起された「我―汝」関係の問題はこのコンテクストからとらえられねばならない。同様に本テーゼの理論的根拠の一つとなっている情報理論も、情報伝達の場を、人間が「我―汝」関係をむすびつつ相互主観的に交流する構造的な場として措定するものといえよう。

ところで以上論じてきた認識論的原理の転換は、実は芸術のジャンルや文化そのもののレヴェルにおいても現象していたことであって、芸術のジャンルもグルィガルの論文が示唆するように、自己と他のジャンルとの相関を意識せざるをえなくなり、ヨーロッパ文明自身も、シュペングラー及びトインビーの史観にみられるように、他の文明との相関においてしか存在しえない自己自身に目ざめていったのである。

さて以上のような認識という行為そのものの構造的な把握は、それを対象としてとらえれば、当然にも認識対象そのものの構造的な把握を導くことになる。即ち認識対象も孤立した原子論的要素の総和ではなく、諸項の機能的な相関の全体としてとらえられるようになったのである。このような構造＝体系の概念は周知のように、まず言語学の分野にあらわれたものであった。

以上のように考察してくると、本テーゼは言語学的レヴェルから歴史記述のレヴェルに至るまで、その提出している問題の多様さにもかかわらず、一貫して反近代的な認識論的原理の具体化として読まれうることが理解されるであろう。その中でも特にテクスト――メタ・テクストの区別によって示された、我々の批評や認識そのものの構造をも対象化しうる認識論的視点は示唆的である。我々が学ばねばならないのは、従ってまずこのような本テーゼの視野の広さと一貫性であるはずである。それゆえ本テーゼの個々の方法論を我々自身の問題に即して展開しようとするときには、テーゼの論理的及び歴史的パースペクティヴにおいてその個々の方法論が占める位置と機能とが常に念頭に置かれねばなるまい。一般的に言ってこのようなとらえかえしがない限り、外国の思想や方法論が日本に根付くことはないであろうし、また事実そうであった。そして実はこのような問題自身も、文化と文化のコミュニケーションの問題として、本テーゼが論じている対象なのである。

［註］

（1）　雑誌『サイバネティックスの諸問題』が一九五八年に創刊され、同じ年にウィーナーの『サイバネティックス』が翻訳されている。

［二〇一九年追記］

本稿で書評の中心的対象とした「文化の記号論的研究のためのテーゼ」は後に邦訳された――ロトマン、イワーノフ他「文化の記号論的研究のためのテーゼ――スラヴ・テキストに即して」（磯谷孝訳『現代思想』一九八二年九月号、十月号）。またロシア・フォルマリズムとの関連からのソヴィエト構造主義の概観は拙稿「以後のフォルマリズム」（『早稲田文学』一九七九　二月号）で行っている。

ロシアの中の日本・日本の中のロシア

料金受取人払郵便

綱島郵便局
承認
3062

差出有効期間
2021年4月
14日まで
(切手不要)

郵便はがき

223-8790

神奈川県横浜市港北区新吉田東
1-77-17

水声社 行

御氏名(ふりがな)	性別 男・女	年齢 歳
御住所(郵便番号)		
御職業	(御専攻)	
御購読の新聞・雑誌等		
御買上書店名	書店	県 市 区 町

読　者　カ　ー　ド

この度は小社刊行書籍をお買い求めいただきありがとうございました。この読者カードは、小社刊行の関係書籍のご案内等の資料として活用させていただきますので、よろしくお願い致します。

お求めの本のタイトル

お求めの動機

1. 新聞・雑誌等の広告をみて（掲載紙誌名　　　　　　）
2. 書評を読んで（掲載紙誌名　　　　　　）
3. 書店で実物をみて　　　　4. 人にすすめられて
5. ダイレクトメールを読んで　　　　6. その他（　　　　　　）

本書についてのご感想（内容、造本等）、今後の小社刊行物についての
ご希望、編集部へのご意見、その他

小社の本はお近くの書店でご注文下さい。お近くに書店がない場合は、以下の要領で直接小社にお申し込み下さい。

◎

直接購入は前金制です。電話かFaxで在庫の有無と荷造送料をご確認の上、本の定価と送料の合計額を郵便振替で小社にお送り下さい。また、代金引換郵便でのご注文も、承っております（代引き手数料は小社負担）。

TEL：03（3818）6040　FAX：03（3818）2437

第九章　ストラヴィンスキーのジャポニスムの一側面

——『日本の叙情歌からの三つの詩』の拍節法について

一　はじめに

ストラヴィンスキーの初期の作品に一九一二年から翌年にかけて作曲された『日本の叙情歌からの三つの詩』Три стихотворения из японской лирики という連作歌曲がある。[1] この歌曲はロシア歌曲史においては、二十世紀初頭に集中して現われる一連の日本の短歌による歌曲の先鞭をつけるものである。ストラヴィンスキー以後に現われたそれらの歌曲を時代順にあげれば次のようなものがある。

アルトゥール・ルリエ（一八九二－一九六六）「独唱とピアノのための日本組曲」（一九一五）、ニコライ・チェレプニーン（一八七三－一九四五）「古代および現代の日本詩人による七つの五行詩（バーリモント訳による『短歌』）」（作品五二、一九二二）、イッポリトフ＝イワーノフ（一八五九－一九三五）「五つの日本の詩」（作品六〇、一九二八）[2]、ショスタコーヴィチ（一九〇六－一九七五）「日本詩人の詩による六つの歌曲」（作品二の一、一九二八）。

言うまでもなく、これらの作品の出現は二十世紀初頭のロシアで日本の短詩形文学に対する関心が急速に高まり、多くの翻訳あるいは翻訳詩集が現われたことと無関係ではない。[3]

さてストラヴィンスキーのこの歌曲は、このようなロシア文化あるいは西欧音楽史の流れにおけるジャポニスムの早い例としてしばしば取り上げられる作品だが、この作品と西欧のジャポニスムとの関連についてはすでに船山隆氏が詳細な分析を行っている(4)。またこの歌曲を後のロシアのジャポニスム歌曲への影響関係の中で捉え直すことは比較文化史的に重要な課題であるが、本稿ではそれは行わない。本稿の目的は、ストラヴィンスキーのジャポニスムという問題に船山氏とは若干異なる視点から光をあてること、すなわちこの作品の作曲に際して素材となったロシア語テクストにストラヴィンスキーが加えた特殊な拍節法の処理の意味を、彼の日本文化理解の文脈から考えることである。

この作品の素材となったのは、A・ブラントというロシア人が翻訳・編集した『日本の叙情歌』という表題を持つロシア語訳による日本詩のアンソロジーで、ペテルブルグで一九一二年に出版されている［Брандт 1912］。編者ブラントについては何も知られていないが、この詩集がこの種の日本詩集のなかで当時かなり知られたものであったことは、ショスタコーヴィチが一九二八年に作曲した「日本詩人の詩による六つの歌曲」の最初の三曲にこの詩集から歌詞を取っていることからもわかる。

このアンソロジーに収められた訳詩はブラント自身の序文によれば、ドイツ語訳およびフランス語訳からの重訳で、その出典は主として **H. Bethge**. *Japanischer Frühling*. Leipzig, 1909 および **K. Florenz**. *Dichtergrüße aus dem Osten*, 8 Auflage. Leipzig, 1911 であるとされている。アンソロジーは全九八頁、一頁に一篇ずつ大きく余白を取って訳詩を収めている。ここからその歌詞がとられたストラヴィンスキーの三つの作品の標題は、一　Акахито（赤人）、二　Мацацумэ（當純）、三　Цураюки（貫之）である。

二　作曲に用いられたテクスト

さて彼が作曲の素材とした日本詩のロシア語テクストであるが、まず第一曲目の「赤人」のテクストは前記ブラントのアンソロジーの一九頁に次のような体裁で掲載されている（正字法は現代ロシア語のそれに改め、後の分析のためにアクセント記号を付した。以下も同様)。

Я бе́лые цветы́ в саду́ тебе́ хоте́ла
показа́ть.
Но сне́г пошёл. Не разобра́ть, где́
сне́г и где́ цветы́!

私は庭の白い花をあなたに
見せたかった。
だが雪が降り出した。わからない、
どこが雪でどこが花だか!(直訳)

わが夫子に見せむと思ひし梅の花それとも見えず雪の降れれば (原詩[5])

ロシア語訳詩の最初の二行は十六音節から、後半の二行は十四音節からなり、これは原詩の五七五+七七の音節群の構成に近いものをブラントが再現しようとしたためであろう。そしてアクセントの位置は前半と後半でそれぞれ規則的に弱強のリズムを守っている。これは訳者のブラントがこの訳詩に弱強格すなわちヤンブ iamb のリズムを与えようとしたためである。ロシア語の詩は一行中の一定の音節数と強弱アクセントによる強勢の規則的配置によって構成され、詩法の構造の異なる言語からの翻訳の場合にも、ロシア語の詩として訳される限りこの原則が守られる。西欧諸語の詩法では英詩やドイツ詩のタイプとなる。このブランとの訳詩集に収められた日本の詩はすべてこのように音楽的リズムを持つ詩として訳されている。

第二曲目の「當純」はブラントのアンソロジーでは五四頁に収められているが、作者名はロシア語で Мазацуми、すなわち仮名表記で示すならマザツミとなっている。しかしストラヴィンスキーの標題においては、この第二曲の欧文表記はブラントの表記に対応する Mazatsumi となっているのに対し、ロシア語表記は、Масацумэ すなわち仮名表記ではマサツメとなっている。この表記の混乱の原因は不明だが、しかしブラントがマサズミをマザツミと表記したことは、ブラントの依拠したテクストがドイツ語訳あるいはドイツ語訳を経由した外国語訳であったことを示している。Masazumi をドイツ語読みで読むことによってマザツミの発音が得られるからである。ここには次のような体裁で訳詩が掲載されている。

Веснá пришлá: из трéщин ледянóй
корьí запрыгáли, игрáя, в рéчке пéнные
струи́: они́ хотя́т быть пéрвым бéлым
цветóм рáдостной весньí.

春が来た。張った氷のひび割れから
泡立つ流れが小川に戯れながら
迸りだした。流れは嬉しい春の
最初の花になろうとしている。（直訳）

谷風にとくる氷のひまごとに打ち出づるなみやはるのはつ花（原詩）

このロシア語訳も第一曲目の「赤人」の歌詞と同様、最初から最後までの四十二音節が弱強格ヤンブのリズムで一貫している。しかしここでは原詩の音節数三十一は再現されていない。またセミコロンとコロンで分割されている三つの部分の音節数は四、二十二、十六で、五七五七七のリズムには部分的にさえ一致していない。

第三曲目の「貫之」はブラントのアンソロジーでは五八頁に収められている。すなわちストラヴィンスキーのこの歌曲集の曲順は、その歌詞がブラントのアンソロジーに掲載された順に一致していることになる。ちなみにブラントのアンソロジーでは作者は Tсурайуки と表記されているが、ストラヴィンスキーの標題の表記は Цраюки である。ブラントのアンソロジーには次のような体裁で訳詩が収められている。

Что э́то бéлое вдали́? Повсю́ду, слóвно
облакá мéжду холмáми.
То ви́шни расцвели́: пришлá желáнная

遠くに白く見えるのは何？　どこもまるで
丘々の間を埋める雲のよう。
それは桜が花開いたのだ。待ち望んだ

весна́.

春が来たのだ。（直訳）

桜花さきにけらしもあしひきの山のかひよりみゆるしら雲（原詩）

ここではロシア語の訳詩は第一曲の歌詞と同様に二行ずつ、前半二十一音節と後半十四音節に分かたれており、前半は五七五（計十七）の音節数を超えているが、後半は七七（計十四）の音節数を再現している。そしてこの前半と後半はやはりヤンブのリズムで構成されている。

三　テクストと音楽におけるリズムの不一致

さて問題はこれらのロシア語の歌詞にどのような作曲がなされたかである。常識的にはこの三つのロシア語詩はすべてヤンブ、すなわち弱強格で書かれているのだから、弱拍で曲を始め、詩のリズムを音楽のリズムに合わせるのが普通である。しかしストラヴィンスキーはそれとは全く逆のことをしているのだ。

例えば第一曲目の「赤人」の冒頭を見てみよう。ロシア語の最初の歌詞 **Я бéлые цветы́ в саду́ тебé хотéла показа́ть.**「私は庭の白い花をあなたに見せたかった」のロシア語のリズムは既に見たように弱強格（ヤンブ）のリズムを持っているが、これに付けられた旋律は小節の頭から、すなわち音楽上の弱拍ではなく強拍から始まり、このずれを意図的に一貫させている。すなわち詩における有アクセント音節をいずれも音楽上の弱拍に置いている（**譜例1**参照）。

二曲目の「當純」の歌のパートはやはり弱強弱強のリズムを持つ四音節のロシア語の歌詞 Весна́ пришла́:「春が来た」で始まっているが、ストラヴィンスキーはこの歌詞を同様に小節の頭から、すなわち音楽上の強拍で始まる四つの八分音符で処理している（**譜例2**参照）。同様の歌詞の音楽的処理は三曲目でも一貫している。つまりストラヴィンスキーはこの原則、すなわち言語上の強勢を音楽上の弱拍に重ねるという作曲法をこの三曲の全体に貫徹させているのである。
ロシア歌曲においては、強い強弱アクセントを持つロシア語の歌詞は伝統的に音楽のリズムに忠実に重ねあわされて作曲されてきた。そこからムソルグスキーの歌曲やオペラにおける独特の朗唱法も生まれてきたのだが、ストラヴィンスキーのこの歌曲は真っ向からその伝統に反逆しているのである。
このような歌詞の特殊な拍節法の処理は当然ながらロシア人には不可解な印象を与えたのである。たとえばミャスコフスキーは一九一三年六月三日付けのプロコフィエフ宛ての書簡の中で次のような批判を書き記している。

ロシア人がまたも無邪気さを装い、また同時に商人根性丸出しのあつかましさでストラヴィンスキーの『聖なるナンセンス』〔中略〕と彼の日本の歌曲を出版するというのは不愉快です。〔中略〕この日本の歌曲は、正しいアクセントで歌うには、曲を八分音符分だけ左に動かさねばならないようなすてきな直線性で朗唱されます。〔中略〕この作品はもっとも寛大な原則にさえ矛盾しています。(6)

［Stravinsky, Craft 1978: 107］［Прокофьев, Мясковский 1977: 106］

音楽批評家デルジャノフスキーも同様の疑問をストラヴィンスキー宛の書簡で表明している。

私は『日本の叙情歌』の作者に不可解な点を感じています。音楽は大変魅力的で、実際全く驚くべきものですが、音楽の拍節とテクストの韻律を一貫して執拗にずらせていることにはどういう意味があるのでしょうか？〔中略〕あなたの朗読法は常に理想的に念入りに考えられていましたから、このようなあなたの変則的処理は意図的なことでしょうが、しかしあなたの意図は正確には何なのでしょうか？　教えていただきたいのです。そうでないとこの作品を適切に解釈することは不可能になってしまうでしょう。

［Stravinsky, Craft 1978: 107］［Stravinsky 1982: 50］

Я бѣ - лы - е цвѣ - ты
Des - cen - dons au jar - din;
I have flow - ers of white,
Mei - ne weis - sen Blu - men
въ са - ду те - бѣ хо - тѣ - ла по - ка - зать.
je vou - lais te mon - trer les fleurs blan - ches.
come and see where they grow in my gar - den.
wollt' ich dir im Gar - ten drun - ten zei - gen.

譜例 1

f
Вес - на при - шла.
A - vril pa - rait.
The spring has come.
Kommt der Früh - ling,

譜例 2

四　ストラヴィンスキーの作曲の意図

この疑問に対してストラヴィンスキーがデルジャノフスキーに答えた書簡が『ムーズィカ（音楽）』誌の一九一三年第一五九号に発表されたが、それは以下のようなものである。

日本の歌曲は八世紀と九世紀の真作の日本の詩（もちろん翻訳の）に作曲された。翻訳者は音節数とその配置を正確に守っている。アクセントは日本語にも日本の詩にも存在しない。このことについては私がそこから三つの詩をとった日本の叙情詩集の序文にかなり詳しく興味深く書かれている。［Стравинский 1988: 20］

ここで分かるのはストラヴィンスキーがブラントの翻訳に全幅の信頼を置き、その翻訳は原詩の音節数と音節群への分割を正確に再現している、と考えていたことである。すでに見たようにこれは事実に反するが、ブラントが序文の中で、ある短歌を五七五七七の音節数を守ったロシア語の五行詩に訳して見せているために［Брандт 1912: 4］、この訳詩集に収められた訳詩もすべてそのような訳であるとストラヴィンスキーは思い込んでしまったらしい。すなわちブラントのロシア語の訳詩は、アクセントの違いを除けば原詩の音節数を正確に再現したもの、とストラヴィンスキーは考えていたようだ。だからこそこのアクセント法の違いがストラヴィンスキーにとって前記の特殊な拍節法の処理の動機となったのである。それではブラントは実際にこのアンソロジーの序文で何と書いているのであろうか。該当箇所は次の序文の冒頭部分である。

日本語の音節を構成するのは一つの母音字かあるいは子音と母音の組み合わせを示す字である。音節は常に母音字で終わり、単語の中にはそこにアクセントが置かれるような音節はない。

このような諸条件のもとでは日本語の詩にリズムが生じることはありえない。押韻もまた存在しない。母音字で終わる押韻が絶えず繰り返されれば、それは退屈なものになるだろう。

リズムと押韻が存在しないために詩を構成する方法となるのは詩行における音節数の計算である。

[Брандт 1912: 3]

ブラントの記述は日本語の高低アクセントについて言及しておらず、若干不正確だが、ストラヴィンスキーが日本語の音韻構造について知ったのはまさにここに引用した叙述によっていることがわかる。そしてストラヴィンスキーが「日本語の詩にはリズムがない」というブラントの記述に影響されたことは明白である。おそらくストラヴィンスキーは「リズムのない歌曲」を作ることによって彼が想像した日本語の朗読に近いものを作ろうとしたのであろう。彼は続ける――

このような理由――日本語にアクセントがないこと――が自分の歌曲を作曲する際に私が指針としたことである。だがどうすればこのことは達成できるだろうか？　最も自然な方法は長音節〔ここではロシア語の有アクセント音節のこと〕を音楽上の短い拍〔弱拍のこと〕に置き換えることである。アクセントはこうすれば自然に消える筈であり、このことによって日本語の朗読法の線的遠近法が完全に達成されることになる。この原則をただ日本語にのみ保とうとすることは大きな間違いとなろう。というのもこれらの歌曲をヨーロッパ諸言語で歌うならば、私にとって最も貴重なもの――独特の日本語の朗読法の線的遠近法が失われることになるからである。(7)

この朗読法の印象の奇怪さについて言えば、それについては私はいささかも動揺していない。これは結局のところ習慣に規制された約束事の次元の話なのだ。

[Стравинский 1988: 20]

五　絵画から音楽へ

ここで作曲者が強調している日本語の朗読法の「線的遠近法」という用語は絵画におけるいわゆる「線遠近法」とまぎらわしいが、ブラントがその序文で日本の浮世絵の二次元的な奥行きのない平面構成を「線的遠近法」と呼んだのを踏襲したもので、いわば「空間的遠近法」との対比で用いられている。そしてここには次の『自伝』における回想からも見て取れるように、日本語のみならず日本の絵画にも共通する、すなわち日本芸術一般における空間処理の特殊性に対するストラヴィンスキーの独特な認識があった。

《春の祭典》のオーケストレーションの仕事を終えようとしながら、私は、自分の心にきわめて近く感じられた別の作品の作曲に忙しかった。私はその年の夏に、日本の抒情詩の小さな翻訳詩集を読んだ。それは古い日本の詩人の作品から選ばれたもので、数行からなる短い詩を集めたものだった。その詩集によって与えられた印象は、かつて日本の絵画や版画によって与えられたものとまさに同じものであった。(8)［Друскин 1979: 156］

ここで「日本の絵画や版画」と彼が呼んでいるものは、おそらく浮世絵である、と考えられる。彼が北斎の富士山や広重の東海道五十三次などの日本の浮世絵を当時所蔵し、それに親しんでいたことは、彼自身の証言から知ることができるし［船山　一九八五：八四］、実際にこの歌曲の作曲の直前の一九一一年にドビュッシーの自宅で彼と共に撮られたストラヴィンスキーの写真の背景には壁にかけられた二枚の浮世絵が認められる［Stravinsky, Craft 1982: 62］。また一九一二年にウスティルクのサロンで撮られた彼の写真の背景にはやはり壁にかけられた浮世絵が一枚認められ［船山　一九八五：八二］、国際的なジャポニスムの波の中にストラヴィンスキーがいたことがわかる。またこの歌曲の「赤人」の草稿には AKAHITO の文字が日本のかな文字風に書き込まれており［Stravinsky,

Craft 1978: 107］、彼が日本語に音韻的な特徴のみならず、書記法の面からも感心を寄せていたことが伺える。

彼は日本の浮世絵と日本の詩との間にどのような共通性を感じたのだろうか。線遠近法によって空間の持つ三次元性を仮構しようとする西欧近代の絵画に対して日本の浮世絵が提出した全く別の空間構成原理、いわばその二次元的な空間処理がそれだったようである。引き続きストラヴィンスキーは自伝で次のように述べている。

私はこれらの作品が示す遠近法と空間の諸問題の絵画的な解決に刺激されて、音楽においても類似のものを発見しようとした。そのためには、日本語の詩のロシア語への翻訳以上に適切なものはない。というのはロシアの韻文は力点音節詩法しか許容しないからである。私はその仕事にかかり、韻律とリズムの処理によってそれに成功することができた。しかしかつてしたようにここでその方法を説明することはあまりにも複雑になるだろう。

［Друскин 1979: 156］

この自伝で彼が説明を省略したのは、彼がデルジャノフスキー宛の書簡で説明した言葉のリズムと音楽のリズムをずらせるという方法についてであろう。

来日時にストラヴィンスキーが語った次のコメントにはさらに大きなヒントが隠されている。

一九一三年、三つの日本の短い詩（和歌）をテキストに小品を作った。それは立体性のない二次元の芸術であったからだ。私は、この二次元を詩のロシア語訳にもみつけ出し、そして音楽のなかでもそれを表現しようと試みた。ところが、当時のロシアの批評家たちは、私が二次元の音楽を作ったことに対してはげしい攻撃をあびせたものだ。(9)

こうして彼がロシア語の歌詞のリズムと音楽のリズムを意図的にずらしたことの意味が見えてくる。彼はロシア語のリズムと音楽のリズムとをずらして重ね合わせることによって、あたかも波と波とが干渉して消え去るように、リズムのない、言い換えれば空間的奥行きのない純粋に線的な旋律を作ろうとしたのである。そしてそれが日本語的な音のイリュージョンをもたらすと考えたのだ。それはさらに日本の浮世絵版画の線遠近法に基づかない空間構成に対する音楽的アナロジーとなるはずだったのであった(10)。ストラヴィンスキーはブラント訳の日本詩からまさにそのような空間的イメージを受け取った。それゆえにこそこの歌曲はロシア語で歌われなければならないものだったのである。このことはこの歌曲において歌詞の取り扱いのみならず、そもそも声楽パートの音楽全体に意識的にディナミークを消去するような処理がされていることからもわかる。ここにはストラヴィンスキーの音楽的な空間感覚がきわめて独特な日本文化の認識と結びついて現れているのである(11)。

【註】

（1）　以下の分析で筆者が参照した楽譜はピアノ伴奏版（Igor Stravinsky. *Two Poems and Three Japanese Lyrics: For high voice and piano.* Boosy & Hawkes）および Игорь Стравинский. *Вокальная музыка.* Вып. 1. Москва, 1982 に収められた室内オーケストラ伴奏版である。この二つの版はいずれも一九一二年にほぼ同時期に作られた。この曲の世界初演は一九一四年にパリでニキーチナ（ソプラノ）により、日本初演は一九二五年に東京で藤原義江（テノール）によって行われたが、前者はロシア語による、後者はフランス語訳による歌唱だったと思われる［Stravinsky, Craft 1978: 109-110］［船山　一九八五：七〇］。

（2）　この作品については［渡辺　一九九九］参照。イッポリトフ＝イワーノフはグルースキナの訳による古今集の中からテクストを選んでいる。

（3）　この問題については［田村　一九九三］参照。なお同時代のロシアにおいてはこの頃に現われた短詩形フォークロアであるチャストゥーシカがしばしば日本の短歌と比較されている［ねふすきい　一九二〇］［Флоренский 1909］を参照。

（4）　［船山　一九八五］第三章「ジャポニスムとアパッチ族」。

（5）　以下原詩の復元は［船山　一九八五：九〇－九一］による。ただし筆者も［伊東　一九七六］において同じ原詩を推定している。

(6)　実際に第一曲目の最初の草稿では詩の韻律と音楽の拍節法は一致していた［Taruskin 1987: 171］。

(7)　作曲者がこのように言明しているにもかかわらず、この歌曲は「ヨーロッパの諸言語」の訳詩を添えて出版された。それはモーリス・ドラージュによる仏訳、ロバート・バーネスの英訳、エルンスト・ロートの独訳である。仏訳者ドラージュは第一曲「赤人」を作曲者が献呈している相手で、ストラヴィンスキー宛の書簡によれば歌詞の仏訳はドラージュ自身が計画したものだが［Stravinsky 1982: 26, 27］、その書簡で判断する限り、ドラージュに対してストラヴィンスキーは彼がロシア語の歌詞に意図的に施した特異な音楽的処理について「その方法を説明することはあまりにも複雑になる」ためかそれをしていないようである。

そもそもフランス語のアクセントは原則として語末にあるが、その詩法はアクセントの位置に一義的意味を置かずに詩行内の一定の音節数を原則とする音節詩法で、ロシア語のように、一定の音節数に加え強弱アクセントによる強勢の規則的配置を原則とする音節アクセント詩法とは根本的に異なる。音楽の強拍と言語テクストのアクセントをずらすことによって日本語の平面的な「線的遠近法」のイリュージョンを作りだそうとしたストラヴィンスキーの意図は、フランス語のテクストにおいてははじめから実現されている、とストラヴィンスキーは判断したのかも知れない。

ロシア語と同じ音節アクセント詩法をとるドイツ語と英語の訳詩の韻律構成はこの点から興味深い。ドイツ語においてはフランス語とは逆にアクセントは語根の最初の音節にくるのが原則であり、同じ箇所のロートによる独訳歌詞は、

Meine Weißen Blumen willt' ich dir im Garten drunten zeigen.

となっている。ここではロシア語歌詞とはちょうど逆に一貫して音楽の強拍にドイツ語の強勢が一致するように訳詩が作られている。また英語の訳詩も同様に、次のように音楽の強拍に英語の強勢が一致するように作られている。

I have flowers of white, come and see where they grow in my garden.

このような訳詩の韻律構成は独訳者ロートや英訳者バーネスがストラヴィンスキーの意図を知らなかったことを意味している。（譜例1参照）。

(8)　ストラヴィンスキー『自伝』の記述（［ストラヴィンスキー　二〇一三：五六］）であるが、［Друскин 1979］所収のロシア語訳による。

(9)　『毎日新聞』昭和三四年四月八日。［船山　一九八五：八三］による。

(10)　ストラヴィンスキーがこの作品で音階その他の手段を用いた音楽語法上のオリエンタリズムを全く用いていないことは特徴的である。

(11)　この作品でストラヴィンスキーはいわば絵画を音楽化している、といえるが、この点で彼は音楽を絵画化することで抽象絵画を生みだしたカンディンスキーと対称的な位置にある。ロシア文化史の流れにおいて象徴主義においては音楽が、未来派においては絵画が中心的なジャンルとなったが、バーリモントなど象徴主義詩人の作品を好んで声楽作品の素材に用いたストラヴィンスキーが、

同時に未来派的なジャンル感覚をも持っていたことを示すものだろう。なお逆にストラヴィンスキーとカンディンスキーの共通性は、象徴主義の影響化のフォークロリズムから出発した後に、いわば音や色彩・形態を純粋のオブジェとして扱う「非対象芸術」に進んだことに現われている。［遠山　一九七七］、［伊東　一九八六］参照。

【参考文献】

Брандт А.　1912　*Японская лирика.* Перевод А. Брандта. Санкт-Петербург

Друскин М.　1979　*Игорь Стравинский.* 2-е изд. Ленинград

Флоренский П.　1909　Несколько замечаний к собранию частушек костромской губернии Нерехтского уезда In *Сочинения: В 4 т.* Т. 1. Москва

船山隆　一九八五『ストラヴィンスキイ　二十世紀音楽の鏡像』音楽之友社

伊東一郎　一九七六「ロシアのストラヴィーンスキイ」『ロシア手帖』第一〇号

――　一九八六「カンディンスキーの民俗学調査について」『民族芸術』第二号

――　一九九二「(解題) にこらい・ねふすきい「ろしあの百姓唄」」『なろうど』第二四号

ねふすきい、にこらい　一九二〇「ろしあの百姓唄」『アララギ』第一三巻第一〇号

Прокофьев С., Мясковский Н.　1977　*Переписка.* Москва

ストラヴィンスキー、I　二〇一三『私の人生の年代記　ストラヴィンスキー自伝』（笠羽映子訳）未来社

Стравинский И.　1988　*Публицист и собеседник.* Сост. В. Варунца. Москва

Stravinsky I.　1982　*Selected Correspondence.* Vol. 1. Ed. & with commentaries by Robert Craft. London

Stravinsky Vera, Craft R.　1978　*Stravinsky in Pictures and Documents.* New York

高橋健一郎　二〇一九「〈和歌歌曲〉の遠近法――アルトゥール・ルリエーの宇宙論的音楽論」『ロシア・アヴァンギャルドの宇宙論的音楽論――言語・美術・音楽をつらぬく四次元思想』水声社

田村充正　一九九三「ロシアにおける和歌の受容」『比較文学』第三五巻

Taruskin R.　1987　Stravinsky's "Rejoicing Discovery" and What it Meant: In Defense of His Notorious Text Setting. In *Stravinsky in Retrospectives.* Edited by E. Haimo, P. Johnson. Lincoln; London

遠山一行　一九七七「ロシアの象徴と象徴としてのロシア」『世界美術全集　三十四　ミロ／カンディンスキー』小学館

渡邊史　一九九九「イッポリトフ＝イワーノフ《五つの日本の詩》」（一九九九年度東京藝術大学提出修士論文）

第十章　「ロシア人形の歌」をめぐって
——山田耕筰・北原白秋・山本鼎のロシア

一　はじめに

山田耕筰と北原白秋は作曲者と作詞者として多くの歌曲を書き残している。「赤とんぼ」、「この道」、「ペチカ」などは今に至るまで愛唱されている佳品だが、同じコンビで書かれた歌曲集に「ロシア人形の歌」と題されたものがあり、私はこの作品がかねてから気にかかっていた。というのはこの作品を構成する五曲がいずれもカタカナ書きのロシア語の表題を持っており、その歌詞の中にもカタカナ書きのロシア語が散りばめられている特異な作品だからだ。私の知る限り、北原白秋の詩作品の中にロシア語がそのまま表題に用いられているものは、前記「ペチカ」以外にはないし、山田耕筰の歌曲のうち歌詞の中にロシア語が出てくる歌曲はこの作品以外はない(1)。本稿執筆の目的の一つはこの特異な歌曲の成立の経緯を明らかにすることである。またこの「ロシア人形の歌」は山田耕筰が一九三一年の訪ソの際に携えてゆき、その演奏旅行で初演した作品だが、その演奏旅行に後に早稲田大学露文科で教鞭を取ることになる野崎韶夫が同行し、この作品のロシアでの反響を実地に見聞し、報告している。本稿のもう一つの目的はこの野崎の証言を紹介し、後に山田がこの歌曲に対して行った小さな改訂の意味を探ることである。

二 「ロシア人形の歌」の歌詞

まずこの歌曲集に収められた五曲の歌曲の歌詞を紹介しておこう。歌曲集の総題は「ロシア人形の歌」である。耕筰が作曲した白秋の詩は最初アルス版『白秋全集』の「月報2」に一九二九年十一月に発表され、その総題は「ロシア人形の歌」ではなく「露西亜人形《クウクラ》の歌」であった（以下、北原白秋の詩は「露西亜人形の歌」、耕作の歌曲は「ロシア人形の歌」と表記して区別する）。同じ詩は翌一九三〇年にアルス版『白秋全集』十一巻に収録された。この中では未刊の童謡集「赤いブイ」に収録されているが、単行本として出版された童謡集には収められていない。ここでは総題は同じ「露西亜人形の歌」だが、ルビの「クウクラ」は「ロシアにんぎやう」に替えられた。(2) この初出の白秋の詩と耕筰が作曲した歌曲の歌詞の間には後に見るように若干の異同がある。

白秋の詩の表題と掲載順は初出とアルス版『全集』では「ウエドロ（水桶）」、「ジェーブシカ（娘）」、「ニャーニュシュカ（お乳母《んば》ちゃん）」、「ロートカ（小舟）」、「カロウワ（牛）」となっている。

山田耕筰の曲譜の初出は一九三一年の童謡雑誌『赤い鳥』の復刊第一巻五、六号・第二巻一、二、三号（一九三一年　五、六、七、八、九月）で、一曲ずつ五回に分けて、「ウェドロ（水桶）」、「ニャーニュシカ（乳母）」「カロウワ（牛）」「ロートカ（小舟）」「ジェーヲチカ（娘）」の順で掲載された。その五曲の表題はこのように白秋の初出とは若干の異同がある。またカタカナ書きのロシア語は白秋の初出のように丸括弧の中に日本語訳を付してある。同様に歌詞の中のやはりカタカナ書きのロシア語の白秋の訳注はそのまま残されている。この「ロシア人形の歌」全曲の歌曲集としての初出は一九五一年の『山田耕筰集Ⅰ　独唱曲集』（春秋社）であり、そこでの五曲の順と表題は次に示すように「ウェドロ」、「ヂェーウォチカ」、「ニャーニュシカ」、「カロゥヴ」、「ロートカ」である。次に挙げるのはこの一九五一年の春秋社版の曲集の巻末に掲載された歌詞である。

ウェドロ（水桶）

ウェドロよ、ウェドロよ、
ウェドロをさげて、
かわい白樺、また水汲みに
ウェドロよ、ウェドロよ、
月夜が明ける。
　スタラナリ
スタロンカ、スタラナ、ラドナーヤ

註　スタラナリ、スタロンカ……――ここがわたしのふるさとか、そうだ、そうだよ、ふるさとよ。

ヂェーウォチカ（娘さん）

何処へおいでか、ヂェーウォチカ。
野越え丘越え、ヤァルマルカ。
　コロコル、コロコル、コォルコル。
牧場に羊もはねてます。
わたしも飛び越そ、ルゥチェンカ。

註　ヤァルマルカ――市場

コロコル　コロコル——りんりんと鈴の鳴るさま
ルゥチェンカ——小川

ニャーニュシカ（乳母）

夕焼けよ。ニャーニュシカ。
レビョーンカア、あれ、御覧。
スカミエーカこわれてる、
ミエーリニッツアまわってゐる。

註　レビョーンカア——ちいちゃい子
スカミエーカ——ベンチ
ミエーリニッツア——水車

カロゥヴ（牛）

カロゥワ、カロゥワ
誰かに似てる。
タアク　タアク　ハラシォ
お角が緑で、
お顔が白で、

タアク　タアク　ハラシォ
カロゥワ、カロゥワ
誰かに似てる。
タアク　タアク　ハラシォ

註　タァク　タァク　ハラシォ——そうだ、そうだ、まったくだ

ロートカ（小舟）

赤いロートカ、
サバアカのせて、
ヴォルガをのぼり、
ヴォルガをくだり、
シャープカがぶらぶら、
ミエドレノ、ミエドレノ
ミエドレノ。

註　サバァカ——子犬
シャープカ——帽子、シャッポ
ミェドレノ——ゆらゆらとゆれてゐる

ところでこの歌曲集の総題に言及される「ロシア人形」とは何だろうか？　この詩がアルス版『白秋全集』第十一巻に掲載された際、白秋は「山本鼎君製作のロシア人形のために贈ったものである」と自注を付している。それでは「山本鼎君製作のロシア人形」とは何か？　これについては岩波書店版『白秋全集』も春秋社版『山田耕筰作品全集』も触れていないのである。

三　山本鼎の「ロシア人形」

「山本鼎君製作のロシア人形」について触れる前に、まず山本鼎とロシア、山本鼎と北原白秋の関係について触れておかねばならない。山本鼎は洋画家、版画家で農民美術研究家であるが、北原白秋とは早くから交友があった。一九〇八年に二人は共に「パンの会」の発起人となっているし、翌一九〇九年に山本鼎は白秋の詩集『邪宗門』に版画を寄せている。山本はパリに遊学の後、その帰途一九一六年七月にロシアを訪れ、モスクワで早稲田大学文学部から露文科創設の準備のためにロシアに派遣されていた片上伸と知り合う。ちなみに二人は帰国後も親交を結び、片上が帰国後の一九一九年に出版した『ロシアの現実』の装丁と挿画は山本鼎が担当している。

山本はペトログラードではエルミタージュ美術館、モスクワではトレチャコフ美術館、ルミャンツェフ美術館、アレクサンドル三世美術館、シチューキン・コレクション、「ダイヤのジャック」展などを見るが、農民美術に最も深い感銘を受けるに至るのである。彼はシベリア鉄道で帰国するまでの約半年をロシアで過ごし(3)、帰国後の一九一七年に白秋の妹家子と結婚し、二人は義兄弟となる。二人の親交は続き、一九一八年に鈴木三重吉によって創刊された童謡雑誌『赤い鳥』に北原白秋は童謡を発表し、山本鼎は同誌で自由画を指導することになる。一九四二年に白秋が死去した際に山本は葬儀委員長を務めている。

一九二三年に山本鼎は長野県大屋に日本農民美術研究所を建設、祝賀会には北原白秋も参加している。ここを拠点に山本は農民美術運動を展開していくのだが、経営はうまくいかず財政逼迫を挽回するために一九二九年に「ロ

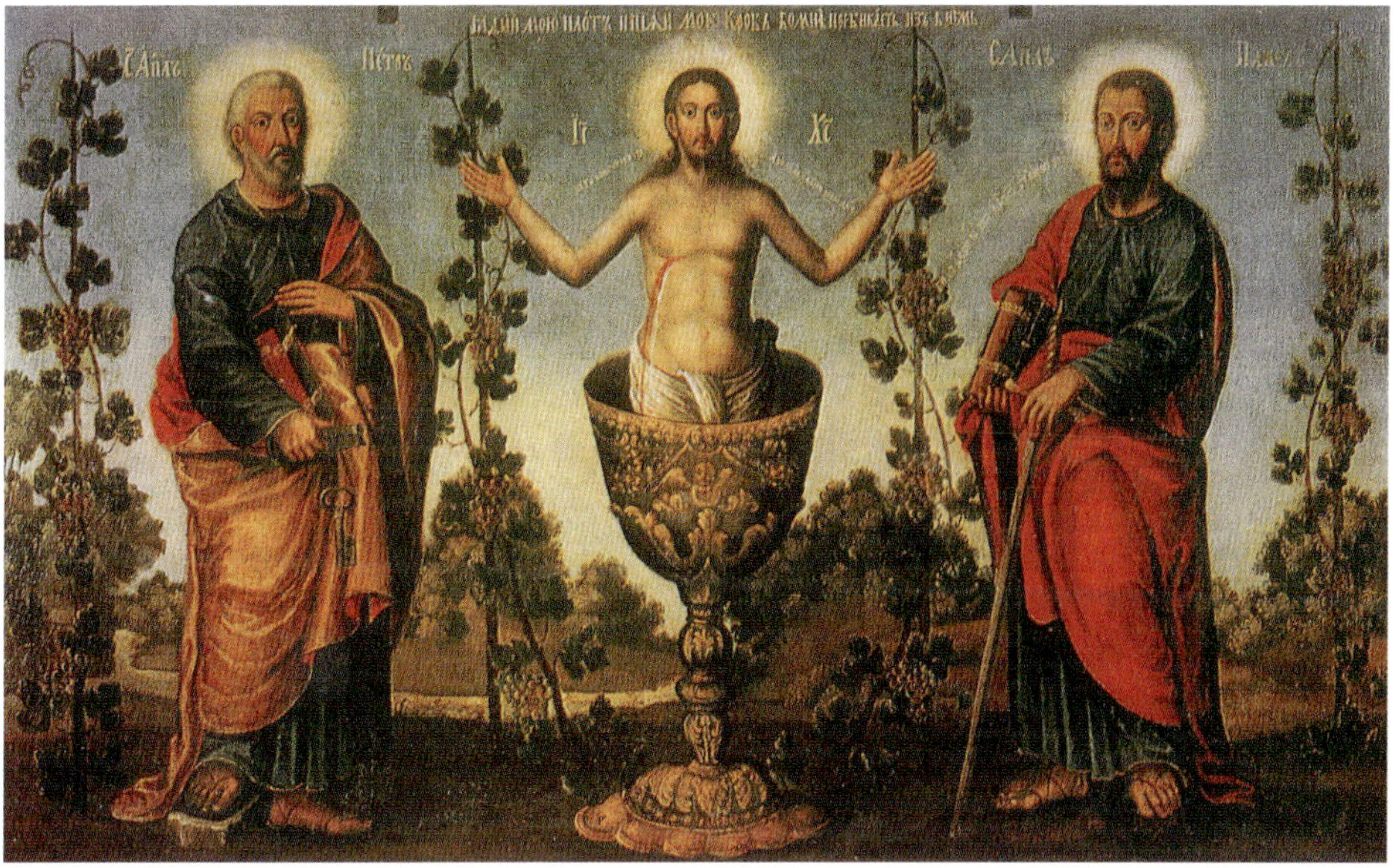

1　自らの血＝葡萄酒で杯を満たすキリスト（18 世紀）。

3　十字架を背負い葡萄酒を造るキリスト（18 世紀）。

2　葡萄の木に磔にされるキリスト（18 世紀）。

4　ノヴァコヴォ村からの遠景。

5　山本鼎の「ロシア人形」。

6　同上。

7　イサーク・レヴィタン「夕べの鐘」。1892 年。

シア人形」を製作して販売することを思いつく。平野勝重によればこれはロシア農民が製作した風俗人形の図録を立体に複製しようと、吉田白嶺、村山桂次に粘土で作らせたものだった。それは1「水汲み女」、2「保母」、3「貴婦人」、4「乳絞り」、5「船遊び」、6「羊」、7「熊さん」、8「鳩」、9「羊と子供」、10「村の娘」の十種一組で九円で東京の日本農民美術研究所出張所から売り出された。その際に「ロシア人形」という名は白秋が付けたという［平野 一九六六］。従って白秋は実際にこの自分が命名した「ロシア人形」を手にしてこれらの詩を書いたことが推測されるのである。

山本鼎の一九二九年八月に書かれた書簡の中にはこの人形製作にかかわる次のような記述が見出される。

唯此頃ふとした動機で素焼きの風俗人形の有望をすすめられ、決意してその仕事にとりかかり、一週間ばかり前にサムプルが仕上がった処、意外に効果よく十目の批評が商品として有望です。

小学校手工科参考品へ向き。銀座空気を基店として一般にうれるべく、デパート文房具に出す。米国輸出に向きそうです。物は君の知って居るロシアの美しい粘土人形で、あの小冊子が十年目にお役に立つわけです。これが予期の如く成功すれば、前期四世帯を安堵せしめ得る近路故、目下小生執拗に此人形の売り出しに関心して居ます。（一九二九年八月四日、農村美術研究所東京出張所より大屋の農民美術研究所渡辺進あて）

この書簡の脚注に鼎の長男で詩人の山本太郎は次のように書いている。

京焼きの風俗人形は農民美術研究所末期の命運をかけたアイディアだった。大森の庭一面に板をひき、泥人形をかわかし、くすりをぬり、塗箔の仕事に家族までかり出され、大いそがしだった。

［山本鼎 一九七一：三二〇］

しかしこの起死回生の計画は成功しなかったようである。同年十月十四日に同じ渡辺進にあてた書簡で山本は次のように「不安」を述べている。

ロシア人形は不安状態です。理由は、色彩大まかなりて今日の嗜好に合わぬ事、小売値段の高い事、緊縮風潮に合わぬ事、等らしいです。しかし乗りかけた船ですから、も少し製作をして、学校方面極力開拓のつもりです。〔山本鼎　一九七一：三二五〕

しかし結局農民美術研究所の財政は破綻し、研究所は閉鎖された。研究所で作られた農民美術作品は個人によって買い上げられた後に現東御市に寄贈され、現在は東御市中央公民館に展示されている〔東御市梅野記念絵画館・ふれあい館　二〇〇七：四五〕。この「ロシア人形」はここに常設展示されており、二〇〇七年十一月から十二月にかけて東御市梅野記念絵画館・ふれあい館で開かれた展覧会「忘れてはならない人がいる　私たちの山本鼎展」にこのロシア人形が六点展示された（**別図5、6**〔東御市梅野記念絵画館・ふれあい館　二〇〇七：四九、図版八四、八五〕）。

この展覧会の図録によって「ロシア人形」を見ると、これらの人形がその様式と色彩から明らかにドゥイムコヴォの彩色粘土人形の模作であることがわかる。(4) ドゥイムコヴォはヴャートカ市（ソ連時代のキーロフ市）の郊外にある村で、古くからドゥイムコヴォ人形と呼ばれる彩色粘土人形で有名だった。これは粘土をこねて焼き、下塗りをした上に、鮮やかなテンペラで彩色し、金箔で飾った人形で、動物、騎手、幅広のスカートをはいた婦人などを描いたものである。山本鼎が書簡で言及している「あの小冊子」、平野が山本らが参考にしたという「図録」とはドゥイムコヴォ人形のそれだったと思われる。上記の展覧会の図録に掲載されている六点は平野が列挙している「十種一組」の一部と思われるが、この実物の「ロシア人形」と「十種一組」の名称ならびに白秋の「露西亜人形の歌」を比較してみよう。

テーマ的に対応すると思われるのは、まず一「水汲み女」と「ウェドロ（水桶）」である。これは**別図**5の左の人形であろう。娘が天秤で担いでいるのが「ウェドロ」である。

また**別図5**の中の人形は、子供を抱いた女性を描いており、白秋の「ニャーニュシカ（乳母）」に対応している。これは二「保母」に対応していよう。

別図5の右の人形はおそらく十「村の娘」であり、「ジェーブシカ」に対応していよう。ちなみに耕作の歌曲ではこの詩のロシア語のタイトルは「ヂェーウォチカ」である。

別図6の手前の人形は明らかに五「船遊び」であり、「ロートカ（小舟）」に対応していよう。男女を乗せた小舟の真中には白秋の詩にあるように、子犬が乗っている。また男性は詩にあるように帽子をかぶっている。

別図6の右の人形は角が大きくデフォルメされていて一見牡牛のようだが、大きい乳房が描かれていることを考えると牝牛であろう。ところで前記「十種」の中には羊はあるが、牛はない。「十種一組」の中の四「乳絞り」の人形が牝牛と娘を描いている可能性はあるが、あるいは平野は羊と牛を混同していたのかもしれない。この人形は「カロウワ（牛）」に対応しているといえるが、白秋がこのロシア語に「牝牛」ではなく単に「牛」という訳を付けているのは、白秋がこれを牡牛と間違えていたからか、牛の雄雌の違いに頓着していなかったからかもしれない。白秋が「お角が緑で」と角にこだわっていることもそのことを暗示している。

四 「ロシア人形の歌」に挿入されたロシア語について

次にこれらの歌詞に挿入されたロシア語をひとつずつ原語に復元してみたい。原語には参考のためアクセント記号を付しておく。

一曲目の表題の「ウェドロ（水桶）」はロシア語の ведрó をカナ書きにしたものである。天秤に二つ水桶を下げて井戸や泉に朝水汲みに行くのはロシア農村の女性の重要な仕事であり、民謡にしばしば歌われている。

詩の末尾のスタラナリ／スタロンカ、スタラナ、ラドナーヤは、ロシア語に直せば Сторона́ ли сторо́нка, сторона́ родна́я であろう。註では「ここがわたしのふるさとか、そうだ、そうだよ、ふるさとよ」という訳が付けられているが、ロシアの叙情歌の歌いだしによく見られるフレーズで、直訳すれば単に「さとよ、ふるさとよ」ぐらいの意味で、日本語訳の「ここが」「わたしの」「そうだ、そうだよ」に相当する単語はロシア語のフレーズの中には見当たらない。

二曲目の表題「ヂェーウォチカ（娘さん）」は、白秋の初出とアルス版全集では「ジェーブシカ」（娘）となっている。ヂェーウォチカはロシア語の де́вочка のカナ書きであり、ジェーブシカは де́вушка のカナ書きである。この二つの語彙は同語根だが、示す年齢が違い、ヂェーウォチカは十歳以下の幼女を、ジェーブシカは十代後半の娘をさす。山本鼎の「ロシア人形」の**別図5**の右の人形はロシア語の呼称としては「ジェーブシカ」がふさわしいが、耕筰と白秋が歌詞の内容から、かわいい女の子をイメージするためにロシア語そのものを改変したものと思われる。あるいは後に述べる山田耕筰のソ連演奏旅行中に誰かのアドヴァイスで改変したことも考えられる。この曲の初出は一九三一年九月一日発行の『赤い鳥』二巻三号で五曲の中では最後に発表されているからである。ちなみに山田耕筰のソ連からの帰国は同年九月十七日である。

詩の中のロシア語「ヤァルマルカ」はロシア語の я́рмарка のカナ書き。註には「市場」とあるが、正確には「定期市」のことである。

次に「コロコル　コロコル」はロシア語では ко́локол, ко́локол と思われる。このロシア語は教会の鐘を意味する語で、註にあるような「りんりんと鈴の鳴るさま」をあらわす語ではない。この詩では羊の首につける鈴のことをこの語で表そう、としているようだが、羊の首につける鈴はコロコルと同語根の指小形 колоко́льчик で表すのが普通である。(5)

「ルゥチェンカ」はロシア語に直せば ру́ченька となると思われるが、このロシア語は「手」を意味する рука́ の指小形であり、「小川」の意味ではない。初出時からの誤植でなければ「川」река́ の指小形で「小川」を意味する

ре́ченька と「流れ」を意味する руче́й の混同から生まれた語形と思われる。

三曲目の表題「ニャーニュシカ（乳母）」は白秋の初出ではカッコ内は（お乳母ちゃん）となっている。ニャーニュシカはロシア語の ня́нюшка のカナ書きで ня́ня の指小形なので、「乳母」よりも「お乳母ちゃん」の方が訳としては適当と思われる。

次に「レビョーンカァ」というカナ書きはロシア語の ребёнка に相当すると思われるが、この形は ребёнок の対格形もしくは生格形なので、この詩のように呼びかけに用いる語形としては不適当である。

「スカミェーカ」は скаме́йка であろう。註にあるとおり意味は「ベンチ」である。

「ミェーリニッツァ」は ме́льница だが、水車というよりは水車小屋で、直訳すればむしろ「粉挽き小屋」である。

次に第四曲目の表題「カロゥワ（牛）」である。この曲は後述するように、山田が予想もしなかった反応をロシアの聴衆に呼び起こすことになる。まず表題のカロゥワはロシア語の коро́ва だが、この語彙はロシア語では雌牛を意味している。北原白秋が作詞した際に、そのことを理解していたかどうかは不明だが、牧畜における機能的違いを反映して、ロシア語では коро́ва のほかに、非去勢牡牛の бык、去勢牡牛の вол、さらに子牛の телёнок が全く異なる語根の語彙として区別される（英語の cow, bull, ox, calf を参照）。ここで「カロゥワ」という語彙を選択したことによって、この語はロシア人にとっては単なる「牛」ではなく豊満な女性のメタフォアとして立ち現われてくることになったのである。

次に合いの手のように繰り返される「タァク、タァク　ハラシォ」である。これはロシア語の Так, так хорошо́ のカナ書きと思われるが、註にある「そうだ、そうだ、まったくだ」はむしろ誤訳というべきで、ロシア語としては「とてもすてきだ、とてもいい」という意味にしかならないと思われる。

最後の五曲目の表題「ロートカ（小舟）」はロシア語の ло́дка であろう。意味は「小舟」で問題はない。「サバアカ」は соба́ка だが、注にあるような「子」犬ではなく、「犬」を意味する普通の名詞である。実物の「ロシア人形」では実際に小舟に子犬が乗っている。「子犬」ならばチェーホフの「子犬を連れた奥さん」Дама с собачкой に用いられている指小形 собачка あるいは собачонка が用いられるべきところだろう。「ヴォルガ」は固有名詞で Во́лга である。なお山田の作曲では「ヴォルガをのぼり／ヴォルガをくだり」の歌詞に「ヴォルガの舟唄」の旋律を用いている。「シャープカ」は ша́пка。「つばなし帽」の意味である。しかし山本鼎の「ロシア人形」では男性のかぶっている帽子は цилиндр と呼ばれるつばあり帽である。「メドレノ」はおそらく ме́дленно だが、「ゆっくりと」という意味の副詞であり、註にあるような「ゆらゆらゆれている」という意味はない。詩の初出のアルス版『白秋全集』月報2では最後のメドレノは「メドリット」となっている。

以上検討してくると、ロシア語のカナ書きはおおむね正しいものの、若干の表記上あるいは語形上の誤りがあることがわかる。また訳注にはかなりの誤りがある。しかし長音などによってロシア語の強アクセント音節を表記する仕方には殆ど誤りがない。たとえばカロゥワではゥによって語中のアクセントが示されているし、ラドナーヤ、ヂェーウォチカ、ニャーニュシカ、レビョーンカア、スカミェーカ、ミェーリニッツァ、ロートカ、シャープカにおける長音は語のアクセントの位置を正確に再現している。またアクセントのない母音字〔o〕を /a/ あるいは /ə/ で発音するいわゆるアーカニエは、ス〔タ〕ラナ、〔ラ〕ドナーヤ、〔カ〕ロゥワ、〔ハラ〕シォ、〔サ〕バァカなど正確に再現されている。これはある程度ロシア語に耳が慣れている者がこのカナ書き表記を行ったことを予想させるが、実際にはロシアを体験していない北原白秋がこのカナ書きを行えたとは考えにくい(6)。おそらく半年ロシアに滞在した山本鼎のアドヴァイスによるものであろう。北原白秋は一九二一年以降山田耕筰との共同作業で多くの歌曲に素材を与えているが、この詩が山田耕筰の作曲を念頭に入れて書かれたとは考えにくい。あくまでも北原白秋と山本鼎との交流の中で生まれた詩に、後に山田耕筰が曲を付けたものであろう。従ってこの詩のロシア語部分に山田が関わっているとも考えにくいのである。

山田耕筰は一九一〇年にシベリア鉄道によってベルリンに留学、一九一三年にそこからの帰途、モスクワに滞在し、スタニスラフスキーの演出によるハムレットなどを観劇、スクリャービンのピアノ曲を初めて聞き、強い印象を受けている。その後シベリア鉄道によって一九一四年に帰国した山田耕筰はプラクチカルなロシア語の経験を山本鼎程度は持ったと思われるが、それ以上のものではおそらくなかった(7)。

ただし『赤い鳥』の初出の楽譜におけるこのカナ書きのロシア語の処理は、カナ書きの日本語表記に準拠しているが、全曲初出の一九五一年の春秋社版では、編集部の「楽譜面ではロシア語の発音を出来るだけ正しく明確に示すために右の片仮名つづりを改めたところがありますから御承知ください」という注記があり、子音だけの音には音符を当てはめないなど、ロシア語により忠実な譜割りに改訂している。しかしこの改訂が誰のイニシャチヴあるいはアドヴァイスで行われたかは不明である。

五 山田耕筰と「ロシア人形の歌」

山田耕筰がどのような経緯で北原白秋の「露西亜人形の歌」に作曲することになったのかは詳らかではない。しかし確かなのは山田の「ロシア人形の歌」は一九三一年七月から九月にかけて山田耕筰がソ連に演奏旅行に行った際に演奏会のレパートリイとして持っていった曲であった、ということである(8)。山田耕筰がこの曲をバリトンあるいはバス用の曲として書いたのは、当時パリに在住しロシアものをレパートリイとしていたバス歌手牧嗣人(9)を念頭に入れていたからと思われる。実際に牧は山田のソ連演奏旅行に同行してこの歌曲集をロシアの聴衆に披露した。そしてこの時通訳として演奏旅行に同行したのが、当時レニングラードに留学中の野崎韶夫であった(10)。牧が野崎の友人であったために牧が野崎に推薦したらしい。この時のエピソードを野崎は芹川嘉久子のインタビューに答える形で次のように述べている。

芹川　山田耕筰さんがソビエトに演奏旅行をされた時、先生はずっとご一緒なさったと伺ってますが……。

野崎　それはね、こういうわけなんですよ。一九三一年の春に、山田耕筰先生は自作のオペラ『あやめ』を上演するため、パリへ行かれた。ところがそれが取り止めになって、ソビエトで指揮をしてから帰国されることになったんだな。こっちのほうは、最初から予定していたとおりにね。ちょうどその頃、バリトンの牧嗣人がパリで勉強していた。牧は、日本では外山国彦氏の教えを受けていたんだが、低音歌手はロシアにかぎるというので、最初ハルビンにやって来て……。

芹川　ああ、ちょうど先生がトーロポワ幼稚園のパンシオンでロシア語学習中の時期だったとか……。先生と牧さんとは、すでにそこでお知り合いになって……。

野崎　そう。その後、彼はパリに行って、もっぱらロシア系の先生について勉強してたんですね。山田先生のソビエト演奏旅行は、だから牧にとっては千載一遇の好機だったわけ。レニングラードには野崎という友達がいるから、それに通訳兼マネージャーをやらせればいい、なんて、先生を口説いたらしい。先生のほうも、『ロシア人形の歌』を作曲してもってきた手前、それを演奏会で発表するには、牧のようにロシア語の出来る歌手がいれば、なおさら都合がよかったわけですね。〔野崎　一九八二：三八〕

ここでの野崎の話に注釈を加えれば、野崎韶夫は一九二七年にハルビンに渡り、翌一九二八年にレニングラードに留学している。一九三二年に帰国しているので、一九三三年の二回目の山田耕筰の訪ソには同行していない。『ロシア人形の歌』の作曲時期だが、後藤暢子はパリ滞在中の作曲と思われるとしている。既に述べたように曲譜の初出は演奏旅行前から演奏旅行中にかけての時期、『赤い鳥』の一九三一年の五–九月号においてである。牧嗣人には著書『エッフェル塔の下に』（一九四一）があるが、そこでは山田耕筰と共にソ連を訪れたことにも、野崎韶夫との交友についても触れられていない。なお後に日本コロムビアで録音された「ロシア人形の歌」のSPレコードでは吹き込んでいるのは牧ではなく伊藤久雄である（復刻がCD『山田耕筰の遺産4』に収録されている）。さて次に野崎は「ロシア人形の歌」がソ連の聴衆に与えた印象について証言している。

芹川　歌詞がロシア語なんですか、その『ロシア人形の歌』というのは？
野崎　いやあ、これには面白い話があってね……。『ロシア人形の歌』の歌詞は北原白秋の作品なんですよ。白秋の義弟に山本鼎という画家がいるんだが、その人が革命前に、ロシアへ農民美術の研究に行っていた。そして日本へ、ロシアの人形や玩具をたくさん持ち帰ってね、それをお土産として白秋にあげて、いろいろロシア語をまじえながら説明したらしい。すると白秋は、山本鼎から聞いたロシア語を、日本語とチャンポンにして、『ロシア人形の歌』を作ったわけです。その歌は五番まであるんだけれど、例えばこんなふうに……、〔中略〕まあ、こういった可愛い、ほほえましい歌なんだが、問題は四番目のカローワ（雌牛）なんです。

カローワ　カローワ　誰かに似てる
ターク　ターク　ハラショー
お角がみどりで　　お顔が白で
ターク　ターク　ハラショー

これを歌い出すと、満場どっと爆笑。というのは、つまり、カローワなんて言葉は詩や歌には使わないでしょ。白秋にしてみれば「牛よ、牛よ」というつもりなんだけど、ロシア人にとっては肉づきのいい、肥った女の意味がありますからね。それが、次の「誰かに似てる」というところは日本語だから、聴衆には分からなくて、「ターク　ターク　ハラショー」とね、エクスタシーをもって歌いあげられるから、いよいよあのことを想像しちゃうわけ（笑）。女の人たちはもう下を向いたまま、顔をあげることができない。男性はやけくそになって、ワーッと手をたたくって騒ぎなんだなあ。
芹川　おかしいけど、言葉ってそうなんですねえ。それぞれの国の生活や風習を知らないと、的確な意味がつかめない。まして、言葉のもつイメージとなると……。

野崎　フィルハーモニーの解説者のソレルチンスキーがすぐにぼくを呼んで、「ノザキ、あの歌はやめてくれ」って言うんだ。山田先生も「白秋は知らなかったんだろうな」と言ってました。結局「ターク　ターク　ハラショー」の調子を変えてコミカルにしたけど、どこでも哄笑はついてまわりましたねえ。

［野崎　一九八二：三八－四二］

ここでも若干注釈を加えておく。ここで野崎が証言しているのは、山田の訪ソにおける最初の演奏会となった七月十七日のレニングラード・フィルハーモニーでの『ロシア人形の歌』の初演のことと思われる。歌ったのは繰返しになるが同行したバス歌手牧嗣人。音楽学者ソレルチンスキーは当時レニングラード・フィルハーモニーの解説者だった。

六　「露西亜人形の歌」のその後

山田耕筰は一九三一年の訪ソについてはかなりの文章を書いているが（［山田　二〇〇一］参照）、ここに紹介したような、「ロシア人形の歌」へのロシアの聴衆の反応については筆者の知る限りどこにも記していない。しかしこの反応が後の「カロゥワ」のささやかな改訂に結びついている可能性を示して本稿を終えることにする。

既に記したように、耕作の「ロシア人形の歌」の初出は『赤い鳥』の一九三一年の五－九月号だが、その出版時を考えると、訪ソの前に書かれたものを掲載したものと考えるのが自然だろう。この初出の楽譜とその後二十年を経て全曲初出の一九五一年の春秋社版の歌曲集に掲載された楽譜は速度指示その他においてかなりの異同がある。またロシア語のカナ書きを曲に合わせる場合の譜割りが、初出ではカナ書きを単純に音符に載せただけなのに対して、一九五一年の春秋社版の楽譜では、ロシア語に忠実な譜割りにできるだけ直している。

しかし改訂が最も目立つのは「カロゥワ」である。まず「カロゥワ」のこの初出版には、曲の最後に「笑う」という指定がない。しかし一九五一年の全曲初出の春秋社版では曲の最後に「笑う」という指定が付いているのである。これは野崎の証言にあるように、ソ連演奏中での「カロゥワ」に対するロシア人聴衆の予期しない反応を受けて「結局「ターク　ターク　ハラショー」の調子を変えてコミカルにした」という解釈の変化と結びついている可能性が大きい。この春秋社版の楽譜が出版された直後の一九五二年に伊藤久雄がＳＰレコードにこの曲を吹き込んだ際にはこの曲の最後で笑い声を入れているが、その時に山田耕筰自身から次のように解説された、と語っている。
「あの詩は白痴の青年がやさしい目の牛を見て好きな娘を思い出すというもので、その若者が恋人と牛を混同してしまって妖しい行動をしようとする場面を音楽で表現したのだから、終りに間の抜けた高笑いをするのだと、山田先生が注文されたのでね」[森　一九九六：五]

この山田の解釈が、彼のソ連演奏旅行後に生まれたことは明らかであろう。農民美術研究所の財政を立て直すために作られた「ロシア人形」は、白秋の「露西亜人形の歌」を生み、山田耕筰の歌曲集「ロシア人形の歌」を生み出した。このように三人の同世代の芸術家[11]がその成立に関わった「ロシア人形の歌」は「ロシア人形」の故郷であるロシアの聴衆の前で歌われ、予期しない反応を受けた。そして山田のその体験は、その後のこの歌曲の自らの解釈にも影を落としたのであった。

【註】

（1）ロシアにかかわりのある山田耕筰の歌曲ということで言えば、山田耕筰の作曲した歌曲の中にプーシキンの詩に作曲されたものがあることはあまり知られていない。これは一九一四年に小山内薫が自由劇場第八回公演のためにアンドレーエフの戯曲『星の世界へ』К звездам（一九〇六）を取り上げた際、小山内の友人であった山田耕筰がその劇音楽を担当したことによって生まれたものである。この上演のために山田は劇中で登場人物の一人マルーシャによって歌われる歌として「マルーシャの歌」を作曲したが、これは原作では当時革命歌として知られていたプーシキン作詩の「囚われ人」Узник（一八二二）を挿入したものであった。小山内は『星の世界へ』を独訳から重訳したために、山田の作曲もその重訳の詩によっている。この歌曲についてはまた稿を改めたい。いずれにしてもこの曲は日本最初のまたあるいは唯一のプーシキン歌曲である。

（2）　ロシア語のクークラ кукла は、人形劇の人形や着せ替え人形などに用いる語で、後述するドゥイムコヴォの彩色粘土人形は дымковская игрушка と呼ばれている。ここでの игрушка はむしろ「玩具」の意味である。

（3）　山本鼎のロシア体験については既に遠藤三重子氏が『ロシアの農民芸術　テニシェワと山本鼎』（東洋書店　二〇〇七）において詳細に跡づけているのでそちらにゆずりたい。ただし本書では彼の「ロシア人形」については触れられていない。

（4）　ドゥイムコヴォの彩色粘土人形については［長谷川　一九六四：二二一－二二四、一〇六－一〇七］［Дайн 1987: 46-56］［Купцов 1983: 91-106］参照。

（5）　日本語では鐘と鈴は語彙的に区別されるが、英語では同一の語彙 bell が「鐘」も「鈴」も表現する。ロシア語ではここに述べたように同語根の本源形と指小形が「鐘」と「鈴」に用いられる。ポーの“The Bells”は誕生や結婚、死を告げる教会の「鐘」と橇の「鈴」を描いているが、バーリモントによるロシア語訳は«Колокольчики и колокола»である。

日本で「鐘の音は単調に鳴る」という題名で知られているロシア民謡は、ドン・コサック合唱団のような亡命ロシア人のロシア民謡ＳＰレコードに“Monotonously rings the bell”という英語題名で表記されていたためこのように訳されて日本に紹介されたが、ロシア語の原題は«Однозвучно гремит колокольчик»で、実際は「鈴の音は単調に鳴る」である。重訳によって生まれた誤訳といえよう（［伊東　二〇一四］参照）。

（6）　北原白秋のロシア体験といえるものは、一九二五年の北海道・樺太旅行（この旅行に取材した童謡「イワンのお家」を書いている）と一九二九年の満蒙旅行しかなく、ロシア本国を訪れたことはない。

（7）　この体験については彼の前半生の自伝『若き日の狂詩曲』（一九五一）に詳しい。

（8）　この一九三一年の山田耕筰のソ連演奏旅行については［湯川　一九八九］参照。山田はレニングラード、モスクワ、バクー、トビリシの四都市で演奏会を開いた。

（9）　牧嗣人［一九〇三－一九八七］はバス歌手。関西学院中退後、外山国彦に師事、その後、国立音楽学校に学び、ハルビンでロシア語を、声楽をブロツニツカヤに学び、その後パリに渡りロシア・ポーランド系のソプラノ歌手ポリーヌ・ドナルダの経営していたドナルダ音楽院でシュシリンに学んだ［森　一九九六］。ロシア歌曲、ロシア・オペラを主なレパートリイとしていた。

（10）　野崎韶夫［一九〇六－一九九五］は後に早稲田大学文学部露文科の教授となる。専門はロシア・ソヴィエト演劇とロシア・バレエであり、音楽にも造詣が深かった。私事に渡るが野崎先生は筆者が早稲田大学文学研究科博士課程に在学中の指導教授であった。以下のエピソードは私自身も口頭で伺ったことがある。野崎が山田耕筰と共に撮った写真は［湯川　一九八九］［野崎　一九八二］

で見ることができる。

（11）　山本鼎は一八八二年、北原白秋は一八八五年、山田耕筰は一八八六年に生まれている。

［参考文献］

Дайн Г. 1987 *Русские игрушки из коллекции Художественно-педагогического музея игрушки АПН СССР, г. Загорск.* Москва
遠藤三重子　二〇〇七『ロシアの農民美術　テニシェワ夫人と山本鼎』東洋書店
長谷川七郎　一九六四『形と文様　ロシアの民芸』光村推古書院
平野勝重　一九六六「農民美術運動論」『山本鼎研究資料』山本鼎研究会
伊東一郎　二〇一四「讃美歌になったロシア民謡――「鐘の音は単調に鳴る」」『なろうど』第六八号
片上伸　一九一九『ロシヤの現実』至文堂
北原白秋　一九三〇『白秋全集　第一一巻　童謡集　三』アルス
――　一九八七『白秋全集　第二八巻　童謡集　四』岩波書店
Купцов И. 1983 *Родина жар-птицы.* Москва
牧嗣人　一九四一『エッフェル塔の下に』愛亜書房
森一也　一九九六「「歌曲編Ⅳ」について」『山田耕筰の遺産　四　歌曲編　Ⅳ』（日本楽劇協会監修）（SPレコード復刻CD）日本コロムビア
野崎韶夫　一九八二「レニングラードの演劇留学生」野崎韶夫・内村剛介・江川卓他『露西亜学事始』日本エディタースクール出版部（初出は『現代ロシア語』一九七九年四・五・六月号）
五十殿利治　一九七九「山本鼎と「ダイヤのジャック」展」『えうゐ』第七号
小野忠重　一九七五「山本鼎のころ（絵の中の日本とロシアⅢ）」『窓』第一二号
東御市梅野記念絵画館・ふれあい館　二〇〇七『忘れてはいけない人がいる　私たちの山本鼎展』（展覧会図録）私たちの山本鼎展実行委員会
山田耕筰　一九五一『世界音樂全集《聲樂篇》　山田耕筰集　Ⅰ　独唱曲集』春秋社
――　一九九二『山田耕筰作品全集　八　独唱曲　四』（後藤暢子編・校訂）春秋社
――　一九九九（一九五一）『自伝　若き日の狂詩曲』日本図書センター
――　二〇〇一『山田耕筰著作全集　第一巻・第二巻・第三巻』岩波書店
山本鼎　一九七一『山本鼎の手紙』（山越脩蔵編）上田市教育委員会

湯川晃　一九八八a　「山田耕筰とロシア（一）」『チャイカ』第七号
――　一九八八b　「山田耕筰とロシア（二）」『チャイカ』第八号
――　一九八八c　「山田耕筰とロシア（三）」『チャイカ』第九号
――　一九八八d　「山田耕筰とロシア（四）」『チャイカ』第一〇号
――　一九八九　「山田耕筰とロシア（五）」『チャイカ』第一一号

付録　「ロシア人形の歌」関連年表

一八八二　山本鼎〔詩人山本太郎の父〕生
一八八四　片上伸生
一八八五　北原白秋生
一八八六　山田耕筰生
一九〇八　北原白秋、山本鼎ら「パンの会」結成
一九〇九　山本鼎、北原白秋詩集『邪宗門』に版画寄せる
一九一〇　山田耕筰、シベリア鉄道にてロシアを経由してベルリンに向かう↓ベルリンで小山内薫と知り合う
一九一四　山田耕筰、シベリア鉄道により、ロシアを経由してベルリンから帰国、モスクワでモスクワ芸術座「ハムレット」を観劇、スタニスラフスキーの演出に傾倒、スクリャービンの「詩曲」を聞く
山田耕筰、劇付随音楽「星の世界へ」（作L・N・アンドレーエフ、自由劇場第八回公演、挿入歌としてプーシキン詩「囚人」「マルーシャの歌」）
トルストイ『復活』の脚色上演の際の挿入歌、中山晋平作曲・島村抱月、相馬御風作詞「カチューシャの唄」流行
一九一五　片上伸、東京からペトログラード、モスクワへ
一九一六　山本鼎、七月中旬、ペトログラードに到着　（フィンランドのトルニオ経由）、エルミタージュ見学　平田和夫総領事館に寄寓、片上伸と知り合い、ヤースナヤ・ポリャーナ訪問　総領事とともにツァリーツィノの別荘へ、一カ月あまり過ごす「サーニャ」「ロシアの子供」「モスクワの夏」「モスクワの秋」「廃れたるダーチャ」などの素材となる　モスクワではトレチャコフ、ルミャンツェフ美術館、アレクサンドル三世美術館　シチューキン・コレクション、「ダイヤのジャック」展　ヤースナヤ・ポリャーナでの農夫たちのロシア民謡、児童絵画、農村工芸陳列館 Кустарный музей の農民美術に感銘を受ける、十二月、シベリア鉄道にて日本帰国

一九一七　山本鼎、北原白秋の妹家子と結婚
ロシア革命
この頃の山田耕筰作曲のピアノ小品にスクリャービンの影響が指摘される（この年にピアノ曲「スクリアビンに捧ぐる曲」〔1、夜の詩曲、2、忘れ難きモスコーの夜〕）
一九一八　片上伸、ソ連から帰国
北原白秋、鈴木三重吉創刊の「赤い鳥」に童謡を発表し始める
山本鼎、同誌で自由画を指導
一九一九　片上伸『ロシアの現実』（山本鼎装丁）
一九二〇　片上伸、早大文学部に露文科創設
昇曙夢『ろしあ民謡集』
一九二一　これ以降山田耕筰と北原白秋の交流、多くの歌曲が生まれる
北原白秋、片上伸、山本鼎「芸術自由教育」創刊
一九二二　北原白秋、山田耕筰「詩と音楽」創刊
一九二三　山本鼎、長野県大屋に日本農民美術研究所建設、祝賀会に北原白秋出席
山田耕筰作曲・北原白秋作詩「ペィチカ」
一九二四　片上伸、早大露文科を辞職
一九二五　日露交歓交響楽大演奏会、山田耕筰指揮（国内十二主要都市）
北原白秋、北海道・樺太旅行（童謡「イワンのお家」）
一九二八　片上伸死去
北原白秋、北方紀行集『フレップ・トリップ』
一九二九　北原白秋、満鉄の招きで満蒙旅行
山本鼎、ロシア人形を製作（ロシア農民が創作した風俗人形の図録を立体に複製しようと、吉田白嶺、村山桂次に粘土で作らせる、水汲み女、貴婦人、乳搾り、羊、熊さん、鳩、羊と子供、村の娘の十種一組で九円、命名は北原白秋）↓北原白秋「露西亜人形の唄」（「ウエドロ（水桶）」、「ジェーブシカ（娘）」、「ニャーニュシュカ（お乳母ちゃん）」、「ロートカ（小舟）」、「カロウワ（牛）」〔「山本鼎君製作の露西亜人形の為に贈ったものである」との白秋の自注〕）
一九三〇　山田耕筰作曲「露西亜人形の唄」
一九三一　山田耕筰、バス歌手牧嗣人と共にソ連（レニングラード、バクー、チフリス〔トビリシ〕、モスクワ）で演奏旅行（野崎韶

夫同行）
一九三三　山田耕筰、二度目の訪ソ
一九三六　シャリャーピン来日
一九四二　北原白秋『満州地図』、同死去、山本鼎葬儀委員長をつとめる
一九四六　山本鼎死去
一九五二　山田耕筰作曲・多田二十一作詩「ペィチカの夜」
一九六五　山田耕筰死去

ロシアの中のドイツ

第十一章　ベートーヴェンとロシア

ベートーヴェンの作品の中に、一八〇六年に作曲され「ラズモフスキー」の名で有名な三つの弦楽四重奏曲（作品五九）がある。この作品には、作曲依頼者であったラズモフスキーの為に、二つのロシアの旋律が使われている。この旋律を、ベートーヴェンがどのような資料から知ったかということに関しては、はっきりした記録は残っていない。しかし現在までのベートーヴェン研究家の研究によれば、この二つの旋律がともに、一七九〇年にペテルブルグで出版されたリヴォフ・プラーチの民謡集《Собрание народных русских песен с их голосами》からとられたことは間違いないとされている。この民謡集はN・リヴォフとチェコ出身の音楽家であったI・プラーチとが協力して編纂したもので、楽譜が付けられて公刊された民謡集としては、一七七六年に出版されたトルトフスキーの民謡集に次ぐものである。この民謡集は当時、特にその和声付けにおいて多くの批判を受けたが、広く人口に膾炙し、四版を重ねた。一九五五年にはモスクワの国立音楽出版所から復刻されている。

さてベートーヴェンは、このリヴォフ・プラーチの民謡集をどのような経路で知ったのだろうか。最も有力なのは、この四重奏曲の作曲依頼者であったラズモフスキー伯を通して、という説である。このラズモフスキー伯（アンドレイ・キリーロヴィッチ、一七五二－一八三六）は、女帝エリザヴェータの寵臣だったアレクセイ・ラズモフスキーの甥にあたり、ロシア公使としてヴェネチア、ナポリ、コペンハーゲン、ストックホルムを歴任した後、一七九二年から一八〇七年までウィーンに大使として駐在していた。一八一四年のウィーン会議には、ロシア側の代表として参加し、この時の功績で翌年に公爵の位を与えられている。ラズモフスキーは熱心な音楽愛好家で、大使を辞任した後もウィーンにとどまり、自身の弦楽四重奏団を組織し、自ら第二ヴァイオリンを弾いていた。ウィーンでは、ベートーヴェン以外にも、ハイドンやモーツァルトと交際があったという。このようなラズモフスキー伯が、このリヴォフ・プラーチの民謡集を手に入れていたと考えることは無理ではなかろう。

さてこの四重奏曲に使われているロシア民謡の旋律は、前に述べたように二つある。まず第十四重奏曲の第三楽章に「ロシアの主題」としてあらわれる旋律がある。この旋律は、プラーチの民謡集では「延べ歌」песни протяжные の項に分類されている「おお、わが重きさだめよ」«Ах талан ли мой, талан такой» によるもので、プラーチの民謡集では、モルト・アンダンテの速度指示があるが（譜例3）、ベートーヴェンはこの旋律にアレグロの速度指示を与えている。この曲の歌詞は一七七三年にペテルブルグで出版されたM・チュルコーフの民謡集にも収められていて、古くから知られた民謡だったらしい。

次に第二十四重奏曲のスケルツォのトリオにもう一つのロシアの旋律があらわれる。この旋律はプラーチの民謡集では「クリスマス週間の歌」песни святошные の項に分類されている「天にましますの神に栄えあれ」«Уж как слава тебе, Боже на небеси, слава» によっている。プラーチの民謡集では、アンダンテの速度指示があるが（譜例4）、ベートーヴェンはこの旋律をアレグレットとして使っている。またこの旋律はムソルグスキーのオペラ「ボリス・ゴドゥノフ」のプロローグの戴冠式の場面にも使われ、合唱によって歌われていることでも有名である。

さてこの四重奏曲は、その中にロシア民謡を使った西欧音楽としては、おそらく最初のものであったろうと思われるが、当のロシアではどのように迎えられたろうか。W・レンツによれば、この作品は一八一二年にモスクワのソルティコフ伯の音楽会で初めて試奏されたが、チェロ奏者がチェロのパート譜をとりあげてそれを足で踏みつけ、

N.o 5.
Molto Andante.
Ахъ та ланъ ли мой таланъ та-
ковъ И ли участь мо я
горь_ка _ я

譜例 3

N.o 1.
Andante.
Ужъ какъ слава Тебѣ Боже на небѣ-
си сла _ _ ва.

譜例 4

つまらない冗談だと公言したという。概してこの作品は、ロシアだけでなく、当時のヨーロッパの楽壇においても冷たく迎えられたと言われている。

ベートーヴェンの作品に素材として用いられたロシア民謡はこれだけではない。ベートーヴェンは膨大な量の民謡編曲を残しているが、その中に三曲のロシア民謡と一曲のウクライナ民謡が含まれていることは、あまり知られていない。というのもこの四曲の民謡編曲は、一九四一年にライプツィヒのブライトコップフ社から „Neues Volksliederheft" という標題のもとに、他の諸国の十九曲の民謡編曲と共に出版されるまでは、作曲されてから、一世紀以上も未刊のままだったからである。これらの民謡編曲は、一八一五年から一八年にかけてなされたもので、いずれもピアノとヴァイオリンとチェロの伴奏が付けられている。さてこの四曲のうち三曲のロシア民謡は、前述したリヴォフ・プラーチの民謡集からとられている。すなわちプラーチの民謡集では「踊り歌」песни плясовые の項に分類されている「森にたくさん蚊がわいた」«Во лесочке комарочков много уродилось»、「延べ歌」の項に分類されていて、M・チュルコーフの民謡集にもその歌詞が収められている「おお小川よ、小川」«Ах реченьки, реченьки»、「踊り歌」の項に分類されている「娘たちはでかけた」«Как пошли наши подружки» の三曲である。この三曲はいずれもロシア語の原詩によって編曲されているが、残るウクライナ民謡「コサックはドナウの彼方へ馬で行った」«Їхав козак за Дунай» だけはドイツ語の歌詞によっている。このウクライナ民謡は、リヴォフ・プラーチの民謡集では、一八〇六年の第二版に、増補されて加えられているものだが、最初に述べたラズモフスキー四重奏曲の作曲時期から考えて、ベートーヴェンの知っていたプラーチの民謡集は、一七九〇年にでた初版であったと考えられる。原則として原語の歌詞によってこれらの編曲がなされていることと、W・レンツによれば、このウクライナ民謡は、プラーチの民謡集がでる前から「美しいミンカ」„Schöne Minka" としてドイツに知られていたという事実を考えあわせると、この曲は当時ロシアの民謡としてドイツに流布していた旋律と歌詞によってベートーヴェンが編曲したものと思われる。ただしこのウクライナ民謡がどのようにしてドイツに知られるようになったのかは筆者には不明である。

さて以上のように、音楽の素材の上で、ベートーヴェンはロシアと浅からぬ因縁があったわけだが、実生活上ではどうだったろうか。彼の作品表を見てみると、その作品が献呈されたロシア人はラズモフスキーだけではないことがわかる。

その一人はアレクサンドル一世であり、ベートーヴェンは、彼が即位した翌年の一八〇二年に作品三〇のヴァイオリン・ソナタを献呈している。ベートーヴェンは当時アレクサンドル帝に会見したことはなかったが、おそらく即位した当初の自由主義的な姿勢に敬意を表したものと思われる。パーヴェル一世の暗黒政治はベートーヴェンの近辺にも、ラズモフスキーの大使からの解任という形で影をおとしており、アレクサンドル帝によってラズモフスキーは再び大使に任命されるのである。もっとも後に反動化したアレクサンドル帝に失望したのか、ベートーヴェンが帝に献呈した作品はこの一曲のみであった。またアレクサンドル一世の皇后エリザヴェータは一八一四年のウィーン会議の際に、ベートーヴェンの自作の演奏会を開いており、その演奏に感激して彼に大金を贈っている。翌一五年にベートーヴェンは同皇后の誕生日の夜会で、自作の「アデライデ」その他の歌曲の伴奏を弾いたが、これは彼の最後のピアノ伴奏出演となった。

さてもう一人はニコライ・B・ゴリーツィン公（一七九四－一八六六）である。彼はチェリストとして知られた音楽家だったが、特に当時のロシアにおけるベートーヴェンの熱烈な信奉者の一人として有名である。彼は直接ベートーヴェンと手紙を交わしてもいる。ゴリーツィン公に献呈された「献堂式」序曲（一八二五）と弦楽四重奏曲の第十二番、第十三番、第十五番（一八二六）は、いずれも彼の依頼によって書かれた。ゴリーツィン公の尽力で、ベートーヴェンの晩年の大作「ミサ・ソレムニス」は一八二四年にペテルブルグで初演されている。

最後に、ロシアにおけるベートーヴェン受容に関してウラディーミル・F・オドエフスキーについて触れておこう。オドエフスキーは作家としてだけでなく、最初の音楽批評家としてロシア音楽史の中で高い評価を受けているが特にバッハとベートーヴェンの音楽の紹介者として知られている。一八三六年のベートーヴェンの第九交響曲のペテルブルグ初演の為にオドエフスキーはジュコフスキーと共にシラーの「歓喜の歌」を露訳している。また作家としても音楽小説の分野にすぐれた作品を残している。特に晩年のベートーヴェンを描いた短編『ベートーヴェンの最後の四重奏曲』は一八三一年に雑誌「北方の花」に掲載されて、プーシキン、ゴーゴリ、ベリンスキー等の賞賛を受け、ロシアにおけるベートーヴェンの音楽の普及に少なからぬ役割をはたすとともに、プーシキンに『モーツアルトとサリエリ』を書く動機を与えたとも言われている。この作品は、ベートーヴェンを扱った文学作品としては、世界的に見ても、おそらく最初のものであろう。その後ベートーヴェンは、ロシアで最も人気のある作曲家の一人となり、逆にトルストイの反発をかってその芸術論の中で、耳が聞こえなくなってからのベートーヴェンの作品にはわけのわからぬ有害なものしかない、ときめつけられたりするが、こうして見てくるとロシアにおけるベートーヴェンの受容の根は意外に深いものであることを感じるのである。

【参考文献】

Бернандт, Гр.　1971　*В. Ф. Одоевский и Бетховен.* Москва.

【二〇一九年追記】

ベートーヴェンが参照したリヴォフとプラーチのロシア民謡集のファクシミリ版復刻はアメリカで一九八七年に出版されている。

第十二章　ただ憧れを知る者のみが

――ロシア歌曲におけるゲーテ

一

日本でチャイコフスキー（一八四〇－一八九三）といえば、交響曲やバレエ曲の作曲家として有名だが、彼は多くの歌曲も書いている。その数は百曲以上にものぼるが、その中でも欧米でもよく歌われてきたために日本でもよく知られている曲に「ただ憧れを知る者のみが」（作品六の六　一八六九）がある。これはゲーテ（一七四九－一八三二）の長編小説『ヴィルヘルム・マイスターの修行時代』（一七九五－九六）の中に挿入された「ミニヨンの歌」（ただ憧れを知る者のみが）„Nur wer die Sehnsucht kennt" のレフ・メイ（Лев Мей, 1822-1862）によるロシア語訳に作曲されたもので、チャイコフスキーの歌曲の中では初期の作品に属する。後述するようにゲーテの原詩にはシューベルトやヴォルフも作曲しているが、この詩による歌曲としてはむしろチャイコフスキーの曲のほうが有名である。メイの翻訳は雑誌『祖国の子』の一八五八年の二号に「ゲーテより」と題されて掲載されたものである。メイはロシアの抒情詩人だがむしろ訳詩によって知られた存在だった。古代ギリシア詩人やシラー、バイロン、ハイネ、ゲーテ、シェフチェンコなどのすぐれた訳詩によって知られている。またイワン雷帝時代に舞台と題材を求めた劇詩『皇帝の花嫁』（一八四九）と『プスコフの娘』（一八五〇）を書いているが、これはいずれもリムスキー

＝コルサコフによってオペラ化された。

ところでこの曲が欧米に流布したのは、そのいかにもチャイコフスキー的な甘美な旋律にのみよるのではない。チャイコフスキーの作曲がメイの訳詩によってなされたものでありながら、その訳詩が音節数と弱強格（Jambus）というリズム、脚韻の踏み方も含めてゲーテの原詩に忠実になされたものであったために、いつの頃からか、この曲がゲーテの原詩によっても歌える、ということが発見され、ドイツ・リートの歌手によってしばしばドイツ語で歌われてきたことにもよる。ただしチャイコフスキーの作曲はあくまでもロシア語詩になされたものであるから、フレージングその他の点でやはりロシア語の歌詞のほうが歌いやすいのは言うまでもない。ニコライ・ゲッダがブダペストで開いたゲーテ歌曲のリサイタルでは、このチャイコフスキーの曲をロシア語ヴァージョンとドイツ語ヴァージョンで続けて二回歌っている。

フィッシャー＝ディースカウの編纂した『ドイツ・リート歌詞集』（*Texte deutscher Lieder: Ein Handbuch.* München, 1968）を開くとこの同じミニヨンの歌による歌曲作曲者としてベートーヴェン（一八〇八）、ツェルター（一八一一）、シューベルト（一八二六）、シューマン（一八四一）、ヴォルフ（一八八八）とならんでチャイコフスキーの名が挙がっているが、実際にはこのゲーテの詩に作曲された歌曲は何百曲もあるといわれる。シューベルトなどは同じこの詩に五回も曲を付けたほどである。

さてゲーテの原詩は一七八五年六月の作で『ウィルヘルム・マイスターの修行時代』の四巻十一章に挿入されている。旅回りの劇団と行動を共にしているウィルヘルムは、追剥にあって負傷するが、見知らぬ女性の一行に救われ、その女性に対して不思議な憧憬に燃え立つ。その彼の気持ちを代弁するかのようにウィルヘルムの病床でミニヨンと竪琴ひきが二重唱でこの歌を歌いだすことになっている。このためシューベルトは独唱曲とは別にこの詩による二重唱曲も書いている。

ここでゲーテの原詩とメイのロシア語訳を比較してみよう。

ゲーテの原詩

ただ憧れを知る者のみが
私の悩みを知っている！
ただ一人
なべての喜びから離れて
私は見つめる
遥か彼方の大空を。
ああ、私を愛し、知る人は
遠い世界の果てに。
目はくらみ
胸は燃え上がる。
ただ憧れを知る者のみが
私の悩みを知っているのだ！

Nur wer die Sehnsucht kennt,
Weiß, was ich leide!
Allein und abgetrennt
Von aller Freude,
Seh ich ans Firmament
Nach jener Seite.
Ach! der mich liebt und kennt,
Ist in der Weite.
Es schwindelt mir, es brennt
Mein Eingeweide.
Nur wer die Sehnsucht kennt,
Weiß, was ich leide!

メイのロシア語訳

いや、ただこの逢瀬への
憧れを知っていた者だけが
どれほど私が苦しんだか
今もどんなに苦しんでいるかをわかってくれるだろう

Нет, только тот, Кто знал
Свиданья жажду,
Поймёт, как я страдал
И как я стражду.

私は遠くを見つめる……　力なく
瞳はくもる……
ああ、私を愛し
わかってくれた人は遠くに！

胸はいっぱいに燃え上がる……
私の逢瀬への憧れを知っていた者なら
どれほど私が苦しんだか
どんなに私が苦しんでいるかをわかってくれるだろう

Гляжу я вдаль... нет сил,
Тускнеет око...
Ах, кто меня любил
И знал — далёко!

Вся грудь горит... Кто знал
Свиданья жажду,
Поймёт, как я страдал
И как я стражду.

この原詩とメイによる訳詩を比較すると、メイは原詩の韻律を忠実に写していることがわかる。古典的なドイツ詩とロシア詩は共に音節数とアクセントの位置を規則的に配置する音節力点詩法によって作られているが、メイは原詩の三脚ヤンブス（Jambus, ямб　弱強格）というリズムを守り、原詩と同じく奇数行、偶数行で韻を踏む交差韻で訳している。しかし原詩では動詞の時制が現在形になっているのに対し、メイの訳詩では不完了体の過去形か完了体の未来が用いられている。このためゲーテの原詩は遠く離れた愛の対象をどちらかというと抽象的に歌っているのに対し、メイの訳詩は具体的に自分を愛し、知っていた人に対する思いを情熱的に歌う内容となっている。

ところでこのゲーテの原詩によるドイツ・リートはふつう女声によって歌われる。シューベルトの最も有名なイ短調の曲が一八二七年に出版社によって出版された際に、「ミニヨンの歌」と名づけて出版されたために、女性の歌というイメージが固定したためらしい。しかし一般的に「ミニヨン」の名で呼ばれる三つの歌（「君よ知るや南の国」「ただ憧れを知る者のみが」「聞かないで」）のうちミニヨンのみによって歌われるのは最初と最後の二つのみで、この「ただ憧れを知る者のみが」はミニヨンと竪琴ひきの二人が、ウィルヘルムのベッドの傍らで《変則的な二重唱曲》として歌うものである。しかし友人の声楽家白岩貢氏によれば、「ミニヨン」の名でまとめられる三つの歌に作曲されたドイツ・リートはすべて女声によって歌われるのが通例となっている。

ちなみに『ウィルヘルム・マイスターの修行時代』はチャイコフスキーの愛読書であったといわれる。しかしジルムンスキーの『ロシア文学におけるゲーテ』(*Гете в русской литературе*. Ленинград, 1981)によれば、この作品は部分訳が一八四〇年代から断片的に現われていたものの、その全訳がポレヴォイによって出版されるのはこの「ただ憧れを知る者のみが」作曲後の一八七〇年のことである。チャイコフスキーがこの小説の中でも特にミニヨンに感情移入していたらしいことは、この歌曲のほかに、チュッチェフの訳詩による「ミニヨンの歌」(「君よ知るや南の国」作品二五の三、一八七四)、ストルゴフシチコフの訳詩による「聞かないで」(作品五七の三、一八八四)の二曲の「ミニヨンの歌」を作曲し、結果としてミニヨンの歌全てに曲を付けていることからもうかがえる。チャイコフスキーが「ただ憧れを知る者のみが」の作曲以前に同じ歌詞のシューベルトやシューマンの曲を知っていたかどうかは明らかではないが、独唱曲としてこの曲を作曲した際に女声を念頭においていたことは、彼がこの歌曲をソプラノ歌手アリーナ・フヴォーストワに献呈していることから確かであろう。

ところでドイツ・リートの「ただ憧れを知る者のみが」がもっぱら女性によって歌われるのに対し、ロシアではチャイコフスキーの「ただ憧れを知る者のみが」は男性も女性も歌う。チャイコフスキー国際音楽コンクールの声楽部門ではチャイコフスキーの歌曲を歌うことが義務付けられているが、自由曲としてこの歌曲は男声と女声の双方によって歌われている。これはメイのロシア語訳が、ゲーテの韻律をそのままうつすことには成功したが、歌の主人公が文法的には男性になってしまったためである。ドイツ語の原詩はミニヨンと竪琴ひきによって歌われるが、文法的には詩の主人公は男性とも女性とも確定できない。しかしロシア語動詞の過去形は人称ではなく性で変化するために、「どれほど私が苦しんだか」という主人公の独白において、「苦しんだ」という男性過去形によって主人公の性別が示されてしまう。従ってこのロシア語訳はどちらかといえば、ウィルヘルムの気持ちに沿った訳ということができる。ただし主人公が訴えかける「ただ憧れを知る者」も、ロシア語の関係代名詞 кто が、実際には女性を含意していても、文法上その述語には男性単数形を要求するために、ロシア語訳では「私」と「憧れを知る者」の双方が男性となっている。このためこのメイの訳詩では主人公の性別は曖昧になり、この歌曲が男女双方によって歌われる結果となっているのである。

二

ところで同じく『ウィルヘルム・マイスターの修行時代』に挿入された歌としてしばしば作曲家に取り上げられてきたのは「竪琴弾きの歌」だが、これを素材に作曲されたロシア歌曲として私が思い出すのがムソルグスキー（一八三九－一八八一）の「老人の歌」である。これは三つある「竪琴弾きの歌」の中の最後の歌「私は戸口にそっと歩み寄り」„An die Türen will ich schleichen" のロシア語訳にムソルグスキーが一八六三年に作曲したものである。ムソルグスキーの歌曲としては初期のものに属し、簡潔・素朴な曲調に哲学的諦念を込めた佳曲といえよう。作曲家ツェーザリ・キュイあての手紙でムソルグスキーは「最近ゲーテの短い詩を見つけて気に入ったので曲を付けてみました。ゲーテの詩は『ウィルヘルム・マイスター』からのもののようで、乞食を歌ったものです。乞食なら私の音楽を心に恥じることなく歌うことができる、とそう思うのです」と書いている。社会の底辺に関心を持ち続けていたムソルグスキーらしい述懐だが、これを読む限り、彼以前に原詩に作曲したシューベルトやシューマンの歌曲をムソルグスキーが知っていた形跡はない（ムソルグスキーの後にはヴォルフが作曲している）。このロシア語訳はムソルグスキー自身によるものと考えられ、曲は「老人の歌」と題されているが、実はこの歌曲が一九一一年にベッセル商会の出版で出版された際には、ゲーテの原詩が楽譜に付けられていた。つまりムソルグスキーはおそらくゲーテの原詩を自分で訳してそれに作曲したのだが、その際にゲーテの韻律をメイのようにそのまま写したのである。ここでゲーテの原詩とムソルグスキーの訳詩とを比較してみよう。

ゲーテの原詩

戸口に私は歩み寄り
静かにつつましく立っていよう
情け深い手が食べ物を恵んでくれれば
私はさらに先へと歩いて行こう。
誰もが自分を幸せだと思うだろう
私の姿を目の前にしたならば
涙を一粒流すだろう
でも私には彼がなぜ泣くのかわからない

An die Türen will ich schleichen,
Still und sittsam will ich stehn,
Fromme Hand wird Nahrung reichen,
Und ich werde weitergehn.
Jeder wird sich glücklich scheinen,
Wenn mein Bild vor ihm erscheint,
Eine Träne wird er weinen,
Und ich weiß nicht, was er weint.

ムソルグスキーのロシア語訳

つつましく敷居の前に私は立ち
静かに戸口に私は入ってゆこう
誰かが私に喜捨してくれれば
再び私は先へと歩む
自分の目の前に哀れな
私の姿を見る人は幸せだ
彼は私を見て涙を流すだろう

Стану скромно у порога,
Тихо в двери я войду;
Кто подаст мне ради бога,
Снова далее я пойду.
Счастлив, кто перед собою
Узрит бедного меня;
Он поплачет надо мною,

だが私は彼がなぜ泣くのかわからない　А о чём не знаю я.

この二つを比較するとムソルグスキーがメイと同じように一行の音節数、脚韻の踏み方、四脚トロヘウスのリズム（Trochäus, хорей　強弱格）において正確にゲーテを踏襲していることがわかる。しかし内容的には上述のメイの翻訳より原詩を忠実に伝えているといえよう。

三

ところでロシアにおけるゲーテ歌曲として「ただ憧れを知る者のみが」と並んで有名なのは、同じムソルグスキーの「蚤の歌」（一八七九）であろう。これは劇詩『ファウスト』の挿入歌「アウエルバッハの酒蔵におけるメフィストフェレスの歌」のストルゴフシチコフА. Струговщиков（一八〇八－七八）のロシア語訳に作曲されたものである。訳者のストルゴフシチコフは特にゲーテの翻訳者として有名で、彼の『ファウスト』のロシア語訳（一八五六）は二十世紀初頭まで版を重ねている。ところで一九〇八年にこの曲がベッセル商会から再版された際には、若干の改変を加えたゲーテの原詩が歌詞として付け加えられていた。つまり訳者のストルゴフシチコフは翻訳の際に上述のメイのように内容だけでなく、韻律を写し取ることにも心を砕いていたのだ。

ちなみにこの詩のゲーテの原詩にはムソルグスキーが作曲する以前にベートーヴェンが一八〇九年に作曲していたのだが、どうやらムソルグスキーはそれを知らなかったらしい。しかしムソルグスキーの「蚤の歌」を広めたシャリャーピンは、ベートーヴェンの「蚤の歌」も（録音はしていないが）演奏会のレパートリイにしていた。またストラヴィンスキーはシャリャーピンのためにムソルグスキーの「蚤の歌」を一九一四年に管弦楽編曲しているが、これを意識したのか、ショスタコーヴィチも一九七五年にベートーヴェンの方の「蚤の歌」をバス歌手ネステレンコのために管弦楽編曲している。

チャイコフスキーとムソルグスキーは対照的な作曲家だが、ゲーテの詩の選択においても対照的である。チャイコフスキーはムソルグスキーとは異なりゲーテの風刺的作品には曲を付けなかったし、『ウィルヘルム・マイスターの修行時代』からは「竪琴弾きの歌」には一曲も作曲していない。逆にムソルグスキーは「ミニヨンの歌」には一曲も作曲しなかったのである。

四

ソ連時代は、ロシア歌曲といえばあたかもロシア語の歌曲しかない、というような先入観で研究と演奏がされていたが、現代では十九世紀から二十世紀初頭にかけてのロシア歌曲にはウクライナ語、ポーランド語、イタリア語、ドイツ語、フランス語などの詩に作曲された様々な作品があったことが知られるようになってきている。ロシア歌曲は実際には十分国際的なジャンルだったのだ。その中ではアントン・ルビンシテイン（一八二九－九四）とニコライ・メトネル（一八八〇－一九五一）といういずれもドイツ系の血を引いた作曲家が多くのドイツ語歌曲を書いている。

アントン・ルビンシテインは二百曲あまりの歌曲を書いているが、その半分はドイツ語の詩に作曲されたドイツ・リートで、その中には一八七一年から七二年にかけて作曲された「ミニヨンの詩とレクイエム」（作品九一）という歌曲も含まれている。しかしルビンシテインが愛好した詩人はむしろハイネだったらしい。作品三二の「ハイネによる六つの歌曲」は有名である。

ラフマニノフの同時代に彼と同じく作曲家兼ピアニストとして活躍したメトネルの歌曲もその半分はドイツ語の詩に作曲されたもので、好んで作曲した詩人はゲーテとアイヒェンドルフだった。メトネルはドイツ・ロマン派の伝統を受け継ぐ後期ロマン派の作曲家で、ピアニスティックな伴奏を伴った歌曲におけるテクストの取り扱いは、抒情的というよりは哲学的・分析的である。彼はゲーテの詩による歌曲集を三つも書いているが（作品六、作品一

五、作品一八)、その中には上述のミニヨンの歌(「ただ憧れを知る者のみが」)と竪琴弾きの歌(「私は戸口にそっと歩み寄り」)の二つのゲーテの原詩に作曲された作品が含まれている(作品一八の四、作品一五の二)。ロシアに生まれながら自分の音楽史的位置がドイツの音楽的伝統に連なることをメトネルが強く意識していたことは、その歌曲における強いゲーテ志向と関連を持っているかもしれない。

ロシアにおけるドイツ語歌曲は演奏面でも研究面でも盲点ともいうべき対象であり、フィッシャー=ディースカウの上述の『ドイツ・リート歌詞集』でもメトネルのゲーテあるいはアイヒェンドルフ歌曲は見逃されている。このように見てくると「ロシアにおけるゲーテ歌曲」は、「ロシアにおけるゲーテ受容」という比較文学のテーマに側面から光を当てる重要なテーマのように思われてくるのである。

第十三章　『ワーグナーとロシア』を読む

十八世紀はロシア文化が貪るように外国文化を摂取した時代である。それは音楽においても例外ではなかった。美術と音楽の範をイタリアに求めたこの時代のロシアではイタリア音楽が宮廷音楽として全盛を誇り、エカテリーナ女帝の時代に初めて登場するベレゾフスキーやボルトニャンスキーらのロシア人作曲家も、みなイタリアで作曲修業をし、ペテルブルグ＝ヴェネチア楽派と呼ばれるに至る。

このような状況に対して十九世紀に入ると音楽の生産と享受の場は、宮廷から都市の貴族階級のサロンへと移り、新しい国民音楽の登場に道を開く。そこでロシアの国民音楽が影響を受けたのは、イタリア音楽にかわってベートーヴェン、シューマンを初めとするドイツ・ロマン主義音楽であった。これが文学におけるドイツ・ロマン主義の影響と平行的な現象であったことは、バッハとベートーヴェンの崇拝者であったオドエフスキーの創作と音楽評論に明瞭に見てとることができる。ではロシアにおけるワーグナーの影響はどうだったか。

本書『ワーグナーとロシア』（Rosamund Bartlett. *Wagner and Russia.* Cambridge, 1995）は比較文化論的な視点からロシア文化に対するワーグナーの影響を論じたものであり、以下の三部からなっている。第一部「ワーグナーと十九世紀ロシア」、第二部「ワーグナーとロシア・モダニズム」、第三部「ワーグナーとソヴィエト・ロシア」。その扱う時期はワーグナーの同時代から一九九一年にまで及ぶ。その構成はワーグナーのロシアでの演奏史を一つの記述の軸に、文化史現象としてのロシア文化のワーグナー受容をもう一つの軸に置くオーソドックスなものである。このテーマで書かれたまとまった英語文献としてはおそらく最初のものと思われ、その意味での本書の意義は大きい。以下本書の構成にしたがってその内容を見ていくことにしよう。

時代的に本書は第一部で一八四一年から一八九〇年までを、第二部では一八九〇年－一九一七年までのいわゆる「銀の時代」を、第三部では一九一七年から一九九一年のソヴィエト時代を扱う、というこれもオーソドックスな時代区分を取っている。

第一部「ワーグナーと十九世紀ロシア」はロシアにおけるワーグナーの受容の過程を丹念に跡づけており筆者には教えられるところが多かった。ワーグナーとロシアとの関係については、一八三七年に彼がロシア領であったラトヴィアのリガで劇場の音楽監督に就任する、といった伝記的事実ぐらいしか知らなかった私だが、一八六三年のロシア演奏旅行についての詳細な記述は特に興味深く読んだ。というのも従来のワーグナーの評伝が、この演奏旅行が具体的にどのようなものであったか、ワーグナーの最初のロシア訪問が当時どのようにロシアで受け入れられたか、という点についてはほとんど触れていなかったからである。

ワーグナーがモスクワとペテルブルグでパリなどとは比較にならないほど熱狂的に受け入れられたことを本書によって筆者は知ったが、それは指揮者・作曲家としてのワーグナーの音楽の力もさることながら、一八六三年という農奴解放直後のロシアの政情の中で、ワーグナーという作曲家のイメージがまず「未来音楽」を標榜する過激な芸術家として政治的に作り上げられたせいもあったらしい。本書によればワーグナーはバクーニンと面識があったしゲルツェンとも書簡を交わしていた。このためワーグナーのロシア旅行には絶えず秘密警察が付きまとったという。常に芸術が政治的なプリズムを通して見られることになる十九世紀ロシアらしいエピソードではある。

この時の演奏会でワーグナーは指揮者として主にベートーヴェンの作品（交響曲五番など）や自作の管弦楽作品

を演奏したが、その中で当時まだ作曲中だった、『ニュルンベルクのマイスタージンガー』や『指輪』四部作などからの抜粋を披露していた。本書によれば「ワルキューレの騎行」を世界で最初に聞いたのはこの時のロシアの聴衆だということになる。

しかし一般聴衆の反応とは別に同時代のロシアの作曲家の反応はどうだったかと言えば、熱狂的な崇拝者となったセローフはむしろ例外的で（奇妙なことに彼のオペラにはワーグナーの影響は全く感じられない）、ダルゴムィジスキーは明らかにワーグナーに敵意を抱いていたし、ロシア国民楽派、いわゆる「五人組」がワーグナーにほとんど関心を示さなかったのは特徴的なことである。これはワーグナーを迎えたのが国民楽派の不倶戴天の敵ニコライ・ルビンシテインで、また彼がちょうどこの時期にペテルブルグとモスクワに音楽院を創立し、ドイツ流のアカデミズムをロシア音楽に持ち込んだことと関係があるようだ。

本書によるとこの訪問以前にはロシアではワーグナーの音楽はほとんど知られておらず、彼の音楽そのものの価値を最もはやく認めたのは、音楽家ではなく詩人のヴャゼムスキーであった、という指摘は興味深い。彼はすでに一八五八年にその日記に「ワーグナーの音楽は未来の音楽であるばかりでなく、永遠の音楽だ」と記している。

本書にはこの時のロシアの新聞雑誌におけるワーグナーのコンサート評やロシアの作曲家たちのワーグナーに対する反応が丹念に紹介されているが、この時のワーグナー指揮の演奏会にリハーサルから付き合い、その後何本かの演奏会評を書いたオドエフスキーは、この演奏会をイタリア音楽一辺倒であったロシア音楽界にドイツ音楽の新風を吹き込んだものと捉えていた。また十九世紀後半のロシア詩人の中で最も熱烈なワグネリアンだったのがアポロン・グリゴーリエフであったということも本書で初めて知ったが、ここからはグリゴーリエフと後の象徴派との関係から様々な問題が論じられそうである。

第一部でもう一つ興味深く読んだのが一八八九年にロシアで初めてドイツ語で上演された『ニーベルンゲンの指輪』とその反響についての記述である。一八六三年のワーグナーのロシア演奏旅行で演奏された曲目の中には『ジークフリート』などの自作の楽劇からの抜粋もあったが、ロシア人の独唱者はこれをロシア語で歌っていたという。

つまりワーグナーの「全体芸術」像を示すことになる楽劇の上演をこの時のロシアの聴衆が見ることはできなかったわけである。

一八八九年にペテルブルグで『ニーベルンゲンの指輪』を上演したのは、プラハから来演したドイツ・オペラ団だったが、この上演に接して大きな影響を受けたのがリムスキー＝コルサコフであった。彼は一八六三年のワーグナーのロシア訪問の際には海軍士官として遠洋航海中であったため、その演奏会を聞くことができなかった。それだけにこの時に受けたワーグナーからの衝撃は大きかったらしい。その影響は一八九二年作曲のオペラ・バレエ『ムラダ』に直接現われる。最近この作品のボリショイ劇場による上演を見る機会があったが、これはゲルマン人と対峙する異教時代の中世西スラヴの都市を舞台とした、いかにもワーグナーを連想させる神話劇であるし、一九〇四年作曲の彼のオペラ『見えざる町キーテジと聖女フェヴローニャの物語』は女性による救済と宗教的神秘主義という二つのモチーフを結合した明らかなロシア版聖杯伝説である。ここにはワーグナーにおけるゲルマン神話をスラヴ神話に置き換えることによってどのようなものが生まれるか、という問いに対する一つの解答が見いだされる。そしてそれに満足できないとすれば、ロシア文化はイワーノフのように古代ギリシアの神話世界にまで遡行せざるをえないのだ。

こうしてワーグナーがロシア文化に本質的な影響を与えるのは、『指輪』四部作がロシアの聴衆の前にその全貌をあらわす一八八九年以降のことになるが、これは本書第二部が扱っている「銀の時代」、文学的には象徴主義時代以降のことになる。音楽のもつ「象徴性」が芸術の優位に置かれたこの時代に、音楽は時代の主導的なジャンルとして浮上する。さらにワーグナーが「神話」という全体性に諸芸術を統合しようとしたこと、音楽と文学・演劇との緊密な融合を強調した点はイワーノフの「神話創造」としての演劇の理論と呼応するものであった。従来ニーチェとの関連でのみどちらかと言えば抽象的に論じられてきたきらいのあるシンボリストの音楽論がワーグナーという視点からより具体的な光を当てられたことの意味は大きいであろう。

第二部ではこのような視点からイワーノフ、ベールイ、ブロークらが取り上げられ、その生涯と作品におけるワーグナーの影響が論じられる。ベールイの長篇散文詩『交響曲』四部作、ブロークの作品『薔薇と十字架』などにおけるワーグナー的モチーフが検討されるが、しかしシンボリストにワーグナーが本質的影響を与えたのは、個々の楽劇のモチーフによってと言うよりは、むしろレヴィ＝ストロースが「『クレチャン・ド・トロワ』から『指輪四部作』へ」で指摘するように、ワーグナーがその音楽に神話的な全体性を蘇らせたからであり（「神話は意味による音楽であり、音楽は音による神話である」というレヴィ＝ストロースの有名なテーゼを参照）、それゆえにこそ、それはイワーノフの「神話創造」の理念に重なり合ったのではなかっただろうか。本書でこの点が十分論じられていない点に筆者は不満を持つものである。

象徴主義演劇から出発したメイエルホリドは一九〇九年に『トリスタンとイゾルデ』を演出しており、本書によればこの上演をイワーノフはおそらく見ていた。そしてロシア革命後のアヴァンギャルド演劇においてもワーグナーが引き続き取り上げられてゆく、という事実は、ロシアにおける象徴主義演劇とアヴァンギャルド演劇との関連を考える上でも重要な問題をはらんでいよう。

音楽と文学思潮との関連には奇妙なずれがしばしばあり、例えば二十世紀初頭のスクリャービン、そしてその後継者たるアヴァンギャルド作曲家に影響を与えたのは同時代の未来派の詩ではなく、むしろ象徴派の詩であった。未来派はむしろ知覚の明晰さ、ジャンルとしては絵画的なものと演劇的なものに結び付き、いわゆる「音楽的なもの」＝曖昧さを否定したからである。「ラフマニノフ的なものに退屈したところから未来派が始まった」とマヤコフスキーは回想しているが、ワーグナーも同時代のロシア文学には見るべき影響を与えず、象徴派と結びつくことになる。しかしスクリャービンと異なり、彼は自らの音楽理念を劇作によって示した。これが「演劇」に芸術の諸ジャンルを統合しようとした未来派の理念にも重なり合うことになるのである。

第三部の「ワーグナーとソヴィエト・ロシア」は政治と芸術の力学に翻弄されたソヴィエト時代のワーグナー像を描き出している。興味深いことにロシア革命直後のワーグナーは「革命的作曲家」とみなされ、肯定的評価を受ける（これは同じ時代のスクリャービンの評価と全く同様である）。このために、二〇年代末までのロシアでのワーグナー上演はアヴァンギャルド演劇と密接に結びつくことになった。第七章は構成主義演劇時代のワーグナー上演の様式について触れている。興味深いのは一九二〇年にメイエルホリドがマヤコフスキーの『ミステリヤ・ブッフ』の上演のためにヤクーロフに作らせた舞台装置が、二三年の『リエンツィ』の上演のための舞台装置に転用された、という事実である。これはこの時代のワーグナー上演と同時代のアヴァンギャルド演劇との関連を象徴していよう。

スターリンが文化政策を牛耳るようになってから、ワーグナーの評価は逆転していくが、エイゼンシテインによる『ワルキューレ』のボリショイ劇場での演出の経緯は興味深い。独ソ不可侵条約が締結されるのは一九三九年のことだが、本書によればその翌四〇年にこの条約を称揚する対独文化政策の一環として突然エイゼンシテインに『ワルキューレ』の演出が依頼される。これはアヴァンギャルドの精神による最後でまた最も注目すべきワーグナー上演だった、と著者は述べている。この上演のためにエイゼンシテインが行った神話研究の手続きにはレヴィ＝ストロースの構造主義の先取りが見られる、とは、ロシアの記号学者ヴャチェスラフ・イワーノフの指摘だが、舞台の中心に巨大な宇宙樹を立てたエイゼンシテインが、構造主義的な意味での神話の全体性を念頭に置いていたことは確かなようだ。

独ソ戦後のソ連文学では、当然のことながらワーグナーに対する言及はほとんど行われなくなる。著者の言葉を信じるなら戦後のソ連文学でワーグナーに言及したものはただ一つ、ナウム・コルジャーヴィンの詩「ワーグナーの演奏会で」のみという。もしもロシア革命がなかったらどうなっていただろうか、とはソヴィエト文化史の歩みを考えるときに時々ふと沸き上がる疑問だが、本書を読み終えてやはり同じことを考えた。一八六三年に熱狂的にワーグナーを迎えたロシアの聴衆は、ソ連が崩壊した現在、どのようにワーグナーを聞いているのだろうか？

【二〇一九年追記】

本書で触れられているように、「ロシア文化に対するワーグナーの影響」というテーマは、独ソ戦後のソ連では研究が難しかった。このテーマに関してロシアで出版された最初の単著はおそらく、一九九〇年にレニングラードで出版されたゴゼンプードの『リヒアルト・ワーグナーとロシア文化』А. Гозенпуд, *Рихард Вагнер и русская культура*. Ленинград. 1990である。バートレットは本書でゴゼンプードのこの著書を参照している。

歴史の重層・多言語のトポス

第十四章　テクストとしてのクリミア
――プーシキンの南方時代（一八二〇 - 一八二四）への一視点

一　問題の設定

十八世紀末という時代はロシアにとってカフカースとクリミアという新しい「南方」を領土として獲得するという、文学にとっても大きい意味を持つ地誌的拡大によって特徴づけられる。十九世紀初頭のロシア文学にとってのカフカースの意味についてはすでにしばしば論じられており、その場合サイードの「オリエンタリズム」の文脈で否定的に語られることが多いが（［山内　一九九二］［サーヘニー　二〇〇〇］参照）、そのことの当否についてはここでは論じない。いずれにしてもこの時代におけるカフカースのイメージはロシアにとっての辺境のそれであり、「オリエンタリズム」というすぐれてロマン主義的な概念にほぼ一元的に包摂されるように見える。しかしそれに対してクリミアのイメージはロシアにとっては同じ辺境でありながら、クリミア汗国のそれに由来するロマン主義的な「イスラム的オリエント」であるにとどまらず、エウリピデスの『タウリケーのイーピゲネイア』とラシーヌの『ミトリダート』によって形成されていた古典（主義）的なクリミア＝タウリケーのイメージをも複合させている、という複雑な性格を持っている。このために、その文学的イメージの全体についてはいまだ十分な研究がなされていない。例えば本稿の主題である「プーシキンにおけるクリミア」というテーマは、現在まで「オリエンタリズム」と「古典古代への関心」という二つの側面から別々に論じられてきた（[Лобикова 1974]［Формозов 1979］を参照のこと）。

ロシアのクリミア獲得以前にクリミアの古典主義的イメージは首都ペテルブルグで既に形成されており（後述）、プーシキンはそれを前提としてクリミアを訪れるのである。しかもプーシキンはクリミア滞在時にロマン主義を代表する詩人バイロンのいわゆる「東方叙事詩」を初めて本格的に読むことになる。この結果プーシキンにとってのクリミアは一方では古典主義的なタウリケーとして、他方ではバイロン的な「東方」として二重の両義的なイメージを獲得することになる。

本稿の目的は、歴史的に多くの文学的記憶を重層させているクリミアをプーシキンが初めて訪れ、しかもそこで初めて本格的にバイロンを体験したことによって何が生み出されたか、彼のこの時代の創作におけるクリミアのイメージに、先行する西欧の、あるいはロシアにおけるクリミア・テクストがどのような影を落としているかを比較文学的な視野から粗描することにある。

二　文学上のクリミア・テクスト（1）——『タウリケーのイーピゲネイア』

ロシア文学にとってクリミアというトポスが特殊な意味を持っているのは、この土地をロシアが獲得する以前、言い換えればロシアがこの土地を文学化する以前に、クリミアが既に西欧の古典文学と古典主義文学によって文学化されていた、という点にある。

その第一は紀元前四世紀に書かれたエウリピデスの『タウリケーのイーピゲネイア』Ἰφιγένεια ἡ ἐν Ταύροις である。この作品は同じ作者による『アウリスのイーピゲネイア』の続編として書かれた。『アウリスのイーピゲネイア』ではミュケーナイの王アガメムノーン王が女神アルテミスの怒りを買い、トロイア遠征を果たそうとしていたアガメムノーン王指揮下のギリシア軍がアウリスから船出できなくなってしまう。王は預言者カルカースの言葉に従い、長女イーピゲネイアを生贄に捧げねばならなくなってしまう。王はイーピゲネイアをアウリスに呼び寄せ生贄にしようとするが、その瞬間にアルテミスにより牝鹿とすりかえられ、イーピゲネイアは遠いクリミア半島に運ばれる。そこは当時タウロイ人の国＝タウリケーと呼ばれていた。この『アウリスのイーピゲネイア』を基にラシーヌは『イフィジェニー』（一六七四）を書いた。

『タウリケーのイーピゲネイア』はこうしてタウリケーに運ばれたイーピゲネイアを主人公として展開する。イーピゲネイアはそこでその地の女神の宮守にされ、そこに漂着した異邦人を祭壇に生贄として捧げねばならない。そこへ彼女の弟オレステースとそのいとこで親友のピュラデースがアポローンの命によりアルテミス像をアッティカにもたらすべく旅して来て捕えられ、イーピゲネイアの前に引き立てられる。二人は互いに自分を犠牲として友を救おうと譲り合うが、オレステースがイーピゲネイアの弟であることがわかり、イーピゲネイアはタウロイ人の王トアースをだまし、神像を奪って海に逃れるようとするが、見つかってしまう。しかし最後に女神アテーナーが現われて、トアースとの和がなり、三人は故郷へと戻る。

この物語の根底にあるのは神話化されたイーピゲネイア伝説である。当時既に多くのギリシアの植民都市があったタウリケーは[1]、原住民であるタウロイ人が難破して漂着した異邦人を人身御供に捧げる、という伝説でギリシアに知られていた。タウロイ人には古くから処女神崇拝が知られており、彼らは旅人を彼女に犠牲として捧げていたという[2]［ロストウツェフ　一九四四：四九］。このタウロイ人の信仰とクリミアのギリシア移民がもたらしたアルテミス崇拝が後に融合し、異邦人を人身御供に捧げる儀礼を司っているのは実はアウリスから来たイーピゲネイアである、という伝説にギリシア本土では発展したものらしい。その際にギリシア本土のアルテミス・タウロポロス崇拝においてイーピゲネイアがその神官であったとされていたことから、タウロポロスとタウロイ族の音韻的類似による連想も働いたと考えられる（［高津　一九六〇：五四］［ヘロドトス　一九七二：六二（四巻　一〇三節）］［Доватур, Каллистов, Шишова 1982: 345］参照）。

ヘロドトスやストラボン、ルキアノスらはクリミア西岸ケルソネソス岬の東二十キロほどのところに処女神の神殿があったと伝えている［Формозов 1979: 37］。そしてイーピゲネイアが宮守をしていたのはこの神殿であり、その跡が聖ゲオルギオス修道院近郊のディアーナ神殿の廃墟である、という伝説が十九世紀初頭には生まれていた。そこをグルズーフ滞在の後プーシキンは訪れている。

『タウリケーのイーピゲネイア』はその後古典主義時代に様々なジャンルで多くの翻案をもたらした。その最も有名なものは、グルック（一七一四－一七八七）のフランス語オペラ『トーリードのイフィジェニー』Iphigenie en Tauride（一七七九初演）とゲーテの『タウリスのイフィゲーニエ』Iphigenie auf Tauris（一七八七）であろう[3]。なお『イフィジェニー』を書いたラシーヌは『トーリードのイフィジェニー』第一幕のプランを残している。

グルックのオペラはギモン・ド・ラ・トゥーシュの戯曲によりニコラ＝フランソワ・ギラール（一七五二－一八一四）が書いた脚本に作曲されたもので、グルックは一七七四年に既にラシーヌの悲劇を原作に『オーリードのイフィジェニー』を作曲し、成功を収めていた。グルックがパリで『トーリードのイフィジェニー』の作曲を計画した際に、イタリア・オペラの優位を主張してナポリからピッチーニを招いた一派は彼に同じ題名と内容のフランス・オペラを作曲させるが、一七八一年に初演されたそのオペラの評判はグルックのそれに比べてはるかに劣るものだった。

グルックのオペラは最後にピュラデースが逃亡したことが露見し、トーアスが残ったオレストを生贄に捧げよ、と命ずるのをイフィジェニーが拒否し、怒ったトーアスがオレストを殺そうとするところにギリシア軍と共に駆けつけたピュラデースがトーアスを倒す、という終わり方になっている。

またゲーテの『タウリスのイフィゲーニエ』ではトーアスがイフィゲーニエを熱愛し、最後にイフィゲーニエが真実をトーアスに告げてその了解を得る、というプロットの改変が行われている。

ロシアではグルックの『トーリードのイフィジェニー』は一七八六年にモスクワ近郊クスコヴォのシェレメーチェフ伯の農奴劇場でロシア初演されている［Доброхотов и др. 1985: 390］が、ペテルブルグでは十八世紀には上演されなかった。それはコルテッリーニの台本によるガルッピ作曲のイタリア語オペラ『タウリーデのイフィジェニア』 Ifigenia in Tauride がグルックのオペラの作曲に先立つエカテリーナ二世の治世、しかも彼女がクリミアを獲得する以前の一七六八年に既に上演されていたからだと思われる(4)。

三　文学上のクリミア・テクスト（２）——『ミトリダート』

ロシアがクリミアを獲得する以前にクリミアを舞台として書かれた文学作品でエウリピデスの作品に次ぐものを挙げるならばそれは古典主義悲劇の大家ラシーヌの『ミトリダート』（一六七三）である。その主人公ミトリダーテス六世は実在の歴史的人物（紀元前一三五－六三）で、エウパトール（高貴な）と呼ばれた（彼を記念して十八世紀末にクリミア西岸の町ゲズレヴェにエフパトリヤの名が与えられた［Unbegaun 1936: 224］）。彼は小アジアを中心として栄えたポントス王国の第七代の王でローマと戦って敗れ、クリミア東岸、現在のケルチ近くのパンチカパエウムで自害するが、ラシーヌの悲劇はこの彼の死に至る最後を妃モニーム、二人の息子で異母兄弟のファルナスとクシファレスとのモニームをめぐる心理的葛藤を交えて描いた作品である。主人公は偉大な英雄でありながら嫉妬に苦しむ老王でもある、という複雑な二面性の中に描かれる。ミトリダーテスの劇的な死はローマ時代の多くの歴史書によって古くから知られていた。この作品のロシア語訳が出版されるのは一八一三年のことだが［Финкельштейн 1971: 185］、プーシキンを含む当時のロシアの知識人はこの作品をロシア語訳の出現以前に原文で読むことができた。ちなみにフランスではラシーヌの前にすでにラ・カルプルネードによって同じ題材による悲劇『ミトリダートの死』（一六三六）が書かれている。

さらにこのラシーヌの悲劇をもとに後に多くのオペラが書かれるが、その中には十四歳のモーツアルトがジュゼッペ・パリーニのイタリア語訳によるV・A・チーニャ＝サンティの台本に一七七〇年に作曲し、同年ミラノで初演されたイタリア語のオペラ『ポントの王ミトリダーテ』Mitridate, re di Ponto がある。十八世紀のペテルブルグでこのオペラが上演された記録はないが(5)、イタリアの作曲家アライアはボネッキの台本によるイタリア語オペラ『ミトリダーテ』をモーツアルトよりも早く、エリザヴェータ女帝の治世の一七四七年にペテルブルグで作曲・上演している(6)［Доброхотов и др. 1985: 377］。

四　ロシアにとってのクリミア

ロシアにとってクリミアを含む黒海北岸をトルコから獲得して、黒海に南まわりのヨーロッパへの航路の拠点を確保することはピョートル大帝以来の課題であった。そのためにロシアは何回かの露土戦争を繰り返すが、それが実現するのはやっと十八世紀末のエカテリーナ二世の治世の時代であった。クリミアについて言えばそれは一七八三年のことである。その四年後にエカテリーナは新しく獲得したクリミアを訪れている(7)。

このクリミア巡幸の前にエカテリーナ二世はリーニュ公に宛てたフランス語の書簡の中で「五月に私はかつてイフィジェニーが住んでいた国を訪れることになるでしょう」と書いている。この語り口からも暗示されるように彼女にとってクリミアはフランス古典主義のプリズムを通して見られた古典古代であった。彼女によってクリミアに与えられたロシア語の地名タヴリーダ Таврида も、古典古代のタウリケー、タウリカに由来しながら、直接的にはフランス語の Tauride を借用したものだった。

十八世紀初頭に新しく開かれたロシアの首都ペテルブルグは、建築や庭園などの様式においてバロック様式を取り入れて作られ、エカテリーナの時代にロシア文学は古典主義の時代を迎える。十八世紀以前に自らの根を持たないペテルブルグの文化は、必然的に古典古代の文化に郷愁にも似た憧憬を抱くことになる。そのような中で獲得されたクリミアはロシアにとってその領内で古典古代の文化と結びつく唯一のトポスだったのである［ビリントン　二〇〇〇：三四〇］。そのことは新しく獲得されたクリミアの行政の中心がクリミア汗国の首都バフチサライにではなくかつてアク＝メチェチと呼ばれていたがギリシア風に改名されたシンフェローポリに置かれたことからもわかる。その他にも多くのクリミアのトルコ語の都市名がロシア併合後ギリシア風に改変されている［Unbegaun

1936 :223-227]。ちなみに十八世紀にはペテルブルグでさえしばしば詩的用法では「石の都」をも意味するペトロポリの名で呼ばれ、この呼称はマンデリシタームらアクメイストの古典主義にも受け継がれる［Unbegaun 1929: 273］。

しかしクリミアと同時代にロシアが獲得したグルジアやベッサラビアが古くからのキリスト教国であったのに対し（共に東方正教）、ロシアが獲得した現実のクリミアはスンニー派ムスリムのクリミア・タタール人の住む地であり［Fisher 1978］、地理的な「ヨーロッパ・ロシア」内の唯一の「イスラム的オリエント」だった。ギリシア本土とは異なりクリミアには当時もはや古典ギリシアを継承する文化は存在しなかった。十八世紀の露土戦争以来クリミアには新たに多くのギリシア人が移住してきていたが、彼らはギリシア本土からの移住者とは限らず小アジア東部沿岸のトラペズント地方からの移住者が多かった（現在に至るまでこのクリミア・ギリシア人は自らをタウリケー時代に移住したギリシア人の後裔であると自称している）。元来クリミアにはなかった糸杉や月桂樹を十八世紀に移植してギリシア本土を思わせる景観を作り出したのは彼らであった。

こうして十八世紀末クリミアはロシアにとって想像上の古典古代への憧憬とロマン主義的なオリエンタリズム志向を同時に満たす両義的なロシアの辺境となったのである。

五　プーシキン以前のクリミア・テクスト

一七八三年にロシア領となったクリミアへの旅行はその後ロシア人作家の一種の流行ともなり、多くの旅行記、文学作品が書かれた。

一七九八年にボブロフはここを訪れ叙事詩『タヴリーダ』を書いている（一八〇四に『ヘルソニーダ』と改題[8]）。夏のクリミアの雷雨の描写にタタールの王女ツリマと恋人セリムを配し古典主義的な文体で書かれたこの作品をプーシキンはよく知っており、彼自身『バフチサライの泉』にその一行を「盗んだ」と告白している［Лотман 1971:

819]。バーチュシコフが一八一八年にクリミアを訪れる前に『タヴリーダ』（一八一五）を書いていたことは既にこの時代までにクリミアが文学的トポスとして定着していたことを伺わせる。

またV・イズマイロフは一七九九年に、P・スマローコフは一七九九年と一八〇二年に、V・ブロネフスキーは一八一五年にクリミアを訪れそれぞれ旅行記を書くが、それは以上のような文学テクストとしてのクリミアの特殊性に由来するものが大きい。

プーシキンがクリミアを訪れた一八二〇年に後のニコライ一世とコンスタンチン大公の古典語の教師であったムラヴィヨフ＝アポストルもここを旅行し、一八二三年に旅行記を出版していた。プーシキンはクリミアをテーマとした作品を後に執筆する際にこの旅行記を参照しており、同じ頃クリミアを旅したポーランドの詩人アダム・ミツキェヴィチも『クリミア・ソネット』を執筆する際に同じ旅行記を読んでいる（[Karlinsky 1963] 参照)。

ちなみにロシアがクリミアを獲得する以前の古典主義期のロシアにおけるクリミア・テクストでは、クリミアはボブロフの作品のようにむしろオリエントとして表象されていた。たとえばロモノーソフが一七五〇年に書いた悲劇『タミーラとセリム』は十四世紀のクリミアのカーファ（フェオドーシヤ）が舞台であり、クリミア・タタールの王女タミーラがバグダッドの王子セリムとタタールの汗ママイの間で引き裂かれる、というプロットである。ロモノーソフはそれにクリコヴォの戦いにおけるママイの敗北（一三八〇）という歴史的事件を絡めて描いている。この作品は逆にクリミアの古典主義的イメージはまさにエカテリーナ二世によってクリミア獲得時に創出されたものであることを示している。

六　プーシキンのクリミア

プーシキンは一八二〇年四月、ペテルブルグ都督ミロラドーヴィチ伯のもとに呼び出され、その政治的な詩について尋問された。五月六日にエカテリノスラフ（現ドニエプロペトローフスク）に遣わされることがきまり、ラエフスキー将軍一家と共にカフカースに向い、そこに二月ほど滞在した後に八月十五日にカフカースの西端タマーニ半島の港町タマーニから船でクリミア半島の東端ケルチに渡る。ちなみにタマーニは後にレールモントフの『現代の英雄』の「タマーニ」の章の舞台となる町である。『デリヴィクあての書簡の断章』（一八二四）でプーシキンはこう回想している。

アジア（カフカース）からわたしたちは船でヨーロッパ（クリミア）に渡った。

プーシキンにとってカフカースはアジアであり、クリミアはあくまでヨーロッパだったのである。続けて――

わたしはいわゆる『ミトリダーテス王の霊廟』を訪れた。〔中略〕「古代都市」パンチカパエウムの方はわたしの想像力にそれほど強い印象を与えなかった。

（栗原成郎訳）［プーシキン　一九七四］

パンチカパエウムはローマ時代に現在のケルチ近郊にあった都市でラシーヌの『ミトリダート』の主人公でもあるポントス王国の第七代の王ミトリダーテス六世がローマと戦って敗れ自殺した場所である。ただしパンチカパエウムには実際はミトリダーテスの墓はなかった［Формозов 1979: 30］。ミトリダーテスの子ファルナケスは父の遺骸をその敵ポンペイウスのもとに送り、ポンペイウスはミトリダーテスをシノペの墓地に葬ったからである。ちなみにラシーヌの戯曲の舞台はその地名の詩的な響きに引かれたためか、史実とは異なり、パンチカパエウムの南に位置していた古都ニンフェウムに設定されている。プーシキンはもちろんラシーヌのこの戯曲をよく知っていた［Лотман 1980: 336］。クリミアとミトリダーテスとの歴史的・文学的連想はロシア古典主義の時代には既に形成されており、デルジャーヴィンは一七八八年作の『オチャコフ包囲の秋』でクリミアを「ミトリダートの古代王国」と呼んでいる。

さて一行はケルチから陸路で西に向かいクリミア南岸の港町フェオドーシヤ（カーファ）に出る。そこからプーシキン一行は帆船でさらに西に向かいグルズーフへと赴いた。その船上でロシアで最初のエレジーとして有名な「昼の明るい光は消えて」が書かれる。八月十九日にグルズーフに着く。グルズーフはヤルタの東に位置するタタール人部落だった。この同じ土地を五年後の一八二五年にミツキェヴィチも訪れることになる。ここには元ノヴォロシア軍事総督リシュリー公の別荘があり大きな図書室があった。プーシキンはこの別荘に入り、そこでラエフスキー将軍の妻、その長女エカテリーナと次女エレーナと合流する。ここの図書室でバイロンの原書を見つけたプーシキンは、ラエフスキー家の次男ニコライについてほとんど毎日バイロン（特に『海賊』、『アビュドスの花嫁』『邪宗徒』『コリントの包囲』『パリジナ』『ラーラ』等の東方叙事詩）を英語で読む。ピショとサッルによるバイロンの仏訳の十巻作品集はパリで一八一九年から一八二一年にかけて出版され、プーシキンはその一部を既にペテルブルグで読んでいたが、原語によるバイロン体験は初めてだった。長女のエカテリーナも次女のエレーナも英語をよくし、エカテリーナは詩人とよく文学論争をしたという。イギリスからいわば追放されるように南方と東方に流浪の旅を続け、そこから一連の「東方叙事詩」を産み出したバイロンにプーシキンが我が身を重ね合わせたであろうことは想像に難くない。

ここグルズーフでは「昼の明るい光は消えて」が推敲されている。既にクリミアを立った後だが同じ一八二〇年に書かれた「ネーレーイス」や「流れる雲はまばらになり」には明らかにグルズーフ滞在の印象が反映している、とトマシェフスキーは指摘している［Томашевский 1990: 105］。いずれもクリミアの古典主義的イメージによって書かれた作品で、前者はクリミアの海にギリシア神話の水の精ネーレーイスを幻視する、という内容である――

タヴリーダにくちづけする緑の波のさなかに
朝焼けにてらされたネーレーイスを　わたしは見かけた。
木々のあい間にかくれて　わたしは　息をつくのもやっとの思い。

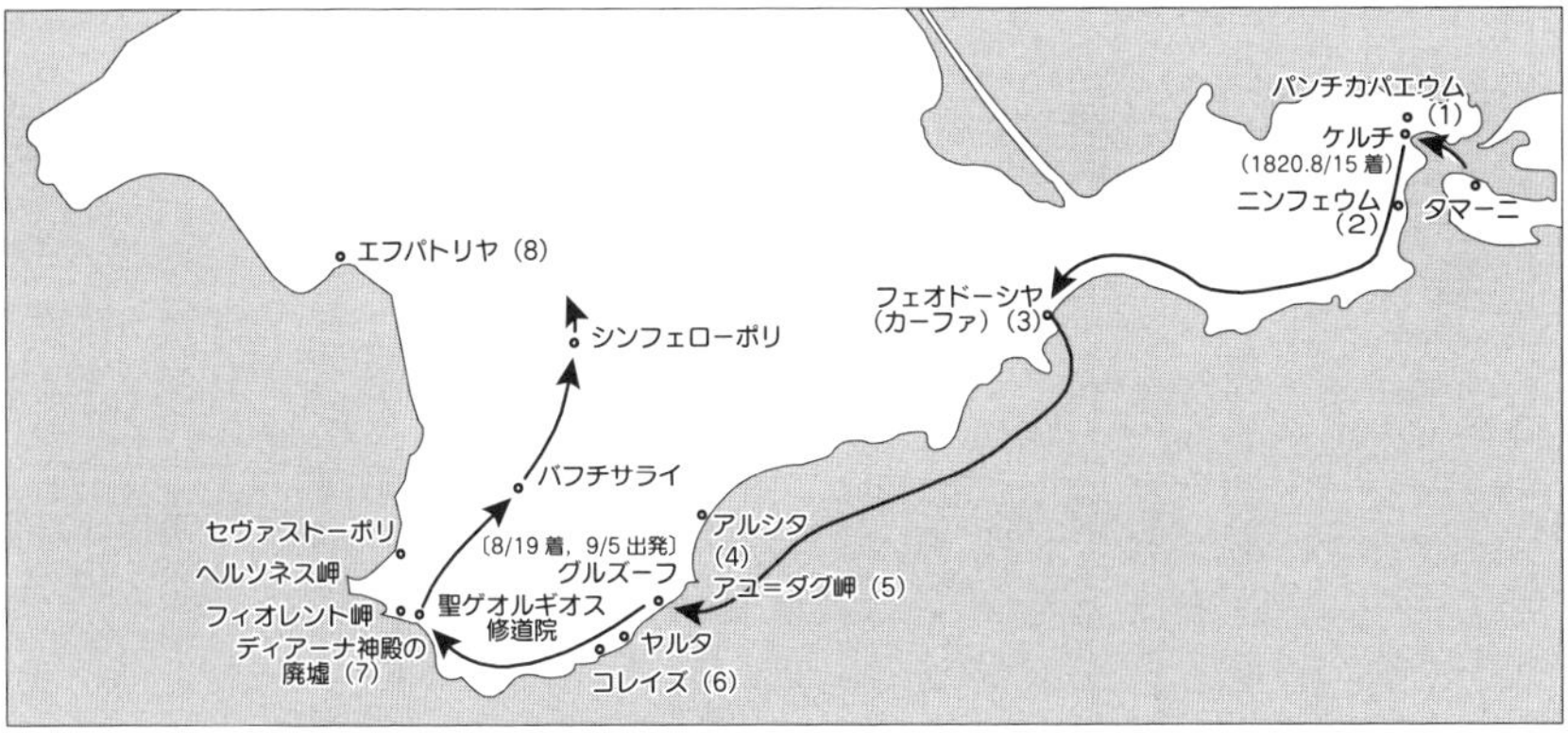

クリミア・テクスト関連クリミア南岸地図

←:1820 年夏のプーシキンのクリミア旅行の経路。〔　〕:1820 年夏のプーシキンの旅行日程。
(1) パンチカパエウム:歴史上のミトリダーテス終焉(BC.63)の地。
(2) ニンフェウム:ラシーヌ『ミトリダート』の舞台。
(3) フェオドーシヤ(カーファ):画家アイヴァゾフスキーの生地,ロモノーソフ『タミーラとセリム』の舞台。
(4) アルシタ:マンデリシタームが革命前後に訪れる。
(5) アユ=ダグ岬:『バフチサライの泉』の最後に言及あり。
(6) コレイズ:ナボコフが亡命直前に滞在する。
(7) ディアーナ神殿の廃墟:エウリピデス『タウリケーのイーピゲネイア』が祭司をしていたと伝えられる。
(8) エフパトリヤ:ミトリダーテスにちなんで 18 世紀末に命名。

明るい波の上で　女神と見まごう彼女は
白鳥さながらの白い若々しい胸　ふくよかにあらわし
髪をしぼりつつ　水泡をほとばしらせていた
（草鹿外吉訳）［プーシキン　一九七三］

さて九月五日ごろプーシキン一行はグルズーフを立つ。その際に九世紀創建の聖ゲオルギオス修道院から一キロ半のアヤ゠ブルンあるいはフィオレント岬近くにあったディアーナ神殿の廃墟を見る。それはシベリア探検で有名なP・S・パラスのクリミア旅行以後に、エウリピデスの悲劇で有名なイーピゲネイアがアルテミス神の巫女としてここの海岸に漂着した異邦人を犠牲に供していたその神殿であった、と言われるようになっていた［Формозов 1979: 37］。

この時の印象をプーシキンは「デリヴィク宛ての書簡の断章」で次のように記している。

わたしにとっては神話の伝説のほうが歴史的回想よりもいいらしい。少なくともそのときリズムがわたしを訪れたのだ。わたしは詩で考えていた。こんな風に——

冷たい疑念をいだいたとて　何になろう。
わたしは信じる、ここにはその昔
血に飢えた神々に献げた、燔祭の
生け贄が燻った、恐ろしい神殿があったことを。
ここではかの残忍なエウメニデスの
憎しみも和らぎを得た。
ここではタヴリーダの女予言者が

兄弟殺しの魔手をのばした。
この廃墟のなかで友誼を結ぶ聖なる儀式が執り行なわれた……
（栗原成郎訳）［プーシキン　一九七四］

ここで「冷たい疑念」と言われているのは、ムラヴィヨフ＝アポストルがその旅行記で、この場所が実際にイーピゲネイアの神殿であった、という通説を否定していることをさしている。

その後一行は北上してかつてのクリミア汗国の首都バフチサライを訪れ、その宮殿の跡を見る。同じ「デリヴィク宛ての書簡の断章」には次のように回想されている。

バフチサライに着いた時、わたしはからだの具合が悪かった。わたしは以前、恋する汗の奇しき古蹟について聞いたことがあった。Kがわたしにその話を詩的に語ってくれたのだが、Kはその古蹟を涙の泉と呼んでいた。宮殿のなかに入って、わたしは毀れた噴水を見た。錆びた鉄の管から水がぽたぽた滴り落ちていた……
（栗原成郎訳）［プーシキン　一九七四］

ここでKのイニシャルで記されているのはラエフスキー家の長女エカテリーナ（愛称カテリーナ）ではないか、と推定されているが、この伝説から叙情詩『バフチサライ宮殿の泉に』（一八二四）と物語詩『バフチサライの泉』（一八二三）が生まれることになる。

クリミア滞在は比較的短かったが、その印象はきわめて大きい刻印をプーシキンに残し、クリミアの景観に触発された古典的なイメージによる作品が数多く書かれている（「ネーレーイス」参照）。そしてクリミアによって触発された古典古代へのまなざしは「オウィディウスへ」などの作品にもつながっていくのである。

一方バフチサライに象徴されるイスラム的オリエントとしてのクリミアは、バイロンとの出会いによって『バフチサライの泉』のようなロマン主義的叙事詩を生みだした。

こうして南方時代のクリミアはプーシキンにとって古典古代とロマン主義という歴史的に重層し、様式的に対立する二つの文学世界を同時に体験させてくれるトポスとしてあらわれたのであった。

ちなみにプーシキンのクリミア滞在はフェオドーシヤ出身の画家アイヴァゾフスキーの『海辺のプーシキン』(一八八一)などの多くの絵画テクストを生みだした。しかしそれらが描き出したのはもっぱらイスラム的オリエントとしてのクリミアである。(9)

七 『バフチサライの泉』

この物語詩(10)は「デリヴィク宛ての書簡の断章」にも言及されているようにプーシキンが聞いたクリミア・タタールの伝説によっている。それはクリミア・タタールの汗ギレイがポーランドから王女マリヤ・ポトツカを略奪し、愛人にし、死後彼女を偲んで「涙の泉」と後に呼ばれる泉を造営した、というものである。この伝説はプーシキンがペテルブルグにいる時に既にラエフスキー家で耳にしていたものだった。バフチサライにはギレイ汗の愛妾にささげたといわれる霊廟が実在するが、それが具体的に誰の墓なのかは不明のままである[Лобикова 1974: 43]。

この作品のプロットはポーランドに侵入したクリミア・タタールのギレイ汗がポーランド貴族の娘マリヤを捕虜にして凱旋し、その美しさに魅せられ心を寄せるが、汗の愛妾であるグルジア娘ザレマは嫉妬してマリヤを殺す。怒り狂った汗はザレマを殺し、悲しみに暮れる、というものである。

ギレイ汗の歴史的モデルは実在のクリミア汗国の汗、ケリム゠ギレイである。彼は一七五八年に四十歳で汗の位についた。彼はバフチサライ宮殿の復旧と「涙の泉」の造営に携わった。彼は一七六二年にプロシアと連合してオーストリアと同盟を結んでいたロシアを攻めようとしたが、反トルコ的な態度が災いして汗の位から追われロードス島に流される。しかし六八年の露土戦争の勃発とともに汗に返り咲く。この頃ケリム゠ギレイはウクライナ右岸のノーヴァヤ・セルビヤに侵攻するが、その際にポーランドとの国境を越えて攻め込んだ。彼がポーランド女性を略奪したとすればこの際ということになる［Лобикова 1974: 45］。

　この伝説はプーシキンの同時代におけるポーランドのクリミア・テクストの一つ、ミツキェヴィチの『クリミア・ソネット』中の「ポトツカの墓」Grób Potockiej にも用いられている。ミツキェヴィチは明らかに伝説のヒロインが同郷のポーランド女性であることに関心を持ったものと思われる。

　この作品への明らかなバイロンの影響については既に多くの指摘がある。まず一八一三年出版の『邪宗徒』のプロットは女奴隷レイラがイスラム教徒の主人ハッサンに貞節を守らなかったために縛られて海中に投ぜられるが、そのキリスト教徒の恋人はハッサンを殺害し、恨みを晴らす、というもので、この作品と『バフチサライの泉』との間にはイスラム的オリエントへの舞台設定、三角関係の設定などの共通性が認められる。

　また一八一四年出版の『海賊』はグルズーフでプーシキンがラエフスキー将軍の次男ニコライ・ラエフスキーと英語で読んでいた作品であり、主人公コンラッド、パシャの後宮から連れ去った女奴隷グルナーレ、彼の愛人メドラという三角関係などのやはりプロット上の共通性が認められる［Жирмунский 1978: 179-180］。プーシキンは後にミツキェヴィチに「バイロンの『海賊』を読んで私は自分を詩人と感じた」と言ったという［Баевский 1999: 219］。またプーシキンは『邪宗徒』の翻訳を試みており、その冒頭の十二行半をまずフランス語に訳し、その後で最初の四行をロシア語に訳したところで中断した未完のノートが残されている［Лобикова 1974: 32］。カルリンスキーはその描写において『バフチサライの泉』のクリミアは現実のクリミアよりもバイロンの東方叙事詩により近い、としている［Karlinsky 1963: 114］。

　しかし舞台設定やプロット上の類似を離れてみると、この作品はその文体においてはロマン主義的というよりは古典主義的であり、その主人公もバイロンの作品のように作者の分身として描かれているというよりは、より客観的に対象化されている。作者の視線はカルリンスキーの言うようにアポロ的・理性的である［Karlinsky 1963: 119］。この作品を単純にバイロン的オリエンタリズムをなぞったものと見るサーヘニーの見解［サーヘニー　二〇〇〇：八四－八六］は単純に過ぎよう。またプーシキンのこの作品における風景描写はロマン主義的ではあっても具体的であり、単なるエキゾチシズムの対象とはなっていない(11)。作品は次のような印象的なクリミアの自然への賛美で終わる——

そこではすべてが生きている——丘も森も、
琥珀やルビーのようなぶどうも
谷間の居心地のよい美しさも、
水の流れも、ポプラの木陰の涼しさも……
すべてが旅人の心をひきつける、
静かな朝の時刻、
山々の岸辺の道を通って旅人が
行き慣れた馬を走らせる時、
そして青み行く水が旅人の前に、
アユ゠ダグの絶壁をめぐって
光り輝き、ひびきわたる時

（川端香男里訳）［プーシキン　一九七二］

八　「オネーギンの旅の断章」

プーシキンにはその韻文小説「エヴゲーニイ・オネーギン」の一部として構想しながら、結局この作品とは別の独立した断章として発表した作品「オネーギンの旅の断章」がある。それによればレンスキーを決闘で倒した後のオネーギンはタチヤーナと再会するまで、作者とカフカースとクリミア、オデッサを旅することになっていた。そこでは次のようにクリミアが回想されている。

オネーギンは次いでタヴリーダを訪れる。

空想の聖域タヴリーダ
オレステース　ピュラデースとここに諍い
ミトリダーテス　ここに自刃し
ミツキェヴィチは霊感を得てここに歌い
海岸の岩のはざまで
故郷のリトワを偲んだ

（木村彰一訳）［プーシキン　一九七三］

ここではクリミアのイメージは既に述べたエウリピデス、ラシーヌ、ミツキェヴィチらの先行するクリミア・テクストによって文学的に形成されたものとして言及されている。

九　「オウィディウスへ」

クリミア滞在時ではなく、ベッサラビアで一八二一年に書かれた作品だが、プーシキンのクリミア・テクストとして挙げておきたいのが、「オウィディウスへ」である。オウィディウス（紀元前四三－紀元一七）は皇帝アウグストゥスの寵を失い黒海西岸ドナウ河口近くの町トミス（現在のルーマニアのコンスタンツァ）に配流の身となり、そこで死去したローマの詩人だが、その配流の地にあって『トリスティア（悲しみの歌）』と『黒海からの手紙』［オウィディウス　一九九八］を書き残した。

ロシアにおいてオウィディウスは一七九〇年代から関心を集め、翻訳が現れ始める［Левин 1996: 180］。一七九三年にはドニエストル河口のトルコの要塞ハッジ＝デレがオウィディウスにちなんでオヴィディオポリと改名されている［Unbegaun 1936: 230］が、これもエカテリーナ二世による黒海北岸の古典古代化の一環であった。

この作品を筆者がクリミア・テクストとみなすのは、オウィディウス自身が『悲しみの歌』の中でトミスから遠くない位置にエウリピデスの『タウリケーのイーピゲネイア』の舞台となったクリミア半島があることを想起しており（第四巻第四歌）、プーシキンもそれを意識していたと思われること、さらに後にクリミアを訪れて詩作した詩人が黒海を介してオウィディウスを、さらにはこの作品を想起しているからである（トミスはヘルソネス岬南西の黒海対岸に位置している）。(12)

プーシキンはリツェイ時代からオウィディウスの作品に親しんでおり、そのことは実際に作品に直接・間接にこのオウィディウスのトミスで書き残した作品が反映している［Томашевский 1990: 149-155］ことからもわかる。彼はベッサラビアで、そこにオウィディウスが葬られている、という伝説を聞き（この伝説をプーシキンは物語詩『ジプシー』の中で年老いたジプシーに語らせている）、この伝説が事実に反することを知りながら、この伝説にかこつけて、同じようにアレクサンドル一世の不興を買い、ロシア南方を放浪する身となった自らを彼の運命に改めて重ね合わせて書いた作品である。この詩人の晩年はプーシキンにも創作を鼓舞する力を与えたに違いない。(13) プーシキンは彼に時空を隔てた同時代人として呼びかけるのである——

いったいだれの心が　優雅な美しさをさげすみ
きみの憂愁と涙とを　非難できるだろうか？
いったいだれが　荒々しくも尊大な態度で　感動も示さずに
きみの最後の作品　これらの哀歌を　読みとおすことができようか、
そのうちできみは　むなしいうめき声を子孫に伝えている。

たけだけしいスラブ人のわたしは　涙は流さなかったが
涙の意味はよくわかる。すすんで追放の身となったわたしは
世の中にも　自分にも　生活にも　満足できず
想いに沈む心を抱いて　いまおとずれた
かつてきみが悲しみの歳月を送った国を

（草鹿外吉訳）［プーシキン　一九七三］

十　その後のクリミア・テクスト

プーシキンのクリミア旅行以後、ロシアの芸術家にとってクリミアは古典古代、ロマン主義的オリエント、追放と流浪等、さまざまなテーマの象徴ともなった。(14) 同時代のポーランドの詩人ミツキェヴィチの『クリミア・ソネット』（一八二六）ではその表題からも暗示されるように、クリミアは古典古代ではなくロマン主義的オリエントとして表象されている（ミツキェヴィチはこの作品の中でタヴリーダという地名を用いていない）。この作品はプーシキンの同時代にヴャゼムスキー、コズロフ、イリチェフスキーらによってロシア語に翻訳され（［Struve 1956］参照）、ロシアでも『バフチサライの泉』と共に最も知られたクリミア・テクストの一つとなった。(15)

ムソルグスキーは一八七九年にプーシキンの訪れたグルズーフを含むクリミア南岸を旅行しピアノ曲「クリミア南岸にて」を作曲しているが、その様式は国民楽派に特有のオリエンタリスティックなものである。また好んでクリミア南岸を訪れ多くの作品を残したマンデリシタームの詩においてはクリミアはもっぱら古典古代の想起の場「タヴリーダ」として表象されている。

ロシア革命時にはここが亡命ロシア人の国外脱出の拠点となったことによって「追放と流浪」の象徴としてのクリミアの表象は増幅された。ウラディーミル・ナボコフもヤルタから船で国外に去るのだが、失恋と重なり合うクリミア滞在の印象を彼は次のように回想している。

私の家族はヤルタに近いコレイズ村の近くに落ち着いていた。その地方全体が外国風だった。〔中略〕毎夕、村の回教寺院の光塔から勤行時報が鳴り始めると、驢馬がいななくのはまったくバグダッド風だった。〔中略〕人工のような場面全体が、たとえば、嘆かわしいほど簡略化された、だが美しい挿し絵の入った『千夜一夜物語』の一頁のようだった。私は忽然として流浪の苦しみを感じた。もちろんプーシキンの先例があった――プーシキンも追放されて、異国原産の糸杉や月桂樹に占領されたこのあたりを放浪したのだ。だがプーシキンの悲歌〔「昼の明るい光は消えて」を指す〕に煽られた面もあるかもしれないにしても、私の興奮は見せかけではなかった。〔ナボコフ　一九七九：一九八〕

ここでナボコフはプーシキンによって文学化されたクリミアを追体験している。彼は後にバフチサライを歌った「クリミア」と題する物語詩を書いているが、そこでも作者はプーシキンの幻影を描いている。

そして私は道すがら
寂れた宮殿を訪れた。月光が
石畳の道に白く光っていた。
中空の闇に滴っていたのは泉、
魅惑の泉、悲しみの泉、
そして夜の透明な静寂の中で
永遠のおとぎ話が騒ぎ
庭園の頭上には星屑が降り注いでいた。
突然プーシキンが私の傍らに立ち

明るく私に微笑みかけた……
［Набоков 1990: 115］

十一　結論

リッェイ時代のプーシキンの創作活動はフランス古典主義の影響下に始まるが、文体と精神の古典主義的明晰さと批評性は終生彼の創作の特徴となった。ミルスキーはプーシキンの創作を生涯にわたって特徴づけるものはまさに古典主義とフランス志向だとしている［Mirsky 1958: 88］。最初から世界文学の全体に広い視野を持っていたプーシキンだったが、クリミアにおいて彼の古典主義的な素地はクリミアというトポスに潜在する古典（主義）的テクストの記憶によって増幅されるとともに、バイロンの「東方叙事詩」との出会いはクリミアを舞台としたロマン主義的な「バイロン風叙事詩」を生みだした。つまり様式的にも時代的にもきわめて多様なヨーロッパ文学の遺産をプーシキンはクリミアにおいて体験したということができる。しかもプーシキンはまもなくこのバイロン的ロマン主義を克服し相対化する。それは単にロマン主義からリアリズムへの移行を準備したというのでは不正確で、むしろ彼自身が通過した様々な詩的言語の様式の相対化によって狭義の詩的言語から小説言語への移行をも準備したというべきであろう。この南方時代に最も（バフチンの言う意味での）対話的な小説『エヴゲーニイ・オネーギン』が書き始められていることは示唆的である。文学的現実とリアルな現実そのものをそれぞれ言語像として相対化しつつ作品化する方法をプーシキンはここクリミアで獲得したと言っても過言ではないのである。

［註］

（1）　古典古代のクリミアを含む黒海北岸の歴史的状況については［ロストウツェフ　一九四四］参照。クリミア半島東部とカフカース西端タマーニ半島の両側に海峡を隔てて広がるキンメリア・ボスポロス地方は古典古代においてギリシア文化とイラン文化が融合するヘレニズム的文化が繁栄した地域だった。クリミアはこのような東西文化の接点として十世紀まで機能し続ける。それはまた東西貿易の中継地としてのクリミアの政治・経済的機能をも規定した。十三世紀から十五世紀にかけてのジェノヴァのフェオドーシヤ（カーファ）への進出は象徴的である。

（2）　タウロイ人の民族的帰属についてはキンメリア人説が有力だが、いまだに決着を見ていない［Доватур, Каллистов, Шишова 1982: 344-346］［Стрижак 1988: 171-185］。

（3）　プーシキンはドイツ語は得意ではなく、その蔵書の中にもゲーテの作品集はドイツ語原文、フランス語訳とも皆無だったという。少なくとも南方時代までのプーシキンはゲーテとはほとんど無縁であった［Жирмунский 1981: 108］。なおゲーテの『タウリスのイフィゲーニエ』のロシア語訳はプーシキンの死後二十年あまり経った一八五七年にヴォドヴォーゾフによってなされたが、その評価は「余りにも模倣的」ということで芳しくなかった［Жирмунский 1981: 370］。ちなみにこの作品の日本語訳がしばしば『タウリス島のイフィゲーニエ』のように（例えば［ゲーテ　一九五一］）、クリミア半島を島であるかのように訳しているのは明らかに間違いである。ただし手塚富雄によればゲーテ自身がタウリスを島だと考えていたという［手塚　一九八二：一八二］。

（4）　バルダッサーレ・ガルッピ（一七〇六－八五）はヴェネチア聖マルコ大聖堂の楽長だったが、ペテルブルグに招かれて一七六五年から六八年まで宮廷楽士長となった。ロシア滞在中に宮廷のために多くの作品を書いている。『タウリーデのイフィジェニア』は一七六八年のエカテリーナ二世の誕生日に宮廷で上演された［Формозов 1979: 37］。

（5）　ロシアにおけるモーツァルト・オペラの初演は一七九三年のことで、その演目は「ドン・ジョヴァンニ」と「魔笛」であった［Доброхотов и др. 1985: 394］。

（6）　フランチェスコ・アライヤ（一七〇九－一七七〇）はナポリ派のオペラ作曲家で、一七三五年以来断続的に一七六二年までペテルブルグで活躍した。スマローコフの台本によるロシア最初のロシア語オペラ「ツェファルとプロクリス」（一七五五）を作曲したのは彼である。なお十八世紀ロシア古典主義に対するラシーヌの影響については［Gukovskij 1927］を参照。

（7）　このエカテリーナのクリミア巡幸については［小野　一九九四：一六〇－一七一］［Панченко 1983］を参照。

（8）　この作品はロトマン編のアンソロジー［Лотман 1971］によって読むことができる。

（9）　それらの絵画作品については［Дерлеменко 1986］を参照。

（10）　この作品はプーシキンの同時代に既にシャホフスコイによって脚色され（「クリミアの汗ケリム＝ギレイ」）、その上演のための音楽はイタリア出身の作曲家カヴォスによって書かれた（一八二五）。またこの劇に挿入された「タタールの歌」はプーシキンの生前にだけでもV・オドエフスキー、N・チトフ、V・ゴリーツィン、F・トルストイらによって作曲されている（［Киселев 1974］参照）。この作品はその後アレンスキー（一八六一－一九〇六）によってカンタータに作曲され（一八九九）ペテルブルグのタヴリーダ宮殿で初演された。またアサフィエフ（一八八四－一九四九）によってバレエに作曲された（一九三四）［Винокур, Каган 1974: 20-22］。いずれも国民楽派の伝統をひくオリエンタリズムの様式によって書かれている。プーシキンの創作史上この作品と関連あるバイロンの『海賊』がヴェルディのオペラ（一八四八）やマジリエ―アダンのバレエ（一八五六）を生んだことと比較すると興味深い。またこの作品はブリューロフを初めとする多くの画家による挿絵を生み出している（［Врубель, Муленкова 1987: 185］参照）。

（11）プーシキンは『カフカースのとりこ』の原注において、プーシキン以前にカフカースの風景を描いた優れた作品としてデルジャーヴィンの「ズーボフ伯への頌詩」とジュコフスキーの「ヴォエイコフへの書簡詩」をあげているが、『バフチサライの泉』においてはクリミアの風景を描いたそのような先行作品の例はあげていない。彼にはこの作品で文学的クリミアの風景を事実上最初に描き出したという自負があったと思われる。

（12）一九一五年夏にクリミアを訪れたマンデリシタームはその作品「不眠。ホメーロス。張られた帆」で「オネーギンの旅の断章」の末尾とこの「オウィディウスに」を想起する［鈴木　一九九五］。この作品ではテクストの連想はさらにオウィディウスの『黒海からの手紙』に及んでいる。ちなみに彼の作品においてはペテルブルグとローマとの連想がしばしばプーシキンとオウィディウスとの連想に重ね合わされている。［Пшибыльский 1974］の特に第三節を参照。

（13）プーシキンとオウィディウスの関係については［Бориневич-Бабайцева 1958］を参照。

（14）ブロツキーはオウィディウスとバイロンに自らの追放と流浪を重ね合わせた作品（「オーガスタに寄す新しい詩」）を書いているが［竹内　二〇〇一］、そこにはさらに本稿で論じてきたプーシキンのクリミア・テクストが潜在している、と考えられよう。

（15）『バフチサライの泉』と『クリミア・ソネット』の比較文学的考察はカルリンスキーが行っている。［Karlinsky 1963］参照。

【参考文献】

Баевский В.　1999　О присутствии Байрона в «Евгении Онегине». In *Studia metrica et poetica: Памяти П. А. Руднева*. Санкт-Петербург
Billington J. H.　1966　*The Icon and the Axe. An Interpretive History of Russian Culture*. New York
ビリントン、J　二〇〇〇　『聖像画と手斧　ロシア文化史試論』（藤野幸雄訳）勉誠出版
Бориневич-Бабайцева З.　1958　Овидиев цикл в творчестве Пушкина. In *Пушкин на юге: Труды пушкинских конференций Кишинева и Одессы*. Под ред. А. Борща. Кишинёв
バイロン、G　一九九五　『バイロン全集　一』（岡本成蹊他訳）日本図書センター
――　一九九五　『バイロン全集　二』（山本政喜他訳）日本図書センター
Дерлеменко Е.　1986　*Моей души предел желанный. А. С. Пушкин на юге*. Киев
Доброхотов Б. и др.　1985　*История русской музыки*. Т. 3. Москва

Доватур А., Каллистов Д., Шишова И.　1982　*Народы нашей страны в «Истории» Геродота*. Москва
エウリピデス　一九九一　『ギリシア悲劇全集　七』（松平千秋他訳）岩波書店
Финкельштейн И.　1971　Расин. In *Краткая литературная энциклопедия*. Т. 6. Москва
Fishe A.　1970　*The Russian Annexation of the Crimea 1772-1783*. Cambridge
——　1978　*The Crimean Tatars*. Stanford
Формозов А.　1979　*Пушкин и археология*. Москва
ゲーテ、J　一九五一　『タウリス島のイフィゲーニエ』（片山敏彦訳）岩波文庫
Gukovskij G.　1927　Racine en Russie au XVIII siècle. *Revue des Études slaves*. 7
ヘロドトス　一九七二　『歴史　中』（松平千秋訳）岩波文庫
Karlinsky S.　1963　Two Pushkin Studies. II: The Amber Beads of Crimea. *California Slavic Studies*. 2
Киселев В. (отв. ред.)　1974　*Поэзия Пушкина в романсах и песнях его современников*. Москва
高津春繁　一九六〇　『ギリシア・ローマ神話辞典』岩波書店
Левин Д. (отв. ред.)　1996　*История русской переводной художественной литературы: Древняя Русь. XVIII век*. Том II: Драматургия. Поэзия. Санкт-Петербург
Лобикова Н.　1974　*Пушкин и Восток*. Москва
Лотман Ю. (ред.)　1971　*Поэты 1790-1810 годов*. Ленинград
Лотман Ю.　1980　*Роман А. С. Пушкина «Евгений Онегин»: Комментарий*. Ленинград
——　1981　*Александр Сергеевич Пушкин*. Ленинград
Mickiewicz A.　1977　*Sonety krymskie*. Симферополь
ミツキェヴィチ、A　一九六〇　「クリミア・ソネット」（樹下節訳）『世界名詩集大成　一五　北欧・東欧』平凡社
Mirsky D.　1958　*A History of Russian Literature From Its Beginnings to 1900*. Ed. by F. J. Whitfield. New York
Nabokov V.　1959　*Speak Memory: A Memoir*. New York
ナボコフ、V　一九七九　『ナボコフ自伝　記憶よ語れ』（大津栄一郎訳）晶文社
Набоков В.　1990　*Круг*. Ленинград
小野理子　一九九四　『女帝のロシア』岩波書店（岩波新書）
オウィディウス　一九九八　『悲しみの歌／黒海からの手紙』（木村健治訳）京都大学出版会
プーシキン、A　一九七三　『プーシキン全集　一』（草鹿外吉他訳）河出書房新社

―― 一九七二『プーシキン全集 二』（木村彰一他訳）河出書房新社
―― 一九七四『プーシキン全集 六』（栗原成郎他訳）河出書房新社
ラシーヌ、J 一九七九『ラシーヌ戯曲全集 II』（渡辺守章訳）白水社
Панченко А. 1983 *«Потёмкинские деревни» как культурный миф. Русская литература XVIII — начала XIX века в общественно-культурном контексте.* In *XVIII век.* Сборник 14. Ленинград
Пшибылький Р. 1974 Рим Осипа Мандельштама. *Россия / Russia*. 1974. № 1
Rostovtsev M. 1922 *Iranians and Greeks in South Russia.* Oxford
ロストウツェフ、M 一九四四『古代の南ロシア』（坪井良平・榧本亀次郎訳）桑名文星堂
Sahni Kalpana 1997 *Russian Orientalism and the Colonization of Caucasus and Central Asia.* Bangkok
サーヘニー、K 二〇〇〇『ロシアのオリエンタリズム――民族迫害の思想と歴史――』（袴田茂樹監修・松井秀和訳）柏書房
Стрижак О. 1988 *Етнонімія Геродотової Скіфії.* Київ
Struve G. 1956 Mickiewicz in Russian Translation and Criticism. In *Adam Mickiewicz in World Literature.* Edited by W. Lednicki. Berkley; Los Angeles
鈴木正美 一九九五「テクストと引用――O・マンデリシュタームの「不眠」をめぐって」『ロシア語ロシア文学研究』第二七号
竹内恵子 二〇〇一「〈遍歴〉の停止――ブロツキー「オーガスタに寄す新しい詩」の分析」『ロシア語ロシア文学研究』第三三号
手塚富雄 一九八二『ゲーテ』講談社（人類の知的遺産 四五）
Томашевский Б. 1990 *Пушкин.* 2-е изд. Т. 2. Москва
Unbegaun B. 1929 Le nom de Saint-Pétersbourg. *Revue des Études slaves.* 9
―― 1936 Les noms des villes russes : La mode grecque. *Revue des Études slaves.* 16
Винокур Н., Каган Р. (сост.) 1974 *Пушкин в музыке: Справочник.* Москва
Врубель И., Муленкова В. 1987 *А. С. Пушкин в русской и советской иллюстрации: Каталог-справочник.* Москва
山内昌之 一九九一『ラディカル・ヒストリー――ロシア史とイスラム史のフロンティア――』中央公論社（中公新書）
Жирмунский В. 1978 *Байрон и Пушкин.* Ленинград
―― 1981 *Гете в русской литературе.* Ленинград

第十五章　多言語《ポリグロット》都市チェルニウツィの三人の詩人

――フェチコーヴィチ、エミネスク、ツェラン

一九九二年八月末に私はカルパチア・ウクライナ人の民族意識の調査のために、ルーマニアに近い西ウクライナの町チェルニウツィ Чернівці を訪れた。この町は現在は旧ソ連から独立したウクライナ共和国チェルニウツィ州の州都である。今チェルニウツィと書いたが、これはウクライナ語形で、この町はさらにルーマニア語の旧称チェルナウツィ Cernăuţi とドイツ語の旧称チェルノヴィッツ Czernowitz（日本語の文献ではしばしばツェルノヴィッツと表記されているがこちらが正しい）とを持っている。ドイツ語の旧称はドイツ現代文学に関心のある方なら記憶にあるに違いない。詩人パウル・ツェランの生まれた町である。またソヴィエト時代にはこの町はさらにロシア語の呼称チェルノフツィ Черновцы をも持っていた。

この町がこのように多国語による複数の呼称を持っているのは、この町とこの町を中心とする北ブコヴィナ地方がたどった複雑な歴史のためである。この小文は、異なる時代にこの同じチェルニウツィという町にかかわりながらウクライナ語、ルーマニア語、ドイツ語という異なる言語で創作活動を行った三人の詩人の軌跡を通して、多言語《ポリグロット》都市チェルニウツィにおける文化の「エスニックな出会い」のありかたを粗描しようとするものである。

一　チェルニウツィ――北ブコヴィナの歴史

チェルニウツィの歴史は、ブコヴィナの歴史と切り離すことができない。ブコヴィナは現在のウクライナとルーマニアの双方にまたがる地方で、現在ウクライナ領となっている地域は北ブコヴィナ、ルーマニア領となっている地域は南ブコヴィナにあたる。その名称は、ブナの木を意味するスラヴ語ブークを語源とし、最初に言及されるのは一三九二年とされる。この北ブコヴィナの首都チェルニウツィの語源はおそらくやはりスラヴ語で「黒い町」を意味していた。

チェルニウツィの東スラヴ人の都市としての形成は、考古学的研究によれば十二世紀のころで、最初ガーリチ公国の、後にはガーリチ＝ヴォルィニ公国の辺境となる。十三世紀にモンゴル＝タタールの来襲を受け、一二五九年にはタタールの司令官ブルンダイに町が焼かれた。その後チェルニウツィはポーランド、モルドヴァ、ハンガリーとのはざまにあって、これらの周辺国家との抗争に巻き込まれる。ここはドナウ川に通じるプルート川によって黒海への通路を持つために、当時、北西ヨーロッパからモルドヴァへの、さらにはバルカン半島、トルコへの重要な商業路として機能していたからである。今も続くチェルニウツィのプルート河畔の国際市は、このころから二週ごとに開かれ、ルーマニア、トルコなどからの商人で賑わっていた。

一三五九年にはチェルニウツィを含むブコヴィナの全土はその東にモンゴル＝タタールから独立して成立したモルドヴァ公国の領有となり、南ブコヴィナの首都スチャバが公国の首都となる。このためブコヴィナはモルドヴァの言語的・文化的影響を強く受けることになるが（ソ連時代に「モルダヴィア語」としてルーマニア語と区別されたこの地方の言語は、実際にはルーマニア語の一方言と見なしうるものである）、モルドヴァがモルドヴァ正教を公的な宗教としていたために、西に隣接するハンガリー領ザカルパチエや北に隣接するポーランド領ガリツィアでは十六世紀末に成立したウニアート（カトリックと正教の合同教会）が優勢だったのとは異なり、ブコヴィナでは

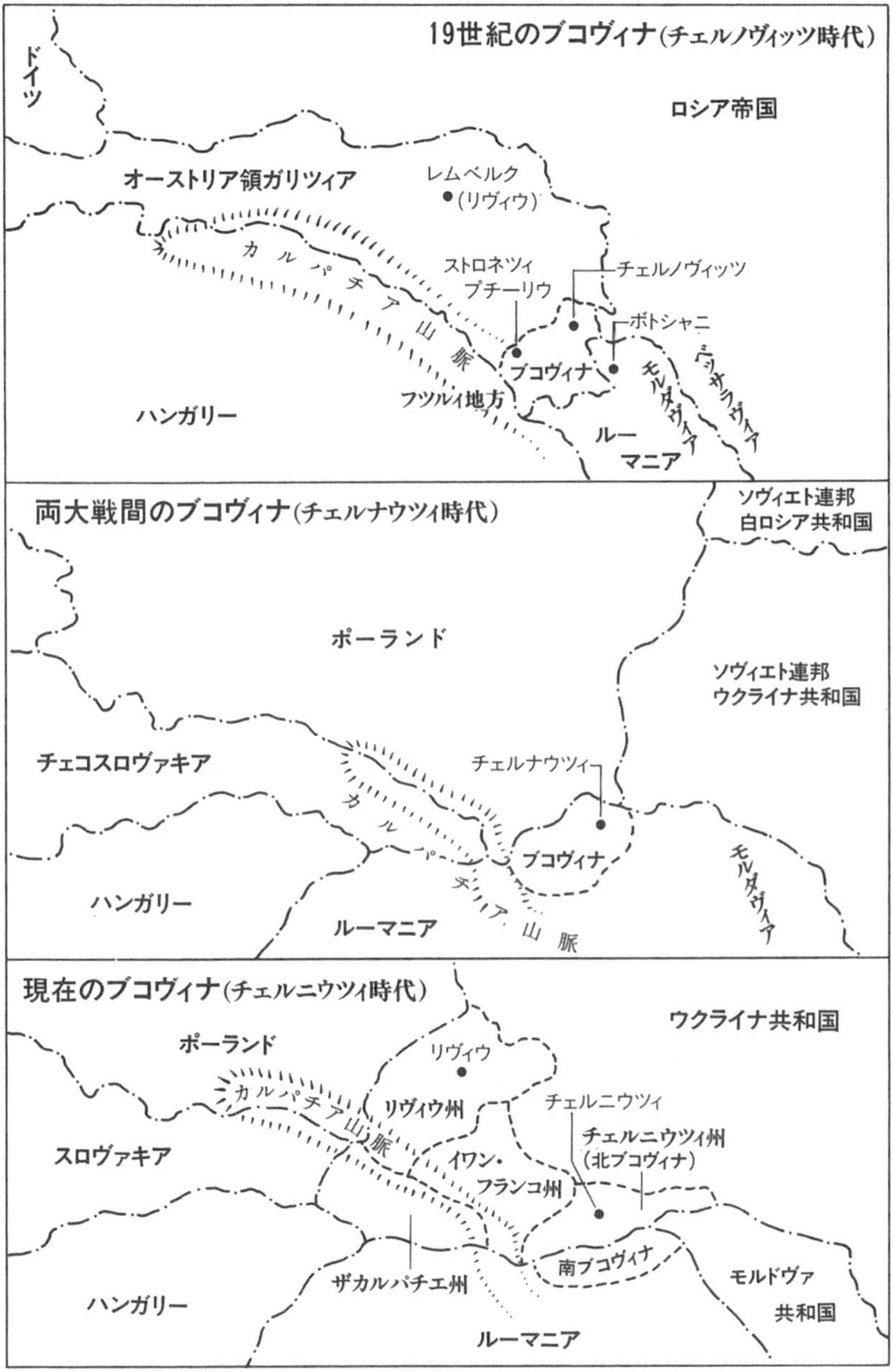
19世紀のブコヴィナ（チェルノヴィッツ時代）
ドイツ
ロシア帝国
オーストリア領ガリツィア
レムベルク
（リヴィウ）
カルパチア山脈
ストロネツィ
プチーリウ
チェルノヴィッツ
ボトシャニ
ブコヴィナ
モルダヴィア
ベッサラヴィア
フツルィ地方
ハンガリー
ルーマニア
両大戦間のブコヴィナ（チェルナウツィ時代）
ソヴィエト連邦
白ロシア共和国
ポーランド
ソヴィエト連邦
ウクライナ共和国
チェコスロヴァキア
チェルナウツィ
カルパチア山脈
ブコヴィナ
モルダヴィア
ハンガリー
ルーマニア
現在のブコヴィナ（チェルニウツィ時代）
ウクライナ共和国
ポーランド
リヴィウ
カルパチア山脈
リヴィウ州
チェルニウツィ
チェルニウツィ州
（北ブコヴィナ）
スロヴァキア
イワン・
フランコ州
南ブコヴィナ
ザカルパチエ州
モルドヴァ
共和国
ハンガリー
ルーマニア

正教が中心的な宗教となる（一九一〇年の統計では七十一パーセント）。そしてチェルニウツィはルーマニア語でチェルナウツィと呼ばれるようになる。

一五三〇年代からは、モルドヴァがトルコの支配下に入るのと同時にブコヴィナはスルタンの宗主権下に入り、この地域は北に直接ポーランドと国境を接するポーランド＝トルコの国境地帯となる。このためにブコヴィナは幾度となくポーランド、トルコ軍の来襲を受ける。この状態は一七六九年まで続くことになる。

ブコヴィナは一七六八年から七四年にかけての露土戦争によってトルコの支配から解放されるが、その後、一七七五年からオーストリア帝国の支配下に入ってモルドヴァから切り離され、それまでルーマニア語でチェルナウツィと呼ばれていたこの町はチェルノヴィッツというドイツ語の呼称で初めて呼ばれることになる。それより早く一七七二年にポーランドの三国分割によりオーストリア領となっていた東ガリツィア（ドイツ語名でレムベルクと呼ばれたリヴィウを中心とする）とともに、ブコヴィナはオーストリアの皇帝直轄領ウクライナとなり、ドイツ人の大規模な入植が始まるのである。

こうしてブコヴィナはオーストリアにとってはロシアに最も近い東の辺境となり、ドイツ人がウクライナ文化と接触しうる、あるいは逆にウクライナ人やルーマニア人がドイツ文化と接触しうる特殊な多言語的・多文化的な空間となる。十九世紀のドイツ語文学にウクライナのテーマが初めて登場するようになるのは偶然ではない。一八四五年にはF・ボーデンシュテットの『詩的ウクライナ』が出版され、R・フォン・ゴットシャールは一八五〇年に物語詩『ゴンタ』を出し、彼がその後に出版した『マゼッパ』は、後述のフェチコーヴィチによってウクライナ語に訳されている。(1) ここにはさらに『ガリツィア物語』を書いた「レムベルグ」のオーストリア作家ザッヘル＝マゾッホ（一八三六－一八九五）の名や、ウクライナの吟遊詩人コブザーリを「神」を体現する存在として『時禱集』や『神様の話』などの作品に取り上げたリルケの名を挙げることができよう。

十九世紀初頭にはまださささやかな東欧の小都市に過ぎなかったチェルノヴィッツは（一八一六年当時の人口は、五四一六人であったという）、ブコヴィナの首都として急速に発展をとげる。この町の元来の住民はルーマニア人とウクライナ人だったが、さらにロシア人、ユダヤ人、ドイツ人、ポーランド人、ハンガリー人、スロヴァキア人などが移住してくるようになる。宗教的にもカトリック、ルーマニアおよびウクライナ正教、ユダヤ教が混在する地域となったのである。

二　フツルィ出身のウクライナ語詩人――フェチコーヴィチ

オーストリア時代の「チェルノヴィッツ」にかかわったウクライナの詩人ユーリイ・フェチコーヴィチ（一八三四－一八八八）の軌跡は、当時のこの町の多文化的な状況を象徴するものとなっている。

彼はブコヴィナのフツルィ地方の小さな町ストロネツィ＝プチーリウに生まれた。フツルィ地方とは、ブコヴィナから西はザカルパチエ、北はガリツィアにかけてのカルパチア山系に居住するウクライナ系の山岳民フツルィ（複数）が居住する地域であり、ウクライナ語でフツルシチナと呼ばれる。(2)

フツルィの民族的起源やフツルィという彼らの自称の語源は明確ではない。ロシアの『原初年代記』は、黒海北西沿岸からマジャールやペチェネグなどの遊牧民に追われて十一世紀末から十二世紀にかけてカルパチア地方に移住したとされる中世東スラヴのウリチ、あるいはチヴェルツィといった部族の名に言及しているが、彼らがカルパチア地方に移住した後にルーマニア人が強い影響を与えて形成されたのがフツルィであるとする説や、ウクライナ化されたルーマニア人が強い影響を与えて形成されたのがフツルィであるとする説や、ウクライナ化されたルーマニア人あるいはウクライナ化されたチュルク系遊牧民とみなす説など諸説があって見解の一致を見ていない。フツルィ Hucuły という呼称の語源もウクライナ語、チュルク語、ルーマニア語説などさまざまに唱えられており（フェチコーヴィチ自身は、ポロヴェッツに近いチュルク系遊牧民ウッと関係づけている）、そのこと自体がこの地域の民族学的・歴史的多元性を示している。

フツルィは、現在のウクライナ共和国チェルニウツィ州から北西は隣接するイワン・フランコー州とザカルパチエ州にかけて、南東はルーマニアに接する地域に広がっている。フツルィはウクライナにおいて最もアルカイックな民族学的特徴を残している民族集団だが、半面その文化には、ルーマニア系牧畜民ヴラヒのこの地域への植民を通じてバルカン的な文化の影響の跡が認められるだけでなく、スロヴァキア人とも多くの文化的共通性が見られる。フツルィの伝統的な生業は、家畜飼養、牧羊、森林伐採、河川を利用した木材運搬などである。言語としてはウクライナ語カルパチア方言の一グループ、フツルィ方言を話す。

フェチコーヴィチが生まれたストロネツィ＝プチーリウはブコヴィナの西北、現在のプチーラ地区の町でカルパチア山脈の東麓に位置している。この地域に住むフツルィは隣接するザカルパチエ、ガリツィアに住むフツルィと区別してブコヴィナ・フツルィと呼ばれる。彼が一八三四年に生まれたのはオーストリア支配下のこのブコヴィナ・フツルィの町だったのである。

彼の父はポーランド士族で地主の領地の支配人をしていたが、母親はウクライナ人であった。最初彼はカトリックの洗礼を受けオシップとドミニクという二つの洗礼名を与えられる。しかし、最初にウクライナ人の母に教育を受けた彼は、後に母の宗教である正教に改宗する。十四歳になると、彼はチェルノヴィッツのドイツ語による実科中学校で学業を続けることになる。これは当時のブコヴィナでは同じチェルノヴィッツにあった下級ギムナジウムとならんで最高の教育機関だったのである。彼が最もよい成績を収めたのはドイツ語だった。しかし、入学後間もなく、ブコヴィナ・フツルィの代表としてウィーン議会に参加していたルキヤン・コブィリツャが一八四八年に彼の故郷で民族蜂起を起こし（後にフェチコーヴィチは彼を詩に取り上げている）、これに彼の母と兄が参加したために、彼の家は没落し、中学校を退学したフェチコーヴィチは友人の画家ロトケルの影響から、モルドヴァへ行き、ここでスペイン、ドイツの文学を読み耽けるようになる。

十九歳から二十九歳までの青春時代、すなわち一八五三年から一八六三年までを彼はオーストリアの軍隊で過ごすことになる。すでに述べたように、この時代のブコヴィナがオーストリア領だったからである。一八四八年革命の後のオーストリアの政治的反動期に、軍隊生活は過酷さを増していたが、兵役の間も彼は同郷のフツルィの兵士たちと交わり、彼らのフォークロアに触れていた。軍隊時代に彼はゲーテ、ハイネ、シラー、ウーラントなどのドイツの古典作家たちの作品に読み耽り、その影響下に自らもドイツ語とウクライナ語の二カ国語で詩作を試みるようになる。彼の最初の作品は「誠の愛」と題され、一八五七年に書かれたドイツ語の詩であり、翌五八年にはウクライナ語の最初の詩「夜の宿」が書かれる。

一八五九年にイタリアでオーストリアからの独立戦争が勃発すると、フェチコーヴィチはオーストリア軍兵士としてヴェネチア、ミラノ、ヴェローナの諸都市に転戦し、一八六二年に東ガリツィアの首都レムベルク（リヴィウ）で最初の詩集を出版する。そこではフツルィ方言をまじえたウクライナ語でこの間のイタリア経験が「ヴェローナにて」などの詩に綴られている。戦争がオーストリアの敗北に終わると、彼はウィーンを経て、一八六三年にチェルノヴィッツに帰還し、一八六五年にドイツ語の最初の詩集を出版した。

ちなみに、当時ロシア帝国の支配下にあった東ウクライナにおいて、ウクライナ語の教育が一八六三年から、出版・上演が一八七六年から禁じられたのに対して、東ガリツィアを中心とするオーストリア領ウクライナではウクライナ語の出版がその後も認められていた。その後、彼は故郷のストロネツィ＝プチーリウにいったん戻り、ウクライナ語の教科書を編纂するなどフツルィ農民の啓蒙活動に従事する。

一八七五年にチェルノヴィッツ大学が創設されると、翌一八七六年にチェルノヴィッツに上京、再び首都での文筆活動を開始する。彼は学生たちと文芸サークルを作り、ウクライナ語新聞『ブコヴィナ』の編集に、一八八五年からその死まで従事する。一八八八年に亡くなった彼は、遺言で「私の墓に私の絵か彫像が飾られるようなことがあったら、それはフツルィの民族衣装を着た姿で描いて欲しい」と言い残していた。現在のチェルニウツィにはフェチコーヴィチ文学記念博物館が開かれている。

彼のウクライナ語の詩のスタイルに最も影響を与えたのは、フツルィ地方のウクライナ民謡とタラス・シェフチェンコの作品である。西ウクライナにおけるフェチコーヴィチの詩作はシェフチェンコのそれと同様に、まだロシア語の方言としてしか認められていなかったウクライナ語を、文語として叙情詩に用いた先駆的な試みであった。

彼の詩の真価はシェフチェンコの模倣に堕してしまう後期よりもむしろ初期にあり、そのテーマはオーストリアの軍隊に徴兵されたフツルィ兵士の悲しみである。それらの詩篇においては、遠い異国イタリアで戦うフツルィ兵士の運命がロマン主義的な感傷に包まれて歌われている。その一つを訳出しておこう。

脱走兵

ああ彼はテーブルを前に
蝋燭の光のもと物思いに沈んでいた
短い母の手紙を
彼は読んでいた。

母の短い手紙の
便箋は雪のように白く
彼はテーブルの角に
額を押しあてる

——年老いた母の
私への手紙はいつものくりかえし——
「今年も厳しい冬で
寒い思いをしているよ

私のために山に薪を切りに行く者が
誰もいないのだから
だって家にたった一人の男手の
一人息子のおまえは今は皇帝の兵士」

それを読むと彼はがばと跳ね起き
鳥のように飛びたった
風も追い付けぬほどに
そうしないではいられなかったのだ

母の暖炉のもとに
彼は飛ぶように急いだ
母のために薪を切り
彼女の小屋を暖めようと

三　放浪の詩人エミネスク

この頃にチェルニウツィにかかわった文人として忘れられないのは、ミハイ・エミネスク（一八五〇―一八八九）である。このルーマニア最大の国民的詩人が初等教育を受けたのもギムナジウムに学んだのも、オーストリア領時代のここチェルニウツィ、当時のチェルノヴィッツであった。そのギムナジウムがあった現在のチェルニウツィの通りは今彼の名を冠してエミネスク通りと呼ばれている。この時代のチェルノヴィッツは、ルーマニア人の町としても活発な文化活動を展開していた。あまりにも有名なルーマニアの民衆バラード「ミオリツァ」を詩人ヴァシレ・アレクサンドリが一八五〇年に最初に発表したのが、ほかならぬこの町の雑誌『ブコヴィナ』であったことは象徴的である。

エミネスクは、モルドヴァの町ボトシャニに近い村イポテシティの貧しい商人の家に生まれた。教育熱心だった彼の父はエミネスクを学ばせるために、一八五八年、彼が八歳のときにチェルノヴィッツに送り出す。当時、モルドヴァとブコヴィナはトルコとオーストリアによって分断されていたにもかかわらず、密接な相互交流があったのである。彼が入学したのはこの町のドイツ語の国立小学校の三年生のクラスであり、一八六〇年には上級ギムナジウムに入学、六三年までここで学んだ。彼はチェルノヴィッツでは一八四八年革命の参加者でもあったルーマニア人のラテン語教師アロン・プムヌルの家に寄宿するが、エミネスクのペシミスティックな世界観にはプムヌルの影響が少なくない、と言われている。

この間の一八六六年にプムヌルの死を悼んで書いた詩が、エミネスクの最初の作品であった。エミネスクの活字化された最初の作品はハンガリーのペシトの町で発行されていた『家族』という雑誌に発表されるが、このときに雑誌の編集長が彼のもともとの苗字がスラヴ風のエミノヴィチだったのを純ルーマニア風のエミネスクに変えて作者の名として発表したのが、その後のペンネームとなった。しかし、一八六四年にチェルノヴィッツを訪れたタルディーニの劇団の上演に魅せられたエミネスクは、学業を放棄し、この劇団に身を投じ、プロンプターとしてルーマニア全土を放浪することとなる。

一八六九年には学業を全うさせようとする父の説得でウィーンに出て、ウィーン大学に籍を置く。そこでエミネスクはブコヴィナとトランシルヴァニア出身の愛国的ルーマニア知識人のグループ「若きルーマニア」にかかわることになった。一八七二年から七四年にかけてはベルリン大学に移り、これらの大学で古典語、サンスクリット語、独仏語を学んでいる。

一八七四年にルーマニアに帰国、ヤシで学校の視学官、図書館員などの仕事につき、七七年からはブカレストの保守的な新聞『時代』の記者となるが、八三年に発狂し、六年後に精神病院で孤独な死を遂げる。

エミネスクの哲学はショーペンハウアーのペシミズムから深い影響を受けているが、その詩にはミュッセとヴィニーのフランス・ロマン主義、あるいはヘルダーリンの影響の跡が見られる。しかし、詩語は簡潔でありながら、その詩的世界はルーマニア民謡とも響きかわし、宇宙論的な広がりを持っているといえよう。

チェルニウツィという町にかかわった詩人は、この町の歴史的転変の影響か、放浪の運命を負わされているかのようだが、放浪の末に故郷に帰りついた心情を歌った一八七九年作の次の詩は、森と詩人の対話による民謡を思わせる簡潔な形式で書かれている。

再会

「森よ、愛しい森よ
なつかしい森よ、どうしている？
お前を最後に見てから
多くの月日が流れ
おまえのもとを立ち去ってから
私は多くの世界をさまよったけれど」

「ほら私は昔ながらの暮らしです
冬には吹雪が聞こえ
枝が折られ
小川は氷で閉され

小道には雪がつもり
歌が吹き払われます
私は昔ながらの暮らしです
夏には鄙歌《ドイナ》が聞こえます
私がつけてあげた
泉への道を
手桶に水を汲むために
女たちが行くときに」

「穏やかな川が流れる森よ
時が来て時が過ぎても
おまえは昔と変わらず若く
いっそう若やいでいるね」

「時とは何でしょう　永遠の昔から
私の湖に星の光は降り
空が晴れようと曇ろうと
風は吹き葉むらをそよがせます
空が晴れようと雨が降ろうと
ドナウは流れ続けます
人だけが移ろい

この地上をさまようのです
けれど私たちは移ろいません
昔のまま変わらないのです
海も川も
荒野の広がる世界も
月も太陽も
森も泉も」

このルーマニア最大の国民詩人が、現在のウクライナ共和国の町で初等教育を受けた、ということはあまり知られていない事実である。この町を訪れたときに私を一日案内してくれたルーマニア系のガイドが、誇り高く「ここはエミネスクが学んだ町なのよ」とつぶやいたのが私の印象に残っている。

四　十九世紀末から二十世紀初頭にかけてのチェルノヴィッツ

さて、この町にオーストリア皇帝フランツ・ヨーゼフの名を冠するドイツ語の大学が創設されたのは、エミネスクがチェルノヴィッツを去った後の一八七五年である。以後、この大学はチェルノヴィッツの文化活動の中心となっていく(3)。

一八九〇年の統計では、このときのチェルノヴィッツの人口は五万四〇〇〇人あまりで、その民族構成はほぼ一万人ずつのウクライナ人とドイツ人、一万七〇〇〇人あまりのユダヤ人、ほぼ七五〇〇人ずつのルーマニア人とポーランド人であった。一九一八年までは、チェルノヴィッツにおける最も優勢な言語はドイツ語であった。この町で、ドイツ語作家フランツォスはシェフチェンコの詩をドイツ語圏に紹介する活動を行っていたし、民族学者カインドルはフッルィの民族学的研究をドイツ語で出版している。チェルノヴィッツは最も東に位置するドイツ文化の中心であり、ウクライナの主要都市の中では最もドイツ人の割合の大きい町だったのである。(4) ちなみに、一九一〇年の統計によれば、ブコヴィナの総人口約八十万のうちウクライナ人三十万人、ルーマニア人二十七万人、ドイツ人およびユダヤ人十七万人という内訳になっており、前記の一八九〇年のチェルノヴィッツの人口統計と比較するならば、ドイツ人およびユダヤ人が首都に集中していたことがわかる。

第一次世界大戦が勃発すると、オーストリア領であったチェルノヴィッツはロシア軍に一九一四年以降、三度占領されることになる。ちなみに、一九一六年六月に後のソヴィエトの作家ブルガーコフはこの町でロシア軍の軍医として働いている。

このころチェルノヴィッツを中心としてロシアの影響を受けた革命運動が激しくなり、一九一八年にはブコヴィナ人民会議が北ブコヴィナのウクライナ併合を決議するが、ルーマニアが占領、結局全ブコヴィナがルーマニア領となり、チェルノヴィッツはチェルナウツィと改称される。ルーマニア領となったブコヴィナでは教育のルーマニア化が進められ、小中学校や「カロル一世王立大学」となったチェルナウツィ大学の授業ではルーマニア語が強制された。一八二五年に開かれたチェルノヴィッツのウクライナ語ギムナジウムは、一九二七年には廃止されている。

こうしてチェルナウツィは、両大戦間にはルーマニア王国ブコヴィナ州の州都であった。第一次世界大戦後の人口は十四万人に増え、その半数近くがユダヤ人であったという。筆者もこの町で大きなユダヤ人共同墓地を見ているが、現在のチェルニウツィもユダヤ人の割合の最も大きいウクライナの都市の一つである。

五　ブコヴィナのドイツ語詩人——ツェラン

フェチコーヴィチとエミネスクがオーストリア時代のチェルノヴィッツに学びながら、自らの創作言語としてはウクライナ語とルーマニア語を選んだのに対して、ルーマニア時代のチェルナウツィに学びつつ逆にドイツ語を自らの創作言語として選んだのが、パウル・ツェラン（一九二〇－一九七〇）である。この多言語的な町のドイツ語を話すユダヤ人の家庭に彼は一九二〇年に生まれたのだった。父は建築技師レオ・アンチェル、母はフリーデリケ。パウルのヘブライ語名はペサフ Pessach であった。この町が、オーストリアの町チェルノヴィッツからルーマニアの町チェルナウツィとなった直後のことである。後にツェランはその故郷について、次のように回想している。

わたしがそこから出てきてみなさまのもとにやってきた土地は、みなさまの中のほとんどのかたがたには未知の土地であるかも知れません。そこは、マルティン・ブーバーがわたしたちみんなにドイツ語で再話したあのハシディズムの物語の少なからざる部分が生まれた土地です。そこは、もしわたしがこの地誌的スケッチを補ってかまわないのなら——人間と書物が生きていた地域です。

「ハンザ自由都市ブレーメン文学賞受賞の際の挨拶」［ツェラン　一九八六］

また同じチェルナウツィ出身のドイツ語女流詩人ローゼ・アウスレンダーは、この時期のチェルナウツィを次のように回想している。

あの独特の風景、あの独特の人びと！　童話と神話が空中に漂い、人びとはそれを吸い込んでいました。四カ国語を話すチェルノヴィッツは、たくさんの芸術家、詩人、そして芸術や文学や哲学の愛好家を蔵する詩的な町だったのです。そこはイディッシュ語で書く偉大な寓喩詩人エリーザー・シュタインバルクの町でした。この町はまたイディッシュ語で書く最も重要な詩人、イチヒ・マンガーや、二世代にわたるドイツ語詩人を生みだしました。最も若く重要だったのはパウル・ツェラン、最も年長だったのは、一九六八年に六十九歳でブカレストで死んだアルフレード・マルグル＝シュペルバーです。

［アウスレンダー　一九九〇］

オーストリア領内のユダヤ人の地位は、一八七八年のベルリン会議の結果公式には平等の身分が確認されたが、実際にはそれ以降も差別は存続していた。ブコヴィナにおけるユダヤ人は、その宗教ゆえにオーストリア人以外の他民族からも差別を受けていた。チェルナウツィがブコヴィナのユダヤ文化にとって重要な意味を持っていたのは、その近郊にあったサダゴラという町の存在によるところが大きい。ここはツェランの母が生まれた町であったばかりでなく、一八四二年以降、ハシディズム（十八世紀初頭にポーランドやウクライナのユダヤ人民衆に起こった聖俗一致を主張する敬虔主義的な宗教革新運動）の中心となっていたからである。しかし、一九九一年にキエフで出版されたウクライナ語のチェルニウツィの案内書はこの町のユダヤ文化については全く沈黙を守っており、ツェランについての記述ももちろんない。

チェルナウツィのルーマニア語のギムナジウム時代にすでに彼はルーマニア語とドイツ語を自由に駆使し、ルーマニア語詩のドイツ語訳、またドイツ語詩のルーマニア語訳などに熱中していた。このころに彼が独訳したルーマニア語の詩の中には、エミネスクの作品「夕べの星」が含まれている。

一九三八年にギムナジウムを卒業した後、彼はフランスのトゥールの医科大学に学ぶが、これはルーマニア語がフランス語と同系のロマンス語であるためにルーマニア人の子弟は、外国への留学先にはもっぱらフランスを選ぶ伝統があったからであった（ルーマニア出身の亡命作家の多くが、イオネスク、ツァラなどのようにフランス語を創作言語として選んでいるのはこのためである）。一九三九年の七月にチェルナウツィに戻ったツェランは、チェルナウツィ大学に入学する。大学は一九一八年以降ルーマニア化され、ここでの教育はルーマニア語によって行われていた。ここで彼はフランス語とフランス文学を学んだ。

しかし第二次大戦が勃発し、ソヴィエト軍は一九四〇年六月二十日にチェルナウツィに進行し、六月二十六日に、ベッサラビアとともに北ブコヴィナのソ連編入を要求した。ルーマニアのカロル二世はこれを認めざるをえなかった。この領有関係は現在のウクライナ共和国に受け継がれることになる。この時点でチェルナウツィはウクライナ語の呼称チェルニウツィに改称され、同時にソ連の共通語であったロシア語ではチェルノフツィと呼ばれることになった。

ロシアのユダヤ人と同様に、社会主義によるユダヤ人解放の理念を信じていたブゴヴィナのユダヤ人たちは、この編入をむしろ歓迎したようだ。しかし、ソヴィエト軍の進駐はこの町の強制的なウクライナ化とロシア化をもたらし、彼らに幻滅と失望をもたらした。一九四一年には四千人もの人がソ連国家警察によってシベリアに強制連行される。その四分の三はユダヤ人だった。

しかし、この時代にツェランはロシア語の学習に没頭し、驚くほどの短期間でマスターしたという。さらに一九四一年の七月にブコヴィナにナチス・ドイツが侵攻し、チェルニウツィの最も悲劇的な時代が訪れる。その占領下、ルーマニア政府のナチスへの協力の下ツェランはゲットー生活を送る。一九四二年にツェランの両親はウクライナのミハイロフカにある強制収容所送りとなり、その後殺される。ツェランは両親の運命は免れたものの、ルーマニア内の強制収容所で一年あまりを送る。このときの体験の最も緊迫した詩的表現となっているのがあまりにも有名な「死のフーガ」である。

ルーマニア時代のチェルナウツィにおいてはウクライナ語教育が廃止されていたことや、ツェランのウクライナに対する記憶が、この強制収容所のそれとあまりに堅く結び着いていたせいか、あれだけのポリグロットであり、マンデリシターム、エセーニン、フレーブニコフなど多くのロシア詩人の作品の訳詩をのこしているツェランがウクライナ語からの翻訳は行っていない。歴史的に見ても、ウクライナはその民族主義的反乱のたびにユダヤ人虐殺＝ポグロムが最も頻繁に繰り返された地域でもあった。ウクライナの国民詩人シェフチェンコを始めとして、ウクライナの愛国主義的インテリゲンチャはほとんど皆、反ユダヤ的主張を貫いている（シェフチェンコの叙事詩「ハイダマキ」を参照）。

一九四八年に発表されたツェランの初期詩篇「黒い雪片」にはボフダン・フメリニツキーの対ポーランド反乱（一六四八）におけるポグロムの記憶が、一九四二年の秋にウクライナの南ブーク川畔の強制収容所からツェランに届いた母からの、父の死を知らせた手紙と重ね合わされる。

黒い雪片

雪が降った、光もなく。一月《ひとつき》
あるいはすでに　二月《ふたつき》　経ったのだ、秋が修道服をまとい
ぼくにも報せを、ウクライナの山腹から一枚の葉を寄越してから。

「思ってもごらん、ここも冬になることを、千回目にはまた
一番広い川が流れる地が――
ヤコブの天の血、斧たちで祝福されて……
おお　この世のものでない赤さの氷――あのコサックの首長が　お供を皆
引き連れて　暗くなっていく太陽たちの中へ歩んでいく……子よ、ああ　一枚の布、
わたしをその中に包み込む布、兜がきらりと光るときに、
地塊が、薔薇色の地塊が割れるときに、雪のように
お前の父の身体が飛び散るときに、蹄の下で
ヒマラヤ杉の歌が砕け折れるときに……
一枚の布、一枚のただ狭い布きれ、わたしが
今、泣くことをお前が学ぶのだから、わたしの傍らで
決して緑にならない世界の狭さを守るようにと、わが子よ、お前の子どものために！」
血を流したのだ、おかあさん、秋がぼくから去っていったのだ、雪がぼくに火をつけた――
ぼくはぼくの心を探した、それが泣くようにと、ぼくは息吹を見つけた、ああ　夏の、

それはあなたのようだった。
ぼくには涙があふれた。ぼくはその布切れを織った。
（中村朝子訳）

ここで「コサックの首長」と訳されているウクライナ語「ヘトマン」は、当時南ブコヴィナの小都市フラーフモラを襲ったフメリニツキーを暗示している、とされる。ナチスのユダヤ人虐殺がウクライナのポグロムに重ね合わされるのである［Stiehler 1979］。しかも、このウクライナにおけるユダヤ人虐殺は実際にこのころキエフ郊外のバービイ・ヤールで繰り返された。一九四一年の七月にブコヴィナに侵攻しツェランの両親をミハイロフカの収容所に送ったナチス・ドイツは、同じ年の九月にキエフに入り、この小さな谷に少なくとも三万人のユダヤ人を集め、虐殺した。この虐殺をスターリン政権は黙認したふしがあり、スターリン時代にはこの事件に触れることはタブーであった。

しかし、スターリンの死後一九六一年に発表されたエフトゥシェンコの長詩「バービイ・ヤール」はこの事件を最初にとりあげ、ショスタコーヴィチの交響曲十三番『バービイ・ヤール』の第一楽章の歌詞に用いられることとなった。ツェランが、このエフトゥシェンコの詩を原作発表直後の一九六二年にいち早くドイツ語に訳していることとは偶然ではあるまい。

一九四三年にツェランは再侵入したソ連軍の側に脱出し、一時ソ連軍の衛生係などを務める。一九四四年一月にドイツ軍はウクライナから撤退し、二月にツェランはチェルナウツィに戻る。四月に町はソ連領となった。秋には再開された大学に復学するが、大学はウクライナ化され、チェルニウツィ大学となっていた。このためであろうか、またスターリニズムに支配された教育環境に絶望したためであろうか、復学後、英語英文学を学んだツェランは結局、翌四五年に大学をやめ、ルーマニアの首都ブカレストに上京し、出版社の原稿審査員として働くかたわら、詩を発表しはじめる。このころに彼は同じブコヴィナ出身のドイツ語詩人マルグル＝シュペルバーと知り合うのである。

ブカレスト時代のツェランは、ドイツ語だけでなく少なからぬルーマニア語の作品を残している。このことは、ルーマニア時代のチェルナウツィに生まれたツェランの第二の言語的アイデンティティは必然的にルーマニア語であったことを意味している。ソ連領のウクライナとなったチェルニウツィにツェランが帰ることはついになかった。

ところで、一九四七年から彼はドイツ語詩人としての自らのペンネームにパウル・ツェランを用いるようになる。しかし、そこに彼は以後創作言語として捨て去ることになるルーマニア語を忍び込ませているのである。つまり彼のドイツ語綴りの本名はアンチェル Antscel であるが、この名のルーマニア語綴りが Ancel であり、この本名のルーマニア語形のアナグラムとして、彼は自らのペンネームを選んでいる（したがって、彼のペンネームをルーマニア語読みするとチェランとなる）。さらに私自身は確認できなかったが、Celan はブコヴィナのウクライナ語方言で「収税吏」を意味するという。だとするならば、ツェランはその筆名によってひそかに多言語的な自らの出自を象徴させていたということになろう［Stiehler 1979］。

彼は一九四七年にブカレストからウィーンに出発し、パリに移住した後、ソルボンヌでドイツ文学・言語学を学び始める、という屈折した学業生活を開始する。言語の極北を極めることによって自らの命を縮めていくような詩作活動の果てに彼が異国のセーヌ川に入水自殺をとげたのは、一九七〇年のことであった。

六　終わりに

一九九二年八月の末に筆者がチェルニウツィに着いた翌日の朝、ホテルのレストランで同席した老夫婦は共にリヴィウ（リヴォフ）の大学に学び知り合ったというユダヤ人で、七〇年代にイスラエルに移住したと語ったが、共に両親の墓をここチェルニウツィに持ち、今回は墓参りの帰郷だという。前日の晩、大勢のユダヤ人の若者たちがユダヤ民謡に踊り興じていたのを思い出して、「あれはイスラエルからの観光客でしょうか」と聞いてみると、「この若者たちですよ」と言う。チェルニウツィにはまだ脈々とユダヤ文化が受け継がれていることを改めて知ったのである。

私はこの時期のチェルニウツィで、キエフなどで顕著であった独立ウクライナの熱気とは異なるある冷めた空気を感じていた。フェチコーヴィチの生まれた村に近いヴィジニツャというブコヴィナ・フツルィの町では、フツルィのフォークロア・フェスティヴァルが開催されたが、そこにはルーマニアのマラムレシ地方のウクライナ人村からの合唱団や、ポーランドのレムキと呼ばれるウクライナ系山岳民の歌手が招待され、舞台にのぼっていた。私はこの地域における国境と言語、宗教と文化の意味を改めて考えつつ、共にチェルニウツィにかかわりながらウクライナ語、ルーマニア語、ドイツ語という異なる言語をみずからの文学の言葉として選び取った三人の詩人の運命を反芻していたのである。

[註]

（1）『マゼッパ』のテーマは、十九世紀ヨーロッパにおいて最も広範に普及した芸術上の「ウクライナ・テーマ」であった。[Babinski 1975] 参照のこと。なおウクライナ＝ドイツ比較文学という興味深いテーマは現在までほとんど研究されていない [Čyževs'kyj 1975]。

（2）カルパチア山中に居住するウクライナ系の民族集団には三つあり、西からレムキ、ボイキ、フツルィ（複数）と呼ばれる。ちなみにこのフツルィ地方を舞台とし、彼らのアルカイックな文化と生活を描いた映画にセルゲイ・パラジャーノフ監督の初期の名作「火の馬」（一九六四）がある。これはウクライナの作家ミハイロ・コツュビンスキーが一九一一年に発表した小説『忘れられた祖先の影』Тіні забутих предків を映画化したものである。原作者のコツュビンスキーは、一九一一年にカルパチア・ウクライナ人の調査で知られる民族学者のヴォロジーミル・フナチュークとともにこの地域のフツルィの村クリヴォリヴナを訪れ、彼らの色彩豊かな生活に触れている。

（3）フェチコーヴィチの名を冠した現チェルニウツィ大学の校舎は旧ブコヴィナ大司教館であり、十九世紀末のチェルニウツィの多文化的状況を象徴する建築である。この建物はチェコの建築家J・フラフカによって設計され一八六四年から八二年にかけて建てられたが、その様式はロマネスク・ビザンツ様式をウクライナの民族建築様式と組み合わせたものである。この建築は二〇〇七年に世界遺産に登録された。

（4） ガリツィアおよびブコヴィナにおける「オーストリア文学」については［マグリス　一九九〇］第四章五節「帝国の東部国境地帯」および［平野　二〇〇一］を参照。

【参考文献】

アウスレンダー、R　一九九〇「ツェラン回想追悼」『現代詩手帖』一九九〇年五月号

Babinski H. 1975 *The Mazeppa Legend in European Romanticism.* New York; London

Čyževs'kyj D. 1976 *A History of Ukrainian Literature.* Colorado

Eminescu M. 1978 *Poeme.* Bucureşti

Федькович О. 1927 *Твори.* Харків

Гоберман Д. 1983 *По северной Буковине.* Ленинград

Гусар Ю., Розумний С. 1991 *Чернівці: Фотопутівник.* Київ

平野嘉彦　二〇〇一『獣たちの伝説　東欧のドイツ語文学地図』みすず書房

マグリス、C　一九九〇『オーストリア文学とハプスブルク神話』（鈴木隆雄・藤井忠・村山雅人訳）書肆風の薔薇

Stiehler H. 1979 *Paul Celan, Oscar Walter Cisek und die deutschsprachige Gegenwartsliteratur Rumäniens.* Frankfurt am Main

ツェラン、P　一九八六『パウル・ツェラン詩論集』（飯吉光夫訳）静地社

――　一九九二『パウル・ツェラン全詩集　Ⅲ』（中村朝子訳）青土社

ゼルマ、M＝E　一九八六『ゼルマの詩集』（秋山宏訳・解説）岩波書店

英米文学とロシア

第十六章　ナボコフ『青白い炎』と『イーゴリ軍記』

一　『青白い炎』と『イーゴリ軍記』

一九六二年にナボコフが書いた『青白い炎』は奇妙な作品である。架空のアメリカの詩人シェイドが書いた長詩『青白い炎』をはさんで、同僚のロシア語教授キンボートが自分の「前書き」、シェイドの作品のすべてを架空の北の国ゼムブラの物語として解釈しようとする偏執的な「注釈」、シェイドの作品ではなく自らの注釈に対する「索引」を配置した「書物」なのである。そしてこの奇妙な作品に『イーゴリ軍記』の作者についてのナボコフの見解が隠されている、と語ったのは一九八六年にモスクワで開かれた『イーゴリ軍記』八百年記念シンポジウム(1)で会った詩人・研究者アンドレイ・チェルノフだった。彼はこの作品の作者としてイーゴリの同時代の吟遊詩人と彼が推定するホディナの名をあげ、「この仮説は既にA・ステパーノフとナボコフの小説『青白い炎』によって提示されていたが、およそ我が国の研究者の視野には入らなかった」［Чернов 1985］［Чернов 1986］と言うのである。

古来この作品の作者は、おそらく当時のイーゴリに仕えていた親兵の一人であろう、と推定されているものの、具体的な人名については定説を得るに至っていない。そしてその他にも様々な説が唱えられてきたが、このホディナ＝作者説はほとんど受け入れられていない。それには理由がある。

二　ホディナとは？

このホディナという名は『イーゴリ軍記』に言及されるのだが、実はそのテクストにそのままの形で現われるわけではない。この作品の最後のあたり、古来難解箇所として知られる部分、すなわちエカテリーナ女帝に献呈するために作られたいわゆるエカテリーナ本では、Рекъ Боянъ и ходы на Святославля となっている箇所を読み変えることによって出現する。十九世紀の歴史家ザベーリンはこの詩行の中の ходы на を Ходына の写し間違いとし、このホディナをボヤーンと並ぶもう一人の吟遊詩人の名と考え、「スヴャトスラフのボヤーンとホディナは語った」と読んだのである。この読み方はリハチョフ、ドミートリエフら現代ロシアの『イーゴリ軍記』研究家に踏襲されているが、ヤコブソンはこの箇所を Рекъ Боянъ и до сына Святославля と大胆に訂正し、「ボヤーンはスヴャトスラフの子をも〔予言して〕語った」と全く異なる読み方を提起している。[2]

ところでボヤーンは『イーゴリ軍記』にその名が何度も言及される吟遊詩人で、イーゴリ公の時代のおよそ一世紀前にスヴャトスラフ公に仕えその時代の事跡を歌ったと考えられている。従ってこのザベーリン以来の読み方では、ホディナはボヤーンの同時代人、即ちイーゴリの一世紀前の時代の吟遊詩人であり、『イーゴリ軍記』の作者ではありえなくなってしまう。しかしチェルノフはホディナはイーゴリの同時代人であり、『イーゴリ軍記』の真の作者であるとするのである。彼によればホディナの名は一種の作者の「署名」として、テクストの中に挿入されたものだという。チェルノフは「スヴャトスラフのボヤーンとホディナは語った」というザベーリン以来の読み方に従った上で、ここでのスヴャトスラフを異なる二人のスヴャトスラフを同時に意味するものと解釈し、ここを「〔ヤロスラフの子の〕スヴャトスラフ（－一〇七六）のボヤーンと〔フセヴォロドの子の〕スヴャトスラフ（－一一九四）のホディナは語った」と読む。そしてこの解釈の先行者の一人として彼が上げるのがナボコフの名なのである。

三 『青白い炎』の「ホディンスキー」

そこで「小説」『青白い炎』の一部でもあるキンボートの注釈索引を引いてみると、そこにホディンスキーHodinskiという項目があり、「ロシアの冒険家。一八〇〇年に死去。ホディナHodynaという名でも知られていた。一七七八年から一八〇〇年までゼムブラに住む」［ナボコフ　二〇〇三：五一五］という説明がある。そしてこのホディナの名はシェイドの『青白い炎』の六八一行に対するキンボートの注釈に現われることがわかり、そちらを引いてみると次のような記述がある。

多くの歴史家たちはヤルガの一人息子イゴールはウラン最終王（統治一七九八－一七九九）の息子ではなく、ロシア人の冒険家ホディンスキー――すなわちgoliart（宮廷道化師であり、天才的な詩人）――との情事の所産だと信じているが、ホディンスキーは一般には、十二世紀の無名の吟遊詩人の作だと考えられている、有名なロシア古詩たる武勲詩を、閑暇に捏造したと言われている。

（富士川義之訳）［ナボコフ　二〇〇三：四二八］

ここで言及されている「十二世紀の無名の吟遊詩人の作だと考えられている、有名なロシア古詩たる武勲詩」が一一八五年から数年の間に書かれたと推定される『イーゴリ軍記』のことであることは明らかである。そしてここで言及されるHodynaのロシア語形はヴェラ・ナボコワによる一九八三年のロシア語訳ではまさしくХодынаであり、この名が『イーゴリ軍記』のテクストそのものに由来することは確実である。チェルノフはおそらくこのヴェラ・ナボコワによるロシア語訳で『青白い炎』を読んだものと思われる。しかしここでキンボートが言及しているのはチェルノフの主張するような十二世紀の詩人ホディナではなく、十八世紀の偽作者ホディンスキーなのである。

さらにここでの叙述があくまで芸術的虚構としてのキンボートのそれであることは押さえておかねばなるまい。別にナボコフ自身はここで『イーゴリ軍記』の真の作者がホディナである、と主張しているわけではないのである。

四　ナボコフの英訳『イーゴリ軍記』

ところでナボコフが『青白い炎』の中に『イーゴリ軍記』についての仄めかしを忍び込ませていることに不思議はない。ナボコフは詳細な注釈付きの『イーゴリ軍記』の英訳を『青白い炎』の出版の二年前、一九六〇年に出版しているからである。従ってナボコフ自身の『イーゴリ軍記』の作者についての見解はこの英訳に求めねばなるまい。まず「ホディナ」の名が現れるはずの難解箇所であるが、期待に反してその英訳にはこの名は現われない。ナボコフは Ходына の部分を削除し、ここを単に「スヴャトスラフのボヤーンは語った」と解釈しているようであるNabokov 1988: 71]。またその序文を読んでも、ナボコフはホディナ＝作者説などはとっていない。またこの英訳においては、『青白い炎』で仄めかされているような『イーゴリ軍記』＝十八世紀偽作説も取っていない。もっとも『イーゴリ軍記』＝十八世紀偽作説はナボコフがその創作の中で初めて言いだしたことではなく、この作品の写本の発見当時から一部の研究者たちによって主張されていた。そしてその真贋論争の決着は最終的についたわけではない。

そもそも十八世紀末に発見された『イーゴリ軍記』の唯一の写本は一八一二年のモスクワ大火によって消失してしまった。またこの写本の発見の時期は『オシアンの歌』のドミートリエフによるロシア語訳の出版（一七八八）やヴィリーナのテクストを最初に収録したキルシャ・ダニーロフの民謡集の出版（一八〇四）の時期と重なっていた。このような状況が、『イーゴリ軍記』は国民的叙事詩の再発見というロマン主義的・愛国主義的思潮の中で捏造されたものだ、という主張を生み出す原因ともなったのである(3)。

そしてナボコフの英訳の注釈で注目されるのは、『オシアンの歌』との類似点を細かく指摘している点である。

『オシアンの歌』は古代ゲール語からの英訳と称する叙事詩をマクファーソンが出版したもので、十八世紀のロマン主義文学に絶大な影響を与えた作品である。当時は『イーゴリ軍記』を真作とする者も贋作とする者も、この作品と『オシアンの歌』とを比較したものだった。［Левин 1983: 519-520］。ナボコフはこの類似について積極的な説明は試みていない。しかしその後結局ナボコフは『イーゴリ軍記』偽作説に傾いていったようである［Karlinsky 1979: 218］。

五　ナボコフとヤコブソン

ここに興味深い一つの事実がある。一九五六年にハーバード大学スラヴ語スラヴ文学科教授にナボコフを迎えようとする動きがあったが、同学科の有力なスタッフだったロマン・ヤコブソンと『イーゴリ軍記』の解釈をめぐって対立し結局立ち消えとなった、というものである。具体的にどのような点でこの二人の見解が対立したのかははっきりとはわからない。ナボコフは英訳『イーゴリ軍記』の序文への注で「私は一九五二年に最初の『イーゴリ軍記』の翻訳の試みを行った。私の目的は純粋に実利的な――学生に英訳のテクストを与えるための――ものだった。この最初の版では私は〔ヤコブソンの〕『イーゴリ公の武勲詩』で発表された校訂版に無批判に従っていた。しかし後に私は私自身の――あまりに「読みやすい」――翻訳だけでなく、ヤコブソンの見解にも段々不満を感じるようになっていった」［Nabokov 1988: 82］と書いている。もともとヤコブソンとナボコフには共同で『イーゴリ軍記』の英訳を作る計画があったが、それは実現しなかった。ナボコフはこの計画を破棄する旨の書簡を一九五七年四月十四日付で、ヤコブソン宛に送っている［ナボコフ　二〇〇〇：二一三］。

ところでナボコフの英訳は、基本的に十八世紀末に発見されたとされる『イーゴリ軍記』の写本から作られた一八〇〇年の刊行本に忠実な、かなり逐語的な訳であるのに対して、ヤコブソンはもともとかなり大胆かつ強引なテクストの訂正を行いつつその仏訳を作り上げていた。文献学者ヤコブソンは少しおおげさに言えばいわば自分「読み込みたい」物語をこの作品の中に読み込んでいく。それはシェイドの『青白い炎』の中にゼムブラの物語を読み込んでゆく注釈者キンボートを思い起こさせるのである。ヤコブソンはそのような操作を『イーゴリ軍記』の信憑性を『イーゴリ軍記』偽作説信奉者（とりわけフランスのスラヴィストであるマゾン）に納得させるために行ったのだが、この『ヤコブソン校訂本』はマクファーソンの『オシアンの歌』と同様、作家ナボコフの目には既に半ば創作と映ったであろう。そしてナボコフはこの作品の芸術的価値ゆえに逆にこの作品が偽作であってこそ真の「文学」となると思い始めたのではあるまいか。そもそも「偽作」とは何か？　写本の発見者ムーシン＝プーシキンはこの作品を十二世紀の作品として公表したが、そもそも作品としての『イーゴリ軍記』そのものには作者の名は記されていないのである。いずれにしてもヤコブソンはナボコフの英訳『イーゴリ軍記』に強い拒否反応を示したらしい。膨大な彼の『イーゴリ軍記』研究［Jakobson 1966］にナボコフの名は一度も登場しないのである。(4)

六　再び『青白い炎』と『イーゴリ軍記』をめぐって

ここで『青白い炎』という作品が、架空のアメリカ詩人シェイドの作品とされる『青白い炎』とそれに対するロシア語教師キンボートの偏執的訳注という二重の虚構の構成を取っていることを今一度思い出そう。このような構成のゆえにこの作品は普通この頃に完成していた『エヴゲーニイ・オネーギン』の英訳・訳注の仕事（刊行は一九六四）と関連づけられて語られてきたが、チェルノフの示唆によって『青白い炎』を読んでゆくと、この作品はむしろ『イーゴリ軍記』の英訳・訳注との関連で考えるべきではないか、と思えてくる。もし仮にこの作品が本当に十八世紀の偽作であったとしたら、原初年代記などの歴史記述に平行性を求めたヤコブソンやナボコフ自身の膨大な訳注の記述は壮大なナンセンスと化してしまうことになる。それは結果としては『青白い炎』の作者シェイドと、作品の全てを自分の故郷たる「ゼムブラ」国の年代記へと変容させようとした偏執的注釈者キンボートの関係を反復することになるであろう。とするとナボコフはヤコブソン以外のアメリカの読者には殆ど目にとまらぬであろうこの「ホディナ」を含む一節によってヤコブソンや自分自身の仕事をパロディ化してみせたのではあるまいか。それは明らかにヤコブソンに対する当てこすりでもある。(5)

もともとキンボートの注釈に偏執的に繰返される国名Zembla［ゼムブラ］は、『青白い炎』そのものにも引用されているポープの『人間論』第二書簡に由来するものだが、これはポープがグリーン・ランドと並んで列挙している北方の地名の一つで、ロシア語のノーヴァヤ・ゼムリャー Новая земля が英語で Nova Zembla と呼ばれたものを省略した形である。この語はその由来を知らずともロシア語教師キンボート（実は亡命ロシア人ボトキン）の耳には明らかにロシア語ゼムリャー земля（大地、国）を連想させるものであり、『イーゴリ軍記』に言及される「ロシア」は常に「ルーシの地」Русская земля という呼称で現れることを考えるならば、(6)「ゼムブラ」は地理的にも統辞論的にも「ロシア」のメトニミックな迂言法でもあることが推測される。Zで始まる「ゼムブラ」という地名は、キンボートの注釈索引ではその最後に置かれ、さりげなく「遠い北の国」とだけ説明が付けられている。その短い言葉にはキンボートの「ゼムブラ」への思いが込められているが、ナボコフにとってもそれは記憶の中でまさに「遠い北の国」として輝き続ける自らの故郷ロシアへのそれではなかったろうか。

［註］

（1） このシンポジウムについては［伊東　一九八六］を参照のこと。
（2） この箇所の解釈については、［木村　一九七九：一八－一九］参照のこと。この箇所の中村喜和訳はリハチョフらの、木村彰一訳はヤコブソンの読みによっている。
（3） 『イーゴリ軍記』偽作説の歴史については［沼野　一九九三］［中村　一九九五］を参照のこと。
（4） 『イーゴリ軍記』の翻訳をめぐるナボコフとヤコブソンの確執については［沼野　二〇一六］を参照。
（5） 博覧強記のメアリー・マッカーシーによる『青白い炎』の分析においてもこの点についての指摘はない［マッカーシー　一九八四］。

（6）『イーゴリ軍記』中にこの呼称は全部で二十一回現われる。

【参考文献】

Чернов А. 1985 *Слово о золотом слове*. Москва

―― 1986 Поэтическая полисемия и сфрагида автора в «Слове о полку Игореве». In *Исследования «Слова о полку Игореве»*. Ленинград

伊東一郎 一九八六 「『イーゴリ軍記』八百年記念国際会議に参加して」『窓』第五八号

Jakobson R. 1966 *Selected Writings*. IV. The Hague; Paris

Karlinsky S. (ed.) 1979 *The Nabokov — Wilson Letters, 1940–1971*. New York et al.

木村彰一 一九七九 「イーゴリ遠征譚」（Ⅶ）『スラヴ研究』第二四号

―― 一九八三 『イーゴリ遠征物語』（木村彰一訳）岩波書店（岩波文庫）

Левин, Ю. 1983 Оссиан в России. In *Джеймс Макферсон. Поэма Оссиана*. Изд. подготовил Ю. Левин. Ленинград

マッカーシー、M 一九八四 「晴天の霹靂」（加藤光也訳）『ボルヘス ナボコフ』筑摩書房（筑摩世界文学大系 八一）

Nabokov V. 1988 *The Song of Igor's Campaign*. Ann Arbor

―― 1991 *Pale Fire*. (Penguin Books)

Набоков В. 1983 *Бледный огонь*. Перевод Веры Набоковой. Ann Arbor

ナボコフ 二〇〇〇 『ナボコフ書簡集1』（D・ナボコフ、M・ブルッコリ編 江田孝臣訳）みすず書房

―― 二〇〇三 『青白い炎』（富士川義之訳）筑摩書房（ちくま文庫）

中村喜和 一九七〇 『ロシア中世物語集』（中村喜和編訳）筑摩書房（筑摩叢書）

―― 一九九五 「『イーゴリ軍記』偽作説」『世界歴史体系 ロシア史1 九世紀―十七世紀』山川出版社

沼野充義 一九九三 「存在しない天才的贋作者――『イーゴリ軍記』をめぐる論争」『スラヴの真空』自由国民社

―― 二〇一六 「ヤコブソンとナボコフの確執をめぐって――象・イーゴリ・スパイ――」『SLAVISTIKA』XXXII

第十七章　夕べの鐘

――イワン・コズロフとトマス・ムーア

「夕べの鐘」Вечерний звон という有名なロシア民謡がある。古くは亡命ロシア人の男声合唱団がよく歌っていたし、戦後はソ連のアカデミー・ロシア合唱団なども重要なレパートリイとしていた。このため我が国の合唱界にはよく知られている曲である。鐘の音を模した「ボン・ボン」という重厚なハミングにのせてテノール独唱が切々と歌ういかにもロシア民謡らしい名曲である。

しかしこの民謡の詩は実はイワン・コズロフ Иван Козлов（一七七九－一八四〇）という詩人が一八二八年に発表したもので、この民謡もアレクサンドル・アリャービエフ Александр Алябьев（一七八七－一八五一）という作曲家が原詩の発表直後の一八三〇年にその詩に作曲した歌曲が民謡化したものと言われている。しかし実際には短調で歌われるアリャービエフの陰鬱な曲調は清明な民謡の曲調とは大きく異なっている（**譜例5**）。

コズロフはモスクワに生まれそこで官吏生活を送った後一八一三年にペテルブルグに移るが一八二一年に失明し、このことが彼を文筆の道に進ませることとなった。その後彼はバイロンなどのイギリス詩人の作品やミツキェヴィチの翻訳によって名を知られるようになる。コズロフの「夕べの鐘」は次のような詩で、民謡として歌われるのはふつう第二連の四行までである。

夕べの鐘の音よ、夕べの鐘の音よ！
なんと多くの思いをおまえは呼び起こすことか！
そこで私が愛し、そこに父の家があった
あの故郷での若き日々について。
そしてその故郷に永遠の別れを告げた時
私はどのように最後の鐘の音を聞いたことか！

もはや私にははかない我が青春の
明るい日々を見ることはできない！
そしてあの頃快活で若かった人々の
なんと多くが今はもう生きてはいないことか！
そして彼らの墓場の眠りは固く
彼らには夕べの鐘の音も聞こえない――

私もまた湿った土の中に横たわるのだ！
私の上を悲しげな調べが
風に乗って谷をわたるだろう――
別の歌人がその谷を過ぎ行き
もう私ではなくその歌人が

Вечерний звон, вечерний звон!
Как много дум наводит он
О юных днях в краю родном,
Где я любил, где отчий дом,
И как я, с ним навек простясь,
Там слушал звон в последний раз!

Уже не зреть мне светлых дней
Весны обманчивой моей!
И сколько нет теперь в живых
Тогда весёлых молодых!
И крепок их могильный сон;
Не слышен им вечерний звон:

Лежать и мне в земле сырой!
Напев унывный надо мной
В долине ветер разнесёт;
Другой певец по ней пройдёт.
И уж не я, а будет он

В раздумье петь вечерний звон!
思いに沈んで夕べの鐘を歌うだろう！

ところで有名なロシア民謡となったこの「夕べの鐘」という詩は実はアイルランドの同時代の詩人トマス・ムーア Thomas Moore（一七七九－一八五二）が書いた英詩の翻訳だった。しかしそこに歌われた「夕べの鐘」はアイルランドの鐘の音ではなく、もともとペテルブルグの「夕べの鐘」だったのである。ムーアの原詩は"Air. — The Bells of St. Peterburgh" という原題で、世界民謡集に擬した『諸国民の歌謡』National Airs という詩集（一八一八）に収められたものだった。ムーアは民謡の旋律で歌えるように創作した叙情詩集『アイルランド歌謡集』Irish Melodies（一八〇八－三四）で詩人として広く知られるようになる。彼の詩によるアイルランド民謡「夏の名残のバラ（庭の千草）」や「春の日の花と輝く」は日本でもよく知られている。『諸国民の歌謡』はいわばその世界版を狙ったものだったらしい。この詩集にはスペイン、ポルトガル、インド、ハンガリー、イタリア、シチリア、スコットランド、スイス、ドイツ、スウェーデン、フランス、マルタ、ウェールズ等の世界各地の「歌」と称する叙情詩が収められていて、作者は必ずしもそれらの国々すべてを訪れてはいない。ペテルブルグもムーアが訪れた形跡はない。ムーアはあくまでもペテルブルグの夕べに響く鐘の音を想像してそれを歌謡風に歌いあげたのである。

しかし夕べの鐘の「音」に過去への郷愁を募らせるという原詩の内容に、失明したコズロフが、単なる共感以上のものを感じていたことは確かであり、その詩が「祇園精舎の鐘の声　諸行無常の響きあり」を思わせる内容であることは、偶然ではないのかも知れない。その原詩は次の通りで、コズロフは原詩の韻律をまもりながら、自分なりにそれを自由にふくらませていることがわかる。

Those evening bells! those evening bells!
How many a tale their music tells,
Of youth and home and that sweet time

с ним на_век про_стясь, там слу_шал звон в по_след_ний
их мо_гиль_ный сон, не слы_шен им ве_чер_ний
я, а бу_дет он в раз_ду_мье петь ве_чер_ний
раз, там слу_шал звон в по_след_ний раз!
звон, не слы_шен им ве_чер_ний звон!
звон, в раз_ду_мье петь ве_чер_ний звон.
sf
perdendosi
Для повторения
Для окончания
2. У_же не
3. Ле_жать и

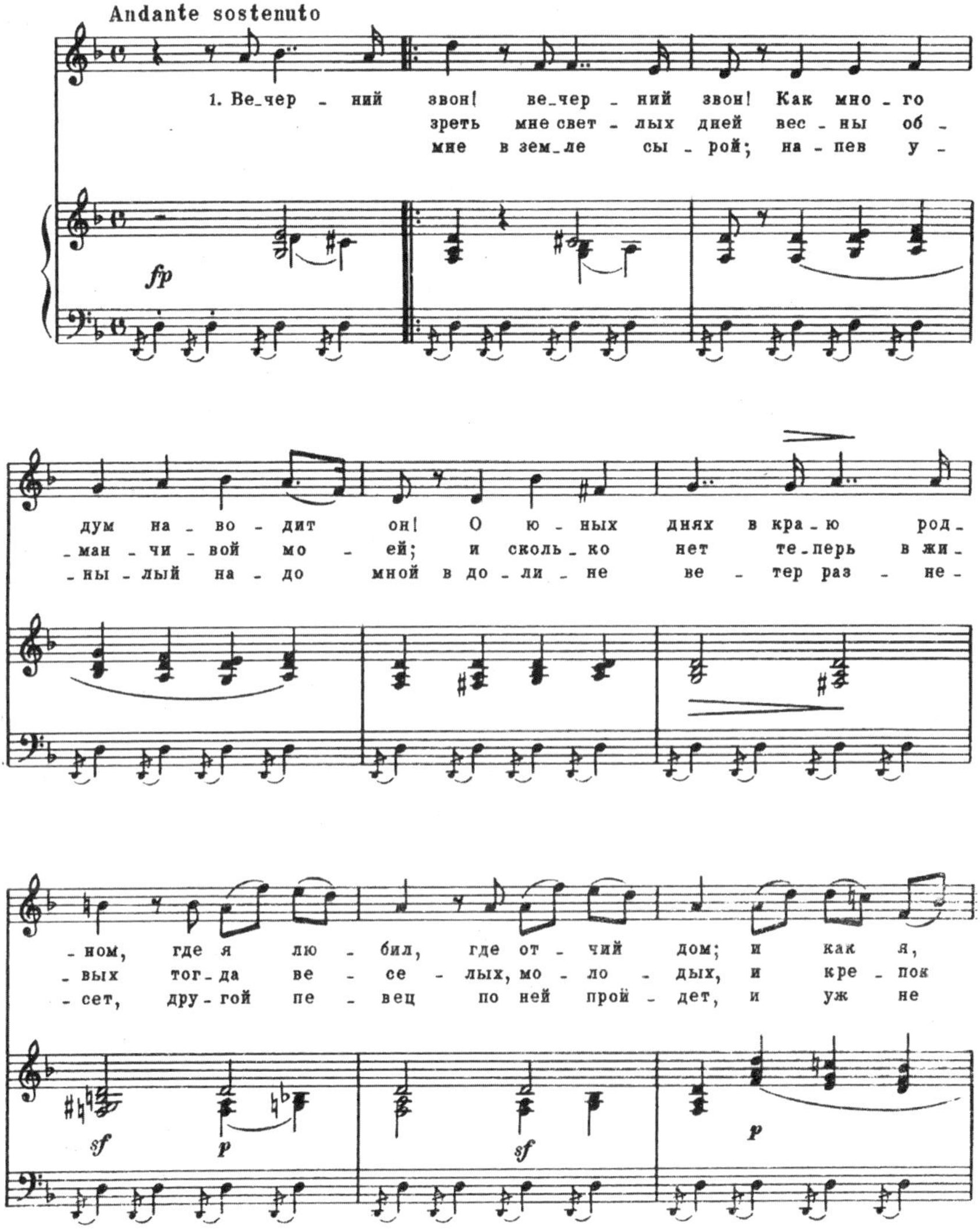

譜例5　アリャービエフ「夕べの鐘」

When last I heard their soothing chime.

Those joyous hours are pass'd away;
And many a heart, that then was gay,
Within the tomb now darkly dwells,
And hears no more those evening bells.

And so't will be when I am gone;
That tuneful peal will still ring on,
While other bards shall walk these dells,
And sing your praise, sweet evening bells!

コズロフの訳詩をこの原詩と比べると、原詩が四行詩三連の構成になっているのに対し、コズロフの訳詩は六行詩三連になっており、大幅に原詩を拡大していることがわかる。注目されるのは訳詩の第二連冒頭の「もはや私にははかない我が青春の明るい日々を見ることができない」という詩句で、これは原詩にはなく、コズロフが盲目の詩人としての自らの感慨を吐露したものと思われるのである。

ところでコズロフの訳詩はまず一八二八年に詩人デリヴィクが主宰していた雑誌「北方の花」に発表されるのだが、一八三一年の「テレスコープ」誌の第八号にどういうわけかこの訳詩に関する「トマス・ムーアによるコズロフの詩の英訳」という匿名の記事が掲載されるのである。この記事の執筆者はパリで一八二九年に出版されたガリニャーニ版の『トマス・ムーア作品全集』のなかにムーアの原詩をみつけて早とちりをしたらしい。この全集は書籍商プラヴィリシチコフとスミルジンによってペテルブルグに輸入されていた。しかし実際にはムーアの「夕べの鐘」を収録した『諸国民の歌謡』は一八一八年に既に出版されていたのである。
この誤解は一八三二年から三三年にかけてと一八四〇年に出版されたコズロフの二つの作品集に収められた「夕べの鐘」に、ムーアの作品の翻訳である、というコメントが欠落していたためにさらに助長されたらしい。一八八五年にアンドレイ・カリノフスキーがコズロフの「夕べの鐘」を十一世紀のグルジア詩人ゲオルギイ・ムタツミンデリの作品の翻訳である、という不可解な主張をしたこともあながち彼だけを責められない状況があったのである。
しかし裏返して考えてみれば、このような誤解は夕べの教会の鐘を聞きながら故郷を思い起こす、というこの詩に歌われた情景と感情が、民族を超えて東西に共通のものであったことをはからずも示しているように思われる。アリャービエフがこの詩に作曲した歌曲はすぐに人口に膾炙し、一八三〇年代初頭のいくつかの歌集に既に収録されている。
ところで詩人アファナーシイ・フェート Афанасий Фет（一八二〇－九二）は、コズロフの亡くなった一八四〇年にその死を悼んでやはり「夕べの鐘」と題された詩を書いた。この作品は次のようにコズロフの詩と全く同じ韻律と詩型で書かれている。

それは憧れかそれとも夢だったのか？
私には夕べの鐘が聞こえた――
岸辺の丘の上には
忘れられた村の家が立っていた。
そして辛い思いがあふれ
私の胸にのしかかり、心を苦しめた。

Мечтанье было то иль сон?
Мне слышался вечерний звон;
А над рекою, под холмом,
Стоял забытый сельский дом,
И перелив тяжёлых дум
Давил мне сердце, мучил ум.

人家ない家よ！　おまえの主人はどこに？

Пустынный дом! где твой жилец?

ああ！　遠くで盲いた詩人が
故郷を忘れることなく
優しい声でなつかしんでいた。
彼は眠っている――その深い眠りは
もはや夕べの鐘が破ることはない。

Увы! вдали поэт-слепец
О родине не забывал
И сладкозвучно тосковал.
Он спит: его глубокий сон
Уж не прервёт вечерний звон.

だがしかし――地上の悲しみの歌人よ
―おまえが人々の心の中で死ぬことはない！
私はそのような夢を見た――そして私の頭上の
ひっそりとした空の高みを
何か憂いに満ちた呻きが響いていった
そして私は「夕べの鐘」を歌いだしたのだ。

Но что ж, — певец земных скорбей,
Ты не умрёшь в сердцах людей!
Так я мечтал — и надо мной
Пронёсся чрез эфир пустой
Какой-то грусти полный стон,
И я запел «Вечерний звон».

この最後の詩行はコズロフの「夕べの鐘」の最後の二行に対する応答であり、最終行のカッコを付けられた「夕べの鐘」はそれゆえにもはや普通名詞ではなく、それがその時点で既に人口に膾炙した歌となっている固有名詞としての「夕べの鐘」であることを示している。コズロフが死んでもこうして「夕べの鐘」は歌として歌われ、詩としてフェートに歌い継がれたのである。そしてその影響は文学と音楽のジャンルにとどまらなかった。

一八九二年にはイサーク・レヴィタンがこの歌と同題の「夕べの鐘」という風景画を描いている（**別図7**）が、それは夕べのヴォルガ河畔に立つ教会を描いたものである。その題名はこの情景の中に響く普通名詞としての「夕べの鐘」のみならず、固有名詞としての民謡「夕べの鐘」をも暗示している。

セルゲイ・ジャーロフが指揮していた亡命ロシア人男声合唱団であるドン・コサック合唱団は演奏旅行の行く

先々で亡命ロシア人の集うロシア正教会で必ず典礼に参加していた、という。来日の際には神田駿河台のニコライ堂で歌っていたそうである。その彼らが必ず演奏会で歌っていた民謡の一つにこの「夕べの鐘」があった。ロシア革命後ロシア国内では聞くことが難しくなった教会の鐘の音は、逆に国外のロシア正教会で響き続けていた。ヨーロッパの大きな都市には必ず立派なロシア正教会があり、それを図柄とした切手がソ連崩壊後のロシアで発売されたほどである。「そして故郷に永遠の別れを告げた時、私はどのように最後の鐘の音を聞いたことか！」という歌詞を彼らはそれらの都市でどんな思いで歌い続けていたのだったろうか。

【参考文献】

Алексеев М.　1963　Томас Мур, его русские собеседники и корреспонденты. In *Международные связи русской литературы: Сборник статей*. Москва; Ленинград

Barratt G.　1972　Ivan Kozlov: A study and a Setting. Toronto

Козлов И.　1960　*Полное собрание стихотворений*. Ленинград

【二〇一九年追記】

レヴィタンの絵「夕べの鐘」は、ニコライ・ルプツォーフ（一九三六―一九七一）の詩「レヴィタン」（一九六〇）を生み出した。「レヴィタンの絵『夕べの鐘』のモチーフにより」という副題を持つこの詩は、教会の夕べの鐘の音と草原に咲き乱れる釣鐘草が響き合う様を歌っているが、ムーア―コズロフの「夕べの鐘」の遠いこだまとも言えよう。

文学と音楽

第十八章　ロシアのアマデウス

――『モーツアルトとサリエリ』へのマルジナリア

一九八六年、大学の授業で戯曲講読のためのテキストとして『モーツアルトとサリエリ』を選び、学生諸君と読んでみた。この作品を選んだのは半期で読み終わらなければならない、という条件をみたす講読のテキストとして長さが手頃だったのと、ピーター・シェーファー原作の『アマデウス』のヒットの後で、作品の基本的イデーについて明らかにその先駆ともいえるこの作品をあらためて読みかえしてみたいという私の側の動機もあった。作品を講読しながら私は、この作品におけるモーツアルト像がいわばプーシキンの自画像として鮮やかに浮かび上がってくるのを感じた。そしてもしそれが私の思いこみでないとしたらプーシキンとモーツアルトを通底するものは何だろうか、ということを考えていた。本稿は『モーツアルトとサリエリ』の作品論というよりは、この作品の周辺に浮かびあがるロシア文化におけるモーツアルト像についてのエッセイである。

一　音楽文学としての『モーツアルトとサリエリ』

『モーツアルトとサリエリ』の最大の特徴は、実在のしかも外国の音楽家を主人公にすえていることであろう。このように音楽家を主人公に設定したプーシキンの作品は外にはないし、また戯曲という分野ではロシア文学全体を見渡しても外に例がない。

小説、戯曲、詩などを含めたロシアの音楽文学の系譜はきわめて興味深い研究上のテーマであり、プーシキンの同時代では、忘れられた十八世紀のロシアの作曲家を主人公とした音楽家小説『マクシム・セゾントヴィッチ・ベレゾフスキー』を書いたネストール・クーコリニクなどもいるが、(1)なんといってもオドエフスキーの存在がきわめて大きい。ドイツ・ロマン主義の影響下に『ヨハン・セバスチャン・バッハ』あるいは『ベートーヴェン最後の四重奏曲』などを書いたオドエフスキーはまた音楽評論家としても活躍し、それまでイタリア音楽全盛だったロシアの音楽界にドイツ音楽を紹介することに力を尽くしたのである。特に『モーツアルトとサリエリ』が一八三二年に発表された雑誌『北方の花』には前年の一八三一年にオドエフスキーが『ベートーヴェン最後の四重奏曲』を発表しており、音楽文学のジャンルにおける影響関係が指摘されている。しかし音楽に対する態度、芸術家としての資質においてオドエフスキーとプーシキンは大きな違いを持っている。それはオドエフスキーが基本的にロマン主義の枠組で捉えられるのに対して、プーシキンは必ずしもそうではない点である。このことはオドエフスキーがその音楽小説の主人公としてバッハとベートーヴェンを選んだのに対してプーシキンがモーツアルトを選んだことに象徴的に表れているといえよう。私はマルコフにならってモーツアルトとプーシキンを通底するものはある意味での古典主義ではないかと思うのである。

二　プーシキンの同時代のモーツアルト

この作品を一読して驚かされるのはプーシキンの音楽的知識の豊かさである。そこにはモーツアルトの作品としては『フィガロの結婚』、『ドン・ジョヴァンニ』そして『レクイエム』の名があげられ、そのほかにグルックの『アウリスのイフィジェニー』（一七七二）、サリエリのオペラ『タラール』などの名があがり、人名ではピッチーニ、ハイドンらの名が挙がる。そしてプーシキンはこれらの作品、作曲家をおそらくよく知っていたと思われる。若い頃からプーシキンが家庭でモーツアルトをはじめとする西欧の音楽に親しんでいたことは一八一四年の、即ち十五歳当時のプーシキン作の『妹へ』からも伺える。

……それとも暗い遠方を眺めているの？
思いに沈むスヴェトラーナのように
ざわめくネヴァのほとりで。
それとも響き高いピアノで
鮮やかに駆ける手のもとに
モーツアルトを蘇らせているの？
それとも繰返しているのだろうか、
ピッチーニとラモーの音を？……

ここでロシアにおけるモーツアルト受容に触れておけば、彼の名がロシアに知られるようになるのは一七九七年に『魔笛』と『ドン・ジョヴァンニ』が初演されてからである。特に一八〇五年に『後宮からの誘拐』、一八〇六年に『ドン・ジョヴァンニ』がモスクワで上演されて以来ロシアにおけるモーツアルト崇拝が始まる。十九世紀最初の四半世紀にロシアではこれらの作品の外に『コシ・ファン・トゥッテ』、『フィガロの結婚』、『ティト帝の仁慈』などのオペラが次々に上演されている。また演奏会では一八〇一年に『レクイエム』のロシア初演が行われ、一八〇七年にカンタータ『悔悟するダヴィデ』が演奏されている。このほかにオペラの序曲や交響曲は演奏会の曲目にしばしば取上げられていた。

このようなモーツアルト熱はロシアの作曲界にも影響を与えずにはおかなかった。グリンカの最初のピアノ曲は『魔笛』からの主題による変奏曲であったし、チャイコフスキーは一八八七年、即ち『ドン・ジョヴァンニ』初演百年祭の年にその組曲第四番をモーツアルトの主題に捧げ（『モーツアルティアーナ』）、またきわめてモーツアルト的な作品『ロココの主題による変奏曲』を書いている。一八四〇年の『モスクワ人』誌では奇妙なことにモーツアルトは「ボヘミアのスラヴ人」と、そのオペラは「ゲルマン＝スラヴ」オペラと呼ばれているが、これは当時のロシア人のモーツアルトへの親近感を表現してもいようか。一八四三年にはアレクサンドル・ウルィブィシェフが三巻の『新モーツアルト伝』を出版さえしており、ロシアにおけるモーツアルト崇拝は頂点に達する。このような十九世紀ロシアのモーツアルト熱の中で『モーツアルトとサリエリ』は、サリエリのモーツアルト毒殺説に基く世界最初の文学となるのである。

トマシェフスキーによれば一八二〇年代の後半から、プーシキンはモーツアルトに熱中し、『モーツアルトとサリエリ』で言及されている『ドン・ジョヴァンニ』の上演を繰返し見ていた。『石の客』にエピグラフとしてこの『ドン・ジョヴァンニ』のレポレロのアリアが使われていることからもプーシキンのこのオペラへの愛着が推測できるし、この戯曲そのものがモーツアルトのオペラを意識して書かれたものであることも明らかである。オドエフスキーは一八二五年にイタリア人のオペラ団によって上演されたこのオペラの批評を書いているが、この上演はあるいはプーシキンも見ていたかもしれない。

ところでロシアにおけるモーツアルト受容には、当時のウィーンに駐在していたロシア貴族や外交官たちも大いに貢献していた。彼らのあいだには少なからぬ音楽愛好家がおり、しばしばウィーンの作曲家たちのパトロンとなっていた。モーツアルトは実際にしばしば自作のピアノ協奏曲をドミートリイ・ゴリーツィン公のサロンで演奏しているし、彼のオペラ『後宮からの誘拐』も、当初は後に皇帝となるパーヴェル大公のウィーン訪問の機会に演奏しようとしたものだった（実際は作曲が間に合わず、グルックの『アルチェステ』に代えられた）。またアンドレイ・ラズモフスキーもモーツアルトと接触した外交官の一人である。彼はヨーロッパ各地をロシア公使として歴任した後、一七九二年から一八〇七年までウィーン大使を勤め、ウィーン会議にはロシア側の代表として参加している。その後もウィーンにとどまった彼はベートーヴェンやハイドン、モーツアルトとも交際があり、有名なベートーヴェンの「ラズモフスキー」四重奏曲がパトロンでもあったラズモフスキーに献呈されたものであることは記憶されていい事実である（本書第十一章参照）。このラズモフスキーはある資料によると音楽愛好家のポチョムキン公のためにモーツアルトを楽師長としてペテルブルグに招くべくウィーンでモーツアルトと交渉したが、一七九一年のモーツアルトの死でそれは実現せず、かわりにジョゼッペ・サルティが招かれたという。実際死の前年の一七九〇年にモーツアルトはペテルブルグ行きを暗示するかのようにロシア地図を購入しているのだが、困窮に苦しんでいたモーツアルトは健康が許しさえすればおそらく喜んでペテルブルグに行ったことであろう。サルティはペテルブルグ滞在中に教会スラヴ語による『ロシア・オラトリオ』などを書き残しているが、もしモーツアルトがペテルブルグに来ていたら、同様の作品やロシア語によるオペラを書き残していたかもしれないのである。

ここでサリエリについても見てみると、彼の作品はその生前からロシアに知られていたようで、そのオペラ『アルミーダ』はペテルブルグで一七七四年に既に上演されている。またプーシキンが『モーツアルトとサリエリ』で言及している『タラール』は、一七八七年にフランス語で初演されたものだが、翌年ダ・ポンテによるイタリア語訳で『オルムスの王アクスール』として上演されており、このイタリア語版は一八〇三年に既にロシアで上演されている。ちなみにやはりその名が『モーツアルトとサリエリ』に言及されるピッチーニとグルックではロシアにはピッチーニの方がよく知られていたようである。彼の『チェッキーナあるいはよい娘』、『一般世論』、『結婚前の夫婦』、『幻燈』などのオペラは早くからロシアの舞台に知られていた。

いずれにしても十八世紀後半以降のペテルブルグではウィーン古典派の音楽がひとつの規範となっていた。ムソルグスキーが『古典主義者』という辛辣な歌曲でモーツアルトとハイドンをパロディ化し、当時の楽壇の古典主義崇拝を風刺したのは一八六七年のことであり、いかにその影響が後世に及んだかがわかる。ちなみに十九世紀最初の四半世紀にモーツアルト以外の作品では、ハイドンの『四季』、ヘンデルの『メサイア』などの演奏が一八〇〇年代に次々と行われた。この時代のウィーン古典派のロシアへの浸透を象徴しているのはウィーンの作曲家F・カウエルのオペラ『ドナウの娘』の運命である。このオペラは一七九八年にウィーンで初演されたが、一八〇三年に『レスタ――ドニエプルのルサルカ』という題名で上演され、大当たりをとった。このためにクラスノポリスキーとシャホフスコイはこのオペラの続編の台詞をロシア語で書き、ダヴィドフがそれに作曲をしたが、これもまた大当たりをとったのである。プーシキンの『ルサルカ』やゴーゴリの『五月の夜』などに見られるルサルカのイメージはフォークロアに忠実な土俗的なものというより、きわめてロマン主義的なものであり、そこには明らかに当時きわめて有名だったこのオペラからの影響を見てとることができる。

ところでプーシキンが『モーツアルトとサリエリ』で言及しているモーツアルトあるいはそれ以外の作曲家のオペラはもっぱらラテン系のテクストによるものである。例えば言及されているモーツアルトの二つのオペラはイタリア語によるものだし、グルックのそれはフランス語によるもの、またサリエリの『タラール』もボーマルシェの台本によるフランス語のものであった。これはモーツアルトの音楽的環境を示しているだけでなく、プーシキンの音楽的教養をも暗示しているといえよう。それはオドエフスキーの音楽的教養がもっぱらゲルマン的なものであり、ドイツ・ロマン主義と結びつくのとは対照的である。『エヴゲーニイ・オネーギン』などをみても、そこに言及される作曲家はやはりイタリア、フランスのものが多く、これはどちらかといえば十八世紀末のペテルブルグ＝ヴェネチア楽派の伝統に連なるものであった。こうして『モーツアルトとサリエリ』に表われたプーシキンの音楽的教養はむしろ十八世紀の古典主義に結びつくのであり、その意味でプーシキンはモーツアルトの同時代人ということができよう。

三　『モーツアルトとサリエリ』におけるプーシキンとモーツアルト

この作品の主題となっているのは芸術と天才をめぐる哲学的思索である。長い間いわば職人として技術を学び、作曲家となったサリエリは努力を知らぬ年下の天衣無縫の蕩児であるモーツアルトに神が天才を授けた不条理を嘆く。そしてここで問題となっているのは、モーツアルトの天才を認めながらもこの不条理を事実として認めることが出来ないサリエリの心理である。この二人の対立をロマン主義と古典主義の対立と解釈するグコフスキーの説は説得力を欠く。何故ならここで問題になっているのは芸術の様式上の対立などではないからである。この作品でスマローコフらの古典主義演劇への対立者として現れているプーシキンはその意味では確かにロマン主義の側に立っていると言えるであろう。しかしプーシキンがロマン主義に対してとっている距離は、特に彼の散文や『エヴゲーニイ・オネーギン』において明らかであり、ここでプーシキンが明らかにその側に立っているモーツアルトは確かに後世のロマン主義に（例えばホフマンのように）大きな影響を与えてはいるものの、ロマン主義の作曲家ではない。モーツアルトの本質はただモーツアルト的なものとしてしか規定しようがないものだが、それはプーシキンの本質をプーシキン的なものとしてしか規定しようがないのと同様である。彼らは共に国民的な芸術を創始したが、同時に彼らは狭い意味での時代様式、国民性を超越している。彼らの本質は共にきわめて深く汎西欧的で普遍的なものであり、この背景においてこそプーシキンがこの作品で描き出している、蔭りを持たず明澄な、それでいて生の底知れぬデモーニッシュな力を体現したモーツアルト像はプーシキン自身の像に重なりあってゆくのである。

四　オペラ『モーツアルトとサリエリ』

最後にこの『モーツアルトとサリエリ』をオペラ化したリムスキー＝コルサコフの同名のオペラについて触れて

おこう。リムスキー＝コルサコフがこのオペラを書いたのは一八九七年の夏であった。彼は生涯に十五曲のオペラを書いたが、このオペラはその規模や主題においてそれまでの彼のオペラとは全く違うものになっている。民族主義的国民楽派のリーダーとして彼が取上げたのは『サトコ』や『五月の夜』、『見えざる町キーテジ』、『金鶏』など民族的色彩の濃いものばかりであった。それに対してこのオペラはプーシキンの原作が素材とはいえ、舞台はロシアではなく、彼の他のオペラがほとんどグランド・オペラなのに対して、その規模も登場人物は二人だけ、その上一幕もののいわば室内オペラである。また国民楽派的な民族的旋律法を多用していたそれまでのオペラとは異なり、この作品で彼は言語的抑揚そのものから声楽の旋律を作りだすという、その頃の自分の歌曲作曲において開発した方法を用いてプーシキンの作品を音楽化している。管弦楽のパートが最初に書かれるのが常であったリムスキー＝コルサコフのオペラであったが、このオペラの場合はまず声楽のパートが先に書かれたのであった。リムスキー＝コルサコフはプーシキンの原作をほとんどそのまま用いているが、サリエリの長大な独白は部分的に省略されている。プーシキンの原作が既に述べたようなユニークな作品である以上、それをオペラ化するということもまた必然的にきわめてユニークな試みとなった。何故ならモーツァルトという実在の音楽家を主人公にすることによってその音楽は必然的に「音楽についての音楽」、いわばメタ音楽とならざるを得ないからである。メタ音楽はパロディという形で現象することが多いが、この作品におけるプーシキンは『エヴゲーニイ・オネーギン』においてレンスキーに対してとっていたようなアイロニカルな態度をモーツァルトに対して取っていない。このために作曲者はモーツァルトについての戯曲をモーツァルトの様式で音楽化せざるをえなくなり、モーツァルトの音楽はモーツァルトについての音楽と同一次元で響くことになった。ここにこのオペラの特徴と問題がある。そしてモーツァルトの死の直前に彼が演奏する曲として挿入されたレクイエムが結局リムスキー＝コルサコフの音楽を圧倒してしまうのは皮肉であり、オペラの感銘はもっぱらプーシキンのイデーとモーツァルトの音楽の力によってもたらされる、という結果になっている。私はこのオペラをいくつかのレコードで聞いたが、その最良の演奏はペーター・シュライヤーとテオ・アダムによるものであった。これは彼らがモーツァルトの様式を（リムスキー＝コルサコフのではなく！）熟知していたことによるものであろう。私はレーメシェフとピロゴフによるロシア語版も聞いているがその演奏は前記ドイツ語版に比べてはるかに劣るものであった。ヴィシネフスカヤは「私がボリショイに所属していた二三年間に上演された唯一のモーツァルトのオペラは『フィガロの結婚だった』」と回想しているが（この時彼女はケルビーノを歌った）、実際チチェーリンが歎いているように十九世紀末以降のロシアではモーツァルトは無理解にさらされ、忘れられていくのであって、プーシキンの同時代がモーツァルトにみせた理解はソヴィエト時代には逆に失われていたといえよう。このような環境でおそらくソヴィエトの歌手たちはプーシキンが示したモーツァルト理解に到達することができなかったのである。

この作品はモスクワの私立マモントフ・オペラ団によって一八九八年に初演され、シャリャーピンがサリエリを歌い、美術はヴルーベリが担当した。(2) 後にシャリャーピンはプーシキンが『モーツァルトとサリエリ』で示した深いモーツァルト理解に讃嘆している。もっとも彼のモーツァルト演奏をレコードで聴く限り、シャリャーピン自身がモーツァルトを正しく解釈していたとはとても思われないのだが。あるいはプーシキン以後のロシアのモーツァルトはボリショイの舞台ではなく、諦念をこめたオクジャワの軽やかな『モーツァルトの歌』の中に求めるべきなのかもしれない。

モーツァルトは古いヴァイオリンを弾く
モーツァルトは弾く
モーツァルトは歌う
モーツァルトは祖国を選ばない
ただひたすら一生涯弾き続ける
かまわないさ、わかりきったことだけど
いつも僕らのさだめは逸楽と砲火の間を行ったり来たり

マエストロ、その手を休めないで
その手を額から離さないで……

【註】

（1）ベレゾフスキーはボローニャ音楽院にロシア人として初めて留学し、そこでモーツアルトと会っている可能性がある。［伊東一九八七］参照のこと。

（2）リムスキー＝コルサコフの『モーツアルトとサリエリ』についてはドイツ語による国内盤レコード（東芝ＥＭＩ　EAC-901 モーツアルト～ペーター・シュライヤー、サリエリ～テオ・アダム、マレク・ヤノフスキ指揮　ドレスデン国立歌劇場管弦楽団）に付せられた高橋英郎氏のライナー・ノートを参照のこと。

【参考文献】

Бутир Л. и др.　1986　*История русской музыки.* Т. 4. Москва
Чичерин Г.　1987　*Моцарт.* 5-е изд. Ленинград
Доброхотов Б. и др.　1985　*История русской музыки.* Т. 3. Москва
伊東一郎　一九八七　「イタリアのベレゾフスキー」『えうゐ』第一六号
Ливанова Т.　1953　*Русская музыкальная культура XVIII века.* Т. II. Москва
Markov V.　1973　Mozart: Theme and variation. *Tri Quarterly.* 28
Одоевский В.　1956　*Музыкально-литературное наследие.* Москва
シャリャーピン、F　一九八三　『シャリアピン自伝』（内山敏・久保和彦訳）共同通信社
高橋包子　一九七三　「プーシキンと『モーツアルトとサリエリ』」『ロシア語ロシア文学研究』第五号
ヴィシネフスカヤ、G　一九八七　『ガリーナ自伝』（和田旦訳）みすず書房

第十九章　ドストエフスキーと音楽

「ドストエフスキーと音楽」というテーマにおいて、その具体的な問題の立て方には、論理的には次の四つの場合が考えられる――（1）ドストエフスキー自身と音楽の関係、（2）ドストエフスキーの作品と音楽の関係、（a）ドストエフスキーの作品とそこに素材として用いられた音楽との関係、（b）ドストエフスキーの作品とそれを素材として作られた音楽との関係、（c）ドストエフスキーの作品と音楽との形式的相同性。ここでは、紙面にも限りがあるので、この四つのテーマのそれぞれとそれら相互の関係について主要な問題点を指摘しておくにとどめたい。

まず（1）の問題であるが、同時代人の証言によれば、ドストエフスキーの愛好した作曲家は、外国ではモーツァルトとベートーヴェン、ロシアではグリンカとセローフであったという。ここからうかがえるオドエフスキー的なドイツ音楽への傾倒はおそらくドストエフスキーのドイツ・ロマン派への関心と重なり合うものといえよう。たとえば――これは既に（2）（a）の問題となるが――『ネートチカ・ネズワーノワ』に登場するヴァイオリン奏者の老人には、ゴーゴリの『肖像画』のチャルトコフなどにつらなるホフマン的な「芸術家」の形象を感じとることができる。また『カラマーゾフの兄弟』でミーチャが朗読するシラーの「歓喜に寄す」はベートーヴェンの第九交響曲によって広く知られているものだし、『虐げられた人々』においては、カテリーナ・フョードロヴナが、ベートーヴェンのピアノ・コンチェルトへの共感を語っている。しかしそれらはおそらく対話の素材としての一つのイデーとして用いられているのであって、バフチンの言うポリフォニズムとしてではない。ロマン主義音楽はイデーとしても構造においてもむしろモノフォニーに属するものだからである。いずれにしろドストエフスキー自身の音楽の趣味と彼の作品の音楽的構造とは次元を異にして考えなければならないだろう。バフチンによれば、ドストエフスキーがその作品の中で、音楽をポリフォニズムというイデーとして言及している例はほとんど唯一、『未成年』におけるトリシャートフの自作のオペラについての言葉のみであるという。そこでトリシャートフは、悪魔の歌と賛美歌の対位法的な取扱いを構想している。

ドストエフスキーの作品の中で音楽が用いられている例としては、この外に民謡の挿入あるいは利用がある。典型的な例としては『罪と罰』において発狂したカテリーナ・イワーノヴナが子供たちにコリツォーフ作詩の民謡『百姓小屋』を歌わせる場面をあげることができよう。カテリーナ・イワーノヴナ自身が「今はどこへ行ってもだれもかれもがこの歌をうたっています」と言っているように、この歌は当時大流行したものだが、一人の未亡人を夜這おうとして三人の男がはちあわせするというその卑俗な内容は、明らかに子供むきのものではない。ドストエフスキーは、読者に遍く知られていたはずのこの民謡を、この悲劇的場面にきわめてジャーナリスティックな効果をねらって用いている。このようにドストエフスキーの作品において民謡は、総じて音楽そのものとしてよりは、あるコンテクストの象徴として用いられている。そこにはトゥルゲーネフの『歌うたい』におけるような、民謡そのものへの芸術的関心は見られないのである。

次に(2)(b)の問題に移ろう。ドストエフスキーの作品が音楽化された例——その大部分は当然のことながらオペラだが——は意外に多い。その最初の例はV・レビコフ(一八六六－一九二〇)がアンデルセンの『マッチ売りの少女』とドストエフスキーの『キリストのヨルカに召された少年』をもとに一九〇〇年に書いたオペラ『ヨルカ』で、パステルナークは、自伝によれば、この作品を一九〇六年にベルリンで見ている。

次にあげられるのが現在もしばしば上演されるプロコフィエフの『賭博師』(一九一六)で、このオペラの作曲の為に彼はドストエフスキーの未亡人アンナのもとを訪れている。アリアや重唱のかわりにもっぱら対話とレチタチーヴォで構成されたこのオペラは、ムソルグスキーがゴーゴリの原作による未完のオペラ『結婚』で試みた「対話的オペラ」の方法——散文とその言語的抑揚の音楽化——をうけついだものだった。

この作品と共に現在もしばしば上演されるのがヤナーチェクの最後のオペラで『死の家の記録』を原作とした『死の家より』(一九二八)である。ヤナーチェクは、オストロフスキーの『嵐』を原作とするオペラ『カーチャ・カバノヴァー』や交響詩『タラス・ブーリバ』に見られるように、しばしば十九世紀ロシア文学に題材を求めているが、そこには彼の汎スラヴ的な傾向を見てとることができよう(『グラゴル・ミサ』はその点で象徴的な作品である)。この作品でヤナーチェクは、いわば主人公のいない「集団オペラ」ともいうべき形式を創造しているが、そこには人間存在の意味、自由の希求といった哲学的モチーフが潜在している。彼が飛び立つ鷲のイメージによってオペラ全体を締めくくっていることは象徴的である。その他のドストエフスキーの作品の音楽化の例としては、チェコの作曲家O・イェレミアーシの『カラマーゾフの兄弟』(一九二七)、スイスの作曲家H・ズーターマイスターの『ラスコーリニコフ』(原作は『罪と罰』。ロシアの指揮者イサイ・ドブロヴェインによって一九四八年に初演)、B・ブラッハーのオラトリオ『大審問官』(一九四二)などがある。また最近の作品としてはG・セデリニコフの一幕もののオペラ『貧しき人々』(一九七二)がある(その他の例について詳しくはV・セドゥロ『ロシア及び世界演劇におけるドストエフスキー』を参照のこと)。

これらの例についておそらく問題となるのは、バフチンの言うポリフォニズムとこれらの作品の音楽的構造との関係であろう。筆者が実際に聞くことのできたものはプロコフィエフとヤナーチェクの作品だけだが、そこに具体化されたものはドストエフスキーの劇的な側面に限られていたように感じた。それはおそらくドストエフスキーの作品のオペラ化に際しては、不可避的に小説の劇化というジャンル的転換が起きていることが原因ではないかと思う。ドストエフスキーの作品が劇的であるか否かという問題には様々な解答がありえようが、少なくともバフチンのポリフォニズムの概念は、非・劇的なものであった。つまり劇にはある言語が他者の言語を通じて描写される、というメタ言語的な、従ってそれゆえ対話的な契機は存在しないし、存在しえない（『エヴゲーニイ・オネーギン』のチャイコフスキーによるオペラ化に際してのレンスキーの形象が蒙ったモノローグ的歪曲についてのバフチンの指摘を参照）。ここで（2）（c）の問題としてバフチンのポリフォニーの概念がうかびあがる。ここで重要なのは、この概念は彼によってモノフォニーに対する概念として提起されているのであって、単に多くの声が交響している、という意味で用いられているのではない、ということである。バフチンによれば小説というジャンルそのものが多声的なジャンルなのであって、それが（たとえば讃美歌の四部合唱のように）モノローグ的・モノフォニー的に統一されているか、あるいは（例えば中世・ルネッサンスの合唱曲のように）対話的・ポリフォニー的に統一されているか、という点が問題となる。この点でバフチンは劇を（特に作者と登場人物との関係において）本質的にモノローグ的・モノフォニー的ジャンルであるとみなしているのであり、この視点からすればドストエフスキーの作品のオペラ化とは一種の矛盾とも言えるかもしれない。事実筆者も、森有正のように、これらのオペラよりもバッハのオルガン曲に、はるかにドストエフスキー的なものを感じる。それはまさにそれぞれに独立している声たちの、しかも最終的にある巨大な存在をめざして進むポリフォニックな精神のひとつの形式である。

［参考文献］

Гозенпуд А.　1981　*Достоевский и музыкально-театральное искусство: Исследование*. Ленинград.

伊東一郎　二〇〇八　「〈音楽〉形式から〈声〉の現象へ――バフチン『ドストエフスキーの創作の諸問題』における「ポリフォニー」概念をめぐって」『早稲田大学大学院文学研究科紀要』第五三輯　第二分冊

Seduro V.　1977　*Dostoevsky in Russian and world Theater*. North Quincy

〔二〇一九年追記〕

散文作家ドストエフスキー原作（作品一四六）による歌曲はジャンル的に考えにくいが、例外としてショスタコーヴィチが一九七四年に作曲した「レビャートキン大尉の四つの詩」がある。これは『悪霊』に登場するへぼ詩人レビャートキン大尉が書いた四つの詩に作曲した風刺的歌曲である。

第二十章　マンデリシタームとストラヴィンスキー

――ヴェラ・ストラヴィンスカヤをめぐる二十世紀ロシア文化史の断章

一　はじめに

ロシア・アクメイズムを代表する詩人オシップ・マンデリシターム（一八九一－一九三八）は次のような無題の詩をロシア革命の年一九一七年にクリミアのアルシタで書き、後に詩集『トリスティア』（一九二二）に収めた。

金の蜜がゆっくりと瓶から
流れ続ける間に女主人は言った――
「この哀しいタヴリーダに私たちが辿り着いたのも運命
ここで私たちは退屈なんてしないわ」そう言って振り返った
見渡すばかりのバッコスの祭儀　まるで番人と犬だけが
この世の住人のよう　歩いても誰も見当たらない
平安な日々は重い樽のように転がりゆき

遠い小屋で響く声は　聞き取れず答えられない

お茶のあと僕らは広大な褐色の庭に出た
暗い窓には簾が睫毛のようにおりている
白い円柱の傍らを過ぎ僕らは葡萄園を見に出た
まどろむ丘々には透明な大気が降り注いで

僕は言った――「生い茂る葡萄は往時の合戦のよう
巻毛の騎兵たちはあんな風に縺れあった隊列を組んで戦ってる
石まじりのタヴリーダの地のヘラスの技芸　それがほら
黄金の土地の高貴な錆色の畦だ」

一方白い部屋には紡車のように静けさが立ちつくし
酢と絵具と地下倉の新しい葡萄酒の匂いが漂う
「覚えている？　ギリシアの館で誰からも愛される女――
ヘレネーではない　別の女《ひと》――彼女がどんなに長いこと刺繍を続けたか」

金羊毛よ　おまえはどこに　金羊毛よ
重い海浪は潮路をざわめきとおしていた
そしてあまたの海で帆をたわめた船をあとに残し
オデュッセウスは還ってきたのだ　時間と空間に満ち溢れて

ところでこの詩をマンデリシタームはヴェラ・アルトゥーロヴナ・スデイキナ（一八八八－一九七九）と彼女の（当時の）夫であるセルゲイ・ユーリエヴィチ・スデイキン夫妻に献呈しているのだが、前者のヴェラ・スデイキナは後に作曲家イーゴリ・ストラヴィンスキー（一八八二－一九七一）の妻となる女性であり、マンデリシタームと彼女はロシア革命の直前クリミアで知り合い、詩人が彼女にこの作品を献呈することになるのである。

その後ヴェラは数奇な人生を送り、一九七九年にニューヨークで九十一歳で亡くなるのだが、亡命と流刑の二十世紀前半のロシア文化史を生き抜きながら、ロシアと西欧の二つの世界でさまざまなジャンルのロシア芸術家と交わり、自らもその運動にかかわった二十世紀ロシア文化史の生き証人ともいうべき人物である。

本稿の目的はこのヴェラ・ストラヴィンスカヤの生涯を軸にして、二十世紀ロシア文化史の死角ともいうべき領域を素描してみることにある。

二　クリミアのマンデリシタームとスデイキン夫妻

この詩の中で言及されている「女主人」がヴェラだが、彼女はこの詩が書かれた一九一七年から一九年まで、彼女の当時の夫でディアギレフのバレエ・リュッスの美術家だった夫セルゲイ・スデイキンとともに東クリミアの保養地アルシタに滞在していた。一八－一九年にはヤルタで何回かの展覧会が開かれており、そこに彼女とスデイキンは作品を出品している［Стравинская 1978: 127-128］。スデイキン夫妻はここで、クリミアのコクテベリに詩人のヴォローシンをしばしば訪ねていたマンデリシタームと知り合うことになる。ちなみにやはりこのころヴォローシンのもとに出入りしていたミハイル・バフチンの兄ニコライ・バフチンも一九一八年の春に同じアルシタに滞在しており、そこから国外に亡命している［Christian 1977: 111, 113］［クラーク、ホルクイスト　一九九〇：三六］。前節に訳出した詩は一九一七年八月十一日、マンデリシタームがスデイキン夫妻のアルシタの別荘と葡萄園を訪れた際に書かれたもので、作者はその原稿をヴェラに贈っている［Stravinsky, Craft 1978: 239］［Мандельштам 1973: 273］。

クリミアは中世から近世にかけてはクリミア汗国として知られた半島地域だが、古代にはギリシアの植民地として知られ、当時はギリシア語でタウリケーと呼ばれていた［ロストウツェフ　一九四四］。このような経緯からこの地域は豊富な古代遺跡によって詩人たちの想像力を刺激してきたのである。(1) トポスそのものから導かれるギリシア古代への追憶は、この詩では彼女をオデュッセウスを待つペーネロペーに擬した物語設定や、オウィディウスのエレゲイヤを思わせる五脚のアナーペストという韻律によってさらに古典古代の文学的レミニッセンスへと導かれている［Brown 1973: 264-267］［Сегал 1968: 161］［Гинзбург 1982: 265-267］。

ところで実際のギリシア神話ではオデュッセウスを待つペーネロペーは織機でラーエルテースの経帷子を織ることになっているが、この詩でペーネロペーに擬せられたヴェラが刺繍をしているのはこのときの実際の情景に由来するものだという。このときの刺繍はコロンビーヌとピエロを描いたもので晩年まで彼女の手元にあった。また彼女が絵を描き始めたのもこのころであり、翌一八年のヤルタの展覧会に彼女は自分の最初の作品である何点かのガラス絵を出品している。［Stravinsky, Craft 1978: 239］。第五連で言及されている「絵具の匂い」は明らかに画家としてのスデイキン夫妻を暗示している。

一九六六年にエフトゥシェンコがアメリカを訪問した際、彼女はストラヴィンスキー夫妻に会ってヴェラからこの頃のマンデリシタームの思い出を聞いている［クラフト　一九九八：二〇八］。

　マンデリシタームはいつも心を熱く燃やし、いつも飢えていました。でもその頃はだれもがひもじい思いをしていたのですから、むしろ他の人たちより飢えていた、と言うべきでしょう。ほとんど着るものがないくせに、彼は一番見苦しくない着物、彼の言うところの非常服と一足の完璧に近い底皮のついた靴を使い惜しみしていたものです。いつだったか彼がレインコートのほかにはなにひとつまとわずに私たちを訪問したことがありました。彼は逍遥学派の哲人さながら私たちの食器棚の前を行ったり来たりしていましたが、それは暖をとるためではなく、家の食糧倉庫になにか食べものがないかと、プラトン派の哲学者のように鼻を鳴らして嗅ぎまわりながら探していたんです。私はまた彼と一緒の列車でシンフェローポリに行ったのを憶えています。列車は兵士と難民でひどく混み合っていたので、床に寝ていた乳飲み子たちは、人ごみをかきわけて押し通ろうとする人たちに間違って押し潰されないようにとバケツのヘルメットをかぶっていました。私はマンデリシタームとスデイキンの間に座っていましたが、兵士たちを心配した夫は私にイスラム教徒の女の変装をさせたものです……。

[Stravinsky, Craft 1969: 237]

伝説的なマンデリシタームの姿を彷彿とさせる回想と言えよう。

三　ヴェラ・ストラヴィンスカヤの生涯(2)

それではこのヴェラ・ストラヴィンスカヤとはどのような生涯を送った女性だったのだろうか。その軌跡を追ってみることはマンデリシタームとストラヴィンスキーが交差するロシア文化史の一側面を照らし出すことになるだろう。

彼女は一八八八年のクリスマスにペテルブルグで生まれた。後にトーマス・マンは彼女を「きわめてロシア的な美人」と評したが、彼女には実際にはロシア人の血は混じっていなかった。彼女の母ヘンリエッテ・マルムグレーンはスウェーデン人だったし、彼女の父アルテュール・ド・ボッセはフランス人だったのである。彼女の名ヴェラはゴンチャローフの小説『断崖』のヒロインの名をとってつけられたものだった。彼女は幼年時代をノヴゴロド近郊のゴルキで過ごし、家庭教師のもとでドイツ語とピアノを学んだ。十三歳の時彼女はモスクワの寄宿学校に入学し、四年間を過ごす。ピアノの勉強はそのまま続け、リサイタルで演奏したスクリャービンのエチュードは評判になったという。モスクワ時代にヴェラはバレエやオペラ、演劇に熱中し、なけなしの金をはたいて劇場に通った。

寄宿学校を金メダルの成績で卒業したヴェラはフランス語と数学の教師の資格を得たが、パリで勉強を続けることを希望した彼女を父親はベルリン大学に入学させた。彼女はここで一年目には哲学と自然科学、すなわち解剖学、物理学、化学などを学んだが、翌年には芸術学に転じ、聴講した美術史家ヴェルフリンの講義に「目を開かれた」と語っている。

二年後の一九一四年に第一次世界大戦が勃発すると、彼女はロシアに戻り、モスクワのネリドワ・バレエ学校に入学する。それはバレリーナになりたかったからではなく、女優となるための身体的な表現力を高めたかったからだったという。「私はバレリーナとなるためには背が高すぎたし、勉強を始めたのも遅すぎました」と彼女は語っている。彼女の在学中にディアギレフとフォーキンが踊り手を捜しにこの学校を訪れたこともあった［Stravinsky, Craft 1978: 233］。彼女がイサドラ・ダンカンの踊りをはじめて見るのも、ディアギレフと後に最後の夫となるストラヴィンスキーのことを聞き知るようになるのもこの頃である。ストラヴィンスキーはすでにこの頃までにディアギレフのバレエ・リュッスのために書いた『火の鳥』（一九一〇）、『ペトルーシカ』（一九一一）、『春の祭典』（ロシア語題名は『聖なる春』、一九一三）で新進気鋭の作曲家として知られるようになっていた。

一方当時草創期にあったロシア映画界はヴェラに注目し、彼女は映画俳優という新しい芸術家の道へ進む。当時の新進監督プロタザーノフは一九一四年に彼女を出演させて三本の映画を撮っている。それは『復讐の舞台』、グリフィスがその五年前に映画化した「孤独な別荘」と同じプロットを用いた『電話口のドラマ』［Арлазоров 1973: 53-54］、喜劇『もしも女がその気になれば悪魔もかつぐ』の三本だったが、彼女が映画スターとして知られるようになるのは、一九一五年の二月から四月にかけてやはりプロタザーノフがガルディンとともに監督したトルストイ原作『戦争の平和』のエレンの役においてだった［Stravinsky, Craft 1978: 237］。この作品は当時のロシア映画界に現われはじめた一連の文芸劇映画の一つであって、そのフィルムは残されていないが、おそらく原作の名場面のみを断片的に再現した一時間弱の作品だったようである［ジダン　一九七一：五二、五四］［Арлазоров 1973: 53,

L・バクストによるヴェラ・ストラヴィンスカヤの肖像画。1922 年。

271-272]。

ネリドワ・バレエ学校在学中に彼女はロベルト・シリングと結婚するが、夫はおそろしいギャンブル好きで新婚夫婦は質屋通いに明け暮れることになる。そのうちに彼女はタイーロフが一九一四年に創立したカーメルヌィ劇場に招かれ、舞踏家として出演することになる。彼女がカーメルヌィ劇場に加わった頃、劇場はボーマルシェの『フィガロの結婚』の稽古中だった。ちょうどこの頃舞台美術と衣装を担当していたセルゲイ・スデイキンはたちまち彼女に夢中になり、タイーロフと相談して彼女のために原作にはないスパニッシュ・ダンスの場面を付け加えた。スデイキンはパリのロシア絵画展の開催のために奔走していた一九〇六年頃にはディアギレフとホモセクシャルな関係にあった、とヴェラは後に語っているが［バックル　一九八三：一〇一、三三九］、ヴェラと知り合う頃彼は一九一〇年代のペテルブルグきっての美女といわれていた女優オリガ・グレーボワと結婚していた。夫シリングに愛想を尽かしていたヴェラがスデイキンと恋に落ちるのは一九一五年の秋のことで、一九一六年にとうとう二人はペテルブルグに駆け落ちする。

最初にスデイキン夫妻が落ち着いたのはキャバレー「コメディアンの憩い」のすぐ上のアパートだった。このアパートに出入りしていた詩人クズミーンは彼女からこのロマンスのいきさつを聞き、これを題材にした『見知らぬ人の叙事詩』を一九一六年に書いている。この詩はスデイキン夫妻に献呈され、詩人はその手書きの原稿を彼女に贈り、ヴェラはそれを晩年まで手元に持っていた。その詩の中でヴェラはドンナ・アンナに、セルゲイはフィガロに擬せられているが、これはこの二人が知り合うきっかけとなった『フィガロの結婚』の公演を暗示している。実際にこの芝居の稽古中セルゲイは自分をフィガロ、ヴェラをドンナ・アンナと呼んでいたという［Malmstad 1977: 208-210］。

ヴェラがアンナ・アフマートワ（一八八九－一九六六）と出会うのもこの頃である。スデイキンの最初の妻だったオリガ・グレーボワはアフマートワが一九四〇年から六二年にかけて書いた『ヒーローのいない叙事詩』(3)の「第二の献詩」が捧げられた女性で、この作品において重要な役割を演じている。またクズミーンはヴェラとアフマートワの共通の友人だった。アフマートワは一九四五年に当時モスクワに駐在していた歴史家アイザィア・バーリンと親しく会見し、ヴェラの消息を尋ねているが、後に同じ『ヒーローのいない叙事詩』の「第三の、最後の献詩」をバーリンに捧げている。アフマートワはその死の前年の一九六五年にオックスフォードを訪れているが、そのとき一九一六年頃に彼女がインクで描いたヴェラの肖像をバーリンのもとに携えていき、ヴェラに渡してくれるようにと託している。ヴェラは後にニューヨークでその肖像画を彼から受け取った。そこには「いけない娘に」と書いてあったそうである。おそらくオリガ・グレーボワからスデイキンを奪ったことを皮肉ったのだろう［Stravinsky, Craft 1978: 289］［バーリン　一九八三：二一一－二三四］。しかしオリガとヴェラの関係はその後も損なわれることなく、後にパリで再会してからも付き合いが続いた。

　ペテルブルグ時代のヴェラはアフマートワやオリガ・グレーボワ、クズミーンばかりではなく、後にパリで再会する作曲家アルトゥール・ルリエ（一八九二－一九六六）とも親しい関係にあった。オリガ・グレーボワはスデイキンと別れた後ルリエの愛人となるが、スデイキンとヴェラ、ルリエとオリガ、アフマートワはペテルブルグで一時アパートの同じ住居に住んでいたことがあり、しかも後者の三人はルリエが亡命する一九二一年まで一種の三角関係にあったらしい［Haight 1976: 58, 127］［Кралин 2000: 18, 166］。ルリエは一九一九年にアフマートワの詩集『数珠』に作曲しており、ロバート・クラフトが一九四六年に初めてルリエとタングルウッドで会ったときルリエはアフマートワの詩の朗読の録音を持っていたという［Stravinsky, Craft 1978: 638］。ルリエはアフマートワの『ヒーローのいない叙事詩』が完成し、発表された一九六二年の翌六三年に彼女に『ヒーローのいない叙事詩』を引用した手紙を書き送っている(4)。

　話は戻るが、ヴェラはペテルブルグで一九一六年を越し、一九一七年の革命を目撃する。凍結したネワ川をわたってゴーリキイの演説を聞きに行ったり、市街戦に遭遇して十字砲火を目の当たりにしたこともあった。心労でまもなく病に倒れた彼女はモスクワに戻る。そこで夫スデイキンと再会した彼女は一九一七年の春に国外脱出のためにクリミアのヤルタに向かう。既に述べたように彼女がマンデリシタームと知り合うのはこのクリミアにおいてである。一九一九年に赤軍がクリミアに迫ると、スデイキン夫妻は船でイスタンブールをめざす。ヴェラはこのとき同じヤルタの桟橋にウラディーミル・ナボコフの父の姿を見ている。ウラディーミル・ナボコフ自身の回想によれば、一九一九三月にナボコフ一家はギリシアの貨物船に乗りスデイキン夫妻と同じようにイスタンブールに向かっている［ナボコフ　一九七九：二〇四］。しかしスデイキン夫妻の乗った船は嵐に襲われ、予定を変更し、グルジアのバトゥーミに入港せざるをえなくなる。そこから二人はトビリシとバクーに旅行している。

トビリシで年を越した二人は、ここで詩人のゴロデッキーに出会った［Stravinsky 1969: 82］［Stravinsky, Craft 1981: 82-83］。一九二〇年の二月にゴロデッキーはロシアの象徴主義詩人たちのカリカチュアを描きヴェラに贈っている［Stravinsky, Craft 1981: plate 10］。

スデイキン夫妻は一九二〇年五月にマルセイユ行きの汽船に乗り、フランスへと向かう。夫妻はパリに居を定め、スデイキンはここでディアギレフのバレエ・リュッスの仲間たちと再会する。しかし二人はすぐに生活費に窮迫し、スデイキンはメトロポリタン・オペラの舞台装置家として契約を結ぶと、すぐにアメリカに向かった。一方パリに残ったヴェラはバレエ・リュッスの公演のための衣装デザイナーとして働くかたわら[5]、ピカソ、コクトー、ツァラ、シャネルといった芸術家たちと交際を結ぶことになる。そして後にヴェラの三番目の夫となるストラヴィンスキーもこの頃同じパリに住んでいた。この頃のストラヴィンスキーは『春の祭典』に代表される初期の民族主義的プリミティヴィズムから新古典主義への移行期にあった。一九二一年にディアギレフはストラヴィンスキーとヴェラをバクストとヌヴェールとともに晩餐に招待し、引き合わせる。

ヴェラのデザイナーとしての最初の仕事がストラヴィンスキーのバレエ『鶯の歌』で主役を踊ったマルコワのための衣装だったこともあって、二人は急速に接近し、それぞれ夫と妻のある身であったにもかかわらず恋に落ちる［バックル　一九八四：一一七－一一八］。ちなみにこの当時のヴェラの肖像画をバクストは一九二二年に描いている。

一九二五年にストラヴィンスキーはアメリカに最初の演奏旅行に向かうが、メトロポリタン・オペラで彼の『ペトルーシカ』の公演が行われたとき、公演の衣装と舞台装置（[Kelly 1990: 170] 参照）を担当したスデイキンと気まずい出会いをしている。一方同じ年の二月にヴェラは彼女自身とストラヴィンスキーの希望で、当時ニースに住んでいたストラヴィンスキー夫人のエカテリーナに会う。クラフトによればエカテリーナとヴェラはそれ以降一九三九年にエカテリーナが死去するまで親しい友人となったという。スデイキンはその後アメリカの歌手ジーン・パーマーと再婚し一九四六年にニューヨークで死去している。

パリ時代のストラヴィンスキーはソ連から亡命してきたルリエと知り合い親交を結ぶようになるが、ヴェラにスデイキンを奪われたオリガ・グレーボワはその後このルリエと再婚して、やはりパリに亡命した。ルリエは無調や四分音などを用いた前衛的な作風で一九一〇年代から知られていた作曲家である。ペテルブルグ音楽院で学んだ後、独学で作曲を勉強し、革命後未来派の作曲家として知られるようになる。一九一八年にはルナチャルスキーを助けて教育人民委員部の音楽部門の責任者となった（演劇部門の責任者はメイエルホリド、絵画部門のそれはカンディンスキーだった）。この頃の作品にはマヤコフスキーによる「朗読とピアノのための『われらの行進曲』」（一九一八）がある。ストラヴィンスキーは自分の母親のフランスへの出国ヴィザの発給のために力を貸して欲しい、という内容の手紙を一九二〇年に彼に書き送ったことがあった [Craft 1974: 283]。

結局ルリエは一九二一年にベルリンに亡命し、次いで一九二二年にパリに移る。二〇年代にストラヴィンスキーと平行的に新古典主義に移行したルリエは最初彼を高く評価し、その秘書として仕事を助け、思想的にも影響を与えたといわれているが、最終的に一九三九年ごろにストラヴィンスキーと決別することになる。イリーナ・グレムによれば、その原因はルリエがストラヴィンスキーとヴェラを別れさせようとしたことにあるという [Кралин 2000: 167]。ルリエはその後一九四〇年にニューヨークに渡りそこに定住している。彼はマンデリシタームと一つ違いの同世代の友人の一人であり、彼についての回想「網の中の鱗」を一九六一年に、「幼子の楽園」を一九六三年に書き残している(6) [Лурье 1961, 1963]。彼は一九六六年にプリンストンで没したが、ストラヴィンスキーはその知らせを聞いても何も言わなかったという [クラフト　一九九八：二〇八]。

ストラヴィンスキーのパリ時代はソヴィエト本国ではスターリンの恐怖政治が始まり、ヴェラの友人・知人がそれに巻き込まれてゆく時期でもあった。ヴェラに詩を献呈したマンデリシタームは一九三三年に生前最後の発表作品となった『アルメニアの旅』を書いたあと、翌三四年にスターリンへのあてこすりの詩を書いたことで逮捕されている。そして一旦釈放の後逮捕され収容所で三八年に死去することになる。

一九三九年にストラヴィンスキーは母と最初の妻エカテリーナを失い、さらに第二次世界大戦の勃発に直面し、戦火を逃れてヴェラと共にアメリカに渡った。二人は翌一九四〇年にロシア正教会で結婚している。夫と共にハリウッドに居を定めたヴェラは作家ウラディーミル・ナボコフの弟セルゲイ・ナボコフについて英語の勉強を始める(7)。彼女はヤルタ以来絵筆をとったことがなかったが、ハリウッドに自分の画廊「ラ・ブティック」を開き、画家としても活動を再開した。

一九五五年には、彼女の最初の個展がローマのガッレリア・オベリスコで開かれている。彼女が好んで描いたのは自然で、木の葉や花、貝殻や雲、といったものがしばしばテーマとなっていた。彼女の絵はもっぱらグワッシュで描かれたが、しばしば夫と演奏旅行を共にしなければならなかった彼女にとって油絵は実際的ではなかったのである。

ストラヴィンスキー夫妻の晩年にとってひとつの大きな事件となったのは、スターリン死後の「雪解け」の文化政策によって実現した一九六二年のソヴィエト訪問であろう。二人は実に半世紀ぶりに祖国の地を踏んだのだった。これは彼が八十歳を迎えたことを祝っての招待だったが、ストラヴィンスキーはソヴィエトにおける彼の評価が急に変わるはずがない、とこの招待には最初あまり乗り気ではなかったようである。この旅行にはヴェラも同行し、まだ存命中の友人、知人と旧交を温めた(8)。

ストラヴィンスキーが死去したのはそれから九年後の一九七一年四月六日である。この日ヴェラはその部屋に鏡がないことを確かめて彼に別れを告げた。それは伝統的なロシアの慣習では死者の部屋に鏡を置いてはいけない、とされていたからである。そして純ロシア式の葬儀によってストラヴィンスキーは、彼が愛し、多くの作品がそこで初演されたヴェネチアのサン・ミケーレ島墓地のディアギレフの墓の隣にロシア正教徒として葬られた。夫の死後、ヴェラは絵を描くのをやめた。何カ月かたって彼女は、かつてクズミーンが彼女に献呈した詩を装飾を施した飾り文字で書き写している。それはヴェネチアのロシア人墓地に葬られた夫の墓碑の装飾を思わせるものであった。それをきっかけにヴェラはまた絵を描き始めた。

ヴェラ・ストラヴィンスカヤは夫の死の八年後、一九七九年九月十七日にニューヨークの自宅で亡くなった。九十三年の生涯だった。

四　マンデリシタームとストラヴィンスキー

マンデリシタームが音楽に強い関心を寄せていたことは、ルリエの回想や彼の作品そのものからも知ることができるが［Пшибыльский 1972］［Кац 1991］、同時代のロシアの作曲家についての直接的な言及は、一九一五年の未完のエッセイ「スクリャービンとキリスト教」が唯一のもののようである。ストラヴィンスキーについての言及は彼の著作には見られないし、逆にストラヴィンスキーの側からのマンデリシタームについての直接の言及も見られない。マンデリシタームの側からすれば、一九一四年以降外国で創作活動を行ってきたストラヴィンスキーの音楽に触れる機会は事実上閉ざされていたといえよう。実際一九三〇年代以降になると、一九六二年にストラヴィンスキーがソヴィエトに半世紀ぶりの里帰りをするまで彼の作品はほとんど演奏されなくなる。

このように事実関係としては交流のなかった二人だが、しかし創作原理の形成を見るとそこにはある共通性を見てとることができよう。プシビルスキは詩集『石』（一九〇九）のマンデリシタームと『春の祭典』（一九一三）のストラヴィンスキーは共に原初的なカオスの中に世界を更新し、文明を建設するエロスを求めていた、としているが［Пшибыльский 1972: 111］、この二人の芸術家の共通性はむしろ反ロマン主義を根拠とした古典への回帰にあると私は考えたい。『石』に納められた「バッハ」（一九一二）はこの志向の音楽的象徴のように思える。それは詩集

『トリスティア』における新古典主義的秩序をすでに予感させるものである。

しかしフォークロリスティックなフォービズムの意匠をまとって登場した初期のストラヴィンスキーは同時にシンボリズムの洗礼を受けており、最初から古典主義的アクメイストとして出発したマンデリシタームの関心を引かなかったのかもしれない。そしてストラヴィンスキーの新古典主義期は一九二八年頃にロシア国外で始まっており、マンデリシタームはその活動を追うことはできなかっただろう。

そもそもマンデリシタームは一八九一年に、ストラヴィンスキーは一八八二年に生まれているが、この世代の差は大きな意味を持ってくる。つまりストラヴィンスキーはベールイ、ブローク（ともに一八八〇年生）等の後期シンボリストとフレーブニコフ（一八八五年生）等の未来主義者やアクメイストをつなぐ世代に属しているのである。若きストラヴィンスキーを育んだ雑誌『ミール・イスクーストヴァ（芸術世界）』とそのサークルがシンボリズムの拠点の一つであったことを忘れてはならない。

実際に一九〇八年の「ゴロデッキーの詩による二つの歌曲」、一九一一年の「バーリモントの詩による二つの歌曲」、同年に同じ詩人の詩に作曲されたカンタータ「星のかんばせ」などロシア時代のストラヴィンスキーの声楽曲はシンボリズムの影響を色濃く示しているのである［伊東　一九七六］[9]。そして革命前にロシアを離れたストラヴィンスキーにとって、ロシア文学は事実上シンボリズムで終わっていたようである。

一九六二年のソヴィエト訪問はストラヴィンスキーに再びロシア文学に関心を向けさせ、アメリカ帰国後の彼はプーシキン、アフマートワ、ブロークなどの作品を再読するようになったという［Stravinsky 1972: 299］。しかしそこにはマンデリシタームの名は見られない。ただしソヴィエトでは長く発禁だったマンデリシタームのまとまった作品集は実は最初にアメリカのニューヨークで一九六四年から七一年にかけて出版されているので、ヴェラはおそらくそれを読んでいたと思われるし、一九七一年に亡くなる前のストラヴィンスキーもその晩年に彼の作品を読んでいたのかもしれない。

ストラヴィンスキー夫妻は、アメリカに一九六七年に亡命し、回想記『友への二十の手紙』（邦訳『スベトラーナ回想記——父スターリンの国を逃れて』江川卓訳　新潮社　一九六七）を出版したスターリンの娘スヴェトラーナ・アリルーエワと一九六九年頃に会っているが、その会見の際ヴェラはマンデリシタームの粛清のきっかけとなった一九三三年作の彼の詩「僕らは足もとに国を感じずに生きている」«Мы живём, под собою не чуя страны»（[川崎　一九九三：三四九‐三五三]参照）を朗読して聞かせている。「しかしスヴェトラーナはその詩を知らなかったようだ」とストラヴィンスキーは書いている［Stravinsky 1972: 282］。

さてロシアを離れた直後のストラヴィンスキーの創作はロシア民謡詩と民話への接近によって特徴づけられる。しかしこの頃のストラヴィンスキーのフォークロアに対する態度は、テクストを純粋な音の身振りとして捉えようとするもので、既にシンボリストよりもむしろ未来派やフォルマリストのアプローチに近いものだった(10)［伊東　一九七六］。そしてこの後に彼の新古典主義の時代が始まるが、これはマンデリシタームの反ロマン主義・反象徴主義としてのアクメイズムに対応するものということができよう。一九二三年の「バッハに帰れ」というスローガンはこの新しい思潮を象徴するものとなるが、それより早くペルゴレージの様式のパロディとして書かれた『プルチネルラ』（一九一九）は印象主義、さらにはロマン主義をも飛び越えて十八世紀に回帰するものであった。

ところでここで注意しておきたいのは、十八世紀後半のペテルブルグの音楽文化を形成したのは同時代のヴェネチア学派の音楽だったことである。ガルッピ（一七〇六‐八五）やサルティ（一七二九‐一八〇二）といったヴェネチアの作曲家たちは次々にエカテリーナ二世時代（一七六二‐九六）のペテルブルグの宮廷を訪れ、ロシア語あるいは教会スラヴ語による声楽曲さえ書き残している。マクシム・ベレゾフスキー（一七四五‐七七）、ディミートリイ・ボルトニャンスキー（一七五一‐一八二五）やエフスティグニェイ・フォミーン（一七六一‐一八〇〇）、ワシーリイ・パシケーヴィチ（一七四二‐九七頃）といったロシア最初の作曲家たちはこのような環境のもとで生まれ、ペテルブルグ゠ヴェネチア楽派と呼ばれたのであった。

実際にベレゾフスキー、ボルトニャンスキー、フォミーンはイタリアで作曲を学び、ベレゾフスキーのイタリア語によるオペラ『デモフォンテ』は一七七三年にリヴォルノで、ボルトニャンスキーの『クレオンテ』は一七七八年にヴェネチアで初演されている。このことを考えるなら、ストラヴィンスキーのイタリアへの回帰とは実はロシアからの乖離ではなく、逆に彼の生まれたペテルブルグの音楽文化の根源への遡行であったともいえよう。反ロマン主義の旗手であった彼がグリンカ、ダルゴムィジスキー、チャイコフスキーといったロシア・ロマン主義の作曲家を終生高く評価していたのは故ないことではない。ストラヴィンスキーはそこにむしろ西欧に通底するペテルブルグ音楽文化の伝統を見ていたのである。

この点で新古典主義時代のストラヴィンスキーが作曲した『ペルセフォーヌ』（一九三四）は興味深い作品である。この作品はホメーロスの「デーメーテール賛歌」を素材にジイドが書いたフランス語の台本によっている。メロドラマと題されたこの作品では主人公ペルセポネーの台詞は歌われず、朗読される。このような手法は同時代のフランスの作曲家、たとえばオネゲルやミヨーにも共通して見られたものではあるが、十八世紀ロシアにもフランスから移入された音楽劇のジャンルとして知られていたものだった。同じくメロドラマと題されたフォミーンの『オルフェイ』（一七九二）は一七六二年にクニャジニーンの台詞に作曲され、同時代に成功をおさめた作品だが、十九世紀以降は全く忘れられていた。この作品はその神話的題材の使用や、主人公オルフェイの台詞の取り扱いなどによって『ペルセポネー』を彷彿とさせる（ストラヴィンスキーには同じ題材を用いたバレエ『オルフェウス』（一九四八）がある）。もっとも十八世紀ロシア音楽の発掘・研究が本国で進展を見せるのはここ三十年ぐらいのことなので、ストラヴィンスキーはこの作品を実際に聞いたことはなかったであろう。(11)

こうしてみるとストラヴィンスキーがヴェネチアを愛し、ヴェネチアのサン・ミケーレ島の墓地にロシア正教徒として葬られたことは象徴的である。彼はその晩年を送ったアメリカではなく、古きペテルブルグ音楽文化の精神史的な故郷であったヴェネチアを自分の安息の地に選んだのである。

さらに付け加えておくなら、ヴェネチアはペテルブルグの音楽文化の直接の根であっただけではない。この町は十一世紀にはビザンツ文化が西ヨーロッパに普及してゆく窓口であった。ストラヴィンスキーの作品の多くがそこで初演されている聖マルコ寺院はコンスタンチノープルの聖使徒教会をモデルに作られた西欧には数少ないビザンツ様式の建築で、その装飾もギリシアから連れてこられたモザイク職人によって始められたものだった［マクニール　一九七五：五九］。つまりヴェネチアの文化はその根源においてキエフ・ロシア時代のビザンツ文化とも通底しているのである。晩年のストラヴィンスキーが接近してゆくストイックなビザンツ的神秘主義も、あるいは彼の愛したヴェネチアの文化と結びついているのかもしれない。

一方マンデリシタームにとってのペテルブルグはむしろ時空間的な一つの象徴、一つのコスモスであった。音楽と同様、十八世紀ペテルブルグの建築がラストレッリに代表される同時代のイタリアのバロック様式によるものであることを考えるならば、彼がストラヴィンスキーと同様古典古代ばかりでなく、ルネッサンスあるいはバロック期のイタリアにも偏愛を見せたことがうなずけるところである。彼のペトラルカへの傾倒はストラヴィンスキーのモンテヴェルディへの高い評価に対応するものと言えるかもしれない。しかしマンデリシタームにとっての回帰すべきイタリアの中心はヴェネチアではなくローマであった［Przybylski 1987: 11-44］。彼にとってのイタリアは音楽よりも建築のそれであったし、彼のキリスト教はロシア正教ではなく、メソディスト派であった。

このような違いはあれ、この二人の西欧主義者が共に十七世紀以前の歴史を持たないペテルブルグの文化を遡源することによってイタリアさらには古典古代の文化に回帰する姿勢を見せたことは興味深い一致である（この二人の芸術家が共にペテルブルグに育っていることは偶然ではない）[12]。彼らはチャアダーエフ以来のロシア文化史の根源的問題にそれぞれ自らの創作を通じて解答を与えようとしたということができるだろう。

五　ペーネロペーとペルセポネー――マージナリアとして

ストラヴィンスキーは結婚する以前ヴェラを「我が最愛のペルセポネー」と呼んでいたという。一九三三年に彼は次のようなロシア語の献辞を「ペルセポネーの子守唄」の歌詞として作曲しヴェラに贈っている。

我が愛しのペルセポネーが
鎧戸の陰に冷気と安らぎを求め
友人の群れと暑気から、
逃げられない電話のベルから離れ
朝から終日ベッドに隠れていた
あの息苦しい炎熱の夏の思い出に

[Stravinsky, Craft 1978: plate 31]

「電話（ロシア語 телефон）」と「ペルセポネー（ロシア語 Персефона）」を押韻させたこの詩は、同じ言葉の連想が見られるマンデリシタームの『エジプトのスタンプ』（一九二七）を思わせ[13]、この二人が共に古典神話のイメージから新しいテクノロジーの観念を連想している点で興味深い――

読者よ、ペテルブルグの薬局などからは電話をかけないことです、受話器は皮がめくれて、声が精彩を失うのですから。ブロセルピナあるいはペルセポネーにはいまだに電話がひかれていないのだということを記憶していただきたい。

（工藤正弘訳）[川端 一九七一：二五〇－二五一]

そしてこの献詩は、一九三三年に作曲された『ペルセフォーヌ』が実はヴェラに献呈されていたことを示している。ストラヴィンスキーは実際にこの子守唄を『ペルセフォーヌ』の中に用いているのである [Stravinsky 1982: 38]。ジイドの書いたこの作品の台詞ではペルセポネーは地獄に降り、亡霊たちを慰め、再び蘇る復活の女神として描かれてているが、そのイメージがロシアのアポクリファ「聖母の地獄めぐり」（Хождение Богородицы по мукам）[14]を想起させるものであることは興味深い。つまりこの作品は新古典主義の意匠をまといつつ、同時にその底にビザンツ的なロシア文化の根源へ遡行しようとする身振りをも見せているのだ。そしてこの曲に作曲者がロシアの復活祭の音楽を重ね合わせていることを考えるなら［Stravinsky 1982: 38］、作曲者は明らかにこの作品の主人公に自己の復活の女神としてのヴェラを重ね合わせていたことがわかる。

ここでマンデリシタームの詩においてペーネロペーとして描かれたヴェラを思い起こそう。この二人の芸術家のギリシア神話への志向、二つの古典主義は、平行的であっても相互に直接的な関係なしに成立した芸術様式である。しかしそれにもかかわらず若き日のヴェラ・ストラヴィンスカヤのイメージは、はからずもこの両者の接点となっているのである。

［註］

（1）　長くトルコの支配下にあったクリミア汗国のイメージは十九世紀のロシア・東欧にとつては、ロマン主義的オリエンタリズムの対象であった。ロシア・ポーランド文学においてそのようなクリミアのイメージは、プーシキンの『バフチサライの泉』（一八二四）やミツキェヴィチの『クリミア・ソネット』（一八二六）などに見られる。

しかしそれに先行する古典古代の文学的トポスとしてのクリミアは、タウリケーのイメージはエウリピデスの『タウリケーのイーピゲネイア』（前四一四‐四一二頃）に始まり、古典主義時代のゲーテの『タウリスのイフィゲーニエ』（一七八七）に継承される。同じ題材によるグルック作の古典主義オペラ『タウリスのイフィゲーニア』（一七七九）も同じ系列に属する。更にフランス古典主義演劇を代表するラシーヌ作の『ミトリダート』（一六七三）も古典主義的なクリミア・テクストの一つに数えられよう。

プーシキンはこのような古典（主義）的クリミア・テクストをもよく知っていた。

マンデリシタームについて言えば、彼がクリミアに見ていたのがオリエントではなく、もっぱら古典古代のタウリケー＝クリミアであったことは特徴的である（以上、本書第十六章参照）。

（2）　本章の記述は特に注記のない限り［Craft 1974］によっている。

（3）　邦訳は、江川卓訳、アンナ・アンドレーエヴナ・アフマートワ『ヒーローのいない叙事詩』――篠田一士編『現代詩集（世界の文学37）』（集英社　一九七九）所収。この作品については［安井　一九八九］第十六章（『ヒーローのない叙事詩』）参照。この作品で主人公はオリガ・グレーボワへの失恋が原因で自殺する。なおこの作品にはストラヴィンスキーの『ペトルーシカ』への暗示が何箇所かある。

（4）　註（6）の最後にあげたCDの解説より。なおアフマートワとルリエの関係については［Кралин 2000］がくわしい（［梶　一九九二］参照）。

（5）　バレエ・リュッスでのヴェラの衣装デザイナーとしての仕事については［バックル　一九八四］を参照。

（6）　ルリエについては［Sitsky 1994: 87-110］を参照。最近彼の作品の再評価とCD録音が盛んである。ピアノ曲は Arthur Lourie, *Oeuvres pour piano*, par Marie-Caulerine Girod (ACCORD 201072) を参照。歌曲は「ヴェルレーヌによる二つの歌曲」と「サッフォーの詩による十二の歌曲」が、*Russian Songs of the 1920s* (Le Chant du Monde: SAISON RUSSE LDC 288025) で聞ける。また交響的散文「ピョートル大帝の黒奴」と「クロノスを称える葬礼競技」が『ロシアを離れて——魂の音楽：ギドン・クレーメル、フィルハーモニア管弦楽団、指揮クリストフ・エッシェンバッハ』(TELDEC: WSPC- 6000) で聞ける。なおルリエのストラヴィンスキー論には邦訳がある［ルリイ　一九四二］。ルリエとストラヴィンスキーの関係については［船山　一九八五：一九－二二］をも参照。

（7）　ストラヴィンスキー夫妻は作家ウラディーミル・ナボコフ自身とはほとんど接触はなかったようである。ナボコフは一九六七年にストラヴィンスキーにインタビューしてはどうかという『ロンドン・テレグラフ』紙の提案に対して「私はほとんど全く彼を知りません」と拒否の返信を送っている［ナボコフ　二〇〇〇：三九〇］。ただしウラディーミルの従兄弟にあたる作曲家のニコラス・ナボコフ（一九〇三－一九七八）は晩年までストラヴィンスキーの親友であった。ニコラス・ナボコフは一九〇三年にペテルブルグで生まれ、そこでレビコフに作曲を学ぶ。ヤルタでも一九二〇年までレビコフに師事。一九二〇年に亡命、シュトゥットガルトで勉強を続け、一九二八年にディアギレフのバレエ・リュッスのためにロモノーソフの詩「大いなる極光に際して神の偉大さについての夕べの瞑想」によるバレエ＝オラトリオ『頌歌《オーダ》』を書く。一九三三年にアメリカに渡って二冊の興味深い回想録を書き残している——Nicolas Nabokov. *Old Friends and New Music*. Boston. 1951; *Bagázh: Memoirs ota Russian Cosmopolitan*. New York, 1975.

（8）　この一九六二年のストラヴィンスキー夫妻のソヴィエト訪問については、［Стравинская 1978］［クラフト　一九九八：四六－八二］が詳しい。なおクラフトはこの旅行の際にストラヴィンスキー夫妻が会った人々の中に在命中だったはずのアフマートワの名はあげていない。

（9）　ストラヴィンスキーは彼の声楽作品に素材を与えたバーリモントとゴロデッキーについて短い回想を残している。それによるとストラヴィンスキーはゴロデッキーとは直接面識があったが、バーリモントとは個人的に会ったことはなかったという［Stravinsky 1981: 82-83］。

（10）　未来派の言語実験との交流の中で形成されたヤコブソンの詩学はストラヴィンスキーの音楽論と多くの共通性を持つ。［Nattiez, Benoit 1975］参照。ただしストラヴィンスキーが直接交流を持ったのはイタリアの未来派である。

（11）　フォミーンのメロドラマ『オルフェイ』はユルロフ指揮ロシア・アカデミー合唱団とエシポフ指揮ソヴィエト・ラジオ交響楽

団の演奏でLPレコードが発売されている（Le Chant du Monde: LDX 78751）。またヴィルヘルム・カイテル指揮、パーヴェル・セルビン指揮のCDもその後発売された（Arte Nova Classics: 74321-84433-2; Caro Mitis: CM0012008）。また一九七二年からソヴィエト国立音楽出版所から刊行が開始された「ロシア音楽芸術の遺産」のシリーズでパシケーヴィチのオペラ『けちんぼう』および『暮らしぶりで評判が決まる、あるいはペテルブルグのアーケード』、ボルトニャンスキーの『鷹』、フォミーンのオペラ『馬替え場の馭者』などの楽譜が出版され、現在ではCDでもかなりの数の十八世紀ロシア作曲家の作品が聞ける。またモスクワで演出家ボリス・ポクロフスキーが主催するモスクワ室内音楽劇場は積極的に十八世紀のロシア・オペラを復活上演している。

　ストラヴィンスキーがボルトニャンスキーに代表される十八世紀のロシア教会音楽を知っていたことは明らかだが、当時のロシア作曲家によるイタリア語のオペラや世俗的な器楽曲については具体的にはおそらく知らなかったと思われる［Stravinsky 1972: 40］。なおこの時代のロシア音楽とイタリアとの関係については［伊東　一九八七］［コワリョフ　一九九六］参照。

（12）　ペテルブルグ出身のマンデリシタームとストラヴィンスキーを同時代のモスクワ出身の詩人、作曲家とその西欧とアジアに対する態度において比較してみることは興味深い作業となるだろう。

（13）　マンデリシタームの作品にペルセポネーのイメージはたびたび登場する（たとえば一九二〇年に書かれた『私の手のひらから喜ばしくとるがいい』«Возьми на радость из моих ладоней»）。彼の作品の中でペルセポネーは死と復活、愛と詩的創造の象徴である［Гинзбург 1982: 273-274］。なおマンデリシタームの作品を含むロシア詩における電話のイメージについては［Тименчик 1988］を参照。

（14）　中田甫氏による邦訳［中田　一九八七］がある。

【参考文献】

Арлазов М.　1973　*Протазанов.* Москва

Brown C.　1973　*Mandelstam.* London

バックル、R　一九八三『ディアギレフ――ロシア・バレエ団とその時代　上』（鈴木晶訳）リブロポート

――　一九八四『ディアギレフ――ロシア・バレエ団とその時代　下』（鈴木晶訳）リブロポート

バーリン、I　一九八三「ロシア詩人たちとの会話」（河合秀和訳）『時代と回想』岩波書店（バーリン選集　二）

Christian R.　1977　Some Unpublished Poems of Nicolas Bachtin. *Oxford Slavonic Papers. New Series.* 10

クラーク、K・ホルクイスト、M　一九九〇『ミハイール・バフチーンの世界』（川端香男里・鈴木晶訳）せりか書房

Craft R.　1974　Vera Stravinsky: Painter. In R. Craft. *Prejudices in Disguise.* New York

クラフト、R　一九九八『ストラヴィンスキー　友情の日々　下』（小藤隆志訳）青土社

船山隆　一九八五『ストラヴィンスキー　二十世紀音楽の鏡像』音楽之友社

Гинзбург Л.　1982　Поэтика Осипа Мандельштама. In Л. Гинзбург. *О старом и новом*. Ленинград
Haight A.　1976　*Anna Akhmatova: A Poetic Pilgrimage*. New York
伊東一郎　一九七六　「ロシアのストラヴィーンスキイ」『ロシア手帖』第一〇号
――　一九八七　「イタリアのベレゾフスキー」『えうゐ』第一六号
――　二〇〇二　「テクストとしてのクリミア――プーシキンの南方時代への一視点」『比較文学年誌』第三八号（本書第十四章）
Кац Б.　1991　Защитник и подзащитный музыки. In О. Мандельштам. *«Полон музыки музы и муки...»: Стихи и проза*. Ленинград
川端香男里（編）　一九七一　『現代ロシア幻想小説』白水社
川崎隆司　一九九三　『ロシア詩の歴史――古代からプーシキンに至る』恒文社
梶重樹　一九九二「アフマートヴァ研究の第二世代」『ソビエト研究所ビュレティン』第二〇号
Kelly C.　1990　*Petrushka: The Russian Carnival Puppet Theatre*. Cambridge
コワリョフ、K　一九九六　『ロシア音楽の原点――ボルトニャンスキーの生涯』（高井寿雄監修　ウサミ・ナオキ訳）新読書社
Кралин М.　2000　*Артур и Анна: Роман без героя, но все-таки о любви*. Томск
ルリイ、A　一九四二　「新ゴチック的と新古典的」　柿沼太郎　『ストラヴィンスキーの音楽と舞踏作品研究』新興音楽出版社
Lourié A.　1923　Neo-Gothic and Neo-Classic. *Modern Music*. 3
Лурье А.　1961　Чещуя в неводе. *Воздушные пути: Альманах*. II
――　1963　Детский рай. *Воздушные пути: Альманах*. III
Malmstad J. E.　1977　Mihail Kuzmin: A Chronicle off His Life and Themes. In M. Кузмин. *Собрание стихов*. T. III. München
Мандельштам О.　1964-71　*Собрание сочинений: В 3 т*. New York
――　1973　*Стихотворения*. Ленинград
――　1990　*Сочинения. В 2 т*. Т. 2: Проза. Переводы. Москва
マクニール、W　一九七九　『ヴェネツィア――東西ヨーロッパのかなめ、一〇八一－一七九七』（清水廣一郎訳）岩波書店
ナボコフ、V　一九七九　『ナボコフ自伝　記憶よ語れ』（大津栄一郎訳）晶文社
――　二〇〇〇　『ナボコフ書簡集　2』（D・ナボコフ、M・ブルッコリ編　三宅昭良訳）みすず書房
中田甫（訳）　一九七八　「聖母の地獄めぐり」『ドストエフスキー』（内村剛介編）講談社（人類の知的遺産　五三）
Nattiez J.-J., Benoit E.　1975　Jakobson et Stravinsky. *L'Arc*. 60
Пшибылский Р.　1972　Мандельштам и музыка. *Russian Literature*. 2
Przybylski R.　1987　*An Essay on the Poetry of Osip Mandelstam: God's Grateful Guest*. Translated by M. G. Levine. Ann Arbor

ロストウツェフ　一九九四『古代の南ロシア』（坪井良平・榧本亀次郎訳）桑名文星堂
Сегал Л.　1968　Наблюдения над семантической структурой поэтического произведения. *International Journal of Slavic Poetics and Linguistics*. XI
Sitsky L.　1994　*Music of the Repressed Russian Avant-Garde, 1900-1929*. Westport (Conn.)
Стравинская К.　1978　*О И. Ф. Стравинском и его близких*. Москва
Stravinsky I.　1972　*Themes and Conclusions*. London
Stravinsky I., Craft R.　1969　*Retrospectives and conclusions*. New York
——　1978　*Stravinsky in Pictures and Documents*. New York
——　1981　*Memories and Commentaries*. Berkley
——　1982　*Dialogus*. London
Тименчик Р.　1988　К символике телефона в русской поэзии. *Труды по знаковым системам: Семиотика*. XXII
安井侑子　一九八九『ペテルブルグ悲歌――アフマートワの詩的世界』中央公論社
ジダン、B（序・解説）　一九七一『ソヴィエト映画史』（商田爾郎訳）三一書房

［二〇一九年追記］

本稿で言及した亡命ロシア人芸術家（ストラヴィンスキー、ルリエ、スデイキン、ディアギレフ、ナボコフ）については以下の文献をも参照されたい。*Русское зарубежье. Золотая книга эмиграции. Первая треть XX века: Энциклопедический биографический словарь*. Москва, 1997.

音・声・文化

第二十一章　『現代音楽のポリティックス』を読む

現代音楽ブームだという。筆者が学部でロシア文化史に関わるような授業をしていても、最近の学生たちの音楽的趣味には明らかに変化が見られる。チャイコフスキーやラフマニノフといったいわゆる「ロシア的」な古典作曲家よりも、現在ではショスタコーヴィチ、シュニトケ、デニソフ、グバイドゥーリナといった現代作曲家に対する関心が顕著になってきた。それは文化における「国民性」といったものに対する局所的関心よりも、むしろ現代における芸術一般の意味、といったより普遍的な問題に学生の関心が集っていることと結びついているように思われる。それは文学部における「外国文学離れ」の傾向とも関連があると思われるが、本書『現代音楽のポリティックス』（C・ウォルフ、L・ノーノ、近藤譲他著　小林康夫編　書肆風の薔薇／水声社　一九九一年）で提起された諸問題は筆者の感じてきたことと密接に、結びついているようだ。

本書は「あとがき」にあるように「五人の現代音楽作曲家による講演の記録を中心とし、それにそれらの講演会のオーガナイザーでもあった三人による座談会の記録を配した」ものである。具体的にはまず最初に小林康夫・近藤譲・笠羽映子の三氏により、「音楽のポスト・モダン」というテーマで討議が行われ、その後にその討論のきっかけとなった五人の作曲家の講演が収められている。講演の内容は次の通り――クリスチャン・ウォルフ「音楽と社会」、ルイジ・ノーノ「現代音楽の詩と思想」、ジャン＝クロード・エロワ「東洋の声＝道」、ヴィンコ・グロボカール「音楽における意味の欲望」、近藤譲「音楽の意味？・」。

本書の前半に収められた討論は以上の講演を踏まえて行われているので、筆者もまずこの五つの講演を概観した後にこの討論に沿って本書が論じている問題を考えていくことにしたい。

まずクリスチャン・ウォルフの「音楽と社会」。ここで彼は音楽における政治性の問題を扱っている。このような意識は後に触れるノーノやグロボカールなどにも共通したものだが、その際にウォルフにおいてはアメリカという文化の持つ多様性と権威的な伝統の欠如という要素が大きな役割を果たしているようだ。彼は五〇年代以降のヨーロッパの現代音楽とアメリカのそれとの違いを次のように語る。「ブーレーズやシュトックハウゼンは、それまでの音楽とは違った音楽を産み出すということにおいて実験的でした。けれどもそれと同時に、彼らは、自分たちの音楽と西洋音楽の伝統との繋りを明確にすることに、常に非常に大きな関心を払っていました。それに対して、アメリカの作曲家たちは伝統や歴史といったことを気にかけませんでした。」このような自由さ、強固な美学的伝統の欠如は、反面おそらくかれらにある種の寄るべなさ、不安感といったものをもたらしたのであろう。七〇年代に彼らが感じたという「音楽が社会から切離されてしまっている」という感覚は、単に現代音楽の前衛性がもたらす一種の閉鎖性の意識からだけではないように思われる。

フランスに生れながらアメリカの作曲家として活動を続けるウォルフに対して、ノーノは終生イタリアを離れなかった作曲家である。彼は講演の中で「音楽とはある閉ざされた孤島においてではなく様々な地域にわたって、物理学、哲学、天文学、人類学、自然の研究、社会学等の多様な思想が作り上げてきた、多様な『関係』である」と文化における音楽の位置を定義する。そこから詩的言語や音楽などの時間芸術における線性をアナグラム的な複数性によって克服する道が示されるが、このような単一性（バフチンの言う近代芸術におけるモノローグ性）に対する多数性・複数性・関係性の導入といったモチーフは、ノーノが初めて言いだしたことではなく、明らかに世紀初頭のヨーロッパの知的伝統にその根がある。印象的なのはヘルダーリンやロルカの詩の分析が、ソシュールからヤコブソンに至る詩的言語研究の伝統に則って行われていることである。そこにはヨーロッパ的な伝統そのものへの懐疑というものはなく、むしろノーノの音楽はその伝統の徹底的な深化の上にあるようである。ゲバラやカストロのテクストもノーノにとってはロルカやヘルダーリンのテクストの延長上に捉えられているのであって、そこではそのテクスト自体の持つ非ヨーロッパ性あるいは政治性は関与性を持たない。

これに対して、ジャン＝クロード・エロワの「東洋の声＝道」は、現代西欧音楽の非ヨーロッパ世界への関心を象徴的に示していると言えよう。そしてこの傾向はおそらくウォルフやノーノにおける政治性への傾斜の問題と同じ根を持っている、と筆者は考える。

私はヨーロッパ音楽の特殊性はM・ウェーバーが『音楽社会学』で展開している問題、即ち音体系の合理化・自己抽象化が、計量可能な数学的言語のレヴェルにまで進むことによって（バッハの「平均率」）、きわめて抽象的な音楽言語を作りあげた点にある、と考えている。(1) この結果不定の音高、ビブラートの過剰、音色の個別性などの計量できない騒音的要素（エロワの言う「声」）は楽音から排除され切捨てられる。近藤氏の要約を借りるなら「エロワは西洋の音が中世以来純化されていると言うが、それは彼の気持のなかでは記号化されているという言葉と非常に近い意味を持っている」。エロワはこの切捨てられた「声」の要素に現代音楽の蘇生の可能性を見ているようだが、作品に対する評価は別にしてもそのアプローチは討論でも指摘されているように、我々非ヨーロッパ人から見ると余りにもナイーヴ、という印象を受ける。(2)

ヴィンコ・グロボカールは「音楽における意味の欲望」で自らの政治参加の姿勢を意識的に美学的価値と断絶することによって、むしろ存在論的・倫理的問題として提出しているようだ。そこにはユーゴスラヴィア移民、というきわめて現代的な問題をはらんだ彼自身の出自がおそらく影を落としている。しかしそこでの彼の姿勢が音楽の前衛性とは裏腹に、むしろ十九世紀ロシア文学者の倫理的姿勢あるいはマヤコフスキーの持つ政治性を思わせるものであることが私には逆に興味深かった。

最後の近藤氏の「音楽の意味？」は、いささか理念過剰の四人の外国作曲家の講演に対して職人的な具体さで自作を解説している。そこで興味深いのは、彼が構造と非構造の狭間で、常に構造を裏切るような音の配置によって作品を組立てていく、と告白している点である。いわゆる記号論的方法が、民族音楽や古典音楽に対するようには現代音楽に対して有効でないのも、このような作曲者自身の告白からも裏付けられよう。無意識は構造化され、現代音楽はそれを意識的に裏切るのだ。

以上の五つの講演を踏まえて本書前半の討論があるわけだが、最初に司会の小林氏が「今現代音楽はどういう地点にあるのか」という問いを投げ掛ける。この問いに対して三氏は現代音楽が現在大きな転回点を迎えている、という認識は共有しているものの、その「転回点」のありようについての認識は必ずしも一致していない。近藤氏はかって存在したような十二音技法か新古典の調性か、あるいは偶然性かセリーといった対立的な論点が現代においてはなくなってしまった（「主流の解体」）、と指摘し、笠羽氏はヨーロッパ的な世界の絶対性が崩壊し、エロワに見られるように非ヨーロッパ的なものへの関心が深まっていること、かってクラシック音楽が持っていた社会的な「力」を現代音楽は喪失しつつある、と指摘する。

このような指摘はそれぞれ事実として異論のないところであろう。そしてこれらの指摘は、西欧近代音楽の作りあげた体系が如何に強固であったか、ということの裏返しの証明のようなものである。しかしそれではその西欧近代音楽の作り上げた体系とはどのようなもので、現在現代音楽が迎えている「転回点」とは何なのか。この問題を理念的に意味づけようとする際に論者の認識の違いが現われてくる。たとえば小林氏はヨーロッパに初めて超越的に成立した古典的な「音楽空間」を問い直す作業が二十世紀音楽であった、と主張している。しかし近藤氏はこのような「問い」は実は中世から始まっているのだ、と主張する。このあたりの論議は、ヨーロッパ近代芸術の特殊性を歴史的・相対的に見るか、特殊的・超越的に捉えるか、という評価の問題になってくる。私の印象では小林氏は現代音楽が現在迎えている「転回点」を若干過大評価しているようにみえる。調性と遠近法をパラレルに見ようとする視点にそれは現われているように思われるが[3]、そのことに私は逆にヨーロッパ近代の特殊性の過大評価の危険性を感じるのである。筆者の考えではヨーロッパ音楽の特殊性は既に述べたように、それが操作可能な数学的言語のレヴェルにまで自己抽象化を遂げた、という点にある。そしてこの特殊な言語をある普遍性を持ったものと考えるか、歴史的に規定された音楽言語の一ヴァリエーションとみなすか否か、という点で近藤氏と小林氏の視点はずれを見せている。

ところで西欧近代の音楽がその自己抽象化の過程の帰結としてたどりついたものが、それ自身の孤独な自己閉鎖性に対するある不安な意識であるとするなら、それに対する突破口として、一方ではエロワに見られるような非ヨーロッパ世界への眼差しが、他方では文化の他ジャンルとの関係の希求、そして政治性を介しての現実との接点の回復の志向が生れるのは一つの必然であろう。

講演の中でもグロボカールやウォルフ、ノーノ等ははっきりとした政治的意識を明らかにしており、それを近藤氏はあっさりと「十九世紀の芸術至上主義への反発」と規定しているが、笠羽氏は「技法的・形式的探究」に対する反作用、として捉えている。もちろんここで現代に特徴的な現象としてショスタコーヴィチのように本人の意志とは関わりなく作品が帯びざるをえなかった政治性の問題を考慮する必要があるのはいうまでもない。

最後に現代音楽におけるテクノロジーの問題が論じられ、書記文化としての作曲という行為が変貌しつつある、という重要な指摘がされる。これは言語文化においてルロワ＝グーランが『身振りとことば』でつとに指摘していた情報保存の形態の変化が音楽の場でもアクチュアルになりつつある、ということを意味しているが、それは既に学生の音楽生活の中に具体化されているようだ。なおこれに関連して偶然性の音楽における「伝承性」についての興味深い指摘がある。

このように本書で具体的に考察されている現代音楽の諸問題は、「音楽」という体系の現代における自己批評の具体的なありかたを雄弁に物語っている。討論において小林氏はどちらかというと理念的・抽象的に論を進め、それとは対象的に近藤氏は実作者としての立場から明快かつ具体的に発言している。一方笠羽氏は実証的な視点から二人を媒介する役割を果たしているが、様々な論点をめぐるこの三氏の立場上の認識の微妙なずれは、これらの問題の核心をかえって浮彫りにしてくれたように思う。最後になるが笠羽氏による巻末の各作曲家のプロフィールは貴重な労作であり、日本でよく知られているとは言えない作曲家たちについて貴重な情報を与えてくれる。

【註】

（1） 十九世紀末から二十世紀初頭にかけての音楽芸術の記号論的情況については拙稿「記号体系としての音楽」（『言語』一九七六年八月号）を参照のこと。

（2） 本講演でエロワは非ヨーロッパ世界の音楽の特徴として「反復」を挙げているが、「変奏」を反復の一種と考えるならば、この対立は解消されるであろう。ちなみに音楽をも含めた芸術一般における「反復」の問題を筆者は「差異・対立・反復―文化のナラトロジーへの一視点」『記号学研究6　語り：文化のナラトロジー』（一九八六）で論じている。

（3） 私見では線遠近法は認識論の問題に関わり、調性は音という具体的素材の抽象的な計量化の問題に関わる（逆遠近法は実在するが、逆調性などというものはありえないであろう）。従ってこの両者に平行性を認めるとすればそれをどのようなレヴェルで設定するかが問題となろう。

第二十二章　「言語」・「音楽」・「自然音」
――「音知覚の比較文化学」のための覚書

一　はじめに

我々をとりまく世界は、視覚的世界でもあると同時に聴覚的世界でもある。世界には音が満ち溢れている。しかし我々をとりまく音は決して一様なレヴェルにはない。そこには少なくとも二つのレヴェルが存在する。即ち自然音と、それを素材として構築された文化的な音の体系の二つである。後者はさらに言語と音楽とに分けられる。これらの音を我々はどのように弁別しているのであろうか。またこれらの音は相互にどのように関係しているのであろうか。比較記号論と認識人類学が交差する一つの領域として筆者はこの問題領域を捉え、考察してみたいと考えている。

図式的に言えば筆者はある文化に特徴的な音の属性の弁別、即ち音知覚の特性を、言語学と音楽学と音響生理学の接点に位置すべき「音知覚の人類学」とでもいうべきものによって明らかにできるのではないかと考えている。そのために必要な作業は、①音楽と言語との比較記号論的検討、②ある文化が自然音と音楽をどのように言語的に認識しているかという認識人類学的調査、③―①と②が当該の文化の中にどのように統合されているか、という点の検討の三つになると思われる。

現在に至るまで文化人類学の領域からのこの種の試みにはおそらく川田順造の一連の論考があるのみと思われる［川田　一九八八、一九九二、二〇〇四］。川田の視点は口頭の言語表現を音のコミュニケーション全体の総合的理解の中で捉えなおすことにある。これに対して本稿は、取り敢えず、自然音と音楽と言語音を便宜的に別のものとして措定し、それらを記号論的な方法によって比較し、それを自然音の言語的認識のありかたと関連させようというものであり、そのための方法論的な覚え書きである。

筆者のこのような問題意識は修士論文においてロシア民衆叙情歌のテクスト分析を行ったことに始まる。テクストの音韻論的分析において、テクストと楽譜との相関関係に触れざるを得ず、音楽と言語の記号論的関係に関心を抱いたのである。(1)

しかし筆者は残念ながらまだこの問題を包括的に論じる為のデータを持ち合わせていないため、本稿では主に私のフィールドとするロシア・東欧の例を日本の例と比較しつつ参照し、アフリカにおける示唆的な事例を主に川田順造の論考から参照させていただいた。

二　音楽と言語——比較のための方法論

等しく文化的所産である言語と音楽という二つの記号体系は、共に（第一義的には）「音」を素材とした記号体系である。従ってこの両者の間には常に密接な関係が存在している。しかしこの両者を比較する前に「音楽」という包括的概念をもともと持つ文化は西欧を逆に例外として稀である、ということを確認しておかねばならない。西欧で「音楽」を意味する music（英）、Musik（独）、musica（伊）、musique（仏）等の語源であるギリシア語のムーシケー μουσική とは、「ミューズの芸術（あるいは技術）」の意味で、音楽のほかに詩、舞踊などをも含むミューズ（ムーサイ）の諸芸術という広い意味を持っていた。古代ギリシアの詩は管楽器や弦楽器の伴奏で歌われるものであったためである。これがこれらの芸術領域が相互に抽象され独立し、狭義の「音楽」の意味に用いられるようになった。

日本においても古くは管絃や舞楽を意味する「あそび」や歌謡を意味する「うた」のような語彙はあったが、それらを包括する語彙としては新たに「音楽」という語彙を用いた［吉川　一九七五］。これは、近世では歌舞伎の鳴り物の一つで、寺院の場面などに、笛、大太鼓、鈴などで雅楽風の演奏をすることを意味していた。これが明治期にドイツ語 Musik の訳語として用いられたものであった。一八七九年に文部省内に音楽取調掛が設置され「小学唱歌集」を編集し、これが東京音楽学校に改編されたのであった。

ロシアにおいても音楽を意味するムーズィカ музыка はポーランド語 muzyka を介して十七世紀に西欧から伝えられたもので、民間には楽器演奏を意味するイグラー игра（英語の play に相当する意味の広がりを持つ）や「歌」を意味する песня などの個別ジャンルを表現する語彙はあったが、やはり「音楽」を包括的に示す語彙はなかった。music 系統ではない語彙を「音楽」の意味に用いる例ではチェコ語の hudba やクロアチア語、スロヴェニア語の glasba があるが、前者はおそらく「ヴァイオリンを弾く」を意味する動詞 houst に由来し「器楽」を意味する語彙が、後者は「声」を意味する glas に由来し「歌」を意味する語彙が、それぞれ音楽全体の意味に拡張されたものであろう。川田はモシ族にも「音楽」全体を表す語彙はないと報告している。

音楽の起源に関しては様々な学説が存在するが、少なくとも音楽の最も原初的な形態のひとつが歌謡であったということは一般的に認められている。筆者の知見ではロシアやブルガリアなどで民族楽器の器楽として演奏される曲目の多くは民謡旋律に由来するものである。クルト・ザックスによれば楽器を持たない民族は存在するが、歌わない民族は存在しないという［ザックス　一九六九：一八］。

ところでプリミティヴな歌謡の音楽的構造は、いうまでもなく歌詞の音韻論的構造と深く相関している。たとえば歌謡の韻律の構造は音楽的リズムを規定することになろうし、言語的抑揚は旋律を規定しよう。他方、話し言葉や呼びかけあるいは物売りのよび声にあらわれる旋律は、しばしば音楽的なものにまで高められる。チェコの作曲家ヤナーチェクは、チェコ語の「発話旋律」に関心を持ち、いつもノートにその断片を書き留めていた。彼は幼児の言葉の旋律を克明に採譜し出版しているし［Janáček 1959］、自分の娘オルガが死んだ時にもその臨終の言葉の旋律を採譜している［ホースブルグ　一九八五：七一］。

ところでもし言語と音楽が相関するこのような領域を統一的に扱おうとした時、どのような方法論がありうるであろうか。いささか図式的に定式化するならば、この二つの記号体系は、いずれも自然音からある属性（例えば音色、強さ、高さ、長さ）を選択し、配列することによって構成される記号体系である。従ってこの両者を統一的に扱う方法論は、この音の属性の選択と配列の類型論となるであろう。しかし実際には周知のように、この類型論は個別的に言語学と音楽学という異なる科学としてしか実現されていない。たとえば上述のように言語と音楽とが不可分な統一体として現象する歌謡の記述は、ふつう言語テクストと楽譜という二つの記述法によってなされる。即ち言語テクストにおいて記述の対象となるのは、言語体系において（意味の弁別に）関与的な音の属性であり、伝統的な西欧の記譜法において示されるものは基本的には音の〈高さ〉と〈長さ〉のみである（たとえば音色は音楽的メッセージの自己同一性に関しては非関与的なものとして示されない）。このように見てくるならば、言語と音楽を統一的な視点から扱うためには、それぞれの体系で関与的な音の属性とその相互関係に注目する必要がある。そこで本稿では異なる複数の音の属性が言語と音楽においてどのように機能し、さらにこの二つの記号体系が自然音とどのような関係を持っているかを考えてみたい。

三　素材としての音――楽音と噪音

記号体系としての音楽と言語を比較する前に、この双方にかかわる「音」の基本的カテゴリーとして楽音と噪音があることをおさえておきたい。楽音とは振動数が一定で、ある決まった音高を保つ音を言い、噪音とは一定の振動数を持たず、定まった音高を持たない音を言う。大ざっぱに言うなら、言語音のうち母音は楽音に対応し、子音は噪音に対応する。他方音楽においても楽音のみが用いられるわけではない。たとえばピアノやフルートなどの音は楽音であるが、シンバルなどの打楽器の音は普通噪音である。また邦楽器には噪音の要素を含むものが多い。

音素材という観点から考えるなら、声楽の器楽化という歴史をたどった西欧音楽は、素材としての音から噪音を排除する方向に発展してきたといえるだろう。噪音としての子音と楽音としての母音の双方を必然的に含む声楽は、器楽化される際に楽音のみが抽象されることになるからである。他方日本の伝統音楽の多くは声楽あるいはそれに付随する音楽であり、しかも語りものが多い。思いつくままにあげても、声明、御詠歌、平家琵琶、能、狂言、三味線を伴奏とする義太夫の語り、長唄、端唄などがあげられよう。これらの音楽は必然的に音楽と密着することになり、楽器の音色や発声法の特性ともあいまって西欧の音楽と比較するときわめて噪音の要素の強いものとなっている。すでに述べたように自然音の大部分は噪音であるが、このことを考えるなら、音のレヴェルにおける文化と自然の距離は、西欧においてより大きく、日本においてはより小さいということができよう（十九世紀後半の英国人旅行家イサベラ・バードがその日本旅行記で邦楽に音楽的関心を全く示しておらず、雑音としてしか知覚していないことは、このことと関係があると思われる［バード　一九七三］）。

四　記号体系としての言語と音楽

音楽の記号論的特質を明らかにするために、ここで自然言語と音楽との共通点と差異について検討してみよう。この二つの体系は共に音という素材によって構成されていながら、相互に独立した記号体系として機能している。たとえばこの二つの記号体系は、歌謡というジャンルにおいて、互いに重なりあう部分を持ちながら相対的に独立した二つのメッセージを共存させているのだが、これはどのようなシステムによるものであろうか。

言語体系における示唆的な最小単位である音素は、弁別的特徴の束と規定され、他の音素とこの弁別的特徴によって区別される。弁別的特徴は調音の仕方、調音の位置、調音器官などによって規定され、音の属性としては音色に属するものであるが、西欧の音楽における音楽的メッセージの知覚においてこれらの諸特徴はふつう非関与的なものである。

西欧の音楽体系においては、音楽的メッセージは、純粋に構造的に知覚される。その場合まず弁別されるのは、音と音との高低関係、即ち音程である。音程は振動数の比として規定される。たとえば一オクターブの音程は、振動数比二であらわされる。このように音程が純粋に関係として規定されるものであるため、西欧音楽においては、そのメッセージとしての自己同一性を変化させることなしに、移調という変換を施すことが可能になるのである。この音楽的メッセージの自己同一性は、音色の変化によっても失われることがない。このような西欧音楽における楽音知覚のゲシュタルト的性質は、エーレンフェルスによって指摘され、ゲシュタルト心理学の端緒を開くことになったのである。

ところで西欧音楽に限らず、旋律を構成するためには、ある高さの音を選択して一定のリズムのもとに結合することになるが、選択されるべき音は無限に存在するわけではなく、個々の民族の音楽の体系は一定の音階を持つ。この音階は、弁別・選択されるべき音の目録と考えるなら、言語における音素目録に対応するだろう。同じ旋律も異なる音階に移されるなら必然的にデフォルメされるが、所与の音楽体系の内部にいる人間にとっては、その変化は関与的ではない。藤井知昭は、チベット系のシェルパがインド映画の主題歌を七音音階の旋律から自分たちの五音音階の旋律にデフォルメして歌った為、原曲をよく知っていたにもかかわらず、同じ曲には聞こえなかったという経験を記している［藤井　一九八〇：二〇三－二〇四］。これは、たとえば、日本語の体系で /v/ と /b/ が弁別されない為に violin がバイオリンと発音されるのと似た現象ということができよう。

この音階の起源を普遍的な原理によって説明することは困難なようだが、バーンスタインは、あらゆる音階の基礎にはいわゆる倍音列が存在していると主張している[2]［バーンスタイン　一九七八：一七－四九］。

倍音とは基本音（基音）の整数倍の振動数を持つ上音のことである。一つの発音体が発する音は一般に複数の成分音（部分音）の集合として成り立つが、楽音の音高を決定する最も振動数の少ない音を基本音と言い、これより振動数の多い音を上音という。倍音は基本音の二倍の振動数のものがオクターブ上、三倍はさらにその五度上、四倍は二オクターブ上、五倍はさらにその長三度上、六倍はその単三度上といったぐあいに生じ、基本音のn倍の振動数を第n倍音とそれぞれ呼ぶ。板や膜による上音は倍音を構成しないが、弦や管（空気柱）の振動は倍音を構成し、各楽器の音色を決定する大きな要素となる。倍音は二個以上の音の協和にも関係する。上述のように第六倍音までの倍音は長三和音を構成する。

ちなみにモンゴルのホーミーのような唱法は口腔の形を変えることによって得られる倍音を用いている。バーンスタインの説をうけいれるなら、音楽という文化的所産の基礎には音響物理的な「自然」が存在していることになろう。

ところで音高という要素は、言語においては第一義的には意味の弁別に関与しないが、言語の第二義的な示差的性質、すなわち分節音素に対する、母音の強勢や高低などのかぶせ音素（あるいは超分節的音素）には音楽的メッセージを直接規定するものが少なくない。たとえば高低アクセントやイントネーションなどの要素は、必然的に旋律の構造を規定することになる。中国語などの音調言語において歌謡の韻律は、歌詞の音韻論的構造と不可分の関係にあるし、逆に声調を模倣することによって、楽器の音が言語として用いられる例も少なくない［ザックス　一九七〇：五七－五八］。川田順造は西アフリカ、モシ族において言語を模倣した特殊な太鼓ことばや笛言葉が用いられることを報告している［川田　一九八八、一九九二］。

日本の伝統的音楽においても日本語の高低アクセントはその大きな構成要素である。また西欧においても、古典ギリシア時代のホメーロスの叙事詩の音楽的構造は、古代ギリシア語の高低アクセントと、母音の長短による韻律によってかなりの程度まで規定されていた。このように音楽的に規定された韻文を、ギリシア人はμουσική（ムーシケー）と呼んでいたが、この言葉が後に音楽のみをさすようになったのである。つまり古典ギリシア時代においては、純粋な「音楽」のみを意味する言葉は存在しなかった。ひるがえって考えてみるならば、言語体系と音楽体系とがそれぞれ自立的な記号体系として機能している西欧文化の体系は、逆に特殊な例であることがわかる。

この二つの体系の相対的自立によって、有節歌曲のように、同一の音楽的メッセージを異なる言語的メッセージによって置換してゆくことが可能になる（「鉄道唱歌」は全六集・三七四番まである）。ロシア・フォークロアには即興的な四行詩で歌われるチャストゥーシカという歌謡ジャンルがあるが、これはふつう当該の地域に特徴的な同一の旋律型に様々な歌詞をのせて歌われる。

そもそも多くの民族の叙事詩においては、定型に則って作られた一詩行を旋律の単位とし、音楽的には同一の旋律型を反復する形で語られていく場合が多い。セルビアの歴史英雄叙事詩ユナチケ・ペスメやロシアの英雄叙事詩ブィリーナなどがそうである。

また逆に同一の歌詞に異なる旋律が付けられることはよくあることで、山田耕筰と中山晋平が同じ北原白秋の詩に作曲した「砂山」やシューベルトとウェルナーが同じゲーテの詩に作曲した「野薔薇」などがすぐ想起されるが(3)、歌謡フォークロアでは歌詞が同一でもまったく異なる旋律で歌われるヴァリアントが採録されることは珍しくない。

このようなことが可能なのは、繰り返しになるが、音楽と言語が相互に非関与的な音の属性を用いてそれぞれの体系を構成しているからである。つまり言語体系における示差的な最小単位である音素は、他の音素と弁別的特徴によって区別されるが、これらの諸特徴は音楽的メッセージの知覚においては非関与的なものとなっている。逆に西欧近代音楽の構造と密接に結びついているドイツ語、イタリア語、フランス語などの諸言語において、音高は直接意味の弁別に関与していない。

音高がまず弁別される西欧音楽は、いわば音がまず旋律と和声における機能として意味付けられる体系である。しかしこのような体系は、音楽一般に対して普遍的なものであるわけではない。ヤコブソンは、論文「音楽学と言語学」［ヤコブソン　一九七八：九九－一〇二］で次のような例を挙げている。即ちヨーロッパの音楽家がアフリカのある原住民の吹く笛を真似して吹いたが、旋律が同じでも、音色が違ううちは、原住民はそれを同じ曲とは認めなかったという。また逆に、音高の異なる別の笛を原住民が吹くのを聞いたその音楽家には、それは異なる曲としてしか聞こえなかったが、原住民は同じ曲であると主張したという。この例は、ヨーロッパ人にとって関与的な音の「高さ」が、アフリカ原住民にとっては非関与的なものであり、ヨーロッパ人にとって非関与的な「音色」が、アフリカ原住民にとっては、関与的なものであったことを示している。このように音楽においても、所与の体系ごとに関与的な音の属性は異なると考えるべきであり、音楽と言語との距離は、この関与的な音の属性を二つの体系がどれだけ共有しているかによって決まると考えられる。

音楽と言語という二つの記号体系を比較するとき、もっとも大きな違いは、音楽は言語におけるのと同じ意味での意味論の領域を持たないことがあげられる。言語記号は能記と所記の二重性を持つが、言語的な意味での所記を音楽は持たない。従って能記に大きな負荷がかかる詩的言語において言語は音楽に近づくことになる。一九世紀末から二〇世紀にかけて、詩におけるシンボリズムが意味の桎梏から解放されることを夢見て音楽に接近したのは、あるいはロシア未来派が「意味を超えた(ザウームヌィ)言語」を夢想したのは当然の経緯と言えよう(4)。

五 音色

上記のように言語体系においてまず第一義的に弁別されるのは音色であり、西欧音楽の体系においてメッセージを同定するためにまず一義的に弁別されるのは音の高低である。そして言語体系で意味弁別のために機能する音色は西欧の音楽においては非関与的なものであるが、それは上述のように必ずしも普遍的な現象ではない。日本の伝統的音楽には、それと対照的な「音色」への強い関心が存在する。たとえば謡曲、清元、長唄、新内などの諸ジャンルは、それぞれに特徴的な発声法、音色を持っていて、それはジャンルの弁別に大きな意味を持っている。ところで自然音の弁別が、音高でも、強さでも、長さでもなく、もっぱら音色によって行われることを考えるなら、このような日本音楽が音色に対して示す関心は、音楽と自然との距離の近さをうかがわせる。それは日本音楽が単一の音を好む傾向を持っていることとも関係があるように思われる。

小倉朗は、鐘の音の例をあげている[小倉 一九七七:二-四]。日本では鐘の音は基本的に単音だが(「ゴーン……」)、西欧では複数の(時には異なる高さ、音色の)鐘の音がひとつのリズム的・旋律的ゲシュタルトを作って鳴りわたる（「キンコンカンコン」）。西欧の鐘の音は自然音とは区別されるひとつの構造として知覚されるが、日本の鐘の音はそのようなゲシュタルトを持たず、単一の音の持つ音色が有意的なものとして弁別・知覚されるのである。日本人の音色に対する関心について文学から例を引きながら、吉川英史は次のように指摘している。『古池や蛙飛び込む水の音』といい、『涼しさや鐘をはなるる鐘の声』といい、そこにあるものは旋律でもなく、リズムでもなく、まして和声でもない。あるものはただ音色だけである。」［吉川　一九七九：二一六］

後に触れることになるが、鳥の声が西欧において「歌」に喩えられるのは、おそらくそれがひとつの長短・高低を含んだ音楽的構造を持つからで、多く単音で発せられる虫の音が西欧において音楽的関心を持たれないのもここに一つの原因があるかもしれない。

六　リズム

リズムが音楽において重要な構成要素であることは言うまでもない。リズムは言語外的な文化領域においては身体の律動と密接に結び付く。「ヴォルガの舟唄」のような労働歌がすぐに想起されるところであり、ビュッヒャーがこの側面から音楽労働起源説を唱えたことはよく知られている。

舞踏においてリズムは中心的な要素となるが、民族ごとのリズム感覚は言語系統とは独立した分布を見せることが多い。これはバルカン半島において顕著であり、この地域に特徴的な変拍子は言語系統を異にするルーマニア、ギリシア、ブルガリア、アルバニアなどの民族に跨って分布している。これは言語的バルカニズムに平行的な文化的バルカニズムとも言えよう。西スラヴの民謡には三拍子のリズムが多く、ロシア民謡には四拍子が多い、という事実は言語系統よりも地理的な分布と関わるものと思われる。ロシアと西スラヴに挟まれたウクライナにこの双方のリズムが見られることは、このことを示唆している。

言語体系においてリズムは常に意味に対して関与的であるとは限らないが、作詩法と密接に結び付くことは容易に想像できる。ロシア語のように可動的アクセントを持つ言語では、有アクセント音節と他の音節の発音の違いはきわめて大きく、このような言語では有アクセント音節の反復がリズムを生み出す。ロシア語やドイツ語、英語の作詩法は一定数の音節を持つ詩行の中に有アクセント音節を規則的に反復する音節アクセント詩法である。

ロシアの民衆叙事詩においては各詩行の音節数は比較的自由だが、有アクセント音節の数はほぼ一定している。ちなみに「反復」は一般的に音楽においても詩的言語においても重要な構成原理となっているが、フォークロアにおいては音韻反復の上位レヴェルにある意味論のレヴェルでも重要な手法となっている。例えば散文フォークロアのプロットの反復がそれである(5)。

可動アクセントを持つ言語に対して、ポーランド語やチェコ語のように語の一定の位置(ポーランド語では語尾から二番目、チェコ語では語頭)に固定したアクセントを持ち、アクセントが意味弁別に大きな役割を果たさない言語では、有アクセント音節と無アクセント音節の発音の違いは明瞭には知覚されず、リズム的には等価に扱われる。このためこのような言語では一定数の音節を含む詩行の反復がリズムを生み出すことになる。これを音節詩法と呼ぶが、フランス語、ポーランド語、日本語などに見られるものである。ポーランド民謡やチェコ民謡の詩行はこのような構造をもっており、旋律のほとんどは強拍(完全小節)で始まる。これは語根の頭音節に固定した強アクセントを持つドイツ語の民謡にも言えることである。セルビアの英雄叙事詩ユナチケ・ペスメは一行が四+六の十音節から成る詩法によって厳密に構成されている。

他のスラヴ語と同様に冠詞を持たないチェコ語は、語頭の強アクセントから独立した母音の長短を持っており、これが強拍で開始されながら小節内にシンコペーションを含む独特なリズム構造を持つチェコ民謡の特徴を生み出す原因となっていると思われる。チェコ語の発話旋律に作曲家ヤナーチェクが大きな関心を持ったことは既に述べた。

語末から二番目に強アクセントを持つポーランド語の民謡は最後から二拍目に独特の強拍を持つことが多いが、三拍子のリズムでありながら二拍目あるいは三拍目に特徴的なアクセントを持つマズルカのリズムはこれと関連するものと思われる。また同系であるブルガリア語とは異なり語末から三番目に固定された強アクセントを持つマケドニア語の音韻構造は、マケドニア民謡に特徴的な四＋三＝七拍子のリズムと関連があると思われる。

七　自然音・言語・音楽の知覚

ところで小倉や吉川が挙げた鐘の音の例がそうであったように、自然音と区別されるような明瞭なゲシュタルトを持たないことの多い邦楽においては、その音は容易に自然音と一体化することになろう。既に述べたように、噪音性の強い邦楽器の音は、楽音のみを抽象する傾向を持つ西欧の楽器の音よりも、自然音に近い。また実際に邦楽においては、自然音を理想的な音として考えることが多い。たとえば尺八の理想の音は「朽ちた竹の根方に風が当って自然に出る音のようなもの」と考えられているというし、三味線の「さわり」の理想の音は、蝉の鳴き声になぞらえられているという［武満、木村　一九八〇：一四六、一五四］。

このような日本における自然音と音楽の関係は、言うまでもなく西欧におけるそれとは対照的である。ハンスリックはその『音楽美論』の第六章で、自然音は音楽の素材にすぎず、自然にはそのままの形ではいかなる音楽も存在しないと断言している［ハンスリック　一九六〇］。西欧人が自然音に対して示す関心は、鳥の声のように一種のリズムや旋律を持つものに限られるのに対して、日本人は音色しか持たない虫の音にさえ音楽的なものを感じる傾向があるのは示唆的である。西欧にはたしかにメシアンのように鳥の鳴き声に興味を抱く作曲家はいても、虫の声に関心を持つ作曲家は考えられないだろう。しかし文部省唱歌「虫の声」は「ああ面白い虫の声」と歌い、これを音楽的なものと感受している。

このような西欧と日本における音感覚の違いを考えるならば、角田忠信による一連の実験結果には興味深いものがある。それは西欧人と日本人とでは、自然音、音楽、言語音などの処理の脳における役割分担に違いがある、というものである。一般的に人間の脳は左半球と右半球に分けられるが、このうち左半球は、言語的機能、数理的・

論理的機能に関して優位にあり、分析的・時間連鎖的であるとされ、右半球は非言語的な音楽的・絵画的知覚に関して優位にあり、空間的・全体論的であるとされている。ところで角田の実験によれば、西欧人においては、言語音のうちの子音あるいは子音を含む音節は左半球で処理され、西欧の音楽、機械音、言語音のうちの母音、人声(笑い声、泣き声など)、虫、動物の声は右半球で処理されるが、日本人においては、言語音は子音も母音も左半球で処理され、人声や虫、動物の声さえも左半球で処理されるという［角田　一九七八：六九―八八］。興味深いのは音楽であっても邦楽器の音であれば日本人は左半球で処理するという事実である［角田　一九七八：一二九―一三〇］。この角田の研究は「西欧人」という術語を用いながら、実際には英語を母語とするインフォーマントのみを被験者としている点で普遍性を持つものかどうかについて疑問も提出されているが、我々の経験論的な実感をうまく説明してくれることは事実である。

この実験結果について角田は次のような解釈を試みている。まず言語音の処理について西欧人が母音を非言語半球で処理するのは、西欧諸言語の多くで単一母音が有意語を持たないためであり、日本人がそれを言語半球で処理するのは、逆に日本語において個々の母音はそれぞれ(たとえば唖、胃、鵜、絵、尾のように)有意な単語を持っているからである、とされる。角田は、フライらの西欧諸言語の多くにおいて母音の役割は音韻的であるというよりも、むしろ声性的であるという記述［Fry et al., 1962］を援用しているが［角田　一九七八：六六］、確かに西欧諸言語において単一の母音は、他の音と組み合わされることによってはじめて意味を持つものであり、言語の素材ではあっても、言語メッセージではない。次に虫の音などが、西欧人においては非言語半球で処理される雑音であるのに対して、日本人がそれを左の言語半球で処理するのは、母音の持つホルマント構造に虫の音が似ているために、それが有意的な音として知覚されるからだという［角田　一九七八：八〇］。所与の言語の音韻論的構造が音知覚一般の構造を規定する、というこのような角田の主張は、いわばサピア゠ウォーフの仮説を音知覚のレヴェルで支持するものといえよう(角田によれば、日系二、三世を被験者に用いた場合は、西欧人と同じ結果が得られるという)。ひるがえって考えてみるならば、日本語には自然音を表現する擬声語が極めて多いし、音楽の音を表現する擬声語もそれに劣らず豊富である。即ち日本語はきわめて多くの非言語音を言語化している、ということになりはしないだろうか。これは西欧諸言語には見られない特徴である。日本では昆虫や鳥の声などを言語化して表現する「聞きなし」が豊富だが（[山口　一九八九]参照）、川田によれば音象徴が豊富な西アフリカのモシ族にもあまり見られないという［川田　二〇〇一：四二‐四三］。

角田によれば日本人においては虫の声の知覚が左脳＝言語半球によって、西欧人においては右脳＝音楽半球によって処理されるという対称性を持つのだが、虫の音が西欧人一般において実際に右脳＝音楽半球によって処理されているかどうかについては各文化における個別的な検討が必要であろう。例えば日本の文学的表現において「虫の音」は、他の多くの自然音と並んで確かに重要な位置を占めているが、外国文学においてそれが見られないわけではない。

富士川英郎には動物を扱った詩を動物別に論じた興味深い比較文学的論考『失われたファウナ』があり、そこに含まれた「蝉の詩」という章はこの問題を検討する上で興味深い多くの実例を文学から提供してくれている。芭蕉の有名な「閑さや岩にしみ入る蟬の聲」をはじめ日本における蝉の声への偏愛は顕著で、尾崎喜八の詩など、富士川が具体的な例を豊富に挙げているが、外国に目を転じると、蝉は中国と古典時代のギリシアの詩に登場する。富士川は中国ではまず中唐の賈島の次の詩を引いている――

新蟬忽發最高枝　　新蟬　忽ち發す　最高の枝
不覺立聽無限時　　覺えず立ちて聽く　無限の時
正遇友人來告別　　正に遇う　友人の來りて別れを告ぐるに
一心分作兩般悲　　一心分れて両般の悲しみを作す

富士川は次に北宋初期の寇準の次の詩を引く――

寂寂宮槐雨乍晴
高枝微帯夕陽明
臨風忽起悲秋思
獨聽新蟬第一聲

寂寂たる宮槐　雨乍ち晴る
高枝微かに夕陽を帯びて明かなり
風に臨んで忽ち起す　悲秋の思い
獨り聽く　新蟬の第一聲

富士川も指摘するように、中国の詩ではこのように、蝉はたいてい淋しい、哀れなものとして歌われているようだ。この点で角田が中国人は虫が鳴く音色に詩的感興をそそられないとしている［角田　一九七八：一六］ことには再考が必要であろう。

古代ギリシアの例ではアナクレオン風歌謡に「善いかな蟬よ、／木々の梢に／はつかの露を吸ひながら、／王侯のごと歌ふ」（呉茂一訳）とあるのをはじめ、叙情詩に蝉はしばしば歌われている。「ギリシア詞華集」には詠み人しらずの次のような詩も収められている——

野辺の鶯たるきりぎりすと、
樹の間に憩ふ　蟬のために、
ミュロオこの　共同の墓を築き、
乙女の涙を　しぼりぬ。
遊びの友　二人までを
頑なる黄泉　奪ひてければ。

（呉茂一訳）［呉　一九五二：一九六−一九七］

またメレアグロスは次のような詩も書き遺している——

やかましく鳴く蝉よ、
おまえは露の雫を吸って酔い
人気ない野原の唯中で
鄙びた歌を歌っている。
〔中略〕
竪琴に似た響きを立てている。
だが、おい、わしの友だちよ、
森に棲むニンフらのために
何か新しい曲をうたってくれないか……

（沓掛良彦訳）〔沓掛　一九七八：三三二〕

蝉の分布はヨーロッパでは南欧に偏っているので、ギリシア以外の西欧の詩には蝉は殆ど現れない。蝉を歌った漢詩人や古典時代のギリシア詩人がその声を音響生理学的にどのように知覚していたのかは知る由もないが、興味が持たれるところではある。

角田の説に照らして興味深いのはギリシア生まれの英語作家ラフカディオ・ハーンが、日本の蝉の声の美しさについて絶賛していることである。彼は「日本の庭」というエッセイの中で「日本には七種の違った蝉がいると思われるが、私はそのうちの四種類を知ったにすぎない」と記し、「夏蟬」、「ミンミン蟬」、「ヒグラシ」、「ツクツクボウシ」のそれぞれの声を愛着と共に記している。蝉の声をおそらく幼少期のギリシアで聞き、蝉の音の豊富な日本に来てしかもそこで英語で著作したハーンの耳にその蝉の音はどのように知覚されていたのであろうか。

ロシア文学の例を振り返ってみると、虫の声を描いた詩は筆者には殆ど思い当たらないが、しばしばきわめて音楽的と評されるチェーホフの散文には印象的な虫の音の描写が散見される。例えば中篇「ステップ」第一章には次のようなステップの動物や虫たちの声の描写がある――

街道の上にはアビが楽しそうに泣きながら飛び交い、くさむらでは地鼠が鳴きかわし、どこか遠く左のほうでタゲリが鳴いていた。馬車におどろいたシャコの群れが羽ばたいて飛び立ち、「トゥルー」というやさしい声をたてながら丘のほうへ飛んで行く。きりぎりす、こおろぎ、こがねむし、けらなどが、くさむらで軋むような単調な音楽をかなではじめた。

（松下裕訳）

ここでは虫の音に「音楽」という語彙が用いられていることが注目される。この語彙は主人公エゴールシカの視点から用いられた語彙であるが、叙述が中年男性であるグーロフの視点からなされる『犬を連れた奥さん』では、異なった種類の語彙が用いられている。

この小説第二章の、主人公グーロフが『犬を連れた奥さん』とヤルタ近郊のオレアンダの海岸を訪れた際の描写には蝉が登場する――

オレアンダで二人は、教会からほど遠からぬベンチに腰かけて、海を見おろしながら黙っていた。ヤルタは朝霧をとおして微かに見え、山の頂きには白い雲がかかってじっと動かない。木々の葉はそよりともせず、朝蝉が鳴いていて、遥か下の方から聞えてくる海の単調な鈍いざわめきが、われわれ人間の行手に待ち受けている安息、永遠の眠りを物語るのだった。

（神西清訳）

ここで「朝蝉が鳴いていて」という部分のロシア語は《кричали цикады》であり、使われている動詞 кричать は「叫ぶ」に相当する語彙である。

同じ作品でグーロフが彼女をヤルタの駅で見送る場面には次のような描写がある――

汽車はみるみる出て行き、その燈も間もなく消え失せて、一分の後にはもう音さえ聞えなかった。〔中略〕一人ぽつねんとプラットフォークに居残って、遥かの闇に見入りながら、グーロフはまるでたったいま目が覚めたような気持ちで蟋蟀の鳴声や電線の唸りに耳をすましていた。（神西清訳）

ここで神西が「蟋蟀」と訳しているのはロシア語の кузнечик であり、これは実は「キリギリス」と訳すのが正しい。ロシア語で蟋蟀は сверчок である。これは誤訳というよりは、神西が日本語の文章ではここは「蟋蟀」が相応しい、と考えた結果かもしれない[6]。日本で秋の夜に鳴く虫としてはキリギリスよりコオロギがふつう思い浮かべられるからである。また「鳴声」はロシア語原文では крик であり、人と鳥獣の発する、意味を持たない音を意味する。

チェーホフの主人公たちがこれらの虫の声をどのように知覚していたかを語彙的に判断するなら、前者のエゴールシカには「音楽」と感受されていたのに対し、後者のグーロフにおいては意味を持たない自然音として知覚していたことが想像される。虫の声の知覚に日本人が特異性を持つ、という角田の説は、些か大雑把すぎ、更に広範な調査と詳細な検討を必要とするように思われるのである。

八　言語は自然音をどのように表現するか

自然音の言語的表現はいわゆる擬声語と呼ばれるものになるが、これが自然音を当該の言語・文化的フィルターを通して変換したものであることは言うまでもなく、犬や鶏などの声が言語によって様々に表現されていることはよく知られている。それは「ワンワン」や「コケコッコー」のように意味論的な解釈を被っていないものと、鳥の声を「テッペンカケタカ」のように言語メッセージとして知覚するもの（いわゆる「聞きなし」）に分類される。

前者は普遍的に存在するが、「聞きなし」は普遍的に分布しているわけではない。「聞きなし」については多くの文献学的・文化人類学的研究があるので（例えば［山口　一九八九］）ここでは触れないが、この「聞きなし」の有無は当該言語の音韻構造と当然関連があると思われる。ちなみに私の知る限りロシア語には「聞きなし」は存在しない。

九　楽器と言語

一つの文化の中での音楽と言語の相関は、歌謡におけるそればかりではなく、川田順造が報告しているように、言語メッセージを太鼓言語、笛言語が模倣する例や、逆に日本の琴や琵琶などの旋律を口で唱える「唱歌」や口三味線のように、楽器音を言語で表現するような例がある。このどちらに関しても川田の詳細な研究があるが、かつてロシア民謡をすべてアカペラで歌っていた亡命ロシア人男声合唱団ドン・コサック合唱団は、しばしばウクライナの撥弦楽器バンドゥーラやギター、ラッパ、鐘などの楽器音や、馬の蹄の音、郭公の鳴き声を人声で表現していた。いずれにしても同じ音という素材を用いた音楽と言語という二つの記号体系は相互に変換されるべき潜在的可能性を持っているということができよう。

十　文化は「音」をどのように分類するか——音知覚に関わる語彙について

ここで音に関する語彙に注目してみよう。日本語で「音」をあらわす言葉には「おと」、「ね」、「こえ」などがある。

自然音と音楽、言語などの人工的な音を含む最も包括的な言葉は「おと」であり、ここには自然音、鳥獣の声（鶯のおと）、人声などが含まれる。ちなみに「ポリフォニー」などの術語に含まれるギリシア語のフォーネー

φωνή は「音」と「声」の双方を表す語彙であった。(7) 日本語で「おと」を含む熟語を見ると、それらは殆ど音源を特定する語彙である。例を挙げれば——

足音、雨音、風音、楫音、川音、靴音、瀬音、槌音、筒音、爪音、弦音、波音、羽音、葉音、歯音、撥音、水音、矢音

かけるような音声をいう。

のね、琴のね）などに用いられ、「おと」が大きな音響をさしたのに対し、「ね」は比較的小さな、人の感情に訴え

「ね」は、漢字では「音」と「哭」で表現されるが、人の泣き声、鳥や虫の声（雁の音、虫のね）、楽器の音（鐘

これに対して「こえ」は第一義的には意味のある言葉を語る人声を意味する。さらに鳥獣の声、虫の音（鈴虫の声）など、動物が発音器官を用いて出す音にも「こえ」を用いる。また楽器や鐘の音などにも用いられている。またある情報を伝える、つまり意味論的負荷を持つ音には人声に限らず「こえ」を用いる。「神の声」「天の声」、「秋の声を聞く」のような用法がそうである。「祇園精舎の鐘の声」に「こえ」が用いられているのは、「諸行無常の響きあり」というメッセージ性が一つの理由であろう。

しかし「おと」と「こえ」の対立はもう一つの対立を含んでいる。それは一般性・抽象性に対する具体性・一回性の対立である。日本語における「こえ」を含んだ熟語の数の多さには注目すべきものがあるが、そこには「こえ」の持つ「音色」の個別的具体性の認識がはっきりと表れている。例を挙げれば——

産声、裏声、売り声、潤み声、おろおろ声、風邪声、金切り声、雷声、がらがら声、嗄れ声、甲声、曇り声、くぐもり声、甲張り声、癇声、籠り声、寂び声、しわがれ声、湿り声、涙声、忍び声、塩辛声、だみ声、胴間声、尖り声、どす声、どら声、寝ぼけ声、猫撫で声、鼻声、含み声、震え声、われ声

このような日本語における音響語彙を見ると、自然音と人工音との区別は画然とはしていないことがわかる。

他方英語の例を考えてみるならば、「こえ」にあたる語彙が言語的意味を有するか否かで voice と cry に分けられているのが注目される。たとえば人声でも意味を持たない笑い声や泣き声は cry であり、鳥獣の鳴き声は基本的に cry である。また自然音や音楽の音は sound であり（Sound of music）であり、比喩的用法を除けば、非言語音と言語音の区別が明確に行われている。このことは角田の実験結果とも対応している。

ロシア語の例を考えるなら、英語の sound に対応するのは звук であり、自然音と音楽の音を示す。voice に相当するのは голос であり、cry に相当するのは крик である。

川田順造によればモシ族においては音のすべては、意味のあるメッセージとしての音であるコエガと、意味を持たない雑音であるブーレに分けられる［川田　二〇〇一（上）：一一一―一一二］。この場合コエガとブーレの差異には音源による差異が関与していない。意味を伝える人の声も楽器音も何かを知らせる動物の鳴き声もコエガとみなされる。このようなコエガの意味領域は日本語の「こえ」に近いと言えるかも知れない。

このように見てくると、西欧の文化体系において、自然音、言語、音楽は、それぞれ（前者から）独立したカテゴリーとして存在しているが、この三者のカテゴリーの分別は必ずしも普遍的ではない。日本においてはこれらのカテゴリーの連続性が強い、ということができよう。そしてその理由のひとつは、既に述べたようにおそらく、それぞれの体系で関与的な音の属性の相関関係に求められるように思われる。

十一　まとめとして――「音知覚の人類学」の可能性

以上の不十分な考察によっても、一般的に自然音と言語と音楽の知覚と弁別の相互関係に、所与の民族の文化的特性があらわれていると考えられる。筆者が構想する「音知覚の人類学」は大きい意味での認識人類学にかかわるものとなろうが、その前提として具体的ないくつかの作業が必要となろう。まず多くの言語について、その言語の音韻体系とその言語文化の有する音楽の構造との関係を調べること。この為には言語学者と音楽学者との協同作業が不可欠となる。第二に角田の行ったような音響生理学的実験を、多くの諸民族について行い、自然音、言語、音楽の知覚の相互関係についての広汎なデータを収集すること。また言語が自然音の知覚に与える影響、という問題に光を当てるためには音知覚に関する語彙やオノマトペーの比較研究も重要な課題と思われる。最初に述べたように、本稿はそのような具体的研究のための予備的な覚え書きである(8)。

十二　知覚される「音」と呼びかける「声」――「音知覚の人類学」の外部

最後に本稿に対する傍注のような形で「音」と「声」の違いについて触れておきたい。本稿ではここまで音知覚の問題を論じてきたわけだが、その際に無前提に行ってきた操作がある。それは言語音も含む「音」の全体を計量可能な記述の客体として扱ってきたことである。それは自然音については妥当な操作かもしれないが、言語音については それと質的に異なる取り扱いが実は必要になることを意図的に無視して論を進めてきたのであった。

客体としての「音」はたとえば「三秒続く一点ハの音」というように抽象的に規定でき、客体としての「言語音」＝「声」が音声学的に、言いかえれば量的に規定できるのに対し、現象としての「声」は常に一回限りの「誰かの」「誰かに対する」声である。たとえ音声学的に同一であったとしても、初級語学の練習で発せられる/a/と、納得して一人叫ぶ「ああ‼」は全く異なる。前者は人が発している言語音であるにも関わらず音声学的な「音」であるのに対し、後者は自分が自分に対して発する「声」であり、客体化されえない主体＝人格としての「声」である。同様に演劇の発声練習で発せられる/ya/と、久しぶりに出会った友人に思わずかける「やあ‼」という声も全く異なるものである。言語学の対象は客観的な観察対象としての音韻であり形態素であり、語であり文だが、「声」は他者に向けられた表現としての「ことば」である。人格としての「声」は対象化されえず、他者の声を再生することは主体としての他者をそこに召喚すること（＝憑依）に他ならない。この意味での「声」は体系の構成要素とはなりえず、言語学の対象としての言葉とは質的に全く異なる取り扱いを必要としている。このことを客観的に記述することはきわめて困難であるが、この「音」と「声」の違いは音知覚の語彙の検討の際に見た日本語の「おと」と「こえ」の意味論的違いとも重なり合う問題である。しかしそれは本質的に、本稿の課題を解くために筆者が取ったいわば記号論的方法の外部に存在するものなのである。[9]

［註］

（1）　［伊東　一九七五、一九七六］を参照。

（2）　バーンスタインは『答えのない質問』において、チョムスキーの変形生成文法から示唆を受け、音楽を言語学と類比的に「音韻論」「統辞論」「意味論」の三つの部門に分けて論じている。

（3）　プーシキンの叙情詩「私は貴方を愛していた《Я вас любил...》」には、十九世紀から二十世紀初頭にかけて三八人ものロシアの作曲家が作曲している。

（4）　記号体系としての音楽については［伊東　一九七六］を参照。なお本稿では音楽と言語を相互に関連しつつ独立した記号体系として扱っているが、川田順造はこの二つの概念上の区別を取り去って、人口音の総体を、分節的（segmental）な側面と韻律的（prosodic）な側面の、対立と重なりあいとしてとらえている。この区別は音記号の所記と能記の区別にほぼ重なりあい、音楽的面と意味論的側面の対立にも重なり合う。

（5）　音楽、フォークロア、神話、詩的言語における「反復」の問題については［伊東　一九八六］で論じた。またロシア・フォークロアのテクストを音韻論からプロット構成の複数のレヴェルで分析し、音韻論が音楽と関わり、プロット構造が神話と関わることを［伊東　一九八〇］で論じた。

（6）　日本語ではキリギリスの語は古くは今のコオロギを指していた。チェーホフにキリギリスとコオロギの区別がつかなかったとは思えないが、この場面ではいかにもコオロギが相応しい。ちなみに英語でコオロギを意味する語はcricketだが、その鳴き声chirpは英米人には陽気にひびくという。なお「犬を連れた奥さん」はギリシアと共通した地理的環境を持つクリミア半島のヤルタを舞台としており、古典ギリシア詩に蝉だけでなくキリギリスの鳴き声を音楽的に描写したメレアグロスの詩があることが想起される（「きりぎりすよ／澄んだ音の羽根もつ／野に棲まうムーサよ／天性《うまれながら》の竪琴の真似手よ（沓掛良彦訳）」［沓掛　一九七八：三一］）。

（7）　ギリシア語のポリフォニーは、ロシア語では多声法（многоголосье）と訳されている。ギリシア語のフォーネー、ロシア語の「ゴーロス」（голос）が「音」と「声」の双方をさす語彙であることは、バフチンのポリフォニー論に形式主義と現象学の二重性を与えている。この問題については［伊東　二〇〇八］参照。

（8）　武満徹と川田順造の往復書簡［武満・川田　一九八〇］は本稿の主題に対する貴重な示唆に満ちている。

（9）　バフチンのポリフォニー論はこの問題と深く結び付いている。川田順造の『聲』は本稿全体に対する貴重な示唆に満ちているが、ここで筆者が指摘している「音」と「声」の違いについては方法論的な区別を行っていない。

［参考文献］

バフチン、Ｍ　一九六六　『ドストエフスキイ論——創作方法の諸問題』（新谷敬三郎訳）冬樹社

バーンスタイン、Ｌ　一九七八　『答えのない質問』（和田旦訳）みすず書房

ビュッヒャー、Ｋ　一九七〇　『作業歌　労働とリズム』（高山洋吉訳）刀江書院

Fry D. et al.　1962　The Identification and Discrimination of Synthetic Vowels. *Language and Speech*. 5. Part 4

ハンスリック、Ｅ　一九六〇　『音楽美論』（渡辺護訳）岩波書店

ホースブルグ、Ｉ　一九八五　『ヤナーチェク　人と作品』泰流社

伊東一郎　一九七五　「民謡における音楽と言語」『早稲田大学大学院文学研究科紀要』別冊　一

——　一九七六　「記号体系としての音楽」『言語』一九七六年八月号

——　一九八〇　「ロシア・フォークロアの言語と詩学」『言語の芸術』（千野栄一編）大修館書店（「講座言語」第四巻）

——　一九八六　「差異・対立・反復——文化のナラトロジーへの一視点」『記号学研究　六　語り——文化のナラトロジー』

——　二〇〇三　「ポリフォニー・多声性・異種混淆」『文化人類学研究　第四巻』

——　二〇〇八　「〈音楽〉形式から〈声〉の現象へ——バフチン『ドストエフスキーの創作の諸問題』における「ポリフォニー」概念をめぐって」『早稲田大学大学院文学研究科紀要』第五三輯　第二分冊

小倉朗　一九七七　『日本の耳』岩波書店（岩波新書）

川田順三　一九八八　『聲』筑摩書房　（ちくま学芸文庫　一九九八）

——　一九九二　『口頭伝承論（上・下）』河出書房新社　（平凡社ライブラリー　二〇〇一）

——　二〇〇四　「音の領域における自然と文化」　川田順三『コトバ・言葉・ことば』青土社

吉川英史　一九七五　「「音楽」という用語とその周辺」『東京芸術大学年誌』第二集

――　一九七九　『日本音楽の性格』音楽之友社
沓掛良彦（訳）　一九七八　『牧神の葦笛』牧神社
呉茂一（訳）　一九五二　『ギリシア抒情詩選』岩波書店（岩波文庫）
小沼純一　二〇一六　『音楽に自然を聴く』平凡社（平凡社新書）
武満徹・川田順造　一九八〇　『音・ことば・人間』岩波書店
武満徹・木村敏　一九八〇　「人間存在の核心」『現代思想』第八巻第一一号
角田忠信　一九七八　『日本人の脳』大修館書店
藤井知昭　一九八〇　『民族音楽の旅』講談社
富士川英郎　一九八〇　『失われたファウナ』小澤書店
山口仲美　一九八九　『ちんちん千鳥のなく声は　日本人が聴いた鳥の声』大修館書店
ヤコブソン、R　一九七八　「音楽学と言語学」（米重文樹訳）『ロマーン・ヤコブソン選集　二』大修館書店
Janáček L.　1959　*Nápěvky dětské mluvy.* Ostrava
ザックス、C　一九六九　『音楽の起源』（皆川達夫・柿木吾郎訳）音楽之友社
――　一九七〇　『音楽の源泉』（福田昌作訳）音楽之友社

人名索引

【エ】

【オ】

【カ】

【キ】

【ク】

あとがき

本書は、早稲田大学比較文学研究室に寄せられた故小林路易先生の寄付金を基に設立された「小林路易基金」の助成により、出版が可能になったものである。

本書には早稲田大学比較文学研究室の機関誌である『比較文学年誌』に掲載された論文、研究余滴、書評などを中心に、『ヨーロッパ文学研究』、『早稲田大学大学院文学研究科紀要』、『ロシア文化研究』、『むうざ』、『えうゐ』、『ロシア手帖』などの雑誌や単行本に一九七六年から二〇一四年にかけて発表した比較文学・比較文化関連の論文、エッセイなどを中心に収録した。収めた論考は地域としては、ロシアと東欧、日本、西欧、研究領域としては、文学、民衆文化、音楽の三つの領域に跨っている。

私は定年退職を迎える年まで、著書と呼べるようなものを刊行していなかった。それはロシア民謡研究から出発した私の研究の対象が文学のみならず、幾つかの他の分野にまたがってきたために、単一のテーマで単著を纏めることができなかったからでもあるのだが、私が長く研究員を務めてきた早稲田大学比較文学研究室が、せめて退職時くらいには一冊の本を、と立案して下さったものである。心から感謝の気持ちを表したい。収録した論文には必要最小限の加筆・修正を加え、表記の統一を図った。

本書は、結局ロシア文学を軸に、音楽、民俗学、歴史学、スラヴ学等の交錯する雑多な論集になってしまったような気もするが、それは紆余曲折を辿った私の研究歴の軌跡でもある。私がロシア文学研究の道に入ったそもそものきっかけは、中学三年の時に知ったロシア民謡である。ロシア語でロシア民謡が、嵩じてはロシア歌曲が、更にロシア・オペラが歌いたくて大学でロシア語を始めた。ロシア民謡はロシア民俗学への関心に、ロシア歌曲はロシア叙情詩への関心に、ロシア・オペラは、ロシアの劇文学、小説への関心に繋がった。またウクライナ民謡も原語で歌いたくて、ウクライナ語の勉強も早くから始めた。教会スラヴ語の勉強もロシア聖歌が原語で歌いたくて始めた。私のスラヴ学の根底には常に音楽があった。結局スラヴ諸語に対する関心、ロシア民謡とウクライナ民謡への熱中が私のスラヴ文学、スラヴ民衆文化、スラヴ音楽へのその後の並行した関心の源泉である。このような私が卒業論文に選んだテーマは、比較文学研究と言えなくもない「アレクセイ・コリツォーフとロシア民謡」だった。しかしロシア民謡の形式主義的テクスト分析をテーマとした修士論文を書き終えた頃から、私の関心はスラヴ比較民俗学の方に転換していった。そのことが私の道を決めた。大阪の国立民族学博物館に職を得て四年半スラヴ民族学を学び、ブルガリア農村でのフィールド・ワークも経験した。その後また大学でロシア文学研究に復帰した私だが、文学という文化領域を文化全体の中に位置づけて見ることができるようになったことは幸いであった。このような私の比較文学・比較文化研究は、ロシア文学研究から出発しながら、常にそれをスラヴ学的視点から相対化しようとする試みであり、また文学研究から出発しながら、それを文化人類学、記号論、音楽学等の隣接文化諸ジャンルの研究によって脱構築しようとする試みでもあった、と言える。本書に収められた一見ばらばらの諸論考の根底には私のこのような方法論的志向が潜在しているような気がする。

『ガリツィアの森』という書名は、ルサルカが跳梁し、超意味言語＝ザーウミが飛び交うフレーブニコフの劇詩

『ガリツィアの夜』の印象から生まれた。ガリツィアというと今の南ポーランド、西ウクライナの地域であるが、十九世紀にはオーストリア領であった。そのために、この地域はポーランド、ウクライナ、ロシア、ユダヤといった多民族の文化が交錯するトポスとなった。基本的にスラヴ東欧の比較文学・比較文化を扱っている本書の地域性をガリツィアという固有名詞で暗示し、枝々が交差し葉が重なり合う一つの森のイメージに、複数の主題をずらしながら重ねて語ろうとする本書の姿勢を暗示させようとしたものである。

また振り返ってみると、この書名にはビートルズ―村上春樹の『ノルウェイの森』が同世代の物語として無意識に遠く木霊しているような気もする。私は一九六八年に大学に入学し、ロシア語の勉強を始めたが、その年の夏にソ連主導のワルシャワ条約軍が当時のチェコスロヴァキアの首都プラハに戦車を乗り入れ、芽をふきはじめた民主化運動を圧殺する、という「チェコ事件」が起きた。この事件の衝撃が、ロシアを絶えずその外から相対化しようとする、その後の私の研究姿勢の出発点となった。それは今から半世紀前、『ノルウェイの森』に描かれた時代だった。

本書の刊行にあたっては、早稲田大学でロシア文学と比較文学の二つの研究室の同僚であった源貴志さんに原稿の整理から編集まで大変お世話になった。また面倒な組版など、煩瑣な印刷上の課題を解決して下さった水声社の板垣賢太さん、原稿のデータ入力を手伝って下さった鈴木万李野さんに心からの感謝を捧げたい。

また最後になるが、本書を友人であった故ゲオルギイ・スヴィリドフの霊前に捧げることをお許し願いたい。日本の中世説話文学を専門としていた彼は、現代ロシアを代表する作曲家で同姓同名のゲオルギイ・スヴィリドフの一人息子だった。友人を通じて知り合った彼は腎臓病を患っていて、一九九二年に岡山大学に留学した際に、岡山の病院に緊急入院することになった。人工透析が必要であることが分かったが、当時のロシアの医療水準に鑑みロシアに帰ることを諦め、京都に居を定めた。そして日本の病院で透析を続けながら大阪の大学でロシア語を教える道を選んだ。私たちは同じ年に生まれたロシアの日本研究者、日本のロシア研究者として互いにユーラ、イシドールと呼び合う友人となったが、父スヴィリドフの音楽を日本に広めたいと願っていたユーラと、スヴィリドフの音楽を愛聴し、その歌曲を愛唱していた私はその点でも意気投合していた。一九八一年に既にロシアで『日本中世説話文学』を出版していたユーラは、よく「きみの本はいつ出るんだい」と私に尋ねたものだが、その度に怠惰な私は「そのうちね」と誤魔化していた。その彼は一九九七年の年末に京都で四十九歳の若さで亡くなってしまった。「そのうちね」がいつの間にか二十年経ってしまったことに茫然とするばかりだが、果たすべき約束を本書でやっと果たせた、という思いがするのである。

伊東一郎

二〇一九年九月

初出一覧

第一章……「ゴーゴリとウクライナ・フォークロア」『ヨーロッパ文学研究』第二四号　一九七六年十二月

第二章……「ゴーゴリ―ウクライナ・バロック―民衆文化――M・バフチン『ラブレーとゴーゴリ』に寄せて」『早稲田大学大学院文学研究科紀要』第三九輯　文学・芸術学篇　一九九四年二月／〔再録〕『比較文化の森へ　比較文化の総合研究　第二集』（柳富子編）ナダ出版センター　二〇〇六年十月

第三章……「ウクライナ文学史におけるゴーゴリ――『ソローチンツィの定期市』のエピグラフを手掛かりに」『早稲田大学大学院文学研究科紀要』第五〇輯第二分冊　二〇〇五年二月

第四章……「プーシキンの『西スラヴ人の歌』とメリメの『グズラ』」『ロシア文化研究』第一八号　二〇一一年三月

第五章……「プーシキン『西スラヴ人の歌』におけるセルビア民謡の翻訳二篇について」（1）『早稲田大学大学院文学研究科紀要』第五四輯第二分冊　二〇〇九年二月／（2）『早稲田大学大学院文学研究科紀要』第五六輯第二分冊　二〇一一年二月

第六章……「スロヴァキアのプーシキン博物館を訪ねて」『むうざ』第六号　一九八七年十二月

第七章……「ブルガリアのパステルナーク」『えうゐ』第一三号　一九八四年十月

第八章……〔書評〕『テクストの構造と文化の記号学』」『比較文学年誌』第一二号　一九七六年三月

第九章……「ストラヴィンスキーのジャポニズムの一側面――『日本の叙情歌からの三つの詩』の拍節法について」『比較文学年誌』第三〇号　一九九四年三月／〔再録〕『比較文化の森へ　比較文化の総合研究』（柳富子編）ナダ出版センター　二〇〇一年二月

第十章……「『ロシア人形の歌』をめぐって――山田耕筰・北原白秋・山本鼎のロシア」『比較文学年誌』第四四号　二〇〇八年三月

第十一章……「ベートーベンとロシア」『ロシア手帖』第五号　一九七三年五月

第十二章……「『ただ憧れを知る者のみが』――ロシア歌曲におけるゲーテ」『比較文学年誌』第四三号　二〇〇七年三月

第十三章……〔［書評と紹介〕Rosamund Bartlett *Wagner and Russia*〕『比較文学年誌』第三二号　一九九六年三月
第十四章……「テキストとしてのクリミア――プーシキンの南方時代（一八二〇―二四）への一視点」『比較文学年誌』第三八号　二〇〇二年三月
第十五章……「多言語都市チェルニウツィの三人の詩人――フェチコーヴィチ、エミネスク、ツェラン」『民族の出会うかたち』（黒田悦子編著）朝日新聞社　一九九四年一二月（朝日選書　五一六）〔本稿が掲載された『民族の出会うかたち』は、黒田悦子氏を研究代表者として主催された国立民族学博物館共同研究会「エスニックな出会い――文化の葛藤と創造」（一九八九―九二）の成果報告集である。〕
第十六章……「ナボコフ『青白い炎』と『イーゴリ軍記』」『むうざ』第一八号　一九九九年十月
第十七章……「夕べの鐘――コズロフとトマス・ムーア」『比較文学年誌』第三九号　二〇〇三年三月
第十八章……「ロシアのアマデウス――『モーツァルトとサリエリ』へのマルジナリア」『プーシキン再読』（法橋和彦編著）創元社　一九八七年十二月
第十九章……「ドストエーフスキイと音楽」『ドストエーフスキイの会会報』第五七号　一九七九年五月／〔再録〕『場　ドストエーフスキイの会の記録　III　一九七八―一九八三』一九八五年六月　海燕書房〔本稿は一九七九年三月二七日に開催された「ドストエーフスキイの会」第五四回例会で筆者が行った研究発表の要旨である。〕
第二十章……「ストラヴィンスキーとマンデリシュターム――ヴェラ・ストラヴィンスカヤをめぐる二十世紀ロシア文化史の断章」『早稲田大学大学院文学研究科紀要』第四六輯第二分冊　二〇〇一年二月／〔再録〕『ロシア文化の透視法――二十世紀ロシア文学・芸術論集』（伊東一郎・宮澤淳一編）南雲堂フェニックス　二〇〇八年三月「ヴェラ・ストラヴィンスカヤ――二十世紀ロシア文化の証言者―マンデリシュタームとストラヴィンスキー」
第二十一章……〔［書評〕『現代音楽のポリティクス』〕『比較文学年誌』第二八号　一九九二年三月
第二十二章……「「言語」・「音楽」・「自然音」――音知覚の比較文化学のための「覚書」」『早稲田大学大学院文学研究科紀要』第六〇輯第二分冊　二〇一五年二月

「小林路易基金」による出版助成について

早稲田大学比較文学研究室は一九六二年の創設以来、早稲田大学における比較文学研究の中心として、半世紀以上の活動を続けてきました。多くの先生方が当室の活動を支えられてきたなかで、創設以来のメンバーの一人である故小林路易先生は、早くから当室の編集にかかる叢書の刊行の計画を抱懐され、一九九六年三月の退職時には、叢書刊行の基金として多額の寄附をされました。その経緯については、柳富子先生が誌された小林路易先生の追悼文のなかに述べられています（『比較文学年誌』第三十九号）。また、柳富子先生ご自身、退職の際に追加の寄附をなされていることを記しておかなくてはなりません。

その後、諸事情により叢書の刊行が実現しないままに長の年月を閲するに至り、その間、比較文学研究室は、早稲田大学総合人文科学研究センターの研究部門としての新しい性格を帯びての活動を続けることとなりました。それを機会として、当室では、小林路易先生が心に描かれたような壮大な叢書のかたちではなくとも、まずはその宿志の実現に着手するべく、あらためて「小林路易基金運用内規」を定め、早稲田大学文学学術院事務所の財務管理のもと、『比較文学年誌』に発表された論文を集成するような出版企画に対して個々の助成を行うことになりました。それは小林路易先生の詳細な叢書企画（先進の遺稿の集成／最近の諸研究の集成／絶版図書のうち是非復刻したいもの／その他、に大別）の一部を生かそうとするものでもあります。

今回、その助成の第一号として、当室の室長をも務められた伊東一郎先生の論文集の刊行に対して助成を行うこととなりました。この企画が小林路易先生、柳富子先生のお気持ちに添うものであることを心より祈念いたします。

二〇一九年十一月

早稲田大学比較文学研究室室長
源　貴志

著者について——

伊東一郎（いとういちろう）　一九四九年、札幌市生まれ。早稲田大学名誉教授。専攻、ロシア文学、ロシア音楽文化史、スラヴ比較民族学。主な著書に、藤沼貴編『ロシア民話の世界』（共著、早稲田大学出版部、一九九七）、『マーシャは川を渡れない——文化の中のロシア民謡』（東洋書店、二〇〇一）、『ヨーロッパ民衆文化の想像力』（共著、言叢社、二〇一三）が、主な訳書に、ミハイル・バフチン『行為の哲学によせて／他』（共訳、水声社、一九九九）、『ラフマーニノフ歌曲歌詞対訳全集』（恵雅堂出版、二〇一七）、カマル・アブドゥッラ『欠落ある写本』（水声社、二〇一七）などがある。

ガリツィアの森――ロシア・東欧比較文化論集

二〇一九年一一月一五日第一版第一刷印刷　二〇一九年一一月三〇日第一版第一刷発行

著者――伊東一郎

装幀者――宗利淳一

発行者――鈴木宏

発行所――株式会社水声社

東京都文京区小石川二―七―五　郵便番号一一二―〇〇〇二

電話〇三―三八一八―六〇四〇　FAX〇三―三八一八―二四三七

［編集部］横浜市港北区新吉田東一―七七―一七　郵便番号二二三―〇〇五八

電話〇四五―七一七―五三五六　FAX〇四五―七一七―五三五七

郵便振替〇〇一八〇―四―六五四一〇〇

URL : http://www.suiseisha.net

印刷・製本――精興社

ISBN978-4-8010-0399-6